Dana Graham

Sohn der Unterwelt

Roman

Sohn der Unterwelt von Dana Graham

1. Auflage 2020

www.danagraham.de/nachricht@danagraham.de
Herausgeberin: Anja Diegel,
Greifswalder Straße 7, 63322 Rödermark

Autorenfoto: Silke Busch/www.bildschöpfung.de
Lektorat: Susanne Pavlovic/www.textehexe.com
Korrektorat: Nadine d'Arachart und Sarah Wedler
Umschlaggestaltung: Elementi.Studio/www.elementi-studio.com
unter Verwendung Bildern von Pixabay
Buchsatz und Layout: Grit Bomhauer / www.grit-bomhauer.com
unter Verwendung von:
© Adobe Stock – 4luck / Michaelika

Bestellung und Vertrieb: Nova MD GmbH, Vachendorf
Druck: SOWA Sp. z o.o.
ul. Raszyńska 13
05-500 Piaseczno Polska
www.sowadruk.pl

ISBN-13: 978-3-96698-393-8

DANA GRAHAM

ROMAN

Bisher von der Autorin veröffentlichte Romane:

Greystone Saga: Mit Schwert und Feder
Greystone Saga: Das rote Band
Greystone Saga: Der Schatten im Spiegel
Sophias Krieger
Regency Roses: Eine Lady in Not
Regency Roses: Eine Lady unter Verdacht
Regency Roses: Der Lord ohne Lächeln

Rabenfeuer: Die Flammen der Göttin
Der Kuss des Zentauren
Tochter des Flusses
Sohn der Unterwelt

Verliebt in einen Ritter
Ein Centurio zum Verlieben

Für Rebecca
Die diese Geschichte als Erste gelesen hat

1

Lautlos glitt der alte Holzkahn über den Styx. Das Wasser des Flusses leuchtete in hellem Blau und war die einzige Lichtquelle in der gewaltigen unterirdischen Höhle. Vom Bug aus musterte Kryos die Wartenden am Ufer. Graue Leiber und Köpfe, nur schemenhaft vor den nachtschwarzen Felswänden erkennbar.

Charon manövrierte den verwitterten Kahn gegen die Kraft des Stromes zur Landungsstelle, die Augen einzig auf das Stakholz in seinen greisen Händen gerichtet.

Als das Boot sich näherte, wurde die Menge unruhig. Zu stark war die Sehnsucht der Toten, endlich die Fähre besteigen zu dürfen. Kaum setzte der Kahn auf, sprang Kryos auf das sandige Ufer. Eine der grauen Gestalten brach aus der Gruppe aus und stürzte auf das Boot zu, doch Kryos drängte sie zurück. Dann nahm er die Papyrusrolle aus dem Gürtel und öffnete sie. »Leonidas aus Piräus«, las er vor. »Savina aus Athen und Dimitrios aus Reklion.«

Die Gerufenen traten vor.

»Habt ihr die Münze für die Überfahrt?«, fragte Kryos.

Die drei Toten nickten, zeigten ihm den Obolus und stiegen zu Charon ins Boot. Der alte Fährmann ließ die Geldstücke in seinem Schifferkittel verschwinden und wies der Frau und den beiden Männern Plätze auf den schmalen Bankreihen zu. Währenddessen strömten durch den Höhleneingang Neuankömmlinge heran. Auch heute würden wieder viele Fahrten über den Styx nötig sein, um die Verstorbenen von der Welt der Lebenden in das Reich der Toten zu bringen. Kryos hätte nichts dagegen gehabt, wenn die Moiren weniger fleißig Lebensfäden durchtrennen würden. Die meisten der Passagiere vermutlich ebenfalls nicht.

Nach einer Weile stakte Charon die erste Fuhre hinüber zum Tor der Unterwelt. Kryos blieb am Ufer zurück. Er ließ den Papyrus sinken und strich sich die schwarzen Locken aus der Stirn. Gestern Abend war er endlich mit dem Bau von Charons neuem Boot fertig geworden. Ob er heute zu einer Probefahrt kommen würde? Charon fragte jeden Tag unfreundlicher nach dem neuen Kahn.

Nachdenklich schweifte Kryos' Blick über den Styx. Wie gewöhnlich schimmerte der Strom lichtblau.

Wenn die Wasser des Styx sich purpurn färben, wird Zeus sein Versprechen an dich einlösen, hörte Kryos im Geiste die Stimme seines Vaters. Hoffentlich ließ dieser Tag nicht mehr allzu lange auf sich warten.

Charon kehrte mit dem leeren Kahn zurück und Kryos verlas die nächsten Namen. Dumpf hallten seine Worte von den Felswänden wider. Als Kryos das Ende der Liste erreicht hatte, fing er wieder von oben an. Sobald der Tote an Bord war, erlosch der jeweilige Schriftzug auf dem Papyrus und ein neuer Name trat an dessen Stelle.

Nach all den Jahren sah Kryos sich die an ihm vorbeiziehenden Toten kaum mehr an. Ein Blick auf die Münze, ein Nicken und der Nächste kam an die Reihe. Es gab nichts zu sagen. Niemanden, der hier vorbeilief, würde er je wiedersehen.

Abgesehen von dem buckligen Mann, der sich mit eingezogenem Kopf an ihm vorbeischlängelte. Kryos räusperte sich vernehmlich. »Das ist keine Münze, Xenokles.«

Der Angesprochene blieb stehen, legte den Kopf schief und betrachtete den dünnen, fast rund geschliffenen Flusskiesel zwischen seinen Fingern. »Wie hast du das gemerkt?«

»Weil du diesen Trick vor ein paar Monaten schon probiert hast.«

»Kannst du für mich keine Ausnahme machen? Wir kennen uns doch inzwischen. Charon wird der Unterschied nicht auffallen, er ist nicht halb so schlau wie du.«

»Und er versteht nicht annähernd so viel Spaß wie ich. Charon würde dich mit dem Stakholz in den Fluss stoßen und du kämst sofort in den Tartaros – ohne Anhörung vor dem Totengericht.« Er klopfte Xenokles auf die Schulter. »Es sind nur noch zehn Jahre für dich.«

»Das ist hier unten eine verdammt lange Zeit.«

Wem sagte er das? »Sobald es hier ruhiger wird, komme ich zu dir und du erzählst mir nochmal die Geschichte, wie du König Krösus' goldenes Tischtuch gestohlen hast.«

»Was waren das für Zeiten! Meisterdieb nannte man mich allerorten!« Xenokles lächelte selig. »Damals hättest selbst du mich nicht aufhalten können.«

Stimmengewirr am Eingang der Höhle verhinderte Kryos' Antwort. Dutzende von Männern in Kriegerrüstungen stürmten auf das Ufer zu.

Xenokles murmelte etwas und eilte davon. Kryos zog das Schwert aus seinem Gürtel. An ein geordnetes Vorlesen der Liste war nicht mehr zu denken. Schon hatten die Ersten ihn erreicht.

»Lass uns durch!«, rief einer der Soldaten. Ein hässlicher Schnitt am Hals zeigte, wie er zu Tode gekommen war. »Wir sind Krieger aus Gimar und haben uns den Eintritt ins Totenreich wohlverdient.«

»Zeigt die Münze und der Einstieg ins Boot ist euch gewährt.«

»Sind unsere ruhmreichen Taten nicht Bezahlung genug?« Abfällig musterte der Soldat Kryos' abgetragenen Schurz aus schwarzem Schafsfell. »Bis zum Schluss haben wir mutig gegen König Dorimedons Truppen gekämpft.«

Dorimedons erwachter Machthunger kostete derzeit viele das Leben. »Ich erkenne eure Tapferkeit an, doch du und deine Männer werdet erst in hundert Jahren den Fluss überqueren.« Kryos wies in eine Grotte am Ende der Höhle. Männer und Frauen saßen dort in Gruppen auf dem Boden, andere liefen ziellos umher. »Gesellt euch zu ihnen.«

Der Blick des Kriegers verfinsterte sich. »Ich warte nicht.«

»Und ich verhandele nicht.«

Der Soldat wandte sich ab – nur, um im nächsten Augenblick herumzufahren und sich auf Kryos zu stürzen.

Er war nicht der Erste, der es so versuchte. Kryos wehrte den Angriff mit einem Schwerthieb ab. Der Mann taumelte zurück in die Runde seiner Kameraden, doch kaum hatte er sein Gleichgewicht wiedergefunden, reckte er die Fäuste.

»Ich bin tot, was habe ich zu befürchten?«

Keiner, der die Qualen im Tartaros gesehen hatte, hätte diese Frage gestellt. Aber Worte würden den Soldaten nicht überzeugen. Kryos steckte sein Schwert zurück in den Gürtel und hob ebenfalls die Fäuste.

»Wenn du verlierst, fügst du dich meinen Anweisungen.«

Ein knappes Nicken, dann stürmte der Krieger auf ihn zu. Er war ein guter Kämpfer, schnell und stark. Doch Kryos war schneller und stärker. Er rang den Mann zu Boden, setzte sich auf dessen Brust und drückte die Hände des Kriegers auf den Ufersand.

Bevor der Soldat seine Niederlage eingestehen konnte, wallte plötzlich Nebel auf. Aus den weißen Schleiern trat Hades. Dank seines schwarzen Haares und Bartes, des nachtfarbenen Gewands und der dunklen Augen war sein Aussehen ebenso finster wie das Reich, über das er herrschte.

»Was geht hier vor sich, Kryos?«, rief er.

Kryos sprang auf die Füße, während ringsum alle Verstorbenen vor dem Gott der Unterwelt auf die Knie fielen.

»Ich hindere diesen Krieger daran, in Charons Kahn zu steigen.«

»Indem du dich mit ihm prügelst? Du hast andere Möglichkeiten.« Hades wies auf das Schwert an Kryos' Gürtel. »Ich habe es nur für dich in den Feuern des Tartaros schmieden lassen.«

Und genau dahin würde die Waffe jeden befördern, den sie traf – ob verdient oder nicht. »Ich habe meine eigenen Methoden.«

»Die hier am Ufer das Chaos regieren lassen! Man hat mir zugetragen, dass die Toten ohne Obolus deinetwegen immer aufsässiger werden. Und statt dich um den Bau von Charons neuem Kahn zu kümmern, vertrödelst du deine Zeit mit sinnlosem Geplauder. Ich erwarte mehr von meinem Sohn. Aber offensichtlich wiegt das Erbe deiner Mutter zu schwer.«

Längst hatten alle Toten um sie herum die Köpfe wieder gehoben und lauschten dem Gespräch.

»Ich habe alles im Griff, Vater.«

»Dann beweise es mir. Ich dulde keinen Frevel – von niemandem.« Sein Vater hob die Hand und unter dem besiegten Krieger öffnete sich der Boden. Schreiend stürzte der Mann in die Tiefen des Tartaros. »So wird es gemacht, Sohn. Und nicht anders.«

Erneut wallte Nebel auf, in den sein Vater eintrat und verschwand.

Hinter sich hörte Kryos Charon hämisch kichern.

»Welch bedauerlicher Zufall, dass Hades ausgerechnet in diesem Moment kommen musste.«

Kryos erwiderte nichts. Nie war etwas, das er tat, gut genug. Wenn Zeus nur endlich sein Versprechen erfüllen und ihn als Gott in den Olymp aufnehmen würde, dann könnte Hades voll Stolz auf seinen Sohn blicken.

Aber weiterhin funkelte das Wasser des Styx in hellem Blau.

Nach dem Verschwinden ihres Kameraden zogen sich die übrigen Soldaten widerstandslos zurück und das weitere Einsteigen in den Kahn verlief so zügig wie selten und so langweilig wie nie.

Jetzt müsste Vater vorbeischauen, dachte Kryos zynisch – nur, um seine Meinung sofort zu ändern. Ein kleines Mädchen stand vor ihm, kaum fünf Sommer alt. Tränen liefen über seine grauen Wangen und die Händchen krallten sich in einen löchrigen Kittel. Sie schluchzte so sehr, dass Kryos sie kaum verstand.

»Ich habe keine Münze, Herr.«

Säuglinge gelangten sofort ins Elysion, doch sobald ein Kind allein laufen konnte, galten dieselben Regeln wie für Erwachsene. Furchtsam schaute die Kleine ihn an. Nichts wäre leichter gewesen, als den Erwartungen seines Vaters zu folgen und sie in die Grotte zu verweisen. Das Mädchen hätte keinen Widerstand gewagt, niemand der Umstehenden Partei für es ergriffen.

Kryos griff in den kleinen Beutel an seinem Gürtel und kniete sich vor das Kind. »Ich glaube, du hast deine Münze nur verloren.« Er fuhr mit den Fingern durch den Sand und hielt dem Mädchen einen glänzenden Obolus hin. »Das muss deiner sein.«

Das Mädchen starrte ihn ungläubig an. Dann nahm es das Geldstück, lächelte schüchtern und lief zur Fähre.

Charon ließ das Kind einsteigen, doch sein Gesicht verzog sich höhnisch. »Was Hades wohl dazu sagen würde?«

Sollte der alte Fährmann ihn ruhig erneut an Vater verraten. Tiefer konnte er in Hades' Ansehen heute sowieso nicht mehr sinken.

Bei der letzten Passage am Abend stieg Kryos mit ins Boot. Vor dem Eingang ins Totenreich wartete er, bis Charon den Kahn an einem Pflock vertäut und mit den Verstorbenen das Portal durchschritten hatte. Dann lief Kryos zu Zerberus. Der dreiköpfige Hund wedelte freudig mit dem Schwanz und schleckte ihm mit seinen rauen Zungen über Gesicht, Ohren und Schultern. Kryos kraulte das zottlige, schwarze Fell, bis Zerberus ein Stück zurückwich und ihm so zeigte, dass es genug der Liebkosungen war. Das riesige Tier sah Kryos nun aus seinen sechs Augen auffordernd an.

Kryos holte hinter zwei Felsen einen Ast hervor und

schleuderte ihn übers Ufer. Der monströse Hund stob davon. Nach einem Gerangel mit sich selbst, welchem der Köpfe die Ehre zustand, Kryos die Beute zu bringen, trabte Zerberus zurück und ließ den Ast vor ihm fallen.

Lobend tätschelte Kryos den mittleren Kopf des Hundes und warf den Ast erneut. Dieses Spiel würde sich eine Weile hinziehen, doch er hatte es nicht eilig. Persephone weilte seit ein paar Tagen wieder in der Unterwelt. Die Gemahlin seines Vaters hatte Kryos einmal mehr seine Gemächer in Hades' Palast räumen lassen und er hatte zurück zu seiner Mutter und seiner Tante Stheno ziehen müssen.

Nach einigen weiteren Runden hatte Zerberus vom Stöckchenwerfen genug. Er setzte sich neben das Portal und gähnte. In seinen drei Mäulern blitzten riesige Zähne auf. Zerberus hatte zu verhindern, dass Tote aus dem Hades entkamen oder Lebende dort eindrangen. Bei dieser Aufgabe hatte das Tier bisher nur selten versagt. Kryos konnte sich nicht erinnern, dass sein Vater jemals ein Wort über Zerberus' Scheitern verloren hatte.

Aber Zerberus war auch nicht sein unehelicher Sohn.

Kryos tätschelte den Hund ein letztes Mal, dann passierte er das Portal, schloss die Torflügel und machte sich auf den Weg zur Wohnung seiner Mutter und Tante. Vorbei am Totengericht und dem hell erleuchteten Palast seines Vaters und weiter durch niedere, von Fackeln erhellte Gänge zu den Wohnstätten der in der Unterwelt beheimateten Götter und Kreaturen.

Vor den Räumlichkeiten seiner Mutter und ihrer Schwester verharrte Kryos einen Moment. Wenn er Glück hatte, war seine Tante zu Besuch in der Welt der Menschen.

Sein Wunsch erfüllte sich nicht. Stheno öffnete ihm und sogleich verzog sich ihr altersloses Gesicht zu einer Schnute.

»Dein Sohn stinkt nach Hund, Euryale.«

»Beschwer dich bei seinem Vater«, drang die Stimme seiner Mutter aus dem Inneren der Wohnung. »Er hat das haarige, sabbernde Vieh vor die Tore des Totenreichs gesetzt. Meiner Meinung nach hätte die Hydra diese Aufgabe übernehmen können.«

Seine Mutter war eine ebenso elegante Erscheinung wie ihre Schwester – eine hochgewachsene Frau mit ebenmäßigen Gesichtszügen. In gewisser Hinsicht konnte Kryos verstehen, dass Hades während der monatelangen Abwesenheit seiner Gemahlin Persephone schwach geworden war.

Heute trug Euryale ein in akkurate Falten gelegtes dunkelblaues Gewand. Ein roter Seidenschal wickelte sich in sanften Schlingen um ihr Haupt. Die Schlangen, die ihr anstelle von Haar auf dem Kopf wuchsen, konnte der Stoff dennoch nicht verbergen.

Euryale hielt Kryos ihre Wange hin. Pflichtschuldig hauchte er einen Kuss darauf, während die zischelnden Schlangenköpfe nach ihm schnappten. Doch als Sohn einer Gorgone war er gegen die Bisse ebenso gefeit wie vor dem unheilvollen Blick seiner Mutter und Tante.

»Ich habe gehört, dass dein Vater dich heute am Styx besucht hat«, sagte seine Mutter. »Hat er sich endlich gegen seine hochmütige Ehefrau durchgesetzt und lässt dich wieder in den Palast einziehen? So, wie es dir als seinem einzigen Kind zusteht?«

»Nein. Und woher weißt du das schon wieder?«

»Von einer der Harpyien.« Seine Mutter stemmte die Hände in die Hüften. »Ein Wort von dir und ich marschiere zu diesem rothaarigen Gänschen und sage ihr, dass sie dich nicht immer wieder hinauswerfen kann! Du weißt, wie überzeugend ich bin.«

»Es ist in Ordnung so, Mutter. Reg dich nicht auf.« Wenn es nach ihm ginge, würde er bald ganz woanders wohnen.

»Wie du meinst. Meine Vorschläge scheinen ja sowieso niemanden zu interessieren.«

Bevor er zu einer Erwiderung ansetzen konnte, hämmerte es an die Tür.

»Kryos, bist du da?«, rief eine jugendliche männliche Stimme.

Stheno zog die akkurat gezupften Brauen hoch. »Sieh an, der Gott des Schlafes gibt sich die Ehre. Tritt ein, Hypnos.«

»Sicher nicht! Dein letzter Anblick hat mir zwei Tage Kopfschmerzen, Übelkeit und Erbrechen eingebracht.«

Seine Tante zuckte mit den Schultern. »Sei froh, dass du kein Mensch bist, sonst könntest du dich jetzt nicht einmal mehr beschweren.«

Eilig verließ Kryos die Wohnung, schloss sorgsam die Tür und schaute sich im leeren Gang um. »Hypnos?«

Sein Freund trat aus einer Nische im Felsen hervor. Er hatte seine Lieblingserscheinung gewählt: einen mit Schlafmohnblüten bekränzten, blondgelockten Jüngling mit Schmetterlingsflügeln an den Schultern.

»Etwas stimmt nicht mit dem Styx«, sagte Hypnos anstelle einer Begrüßung. »Ker hat es entdeckt und gibt gerade Hades und Charon Bescheid.«

»Wie, etwas stimmt nicht? Was meinst du?«

»Das Wasser leuchtet nicht mehr blau. Ich dachte, dich interessiert das.«

»Und ob!« Kryos rannte los. Hinter sich vernahm er das Flattern von Flügeln, die sich öffnende Wohnungstür und die empörte Stimme seiner Mutter, was denn geschehen wäre.

Schon lange vor dem offenstehenden Portal hörte Kryos Zerberus' ununterbrochenes Bellen. Atemlos kam er am Ufer an und Hypnos landete mit sanftem Schwung hinter ihm. Hades und Charon waren bereits dort und blickten auf den Fluss.

Das Wasser des Styx war purpurfarben und tauchte die Grotte in violettes Licht.

Zeus' Zeichen. Endlich.

»Es ist so weit, Vater«, schrie Kryos gegen Zerberus' Lärm an. »Zeus ist bereit, sein Versprechen einzulösen.« Ein aufregendes Leben im Olymp, umgeben von zahlreichen neuen Freunden, war zum Greifen nah!

Sein Vater gab ihm keine Antwort. Ungläubig starrte er auf das verfärbte Wasser.

Unter Zerberus' fortdauerndem Gebell traten Persephone und ihre Freundin Hekate aus dem Portal. Leichtfüßig eilte die mädchenhafte Herrscherin der Unterwelt zu ihnen, ihr rotes Haar schwang offen über ihren Rücken. Die wesentlich ältere Göttin der Magie folgte ihr mit steifen Schritten.

»Hades, was ist geschehen?«, rief Persephone über das Kläffen hinweg ihrem Gemahl zu.

Die silberhelle Stimme seiner Frau schien Hades aus seiner Starre zu lösen. »Bringt endlich jemand diesen Köter zum Schweigen!«, befahl er und lächelte Persephone entschuldigend an.

Bevor Kryos den dreiköpfigen Hund beruhigen konnte, hob Hypnos die rechte Hand und bewegte sie kreisförmig in Richtung Zerberus. Der Hund gähnte mit allen drei Mäulern gleichzeitig, legte sich auf seinen Platz neben dem Portal und schloss die Augen.

Hekate beugte sich zu dem purpurfarbenen Wasser hinab. »Etwas Derartiges ist nie zuvor geschehen«, sagte sie besorgt.

Charon nickte. »Was mag es bedeuten?«

»Ich habe jedenfalls keine Erklärung«, sagte Hades.

»Aber natürlich haben wir die!«, rief Kryos. Wie konnte sein Vater das vergessen haben? »Zeus hat das Wasser gefärbt, um mir zu zeigen, dass er jetzt sein Versprechen an mich einlösen will.«

Persephone fuhr zu ihm herum. »Welches Versprechen?«

Auch Charon, Hekate und Hypnos sahen ihn neugierig an.

Zeus hatte Kryos dieses Versprechen einst durch Hades mitteilen lassen – ebenso wie die Bitte, alles bis zum Tag der Erfüllung geheim zu halten. Doch jetzt konnte er wohl offen reden. »Zeus wird mich zum Gott erheben und in den Olymp aufnehmen.«

»Dich? Den Sohn einer Gorgone?« Persephone lachte. »Das ist absurd. Von einem solchen Versprechen hätte ich gehört.«

»Auch du weißt nicht alles. Schon vor Jahren hat Hades Zeus gesagt, dass ich ein olympischer Gott werden möchte. Damals haben sie diese Vereinbarung getroffen. – Erzähl es ihr, Vater.«

Unbehaglich schaute Hades zwischen ihm und seiner Gemahlin hin und her. »Wir sollten nichts überstürzen.«

Das konnte nur ein Scherz sein. »Aber Zeus wartet auf mich!«

»Ist es wirklich noch dein Wunsch, ein Gott zu werden?«, fragte sein Vater. »Du weißt, ich brauche dringend einen weiteren Aufseher im Tartaros. Ich würde dir dort einen Palast bauen lassen. Du wärst Herr in deinem eigenen Reich statt einer unter vielen im Götterhimmel.«

»Ich will in den Olymp, nicht als Kerkermeister in deine Folterkammer.«

Persephones Schmollmund verzog sich zu einem süßlichen Lächeln. »Aber dort würdest du viel besser hinpassen.«

Charon lachte laut. Hypnos sah den Alten tadelnd an und legte Kryos beruhigend die Hand auf die Schulter.

Wenigstens sein Freund stand auf seiner Seite! »Für mich gibt es nichts mehr zu überlegen, Vater«, sagte Kryos. »Hol deine Quadriga und bring mich zu Zeus.«

»Mein Bruder wird nicht erfreut sein, wenn wir ihn so spät noch stören. Besser, wir warten bis morgen früh.«

Bevor Kryos etwas erwidern konnte, rief Hekate nach ihnen. Die Göttin war ein Stück flussaufwärts am Styx entlanggelaufen.

»Das Wasser wird wieder hellblau«, sagte sie. »Und ich kenne den Grund für die Verfärbung.« Hekate zeigte auf die Felsöffnung, wo der Fluss in die riesige Höhle hineinströmte. Zwischen den dort aus dem Wasser aufragenden Klippen hingen die Überreste zerschellter Holzfässer.

Erleichtert lachte sein Vater auf. »Sieh einer an! In den Fässern muss Purpur gewesen sein. Vielleicht hat ein Händler sie draußen vom Karren verloren. Es war kein Zeichen von Zeus, sondern nichts als ein Zufall. Wir können alle wieder zurückgehen.«

Kryos schüttelte den Kopf. »Es ist egal, ob Zufall oder nicht! Zeus' Worte haben sich erfüllt und er erwartet mich.«

»Sei nicht dumm! Hätte mein Bruder vor, dich zum Gott zu berufen, hätte er mir das mitgeteilt.«

Sein Vater setzte sich in Richtung Portal in Bewegung, doch Kryos schnitt ihm den Weg ab. »Möglicherweise sagt der Göttervater dir nicht alles.«

Die Miene seines Vaters verdüsterte sich. »Du wagst es, dich mir entgegenzustellen?!«

»Ich will zu Zeus.«

»Den Weg können wir uns sparen. Du hast es dir noch nicht verdient, ein Olympier zu sein! All diese Tricksereien mit den Münzen und die Prügeleien. Dein Benehmen gleicht dem eines Barbaren, nicht dem eines Gottes.«

»Zeus scheint es nicht zu stören«, rief Kryos. »Sonst hätte er das Wasser nicht ...«

»Es reicht! Ich will nichts mehr davon hören.«

»Du kannst mich nicht behandeln wie ein kleines Kind!«

Statt einer Erwiderung hob sein Vater die Hand. Ein eisiger Wind ergriff Kryos wie eine Faust und schleuderte ihn zu Boden. Ohne ein weiteres Wort ging sein Vater auf das Portal zu.

Hypnos wollte zu Kryos laufen, doch mit einer Geste befahl Hades dem Gott des Schlafes, ihm und den anderen zu folgen.

Einzig Persephone blieb bei Kryos zurück. »Jemand wie du wird niemals in den Olymp aufgenommen«, flötete sie.

»Warum nicht?«, fragte Kryos und setzte sich auf. »Mein Vater ist der Herrscher der Unterwelt.«

»Aber deine Mutter ist ein Monster. Das macht dich

zu einem Halbmonster. Und du weißt ja, wie es diesen Kreaturen ergeht. Am Ende kommt ein Held und schlägt ihnen mit einem Schwert den hässlichen Kopf ab.«

Kryos sprang auf. Doch er kam nicht weit. Persephone vollführte eine elegante kleine Handbewegung. Wind wirbelte den Ufersand auf und die winzigen Körnchen flogen Kryos in Augen, Nase und Mund.

»Wann wirst du endlich begreifen, wer du bist und was dir zusteht?« Sie drehte sich um und lief mit wiegendem Schritt zum Portal.

Hustend und mit tränenden Augen stolperte Kryos zum Fluss und wusch sich den Sand aus dem Gesicht. Dann nahm er einen Stein vom Ufer und schleuderte ihn in den Styx.

2

Da man von der Unterwelt aus nicht mit Zeus reden konnte und er ohne die Begleitung seines Vaters den Eingang zum Olymp nicht finden würde, musste Kryos auf die Art mit Zeus sprechen, auf der es die Menschen taten: in einem Tempel. Wäre es Hades eingefallen, dass sein Sohn den Göttervater auf eigene Faust nach dem verfärbten Styx fragen könnte, so hätte er Kryos wohl im Tartaros angekettet. So aber gestaltete sich Kryos' Flucht aus der Unterwelt lächerlich einfach. Er stakte mit dem für Charon neu gebauten Kahn über den Styx, versteckte das Boot am anderen Ufer zwischen Felsen, lief die Wendeltreppe hinauf zum Felsplateau und wählte dort einen der Zugänge zur Welt der Menschen.

Nach einem ganztägigen Fußmarsch näherte er sich am Abend der Stadt Lyda. Vor deren Tor drängten sich Händler mit Ochsenkarren, Reisende zu Fuß und zu Pferd, sogar einige Sänften schoben sich in einem nicht enden wollenden Strom an den bewaffneten Torwächtern vorbei. Kryos überprüfte den Sitz von Hades' Kriegshelm. Einst von den Zyklopen im Kampf gegen die Titanen geschmiedet, verlieh der Helm seinem Träger Unsichtbarkeit. Ob sein Vater ihn schon vermisste?

Nachdem er sich durch das Tor geschmuggelt hatte, wandte Kryos sich in Richtung des Marktplatzes, wo sich das Zeusheiligtum der Stadt befand. Handkarren, Ziegenwägelchen und Ochsenwagen verstopften die Straßen und unsichtbar zu sein bedeutete nicht, dass man durch Hindernisse hindurch marschieren konnte. Doch so dringend sein Wunsch war, mit Zeus zu sprechen, so sehr faszinierte ihn die Welt der Menschen. Sein Vater hatte ihn nur selten mit zu den Sterblichen genommen, meist nur, wenn er huldvoll deren Opferungen annahm. Kryos hatte sich dann verborgen in einer Ecke des Tempels aufhalten müssen. Seine Mutter war nicht so zurückhaltend gewesen, doch die Besuche mit ihr waren Kryos in keiner guten Erinnerung. Daher nutzte er sein langsames Vorankommen, um sich umzusehen. Häuser mit kleinen Geschäften säumten die Straßen, unterbrochen von Plätzen mit Brunnen. Ältere Frauen mit Krügen auf dem Kopf standen dort und schwatzten, Kinder rannten in fröhlichem Spiel umher, ein Mann hielt eine junge Frau im Arm. Kryos blieb stehen. Der Mann flüsterte der Frau etwas ins Ohr, woraufhin sie errötete und zu kichern begann. Dann küsste sie den jungen Mann auf den Mund und er zog sie zärtlich an sich. Kryos wandte den Kopf ab und lief weiter, doch das fröhliche Lachen der Frau verfolgte ihn. Er zwang seine Aufmerksamkeit auf den Weg und drängte sich an zwei Ochsenkarren vorbei, die fast die gesamte Breite der Straße einnahmen. Das banale Leben der Menschen sollte ihn nicht interessieren. Er war nicht wie sie und würde es als Gott noch weniger sein.

Als er den belebten Marktplatz erreichte, ging die Abenddämmerung in die Nacht über. Trotzdem war es nicht schwer, den Zeustempel auf dem Platz ausfindig zu machen. Es war der größte und pompöseste aller Bauten, vier Säulen in Form von Frauenskulpturen schmückten die Front. Kryos trat hinter eine der Steinfiguren und schaute sich um. In der Unterwelt musste man sein Verschwinden längst bemerkt haben. Im besten Fall schickte sein Vater Hypnos aus, um ihn zu suchen und zurückzubringen. Im schlechtesten Fall eine der Kreaturen der Unterwelt. Kryos stellte sich lieber nicht vor, was jede Einzelne von ihnen hier oben anrichten konnte, seine Mutter eingeschlossen. Allein deshalb musste er sein Anliegen so schnell wie möglich hinter sich bringen, bevor mögliche Verfolger ihn aufspürten.

Kryos zog den Helm ab, strich sich die Locken aus der Stirn und drückte gegen das mit Schnitzereien verzierte Tempelportal. Die Türflügel öffneten sich nicht. Er versuchte es erneut, aber das Portal blieb versperrt. Seltsam! Sein Vater hatte ihm erzählt, dass die Tempel Tag und Nacht zur Anbetung offenstanden. Er lief um das Gebäude herum, bis er zu einer niedrigen Seitentür kam. Diese war offen und Lichtschein fiel aus dem

Inneren. Wer sagte es denn? Doch bevor er einen Fuß in den Tempel setzen konnte, versperrte ihm ein Mann mit gepflegtem Bart und lilafarbener Robe den Weg.

Der Bärtige legte den Kopf in den Nacken, um Kryos in die Augen schauen zu können. Was er sah, schien seine Entschlossenheit ins Wanken zu bringen, denn er wich einen Schritt zurück. Dann schüttelte er sich, wie um ein ungutes Gefühl loszuwerden.

»Der Tempel ist geschlossen, mein Sohn. Wir bereiten die morgige Zeremonie der drei Steine vor.«

Diese Zeremonie war Kryos ebenso unbekannt wie egal. »Ich will mit Zeus sprechen.«

»Dann wirst du dich bis morgen zum Sonnenaufgang gedulden müssen.«

Kryos umfasste den Knauf seines Schwertes.

»Gewalt in seinem Tempel wird Zeus für dein Anliegen nicht gnädiger stimmen.« Furchtsam schaute der Mann auf Kryos' Hand. Auf seine Worte hin traten aus dem Inneren des Tempels zwei Krieger mit dem Wappen der Stadt auf dem Brustpanzer und stellten sich neben den Bärtigen, die Hände demonstrativ am Griff ihrer Schwerter.

»Hör auf ihn, wenn du keinen Ärger willst!«, sagte der eine. »Morgen ist Zeit genug für dein Gebet.«

Kryos warf einen Blick auf die Menschengruppen auf dem Marktplatz und wandte sich ab. Ein Kampf zöge nur unnötig Aufmerksamkeit auf ihn. Ein paar Stunden war er dank des Helmes bestimmt noch vor Verfolgern sicher.

Unentschlossen, was er mit der Zeit anfangen sollte, folgte Kryos unsichtbar einer Gruppe Männer. Sie führten ihn in ein Viertel der Stadt, das offenbar dem Vergnügen diente. Taverne reihte sich an Taverne, Musik erschallte aus dem Inneren der Häuser, selbst auf der Straße wurde getanzt. Überall Gelächter, Scherzworte und Gesang. Eine Lebendigkeit und Fülle, die Kryos aus der Unterwelt nicht kannte. Wie berauscht bewegte er sich durch die Straßen, längst hatte er die Männergruppe aus den Augen verloren. Wie farbenfroh hier alle gekleidet waren! Und niemand schien allein. Überall standen kleine und größere Gruppen beisammen, Neuankömmlinge wurden begeistert willkommen geheißen. Ob er den Helm abnehmen und sich zu einem der Grüppchen gesellen sollte?

Kryos schnaubte. Soweit kam es noch! Ein zukünftiger Gott gab sich nicht mit dem gemeinen Volk ab. Nach ein paar Schritten zog ihm ein verführerischer Duft nach frisch gebackenem Brot und gegrilltem Fleisch in die Nase. Sein Magen knurrte vernehmlich. Seit seiner Flucht aus der Unterwelt hatte er nichts gegessen außer ein paar Oliven, die er an einem Marktstand gestohlen hatte. Er folgte dem verheißungsvollen Geruch in eine ruhigere Seitengasse bis zu einem zweistöckigen, hell erleuchteten Haus. Sanftes Flötenspiel und Gelächter drangen aus dem Inneren. Gerade kamen drei Männer vor dem Haus an, glattrasiert und in bunten Gewändern. Auf ihr Klopfen öffnete eine Frau die Tür und sie gingen ins Haus. Kryos nickte entschlossen. Zukünftiger Gott hin oder her – er musste etwas essen.

In einem Hauseingang zog er sich den Helm vom Kopf und wischte sich über das verschwitzte Gesicht, dann ging er zur Tür der Taverne und klopfte ebenfalls an.

Eine junge Frau in einem scharlachroten tiefausgeschnittenen Gewand öffnete die Tür. Bei Kryos' Anblick zuckte sie zurück, musterte sein ungebändigtes schwarzes Haar, den breiten Oberkörper und das Schwert, als suchte sie einen Grund für ihr Unbehagen. Dann gewann die Geschäftstüchtigkeit die Oberhand über ihre Furcht. Ein geübtes Lächeln erschien auf ihren Lippen.

»Willkommen in unserem Haus, Fremder. Was kann ich für dich tun?«

»Ich bin auf der Suche nach einem Abendessen.«

»Du weißt, dass wir hier mehr bieten als das?«, fragte sie.

Kryos starrte die Frau an. Hypnos hatte ihm von den Hetären erzählt, die Männern gegen Bezahlung geistige wie körperliche Genüsse boten. Doch noch nie hatte er eine gesehen – zumindest keine lebende.

»Ein Abend hier ist nicht so kostspielig, wie du denkst«, deutete sie sein Schweigen falsch. »Für nur zwanzig Drachmen erhältst du alles, was einen Mann glücklich macht.«

Die Summe besaß er und essen musste er. Allerdings gab es da ein gewisses Problem, das den erfahrenen Frauen dieses Hauses schnell auffallen würde. Kryos spürte, wie die Hitze ihm in den Kopf stieg. »Ich … ich habe keinerlei Erfahrungen mit Frauen.«

Das Lächeln der Hetäre wurde breiter und enthüllte ihre strahlend weißen Zähne. »Sei unbesorgt! Es wäre mir eine Ehre, dich heute Abend in die Geheimnisse der Liebe einzuweihen.«

Kryos nickte und zählte mit nun brennenden Wangen die entsprechenden Münzen aus dem Geldbeutel heraus. Bestimmt war es von Vorteil, als Gott über alle Bereiche des Lebens Bescheid zu wissen.

Die Hetäre ließ das Geld in einer Tasche ihres roten Gewands verschwinden und schob ihren Arm um Kryos' Hüfte. »Ich bin Delia und ich werde dir unvergessliche Stunden bereiten. Verrätst du mir deinen Namen?«

Kryos stellte sich vor und Delia strich durch sein Haar. »Ich habe noch niemanden mit solch wundervollen Locken gesehen. Sie wirken wie lebendig.« Begeistert ließ sie seine schwarzen Strähnen durch ihre Finger gleiten.

Er lächelte gezwungen. »Ich habe die Locken von meiner Mutter geerbt.«

»Sie wird bestimmt oft auf ihre Haarpracht angesprochen.«

Das konnte man so sagen. »Ich wollte vorhin im Zeustempel beten«, sagte Kryos. »Er war wegen der Vorbereitungen zu einer Zeremonie geschlossen.« Fragend sah er Delia an.

»Die Zeremonie der drei Steine. Ein wichtiges Fest

für unsere Stadt. Ich erzähle dir gerne darüber, doch zuerst bringe ich dich ins Andron.«

Das Andron stellte sich als großer Raum heraus, in dem Liegen halbkreisförmig angeordnet waren. Auf den meisten lagen bereits Männer und ließen sich von Hetären mit Wein und Küssen umsorgen. Zwei Flötenspielerinnen in der Mitte des Zimmers unterhielten die Männer mit Musik. Ein großes Fresko an der Wand zeigte die unbekleidete Aphrodite zusammen mit Eros als geflügeltem Knaben und Priapos, dem Gott der Fruchtbarkeit und Lust. Die drei Figuren tanzten miteinander und Priapos' riesenhafter Phallus reckte sich dem Betrachter prahlerisch entgegen. Auch bei einigen Männern auf den Liegen vermochte der Stoff ihrer Kleidung ihre fortgeschrittene Erregung nicht zu verbergen.

Delia führte Kryos zu einer freien Liege. Schwert und Helm legte Kryos an deren Fußende ab, ehe er sich seitlich auf dem bequemen Polster ausstreckte. Die Hetäre platzierte Kissen in seinem Rücken, reichte ihm eine bis zum Rand gefüllte Trinkschale mit Wein und sank vor ihm auf die Knie.

»Die Zeremonie der drei Steine soll die Treue der Stadt zu Zeus beweisen«, kam Delia auf seine Frage zurück. Sie pflückte aus einer bereitstehenden Obstschale Weintrauben vom Stängel und steckte Kryos eine in den Mund. »In der Schlacht gegen die Titanen stand es schlecht für die Götter. Zeus nahm all seine Kraft und zwang die Hitze der Sonne und die Kälte des Mondes in seine Feuerblitze. Doch das war gefährlich und es gelang dem Göttervater nur, zwölf dieser Blitze herzustellen. Aber sie reichten aus, um den Titanen eine große Niederlage beizubringen. Jedes Mal, wenn ein Blitz einen Titanen traf, entlud sich die Macht der Gestirne und blieb als gelber Diamant zurück. Nach der Schlacht befahl Zeus Hermes, alle diese Diamanten einzusammeln, denn sie enthielten noch einen Teil ihrer Macht und konnten den Göttern selbst gefährlich werden. Hermes begab sich auf die Suche, doch der geflügelte Himmelsbote fand nur neun Edelsteine.«

Delia fütterte Kryos erneut mit einer Weintraube. Eine Art zu essen, die ihm gefiel.

»Jedes Jahr lässt unser König drei gelbe Diamanten kaufen. Bei der Zeremonie werden sie in das Blitzbündel an der Zeusstatue im Tempel eingesetzt. Dies soll zeigen, dass unsere Stadt die Gunst des Göttervaters schätzt und wir niemals gegen ihn aufbegehren würden.«

»Aber die richtigen Diamanten waren noch nicht dabei?«

Delia schüttelte den Kopf. »Es geht eher um den symbolischen Akt. Auch andere Städte im Land begehen diese Zeremonie. Ich hole jetzt den Hauptgang für dich.« Anmutig sprang sie auf die Füße. Mit dem Zeigefinger fuhr sie von seiner Kehle hinunter bis zum Bauch, warf ihm einen kecken Blick zu und verschwand in einem angrenzenden Raum.

Kryos stieß die angehaltene Luft aus. Der Abend gestaltete sich immer besser.

Delia kehrte mit einem üppig beladenen Servierbrett zurück: Tintenfisch und Garnelen befanden sich darauf, dazu Fleisch von Wachteln und Hirsch sowie eine aromatisch duftende Soße mit allerlei Kräutern, und zu guter Letzt frisch gebackenes Brot.

»Während du isst, tanze ich für dich.«

Er konnte nicht sagen, was köstlicher war. Die Speisen vor ihm oder Delias wohlgerundeter Körper. Auf reizvollste Art und Weise bewegte sie sich vor ihm auf und ab, streckte und bog sich einer verführerischen Nymphe gleich. Im Olymp konnte es nicht schöner sein.

Kaum hatte er sein Mahl beendet, kam Delia mit vom Tanz geröteten Wangen zu ihm. »Willst du noch etwas essen? Einen Nachtisch vielleicht?«

Kryos schüttelte den Kopf. Dieser Hunger war fürs Erste gestillt. Dafür war ein anderer in ihm erwacht.

»Ich verstehe.« Delia beugte sich tiefer zu ihm, sodass sein Blick unweigerlich auf den Ansatz ihrer Brüste fiel. »Wie wäre es mit einem kleinen Vorgeschmack auf das, was dich in meinem Zimmer erwartet?«, hauchte sie. »Magst du küssen?«

»Ich … ich weiß es nicht. Auch das habe ich noch nie getan.«

»Dann sollten wir es sofort herausfinden.« Ihre verführerisch glänzenden Lippen senkten sich auf die seinen herab.

Wie warm und weich ihre Lippen waren, wie süß Delia schmeckte! Er griff ihren Oberarm, um sie näher an sich heranzuziehen – und erschrak. Delias Haut fühlte sich plötzlich kalt und hart an.

Kryos riss die Augen auf. Delias Blick ging starr ins Leere, ihr zuvor rosiges Gesicht war kalkweiß. Im nächsten Moment kippte sie um und blieb wie eine vom Sockel gefallene Statue auf dem Teppich liegen. Ihr Körper war nicht länger aus Fleisch und Blut, sondern aus Marmor. In schrecklicher Gewissheit berührte Kryos seinen Mund.

Entsetzensrufe erklangen und die Freier sprangen von ihren Liegen auf.

»Er hat Delia in Stein verwandelt!«, kreischte eine Hetäre und wies auf Delia, der beim Sturz ein Splitter vom Ohr abgeplatzt war. »Welch eine böse Magie ist das?«

»Schnell raus hier, bevor er uns auch versteinert!«, schrie einer der Freier und rannte zum Ausgang des Androns.

»Das … das war keine Absicht!«, rief Kryos. »Ich tue euch nichts.« Doch seine Worte gingen in der Panik ringsum unter. Mit lautem Geschrei liefen die anderen Männer und Frauen nun ebenfalls zur Tür. In ihrer kopflosen Flucht rempelten sie einander an, Tischchen mit Essen fielen um und Geschirr zerbrach am Boden.

Bestürzt blickte Kryos auf das Chaos im Raum. Das hatte er nicht gewollt! Hastig nahm er seinen Münzbeutel und legte ihn neben die versteinerte Delia. »Damit du ein anständiges Begräbnis und eine Münze für Charon bekommst«, murmelte er. Dann griff er seinen

Helm und das Schwert. Bloß fort von hier! Vor der Ausgangstür drängten sich immer noch Freier und Hetären, die alle gleichzeitig versuchten, hinauszukommen. Kryos schob sie beiseite und floh aus dem Haus.

Im Freien rannte er weiter, obwohl niemand ihn verfolgte. Erst als er an der Stadtmauer angekommen war, blieb er keuchend stehen und lehnte sich gegen die kühlen Steine. Durch seinen Kuss hatte er eine unschuldige Frau versteinert. Persephone hatte recht gehabt. Er war ein ebensolches Monster wie seine Mutter. Kryos schlug mit den Fäusten gegen die Mauer. Dass er nichts von seinem Fluch gewusst hatte, minderte seine Schuldgefühle nicht.

Hätte er sich vorhin am Tempel nicht abweisen lassen, würde Delia noch leben! Hätte sein Vater ihn sofort zu Zeus gebracht, hätte er niemals diese Stadt betreten müssen! Wut über sich selbst und Hass auf seine Eltern loderten in Kryos wie die Flammen des Tartaros. Hatten sie von seinem Fluch gewusst und es ihm verschwiegen? Erkannte Hades ihn deshalb nicht an, weil sein Sohn eine todbringende Bestie war? Kryos setzte seinen Helm auf und lief zurück zum Marktplatz. Er musste dringender denn je mit Zeus sprechen!

Der Platz lag nun verlassen. Kryos lief zu der jetzt geschlossenen Seitenpforte des Zeusheiligtums. Er drückte dagegen, die Tür schwang auf und er betrat den Tempel.

Die Hälfte des Raumes nahm eine riesige Marmorstatue von Zeus ein. Der Göttervater saß auf einem

Thron, in seiner Hand ein Bündel aus zwölf goldenen Blitzen. Zahllose gelbfunkelnde Diamanten prangten darauf. Die Figur war in leuchtenden Farben bemalt und ihre Augen bestanden aus riesigen Smaragden.

Vier Männer, bei denen sich auch der Mann in der lilafarbenen Robe befand, legten vor der Statue ein Bodenbild aus Blütenblättern, Zweigen und Erde. Vermutlich sollte es eine Szene der Schlacht mit den Titanen darstellen. Gebettet auf weiße Jasminblüten waren drei gelbschimmernde Diamanten in das Bild eingearbeitet. Im Verlauf der Zeremonie würde man sie wohl in die dafür vorgesehenen Fassungen an den Blitzen drücken.

Weiterhin unsichtbar schlich Kryos hinter die am Bodenbild arbeitenden Männer. »Hinaus mit euch!«, rief er und schlug mit seinem Schwert gegen die Wand.

Die Männer fuhren auf und schauten sich um.

»Wer spricht da?«, keuchte einer.

»Ich kann niemanden sehen«, rief ein anderer angstvoll.

Die beiden Wächter eilten herbei, die vorhin in der Tür aufgetaucht waren. Kryos trat an einen heran und schlug mit der Breitseite des Schwertes auf dessen Brustpanzer.

Die Wache taumelte rückwärts. »Bei Zeus, wer ist das?«

»Jemand mit wenig Geduld.« Kryos versetzte jedem der Männer einen leichten Stoß mit der Hand. »Verlasst den Tempel!«

Verängstigt sahen die Männer sich an, dann endlich rannten sie davon. Kryos verriegelte die Tür hinter ihnen, legte den Helm ab und drehte sich zur Statue.

»Zeus!«, schrie er. »Ich muss mit dir reden! Sofort!«

Seine Worte verhallten im Raum.

»Ich weiß, dass du mich hören kannst!«

Doch nichts zeugte von der Anwesenheit des Göttervaters.

»Du hast mir ein Versprechen gegeben und ein Zeichen geschickt.« Zornig trat Kryos gegen eine Vase mit Blumen. Sie stürzte um und zerbrach. Einer Flut gleich überschwemmte das Wasser das Bodenbild. Er würde nicht unverrichteter Dinge abziehen! Mit erhobenem Schwert rannte er über das Bild und schlug mit der Waffe auf den riesenhaften Fuß der Statue. Wo eine gewöhnliche Klinge kaum Spuren verursacht hätte, hinterließ das Schwert aus dem Tartaros einen tiefen Schnitt im Marmor.

Gerade als Kryos erneut ausholte, durchlief ein goldenes Schimmern die Statue. Im nächsten Moment schleuderte ihn eine Sturmbö zu Boden und riss ihm das Schwert aus der Hand.

»Wer wagt es, in meinem Tempel die Waffe gegen mich zu führen?«, dröhnte eine tiefe Stimme durch die Halle.

In ihrem Gebaren unterschieden sich sein Vater und sein Onkel schon einmal nicht. Kryos rappelte sich auf und schaute nach oben. Die smaragdenen Augen der Figur waren drohend auf ihn gerichtet.

»Ich bin Kryos, dein Neffe«, sagte er mit fester Stimme. »Schön, dass wir uns endlich kennenlernen.«

Die Figur runzelte die steinerne Stirn. »Wer bist du?«

»Na, Kryos, Sohn deines Bruders Hades. Erinnerst du dich?«

»Nein.«

»Aber Hades hat dir doch von mir erzählt. Du hast versprochen, mich zum Gott zu erheben, sobald sich die Wasser des Styx purpurn färben. Und das haben sie vergangenen Abend getan.«

»So ein Unfug!«, schmetterte ihm die Statue entgegen. »Du bist nichts als ein verwirrter Narr. Den Namen Kryos höre ich heute zum ersten Mal.«

Wind erhob sich und rüttelte an den Türen des Tempels.

»Hades muss mit dir über mich gesprochen haben!«, schrie Kryos über das Brausen hinweg.

Er erhielt keine Antwort. Stattdessen gaben die Türen der Gewalt des Windes nach. Ein Trupp Krieger stürmte herein, gefolgt von den beiden Tempelwachen.

»Da ist der Frevler!«, rief eine der Wachen. »Bestimmt will er die Opfersteine stehlen.«

Die vordersten Krieger schleuderten ihre Speere. Kryos warf sich zur Seite, doch die metallene Spitze eines Speeres bohrte sich tief in seinen Unterleib. Die Wucht des Aufpralls und der Schmerz rissen ihn von den Füßen. Einen Atemzug lang blieb er wie betäubt auf dem kalten Steinboden liegen. Dann zog er sich stöhnend den Speer aus dem Leib. Die Wunde schloss sich, die Pein verflog. Er sprang wieder auf die Beine und zog sein Schwert.

Einige der Männer ließen ihre Waffen fallen und flüchteten aus dem Tempel. Die anderen betrachteten Kryos ungläubig, einer warf sich gar vor ihm auf die Knie, die Hände zum Gebet erhoben.

»Vorwärts, ihr Feiglinge!«, brüllte der Krieger, dessen Speer Kryos durchbohrt hatte. »Das ist kein Gott, sondern ein Ungeheuer!« Er zog sein Schwert und stürmte auf Kryos zu, gefolgt vom Großteil seiner Männer.

Kryos wappnete sich für den Angriff. Doch im nächsten Augenblick erstarrten die Krieger mitten in der Bewegung.

Erst glaubte Kryos, seine Mutter sei gekommen. Dann sah er, dass die Menschen nicht versteinert waren, sondern nur reglos wie ein Standbild verharrten.

»Du bist unsterblich«, erklang die verwunderte Stimme des marmornen Zeus.

»Nein, nur unverwundbar.«

Die Statue betrachtete Kryos, als sähe sie ihn zum ersten Mal. »Tatsächlich habe ich Hades das Versprechen gegeben, seine Kinder als Götter anzuerkennen und ihnen einen Platz im Olymp zu gewähren.«

Der Weg hierher war doch die richtige Entscheidung gewesen. »Also nimmst du mich mit in den Olymp?«

»Ja, ich werde mein Versprechen halten. Deine Mutter Persephone wird darüber bestimmt ebenso glücklich sein wie du.«

»Meine Mutter ist die Gorgone Euryale, nicht Persephone.«

»Was sagst du da? Nun, in diesem Fall kann ich dich nicht mitnehmen.«

»Wieso nicht?!«

»Ich habe Hades meine Zusage für seine Kinder mit Persephone gegeben. Nicht für seine Bastarde.«

Kryos traute seinen Ohren nicht. »Aber mein Vater muss mit dir über mich gesprochen haben! Deshalb hast du doch den Styx gestern purpurn gefärbt.«

»Nichts dergleichen habe ich getan. In keinem unserer Gespräche hat mein Bruder den Namen Kryos je erwähnt.«

Es dauerte einen Moment, bis die Erkenntnis in Kryos' Verstand sickerte. Sein Vater hatte ihn all die Jahre belogen und mit einem falschen Versprechen hingehalten. Er schleuderte sein Schwert fort, versetzte dem Helm einen Tritt und lief aus dem Tempel hinaus auf den Marktplatz.

Wie naiv er gewesen war! Kein Wunder, dass alle in der Unterwelt über ihn lachten. Die Wut über sich selbst und der Zorn auf seinen Vater drohten ihn schier zu zerreißen.

»Wieso hast du mich so hintergangen?«, schrie er in den schwarzen Nachthimmel. Er setzte sich auf den Boden und vergrub das Gesicht in den Händen. Was sollte er jetzt tun? Ins Totenreich zurückkehren und seinen Vater zur Rede stellen? Hades würde ihn nur für seine Gutgläubigkeit verspotten und ihn als Aufseher in den Tartaros verbannen. Aber der Tartaros war der letzte Ort, an den Kryos wollte. Entschlossen sprang er auf die Füße. So leicht würde er nicht aufgeben.

Kryos rannte zurück in den Tempel. Zu seiner Erleichterung schimmerte die Zeusfigur immer noch im goldenen Licht. Er stellte sich direkt vor sie und blickte der Statue in die smaragdfarbenen Augen. »Ich will ein Gott werden«, rief er. »Und ich bin bereit, alles dafür zu tun.«

3

Dichte Wolken verhüllten den Gipfel des Olymps, undurchdringlich für alle Sterblichen und jedes andere Wesen, dem der Eintritt in den Götterhimmel nicht zustand. Hades lenkte die Quadriga durch den Wolkenschleier auf eine runde, säulengetragene Halle aus schneeweißem Marmor zu. Sein Vater befahl den Rappen, auf seine Rückkehr zu warten, und führte Kryos durch ein goldenes Portal in das Gebäude hinein.

Kryos fand sich in einem überdachten – und voll besetzten! – Amphitheater wieder. Vorne, wo gewöhnlich der Chor Aufstellung nahm, thronten auf einer Empore die zwölf ständig im Olymp residierenden Götter auf Sesseln mit dunkelblauen Polstern und goldenen Beinen. Gegenüber befanden sich stufenförmig angeordnet die Plätze für die übrigen Götter. Auch Persephone, Hypnos und Hekate hatten sich zusammen mit den weiteren Gottheiten der Unterwelt auf den Zuschauerrängen niedergelassen.

»Das hier ist der Versammlungs- und Festsaal«, raunte sein Vater ihm zu. »Er ist den göttlichen Wohnstätten im Olymp vorgelagert. Geh zur Mitte und warte, was Zeus dir sagt.« Er ließ Kryos stehen und nahm neben Persephone auf der Tribüne Platz.

Vergangenen Abend hatte Zeus Kryos persönlich zurück in die Unterwelt gebracht und sich dann mit Hades zu einem Gespräch hinter verschlossenen Türen zurückgezogen. Anschließend hatte der Göttervater Kryos Fragen zum Tod von Delia gestellt und zu Hades und Persephones großem Unmut verkündet, schon am nächsten Tag eine Versammlung über Kryos abhalten zu wollen.

Wie sich zeigte, hatte man Kryos keine Sitzgelegenheit zugedacht. Als Gegenstand dieses Zusammentreffens stand er zwischen Rängen und Empore wie ein Schauspieler bei der Aufführung.

»Ich kann nicht glauben, dass Hades sich mit dieser schlangenköpfigen, ewig nörgelnden Gorgone eingelassen hat«, sagte Aletheia. Die Göttin der Wahrheit saß in der ersten Reihe.

Ihre Sitznachbarin Iris, Göttin des Regenbogens, nickte zustimmend. »Da soll Hera sich nochmal über Zeus' außereheliche Romanzen beschweren!«

»Ich würde lieber hören, was Persephone zu Hades' Bastard sagt.«

»Schau sie an, dann weißt du es. Wobei Hades auch nicht amüsiert wirkt. Ist aber verständlich, wenn ein solcher Fehltritt plötzlich bekannt wird.«

Aletheia grinste. »Ob Euryale sich die Augen verbunden hat, während sie und Hades sich vergnügt haben?«

Kryos drehte sich zu den lästernden Göttinnen um. »Fragt euch lieber, ob ich den Fluch meiner Mutter geerbt habe.«

Erschrocken wandten die beiden den Kopf ab und schwiegen.

Zeus erhob sich und auch das restliche Gerede erstarb. Der Göttervater wirkte in Wirklichkeit ebenso imposant wie als Statue. Nur dass seine Augen unter den buschigen Brauen nicht grün, sondern strahlend blau wie der Sommerhimmel waren.

»Seid willkommen! Der Grund für unsere heutige Versammlung ist Kryos, Sohn meines Bruders Hades und der Gorgone Euryale. Kryos wünscht, zum Gott erhoben zu werden und fortan statt in der Unterwelt im Olymp zu leben.«

Unter den Göttern begann Gemurmel.

»Woher nimmt er den Anspruch?«, fragte Ares.

»Ist das nicht offensichtlich? In meinen Adern fließt zur Hälfte göttliches Blut«, gab Kryos dem Gott des Krieges zur Antwort.

Ares lachte verächtlich. »Das trifft auf viele zu! Doch selbst richtige Götter erhalten selten einen Platz im Olymp. Es ist eine große Ehre, die Zeus über die Jahrhunderte bisher nur wenigen Auserwählten zuteilwerden ließ. Was hast du Besonderes getan, um dir einen Platz zu verdienen?«

Zeus hob die Hand. »Deshalb sind wir hier versammelt. Kryos hat bisher in der Unterwelt gearbeitet. Er hat Frevler zu ihrer verdienten Strafe in den Tartaros gebracht und zuletzt Charon mit den Toten am Styx geholfen. Kryos ist unverwundbar und unempfänglich für die Blicke seiner Mutter und Tante. Allerdings altert er so schnell, wie die Menschen es tun. Gestern hat er aus Unwissenheit durch seinen Kuss eine Sterbliche versteinert.«

Bei Zeus' letztem Satz entstand Unruhe im Saal. Doch sie war nicht dem Mitgefühl für die versehentlich Getötete geschuldet.

»Was ist das für ein Zauber?«, rief Aletheia besorgt. »Könnte er für uns Götter gefährlich sein?«

Eine berechtigte Frage, dachte Kryos.

Zeus winkte Hekate herbei. »Magie fällt in deine Zuständigkeit. Untersuche ihn.«

»Steh still«, befahl Hekate, die ihr dunkelblondes Haar in einem strengen Zopf geflochten trug. Sie streckte ihm ihre dünnen Arme entgegen, winkelte die Handgelenke an und schloss die Augen.

Kryos hatte das Gefühl, als schwappten leichte Wellen gegen jede Stelle seines Körpers. Dann nahm Hekate die Arme herunter.

»Der Fluch ist ein Erbe seiner Mutter«, sagte sie und öffnete die Augen »Das ist deutlich zu spüren. Wie ein Kuss von Kryos sich auf uns Götter auswirkt, ist schwer zu sagen. Hast du jemals eine Göttin oder einen Gott geküsst?«

Liebeleien hatte es nie gegeben. Und was seine Familie betraf … Sein Vater hatte ihn stets auf Abstand gehalten – gefühlsmäßig wie körperlich. Kryos konnte sich nicht einmal daran erinnern, als Kind auf dessen Schoß gesessen zu haben. Und Persephone hatte ihn von Anfang an ihre Abneigung spüren lassen. Er schüttelte den Kopf. »Ich habe nur meine Mutter geküsst und ihr ist nichts geschehen.«

Gelächter brandete auf, als auch der Letzte im Saal begriff, dass Kryos Jungfrau war.

»Das beantwortet unsere Frage nicht«, sagte Hekate. »Doch es bestätigt, dass der Fluch deiner Mutter in veränderter Form auf dich übergegangen ist, sonst wäre sie nicht dagegen gefeit.«

Zeus dankte Hekate. Hoch erhobenen Hauptes ging die Göttin zurück zu den Rängen und nahm dort wieder ihren Platz neben Persephone ein. Kryos sah, wie sie dieser etwas ins Ohr flüsterte.

»Wenn du in den Olymp aufgenommen werden willst«, fuhr Zeus an Kryos gewandt fort, »musst du dir den Eintritt verdienen. Im Tempel hast du behauptet, du wärst zu allem bereit.«

»Sag mir, was ich tun soll.«

»Seine Mutter und Tante daran hindern, uns ständig aufzulauern und uns Kopfschmerzen und Schwindel zu verursachen«, rief Ares und sofort folgte Beifall.

»Die Rotte wilder Eber zur Strecke bringen, die meinen heiligen Hain bei Brauron zerstört hat«, schlug Artemis vor.

»Du nennst dich die Göttin der Jagd und kannst das nicht selbst erledigen?«, fragte Hera spitz.

»Ich weiß das Richtige für Kryos.« Persephone erhob sich und erwartungsvolle Stille senkte sich über den Saal. »In den vergangenen Monaten habe ich sowohl im Olymp als auch in der Unterwelt immer wieder einen Namen gehört, der bei Göttern wie Menschen Zorn verursacht.« Sie genoss die Aufmerksamkeit aller, dann sagte sie mit bedeutungsschwerer Stimme: »König Dorimedon von Akora.«

Zustimmende Rufe erschallten, selbst Zeus nickte anerkennend.

Kryos war der Name des kriegerischen Stadtkönigs nicht unbekannt. Auch der Krieger, mit dem er vorgestern am Ufer des Styx gerungen hatte, hatte seinen Tod dem Machtstreben dieses Herrschers zu verdanken. »Was ist meine Aufgabe?«, fragte er Zeus.

»Das Geheimnis von Dorimedons plötzlicher Unbesiegbarkeit zu ergründen und es dem König zu entreißen.«

»Das sollte nicht allzu schwer sein, vor allem, wenn mein Vater mir seinen Helm leiht. Bring mich hinunter in die Menschenwelt und die Sache ist bald erledigt.«

Im Saal breitete sich betretenes Schweigen aus.

»Wenn es so einfach wäre, würde Dorimedon schon lange im Tartaros schmoren«, sagte Zeus. »Ich selbst weiß nicht einmal, was dort unten in Akora los ist. Auf einmal hat Dorimedon aufgehört, mir Opfer zu bringen, dabei war er immer zuverlässig. Dann hat er angefangen, gegen seine Nachbarstädte Krieg zu führen, und dabei nie eine Schlacht verloren. Die Klagen der Besiegten drangen immer lauter zu mir. Um ihren Beschwerden ein Ende zu machen, stieg ich in die Menschenwelt hinab, um nachzusehen, was genau dort mit Dorimedon vor sich geht. Doch ich sah nichts! Auch andere Götter, die ich schickte, hatten keinen Erfolg. Es ist, als läge eine dunkle Wolke über dem König und seiner Stadt, die sein Tun verbirgt und die kein göttliches oder übernatürliches Wesen zu durchdringen vermag. Selbst Hekate kann den Bann nicht brechen.«

»Wenn es niemandem gelungen ist, wie soll ich es dann bewerkstelligen?«, fragte Kryos. »Auch in meinen Adern fließt göttliches Blut und der Zauber würde mich nicht durchlassen.«

Zeus strich über seinen Bart. »Es gäbe einen Weg. Hekate hat ihn aufgetan, doch bisher hatte niemand den Mut, ihn zu beschreiten.«

»Dann werde ich der Erste sein.«

Unter dem Raunen der Götter sprach Zeus weiter. »Dorimedon hat einen Sohn. Yamin ist sein einziges Kind und dürfte in deinem Alter sein. Der Prinz scheint den Ungehorsam seines Vaters nicht zu teilen. Unter dem Vorwand, zu jagen, reitet er jeden zweiten Tag zu einer Quelle im Wald, um dort Athene zu opfern.« Zeus lächelte seiner Tochter, der Göttin der Weisheit und Wissenschaft, zu. »Wir wissen das, weil der Vorhang, der Dorimedons Tun verdeckt, dort während der Opferung durchlässig ist. Wenn der Prinz das nächste Mal Athene huldigt, könnte Hekate es bewirken, dass Yamins Seele seinen Körper verlässt und deine stattdessen hineinschlüpft. Im Körper des Prinzen kannst du nach dem Grund für Dorimedons Stärke suchen und ihn entmachten.«

Kryos keuchte. »Was passiert mit Yamins Seele und meinem Körper in dieser Zeit?«

»Beiden wird nichts geschehen. Sie werden hier auf dem Olymp sicher ruhen. Sobald du deine Aufgabe erfüllt hast, wird der Rücktausch stattfinden.«

Kryos fuhr sich durchs Haar. »Was ist, wenn ich nicht hinter Dorimedons Geheimnis komme?«

»Opfere Athene an der Waldquelle und Hekate holt dich zurück. Deine Erhebung zum Gott und dein Platz im Olymp sind damit verwirkt.«

Ein anderes Angebot würde er von Zeus nicht erhalten. »Ich werde es tun.«

»Nein.« Hades erhob sich von seinem Platz, der Blick so düster wie sein Gewand.

Überrascht sah Kryos ihn an. Wollte sein Vater ihm aus Sorge diesen Auftrag verbieten?

»Kryos wird keinen Erfolg haben«, sagte Hades. »Er überschätzt sich – wie so oft.«

Kryos öffnete den Mund, doch Persephone war schneller.

»Dein Sohn will sich beweisen, wie alle jungen Männer. Lass ihm das Vergnügen«, sagte sie und strich Hades besänftigend über den Arm. »Wenn er scheitert, wird er dein Kerkermeister im Tartaros, so wie du es dir schon lange wünschst.«

Zögernd nahm sein Vater wieder Platz.

Erstaunlich, dass ausgerechnet Persephone für ihn Partei ergriff. Vermutlich gefiel ihr der Gedanke, ihn für die nächste Zeit los zu sein.

Zeus blickte in die Runde. »Dann ist es beschlossene Sache.« Er stieg von der Empore herunter und streckte Kryos die Hand hin. »Mögen deine Taten von Erfolg gekrönt sein, Neffe.«

Wenn er einschlug, gab es kein Zurück mehr. Aber zurück war sowieso das Letzte, was Kryos wollte. Er würde es seinem Vater zeigen. Und allen, die spottend mit dem Finger auf ihn wiesen. Bald würde er von seinem Platz im Olymp triumphierend auf sie hinabschauen.

Kryos nickte und ergriff Zeus' Hand.

4

Io ließ das Wollschiffchen durch die Fäden des Webstuhls gleiten. Der Wandteppich war fast fertig, die schöne Helena vor den Stadttoren Trojas schon erkennbar. Die Wahl des Bildes war kein Zufall, immerhin war Io in einer ganz ähnlichen Situation. Außer, dass Helena sich der Erzählung nach gerne von Paris in ihre neue Heimatstadt hatte entführen lassen. Doch vielleicht irrte die Geschichte sich in diesem Punkt und Helena war ebenso widerwillig gegangen wie Io – und genauso machtlos gegen die Entscheidung über ihr Schicksal gewesen.

Ein Klopfen an der Tür ließ Io in ihrer Webarbeit innehalten. Eine Sklavin trat ein und neigte ehrerbietig den Kopf.

»Prinz Yamin ist aus seiner Bewusstlosigkeit erwacht, Herrin.«

»Hat er nach mir verlangt?«

»Nein, Prinzessin.«

Natürlich nicht. Yamin würde ihr Erscheinen bei

ihm niemals fordern. Vor allem nach ihrem Gespräch am vergangenen Abend nicht. Doch es würde befremdlich wirken, wenn sie nicht ans Lager ihres Verlobten eilte, und Zweifel an ihrem fügsamen Wesen konnte sie nicht gebrauchen.

»Ich werde dem Prinzen dennoch einen Besuch abstatten«, sagte sie, steckte das Schiffchen zwischen den Fäden fest und erhob sich vom Webstuhl.

Mit gemischten Gefühlen lief sie durch die Gänge des königlichen Palasts zu dem Mann, dem sie keine Liebe entgegenbrachte und an den sie für den Rest ihres Lebens gebunden sein würde. Hätte Yamin bei seinem Ausritt im Wald den Tod gefunden, wäre sie jetzt frei. Doch wer sollte dann den Auftrag ihres Vaters ausführen?

Yamins Gemächer lagen im Westtrakt. Sein Sklave Amun öffnete Io die Tür. Die Zimmer des Prinzen waren kreisförmig um einen kleinen Innenhof angeordnet. Blühender Jasmin verbreitete von dort seinen angenehmen Duft und das Licht der Mittagssonne spiegelte sich in einem flachen Teich.

Amun geleitete Io durch das nüchtern ausgestattete Empfangszimmer und den Ankleideraum zu Yamins Schlafgemach. Der Prinz lag auf seiner Bettstatt, bis zur Brust zugedeckt mit einem leichten Laken. Er war wach und sein Blick wanderte in dem schmucklosen Raum umher.

»Ich bin erleichtert, dass du wieder zu dir gekommen bist«, sagte sie und trat an sein Lager. Auch er durfte weiterhin keinen Verdacht schöpfen. »Wie geht es dir?«

Erst jetzt drehte er den Kopf zu ihr. Er musterte sie kurz, dann nickte er. »Ich fühle mich gut. Der Heiler hat mir jedoch für den heutigen Tag Bettruhe verordnet.«

»Kann ich etwas für deine Unterhaltung tun?«, fragte Io, wie es sich für eine zukünftige, pflichtbewusste Ehefrau gehörte. »Eine Partie Pentalpha oder dir vorlesen?«

»Das ist freundlich, aber nicht nötig. Ich bin müde und möchte ruhen.«

»Dann werde ich dich jetzt allein lassen. Erhole dich gut.«

Er dankte ihr, bat Amun, ebenfalls zu gehen, und drehte den Kopf zur Seite.

Amun zog den Vorhang zum Schlafgemach hinter ihnen zu und geleitete Io zur Tür. Dabei entging ihr seine gerunzelte Stirn nicht. Fortgeschickt zu werden, gefiel dem Sklaven offensichtlich nicht.

Zurück in ihren eigenen Gemächern trat ihre Sklavin Gitsa auf Io zu. »Der Schneider war hier wegen der Farbe Eures Hochzeitsgewands.« Gitsa wies zu einer Liege, auf der bunte Stoffmuster ausgebreitet waren. »Habt Ihr schon eine Entscheidung getroffen, was Ihr wollt?«

Eine Entscheidung, was sie wollte. Beinahe hätte Io aufgelacht. Ihre Wünsche hatten bisher nie jemanden interessiert. Mit Ausnahme von Orestes, aber er war nicht mehr bei ihr. »Ich werde morgen Prinz Yamin fragen, welche Farben er trägt, und meine Wahl daran ausrichten.« Wenn sie Erfolg mit ihrer Suche hatte, würde es nie zu dieser Hochzeit kommen.

Kryos drehte sich auf die Seite, schloss die Augen und bemühte sich, ruhig und gleichmäßig zu atmen, wie Schlafende es taten. In Wahrheit war er weder ruhig, noch war ihm nach Schlaf. Er wollte den Auftrag erfüllen, damit er wieder in den Olymp kommen und seine Erhebung zum Gott beginnen konnte. Wie freute er sich auf das Gesicht seines Vaters, wenn dieser erkannte, was in seinem Sohn steckte!

Kryos lauschte den sich entfernenden Schritten. Beim Erwachen hatten ein Heiler und der Sklave mit den raspelkurzen Haaren neben seinem Bett gestanden. Nach der Untersuchung war der Heilkundige gegangen, der Sklave war geblieben. Unentwegt waren dessen samtene Augen auf ihn gerichtet gewesen. Zu allem Überfluss war dann diese junge Frau erschienen, von der Kryos nicht wusste, wer sie war. Doch es spielte keine Rolle, länger als ein paar Stunden würde er nicht hier sein.

In einiger Entfernung öffnete und schloss sich eine Tür. Stille kehrte ein, einzig unterbrochen vom Summen einer Fliege. Kryos wartete noch eine Weile ab, dann schlug er die Decke zurück und stand von seinem Lager auf – nur, um sich im nächsten Moment wieder auf die Bettkante fallen zu lassen. Er presste die

Finger an die Stirn, um den Schwindel zu dämpfen, und atmete tief durch. Nach einer Weile erhob er sich erneut. Diesmal gelang es ihm, aufrecht zu bleiben. Yamin musste ein Stück kleiner sein als er, der Boden kam ihm näher vor als gewöhnlich. Kryos blickte an sich hinab. Er trug einen Schurz aus einem weichen hellen Stoff. Immerhin schien der Prinz die gleiche Kleidung zu bevorzugen wie er. Yamins Körperbau war indessen völlig anders. Der Prinz besaß lange Gliedmaßen und war schlank, fast mager, als gönne er sich gerade so viel Essen, um überleben zu können. Hoffentlich konnte er mit diesem Knochengestell von einem Körper ein Schwert führen!

Langsam schritt Kryos vorwärts, während er versuchte, sich in den neuen Körper einzufühlen. Das Schlafgemach besaß zwei Ausgänge. Mit Blüten bestickte Vorhänge verwehrten jeweils den Blick ins angrenzende Zimmer. Er entschied sich für den Weg, den der Sklave und die Frau genommen hatten, und fand sich in einem Ankleidezimmer wieder. Schmale Fenster und Öllichter an den Wänden erhellten den Raum. Schwere Holztruhen säumten eine Seite, an der gegenüberliegenden Wand standen auf einem Podest ordentlich aufgereiht Sandalenpaare in unterschiedlich aufwändiger Ausstattung. Vor der kurzen Wand befand sich ein Tisch. Waschschüssel, Wasserkaraffe, Tücher und allerlei Geräte zur Körperpflege reihten sich dort ordentlich nebeneinander: Kamm, Schere, Pinzette, Handspiegel und Rasiermesser sowie etliche kleine Tiegel. Neugierig hob Kryos einen Deckel an. Der angenehme Duft eines Salböls stieg ihm in die Nase. Er schloss die Dose mit dem Balsam wieder. Dass Frauen auf ihr Aussehen bedacht waren, verstand er. Aber Männer? Er betrachtete Yamins Hände. Die Fingernägel waren manikürt und die Haut war ohne jegliche Schwielen. Einzig ein paar dunkle Tintenflecken an den Fingerkuppen störten den gepflegten Eindruck. Schulterzuckend ließ er die Hände sinken. In der Unterwelt wäre jede Schönheitspflege verschwendete Zeit gewesen. Den Toten war sein Erscheinungsbild egal.

Er ging zur vordersten Truhe und öffnete sie. Unmengen von Stoff lagen sorgsam gefaltet darin, denen ein zarter Duft nach Lavendel entstieg. Kryos verzog das Gesicht, schloss die Truhe und öffnete die nächste. Wieder sah er sich Stapeln von fein säuberlich gefalteten Gewändern gegenüber. Wo bewahrte Yamin seine Waffen auf? Die letzte Kiste war diesbezüglich ebenfalls eine Enttäuschung: Gürtel, Fibeln und Ringe lagen sorgsam verstaut in flachen Holzschachteln. Kryos fuhr sich durchs Haar, nur, um unmittelbar in der Bewegung zu verharren. Statt störrischer Locken spürte er weiche, glatte Strähnen unter seinen Fingern. Er nahm den Handspiegel vom Waschtisch und betrachtete sich in der polierten Bronzeplatte. Yamins Haare reichten bis kurz über die Schultern und schmiegten sich um sein Gesicht. Überhaupt war Yamin kein Mann, der sich verstecken musste. Gleichmäßige Züge ließen sein Antlitz angenehm erscheinen, die gerade geschnittene

Nase verlieh ihm etwas Herrschaftliches. Kryos konnte ihn sich gut auf einem Thron sitzend vorstellen. Umso verwunderlicher, dass Yamin keine Waffen hatte. Oder bewahrte der Prinz diese in einem gesonderten Raum auf?

Kryos wollte ins nächste Zimmer weitergehen, da fiel sein Blick auf die erhöht stehenden Sandalenpaare. Was er anfangs für ein niedriges Podest gehalten hatte, entpuppte sich bei genauerem Hinsehen als flache, längliche Kiste. Kryos nahm die Schuhe herunter und hob den Deckel. Die Klinge eines Schwertes schimmerte ihm entgegen. Lächelnd fuhr Kryos über das kühle Metall. Dann nahm er das Schwert aus der Kiste und ließ es mit fließenden Bewegungen durch die Luft sausen. Auch wenn er sein im Tartaros geschmiedetes Schwert nicht gegen aufsässige Tote einsetzte, wusste er dieses dennoch zu führen. Hypnos war ein strenger Lehrmeister gewesen und hatte seinen Vorteil, fliegen zu können, erbarmungslos ausgenutzt.

Rasch legte Kryos sich das ebenfalls in der Kiste befindliche Schwertgehänge um, steckte die Waffe hinein und schritt durch einen weiteren Vorhang in den nächsten Raum. Ein Empfangszimmer, wie es schien. Der Palast seines Vaters hatte einen ähnlichen Raum. Nicht, dass es in der Unterwelt viele Besucher gegeben hätte, doch Hades ging es ums Prinzip.

Wie sich zeigte, führte die hölzerne Tür an der gegenüberliegenden Seite aus Yamins Räumlichkeiten hinaus in den Flur. Kryos' Plan war erst einmal einfach:

Er würde Dorimedon suchen, ihm die Klinge an die Kehle setzen und die Preisgabe des Geheimnisses fordern. Sollte er damit keinen Erfolg haben, würde ihm schon etwas einfallen.

Die steinernen Wände des Flures waren weiß gekalkt. Ein rotes Mäandermuster zog sich als einziger Schmuck am oberen Drittel der Mauern entlang, gelegentlich unterbrochen von einem Leuchter oder einem schmalen Fenster. Aus der Ferne drangen Geräusche zu ihm, gedämpfte Stimmen, Klappern von Geschirr und von draußen das Wiehern von Pferden. Er hatte keine Ahnung, wohin er gehen musste. Er bog um eine Ecke und fand sich in einem weiteren Flur wieder, an dessen Ende zwei Männer aus Krügen Lampenöl in die Wandleuchter füllten.

»Ihr da!« Kryos straffte die Schultern und ging mit aufrechter Haltung, die er für einen Königssohn angemessen hielt, auf sie zu.

Die Männer setzten die Krüge ab und drehten sich zu ihm um. Unglaube spiegelte sich auf ihren Gesichtern, dann neigten sie ehrerbietig die Köpfe vor ihm.

Kryos hielt sich nicht mit langen Vorreden auf. »Wo ist mein Vater?«

Die Männer wechselten einen irritierten Blick.

Waren diese Kerle mit Dummheit gestraft oder hatte er sich nicht deutlich ausgedrückt? »Ich suche meinen Vater«, sagte er ungeduldig. »Bringt mich zu ihm!«

Sie tauschten einen weiteren Blick aus, einer der beiden nickte, drückte dem anderen seinen Krug in die

Hand und verschwand nach einer kurzen Verbeugung vor Kryos um eine Ecke. Der verbliebene Mann glotzte Kryos wie ein Schaf an. Er schien wahrlich nicht mit Klugheit gesegnet.

»Führe mich zum König!«, sagte Kryos erneut.

»Das … das ist nicht möglich, mein Prinz«, stammelte der Diener.

»Warum nicht?«

»Der König ist vor drei Tagen zu einem weiteren Feldzug aufgebrochen. Ihr habt ihn selbst verabschiedet.«

Kryos war davon ausgegangen, dass der Prinz stets an der Seite des Königs war. Entweder hatte Dorimedon seinem Sohn Aufgaben im Palast übertragen oder Yamin war kein Krieger. »Es muss mir durch meine Bewusstlosigkeit entfallen sein«, murmelte er. Wenn er nicht eine unbestimmte Zeit auf die Rückkehr des Königs warten wollte, musste er ihm schnellstens hinterher. »Lass mein Pferd satteln und meine Rüstung bereitlegen. Und stell mir eine Eskorte meiner fähigsten Männer zusammen.« Ein Prinz ritt sicher nicht allein, zumal er gar nicht wusste, wohin.

Der Diener starrte ihn an, als hätte Kryos verlangt, dass dieser sich aus dem Fenster stürzte. Er öffnete den Mund, doch die Antwort auf Kryos' Befehl kam von einem Mann, der gerade um die Ecke bog.

»Ich halte das für keine gute Idee, Prinz Yamin.«

Ein glänzender Brustpanzer schmückte den Oberkörper des Neuankömmlings, ein prunkvolles Schwertgehänge seine Hüften. Eine quer über die Wange verlaufende Narbe stand im Gegensatz zu seinen attraktiven Gesichtszügen. Dem Mann folgten zwei Wachen mit Speer und Helm sowie der zweite Bedienstete.

Bevor Kryos etwas erwidern konnte, kam der Sklave mit dem kurzen Haar angelaufen. »Herr, ist alles in Ordnung mit Euch?«, rief er.

Ein grimmiger Ausdruck erschien auf dem Gesicht des Mannes mit der Narbe. »Offensichtlich nicht«, herrschte er den Sklaven an und wies missbilligend auf das Schwert an Kryos' Seite sowie den Schurz um seine Hüften. »Die Anordnung des Heilers war deutlich. Du bist für das Wohl des Prinzen verantwortlich, Amun.«

»Ich habe ihn fortgeschickt«, sagte Kryos, »denn ich fühle mich gut.«

»Bei allem Respekt, Prinz, das wage ich zu bezweifeln«, entgegnete der Narbige. »Ich schlage vor, dass Ihr Euch sofort wieder in Eure Gemächer begebt und den Anweisungen des Heilers Folge leistet.«

Du hast mir nichts vorzuschreiben, lag es Kryos auf der Zunge, doch etwas in den Augen seines Gegenübers ließ ihn innehalten. Ein winziges misstrauisches Funkeln. Er konnte nicht riskieren, dass jemand Verdacht schöpfte.

»Vielleicht sollte ich wirklich noch etwas ruhen«, sagte er daher. In der Nacht konnte er sich immer noch fortschleichen, um Dorimedon zu verfolgen. Gegen Geld war bestimmt jemand bereit, ihn zu führen.

Der Narbige nickte zufrieden. »Amun, begleite den

Prinzen und wage nicht, sein Zimmer noch einmal zu verlassen.« Er verbeugte sich und ging.

Die beiden Wachen folgten ihm nicht. Stattdessen begleiteten sie Kryos und Amun zu den Räumlichkeiten des Prinzen und postierten sich neben der Tür.

Wie es aussah, musste er heute Nacht einen anderen Fluchtweg finden.

Kaum hatte sich die Tür hinter ihnen geschlossen, schien Amun regelrecht aufzuatmen. »Ich habe es in Gegenwart Timaios' nicht sagen wollen, doch ich bin ebenfalls in Sorge um Euch. Seit Eurem Erwachen wirkt Ihr durcheinander.«

»Das bin ich wohl auch«, sagte Kryos seiner Rolle gemäß. Timaios musste der Mann mit dem Brustpanzer und der Narbe sein. »Ich hoffe, es gibt sich schnell wieder.«

Amun öffnete ihm den Vorhang zum Ankleideraum. »Ich habe niemandem von Eurem Opfer an der Waldquelle erzählt«, sagte er im Flüsterton und streckte Kryos beide Arme entgegen. »Bevor ich die Wachen zur Hilfe holte, habe ich alles unter Laub verborgen.«

»Das hast du sehr gut gemacht«, erwiderte Kryos und überlegte, was ihm Amuns dargebotene Arme sagen wollten.

»Euer Schwertgehänge«, half ihm der Sklave auf die Sprünge.

»Natürlich.« Er nahm das Schwert ab und legte es Amun auf die ausgestreckten Arme. Auf der Innenseite eines Handgelenks trug Amun ein Brandmal in Form eines geschlossenen Gürtels. Kryos hatte das ägyptische Zeichen für einen Sklaven schon bei vielen Toten gesehen.

»Wollt Ihr Euch hinlegen und ausruhen?«

»Es wäre das Vernünftigste, doch ich befürchte, keinen Schlaf zu finden.«

»Eure Studien gehen Euch nicht aus dem Kopf, oder?«

Kryos nickte, ohne zu wissen, wovon Amun sprach.

»Ich dachte es mir.« Amun lächelte und seine weißen Zähne blitzten auf. »Am Ende war es diese Schneckenschraube, die Euch in die Ohnmacht gleiten ließ, weil Ihr deren Mechanismus noch nicht verstehen könnt.«

Zu Kryos' Erleichterung schien Amun keine Antwort zu erwarten. Amun legte das Schwert in die Kiste unter den Sandalen zurück und schob den Vorhang zum Schlafgemach beiseite. »Legt Euch hin und ich hole Eure Aufzeichnungen. Vielleicht klärt die Beschäftigung mit den Problemen der letzten Tage Eure Gedanken – oder sie ermüdet Euch, dass Ihr doch einschlafen könnt.«

Amun war nicht weniger beharrlich als dieser Timaios, doch sprach aus seinen Worten Besorgnis, nicht Missbilligung.

Begleitet von dem Sklaven ging Kryos ins Schlafgemach. Bevor er sich ins Bett legte, warf er einen unauffälligen Blick aus dem Fenster. Steil abfallende Mauern ohne jeden Vorsprung, in der Tiefe ein gepflasterter Hof. Eine Kletterpartie hinunter war unmöglich. Natürlich könnte er springen, doch Knochenbrüche heilten langsamer als Fleischwunden. Bis dahin hätte man ihn sicher entdeckt. Blieb zu hoffen, dass es unter einem der anderen Fenster eine Möglichkeit zum Hinunterklettern gab.

Amun rückte ihm Kissen und die Nackenrolle zurecht, damit Kryos aufrecht sitzen konnte. Dann schob der Sklave den Vorhang beiseite und eilte in das zweite angrenzende Zimmer. Neugierig sah Kryos in den Raum. War die Einrichtung in Yamins bisherigen Zimmern von penibler Ordnung und spärlicher Ausstattung geprägt gewesen, offenbarte sich in dem einzusehenden Bereich das Chaos. Auf einem Tisch stapelten sich unzählige Pergamentrollen, Schreibrohre, Tintengefäße und merkwürdige Gegenstände, von denen Kryos einzig wusste, dass sie wissenschaftlichen Zwecken dienten. Sogar auf dem Boden lagen Blätter. Amun indes schien genau zu wissen, wo er das Gesuchte fand. Ein Griff unter einen Berg von Rollen und der Sklave zog einen von Holz umfassten Kodex hervor. Er kam zurück und überreichte ihn Kryos mit einer angedeuteten Verbeugung. »Euer Diarium.«

Gespannt öffnete Kryos den Kodex. Statt der üblichen Wachstafeln waren hier in römischer Art Papyrusblätter zusammengebunden. Die Seiten waren mit einer winzigen Handschrift bedeckt. Textpassagen wechselten sich mit mathematischen Formeln ab, Wörter waren durchgestrichen und andere darüber gekritzelt. Kryos kniff die Augen zusammen. Am Blattrand entdeckte er Tage und Monatsnamen, eingerahmt in Kästchen. Rasch blätterte er durch den Stapel. Yamin hatte fast an jedem Tag einen Eintrag vorgenommen. Und all das sollte er jetzt durchlesen? Sicher nicht. Gegen diese Unmengen an Geschriebenem waren die Namenslisten der Moiren ein Vergnügen.

Kryos schielte über den Rand des Kodex. Amun hatte wieder an seinem üblichen Platz neben der Tür Aufstellung genommen, bereit, ihm jeden Wunsch von den Augen abzulesen. Dann würde er den jungen Sklaven mal beschäftigen.

»Bevor ich mich in meine Aufzeichnungen vertiefe, will ich etwas essen«, sagte er und wies auf ein Servierbrett auf einem Beistelltisch. »Aber nicht diese abgestandenen Sachen und den schalen Wein. Bring mir etwas Richtiges aus der Küche.«

Der Wunsch des Prinzen nach kulinarischen Genüssen schien Amun zu freuen, vermutlich hielt er ihn für ein Zeichen der Genesung. Er neigte den Kopf, nahm das alte Essen mit und verließ den Raum.

Kryos wartete, bis er die Tür sich schließen hörte, bevor er aufstand. Diesmal fand er sein Gleichgewicht schneller. Eilig ging er in das Nebenzimmer mit dem Tisch. Dem Durcheinander darauf schenkte er ebenso wenig Beachtung wie der Aussicht in den begrünten Innenhof mit dem Teich. Sein Interesse galt den drei zum Palasthof gelegenen Fenstern. Vorbei an halbhohen Säulen mit Marmorbüsten ihm unbekannter Männer und einer Vielzahl gestapelter Schemel trat er an das mittlere Fenster. Der Blick nach draußen zeigte ihm, dass eine Flucht von dort ebenfalls unmöglich war. Im nächsten Raum verhielt es sich genauso. Das Zimmer hätte wohl der Wohnbereich sein sollen. Doch alle Sessel, Tischchen und Liegen waren an die Wand geschoben. Stattdessen glich der Raum einer Werkstatt. In der Mitte stand ein Arbeitstisch; Sägen, Bohrer, Hämmer und eine Axt hingen an den Wänden und dazwischen lehnten Bretter. Ein armlanger, halb ausgehöhlter Baumstamm lag auf dem Tisch. Was bei den Qualen des Tartaros tat Yamin hier?

Kryos betrat den nächsten Raum und fand sich zu seiner Überraschung im Empfangszimmer mit der Eingangstür wieder. Die Gemächer des Prinzen waren in einem Rundgang um den kleinen Innenhofgarten gruppiert. Das Empfangszimmer besaß nur Fenster zum Innenhof.

Schritte und ein Wortwechsel vor der Tür ließen Kryos aufhorchen. Er hastete zurück ins Schlafgemach, warf sich aufs Bett und zog das Laken bis zur Brust hoch. Schon hörte er die sich öffnende Tür und das Klappern von Geschirr. Rasch griff er nach dem Diarium und tat, als läse er aufmerksam darin.

In Wahrheit rasten seine Gedanken. Nach diesem Rundgang war eines sicher: Für seine Flucht blieb ihm nur die Tür. Wenigstens wusste er, wo Yamins Schwert lag.

Die Speisen auf dem Servierbrett waren längst gegessen, die Öllampen entzündet und die Geschäftigkeit im Palast war dem Zirpen der Grillen gewichen, doch Amun verließ die Gemächer des Prinzen nicht. Lauernd wie Zerberus stand er neben dem Bett, stets bereit, Kryos Wein aus einem Krug in seine Trinkschale nachzuschenken oder die Kissen aufzuschütteln.

»Es ist spät«, sagte Kryos und bemühte sich, seine Ungeduld zu unterdrücken. Um Amun zu täuschen, hatte er immer wieder im Diarium geblättert, ohne es wirklich zu lesen. »Du kannst dich zurückziehen.«

Amun schüttelte den Kopf. »Ich werde heute Nacht hier schlafen. Nicht nur, weil der Palastobere es mir befohlen hat, sondern weil ich mich um Euch sorge.«

Er würde ihn nicht loswerden. Hoffentlich hatte Amun einen tiefen Schlaf! Die Vorstellung, ihn niederschlagen zu müssen, gefiel Kryos nicht.

Amun holte eine Bastmatte aus dem Nebenraum, rollte sie auf einem Teppich neben dem Bett aus und löschte auf Kryos' Anweisung die Öllampen.

Kryos drehte sich auf die Seite und sah aus dem Fenster. Der Himmel war sternenklar und der volle Mond strahlte auf die Erde. Eine gute Nacht, um unterwegs zu sein. Er warf sich auf den Rücken und lauschte. Aus Amuns Richtung kamen gleichmäßige Atemgeräusche, doch Kryos glaubte nicht, dass der Sklave schon schlief. Wenn man einmal Hypnos gebrauchen könnte! So blieb ihm nichts, als zu warten. Nach einer Weile wurden ihm selbst die Augen schwer und das Bett war so verführerisch warm und bequem. Kryos kämpfte gegen die Müdigkeit an. Dachte an den Olymp, Zeus' Lobrede bei seiner Rückkehr und den Stolz im Gesicht seines Vaters.

Schnarchen erklang vom Boden her. Endlich hatte Amun der Schlaf übermannt. Lautlos schlug Kryos die Decke zurück und schob die Beine über den Rand der Matratze. Vorsichtig stand er auf, umrundete das Bett und schlich an Amuns Füßen vorbei in den Ankleideraum. Schwert, Sandalen und einige der Goldarmreifen, falls ein Bestechungsversuch nötig würde, dann war er bereit.

»Wohin wollt Ihr, Herr?«

Amun stand direkt hinter ihm. Kryos' Hand fuhr zum Schwertgriff, doch Kampfgeräusche würden unweigerlich die Wachen hereinrufen. »Ich will zu meinem Vater«, sagte er und drehte sich um. Amun schien treu ergeben, vielleicht bot er Kryos sogar seine Begleitung an. Oder er schrie gleich nach den Wachen.

Keines von beidem geschah.

»Geht es um die Hochzeit?«, fragte Amun.

Einmal mehr wusste Kryos nicht, wovon der Sklave sprach. »Nein«, sagte er ausweichend. »Es ist etwas anderes.«

Selbst im fahlen Mondlicht war zu sehen, dass Amun seinen Worten keinen Glauben schenkte.

»Es ist alles sehr viel für Euch im Moment«, sagte der Sklave. »Euer Ehrgeiz mit den Studien, die Erwartungen Eures Vaters. Bestimmt habt Ihr deshalb das

Bewusstsein verloren, weil Euer Verstand überfordert ist.«

Der echte Yamin hätte darauf sicher eine Antwort gewusst. »Ich muss unbedingt mit meinem Vater sprechen.«

Das Verständnis in Amuns Zügen wich deutlicher Sorge. »Ihr wisst, dass ich stets auf Eurer Seite bin. Doch niemand hat es bisher vermocht, Euren Vater und sein Heer zu verfolgen. Selbst sein Tross ist unsichtbar, bis er vor den Mauern der einzunehmenden Stadt steht. Ich bezweifle, dass es uns gelingen würde, ihn zu finden.«

Sein Tonfall verriet, dass es keine Ausrede war. Der geheimnisvolle Zauber machte nicht einmal vor Dorimedons eigenem Volk halt. Kryos senkte sein Schwert. Eine Flucht war damit sinnlos.

»Es dauert nur noch zwölf Tage, bis Euer Vater zurückkehrt«, sagte Amun. »Er hat versprochen, am Vorabend Eurer Hochzeit wieder hier zu sein.«

Ein Dutzend Tage in diesem Körper auf Dorimedons Rückkehr warten? Kryos stöhnte auf.

»Herr, ist alles in Ordnung?« Amun fasste ihn stützend am Arm.

Kryos nickte schwach. Widerstandslos ließ er sich von Amun zum Bett führen, Schwert und Sandalen abnehmen und zudecken. Egal, wie lange es dauern würde, er musste weitermachen. Zeus' Worte waren in dieser Hinsicht unmissverständlich gewesen. Aber wie sollte er fast zwei Wochen als Prinz Yamin überstehen, ohne sich zu verraten? Die Ausrede seiner Bewusstlosigkeit war bald nicht mehr glaubhaft. Er rollte sich auf die Seite, drehte sich aber sofort wieder zurück, weil etwas in seine Flanke drückte. Er griff nach dem Gegenstand und zog das Diarium hervor. Kryos verdrehte die Augen. Wenn er nur die geringste Chance haben wollte, vor den anderen als Yamin zu bestehen, musste er sich wohl durch das Tagebuch des Prinzen quälen.

»Amun, entzünde das Licht«, sagte er. »Ich will lesen.«

5

Die Strahlen der Sonne und Stimmen im Palasthof weckten Kryos am Morgen. Er blinzelte und wollte sich aufrichten, da bemerkte er den Gegenstand auf seinem Bauch. Seufzend legte er das Diarium beiseite. Seit vorgestern Nacht hatte er darin gelesen und in dieser Zeit das Schlafzimmer nicht verlassen. Die erhofften Erkenntnisse über das Leben des Prinzen waren spärlich geblieben. Yamins einziger Lebensinhalt schien seine Forschung zu sein. Kryos schwirrte jetzt noch der Kopf von all den Beschreibungen über Hebelgesetze, Kreiszahlberechnungen, Brennspiegel zum Versenken einer Schiffsflotte und Schneckenschrauben. Die mathematischen Berechnungen zu verstehen, hatte er sofort aufgegeben. Immerhin wusste er nun, dass seine Braut Io hieß, die Tochter des Stadtkönigs von Fardona war und seit vier Wochen hier im Palast lebte. Dorimedon hatte Fardona überfallen und mit der Vernichtung der Stadt gedroht, falls die Prinzessin sich weigerte, seinen Sohn zu heiraten. Über seinen Vater äußerte Yamin sich in seinen Niederschriften sonst kaum. Es gab kurze Bemerkungen, dass der Prinz an Besprechungen teilzunehmen hatte, die ihn von seinen Studien abhielten. Ansonsten erteilte Yamin noch besonders begabten Knaben aus einflussreichen Familien Unterricht.

Amun trat an Kryos' Bett. Ein lautloser Schatten, dessen Anwesenheit er immer wieder vergaß, obwohl der Sklave erneut auf dem Boden des Schlafgemachs genächtigt hatte.

»Wollt Ihr den Tag wieder in Eurem Zimmer verbringen?«

Kryos schüttelte den Kopf. Sich hier weiterhin zu verstecken, würde ihm Dorimedons Geheimnis nicht näherbringen. Zudem brauchte er dringend Bewegung. »Ich frühstücke im Saal.« Wenigstens das hatte er erfahren. Am Morgen und am Abend nahm der Prinz die Mahlzeiten zusammen mit hochrangigen Palastschreibern und – wenn er anwesend war – mit seinem Vater ein.

Kryos folgte Amun ins Ankleidezimmer. Immer noch fühlte Yamins Körper sich fremd an, doch der Schwindel war verschwunden. Während Kryos sich an der Waschschüssel Gesicht und Oberkörper wusch, kramte Amun geschäftig in den Truhen. Er holte einen hellblauen Stoff sowie einen mit Goldfäden durchwirkten Gürtel hervor und hielt Kryos beides fragend entgegen.

Kryos blieb nichts übrig, als zu nicken. Schon löste Amun den Schurz um Kryos' Hüften und streifte ihm dann das knielange Gewand über. Mit geschickten Fingern schloss er die Gewandnadeln an Schultern und Oberarmen, ehe er den Gürtel um Kryos' Taille legte und überschüssigen Stoff darüber zog, damit das Kleidungsstück den Körper elegant umspielte. Kryos presste die Lippen zusammen. Am liebsten hätte er sich den Chiton sofort wieder vom Leib gerissen. Der Stoff kitzelte und er musste an sich halten, sich nicht überall zu kratzen. Doch Amun war mit seinem Werk noch nicht am Ende. Er legte Kryos eine Kette mit einer handtellergroßen silbernen Scheibe als Anhänger um den Hals und einen breiten Goldarmreifen ums Handgelenk. Kryos glaubte sich erlöst, da wies Amun zu dem Hocker am Waschtisch.

Widerstrebend nahm er Platz und Amun griff nach dem Kamm. Mit gleichmäßigem Druck kämmte er Kryos' Haar, löste behutsam Knoten und ordnete Strähnen an die richtige Stelle. Eine angenehme, äußerst wohltuende Behandlung, wie Kryos feststellte. Auch dem Sklaven schien diese Arbeit Freude zu bereiten, da er sich der Angelegenheit ausgiebig widmete. Was Amun wohl zu seinem widerspenstigen Lockenhaar gesagt hätte?

Als der Sklave mit seinem Werk zufrieden war, schlang er ein dünnes ledernes Band um Kryos' Kopf, das die Haare aus der Stirn halten sollte. Auch das noch! Kryos wollte sich erheben, da griff Amun zu Seife und Rasiermesser. Gekonnt schäumte er Kryos' Wangen, Kinn und Oberlippe ein und schabte dann mit der scharfen Klinge darüber. Kryos stöhnte innerlich, während Amun zum Schluss wohlriechenden Balsam in sanften, kreisenden Bewegungen auf die rasierten Stellen auftrug. Nicht einmal Aphrodite konnte so lange für ihre Schönheitspflege benötigen! Denn nun widmete Amun sich Kryos' Finger- und Zehennägeln: Er schnitt, polierte und salbte sie und zog Kryos zum Schluss mit blauen Perlen bestickte Sandalen an.

Endlich schien alles erledigt und Kryos durfte aufstehen.

»Wenn Euch kühl ist, lege ich Euch einen Himation über«, sagte Amun.

Kryos winkte ab. Nicht noch mehr Stoff! Schon der Chiton beengte ihn. Amun nahm den Handspiegel und neigte ihn Kryos entgegen, damit er sich von oben bis unten betrachten konnte.

Herausgeputzt wie ein Pfau, dachte Kryos. Kein Wunder, dass die Diener mit dem Lampenöl ihn im Flur in seinem Schurz so entsetzt angesehen hatten. Er musste wirklich aufpassen, dass ihm kein solcher Fehler mehr unterlief!

Als er auf den Flur trat, stellte Kryos fest, dass weiterhin Wachen vor seiner Tür standen. Auch wenn er nicht mehr zu fliehen gedachte, war es ihm lieber, wenn Timaios nicht davon in Kenntnis gesetzt wurde, wann er in seinen Räumlichkeiten ein- und ausging. Sollten sie bei seiner Rückkehr noch dort stehen, würde er sie fortschicken.

Kryos wies Amun mit einer Geste an, voranzugehen,

und versuchte, sich den Weg einzuprägen. Zum Glück war es zum Speisesaal nicht weit – ein großer, prunkvoller Raum mit bunten Teppichen und Gemälden an den Wänden, Mosaikmustern auf dem Fußboden und mannshohen bemalten Vasen in den Ecken. Etwa ein Dutzend Männer lagen auf gepolsterten Liegen, vor denen niedrige Serviertische standen, und ließen sich von Sklaven bedienen. Sie erhoben sich, als er eintrat – nur eine Person blieb auf ihrer Liege sitzen. Er erkannte sie sofort wieder. Die zierliche junge Frau mit dem braunen Haar und den grünen Augen hatte ihn vor zwei Tagen in seinen Gemächern besucht. Es bestand kein Zweifel, wer sie war.

Io, Prinzessin von Fardona, sah ihm mit wachem Blick und verhaltener Freude entgegen.

Kryos begrüßte die Anwesenden und ging zu Yamins Verlobter. Neben ihr stand eine freie Liege, vermutlich war diese ihm vorbehalten. Wie begrüßte er seine zukünftige Ehefrau? Mit einer Verbeugung? Einem Kuss auf die Wange?

Kryos entschied sich für ein Lächeln und einen gemurmelten Gruß. Offensichtlich war es das Richtige, denn Io wirkte nicht verwundert. Erleichtert ließ Kryos sich auf der Liege nieder. Hinter ihm nahm Amun Aufstellung und ein Sklave servierte Kryos Teigfladen aus Weizenmehl, Schälchen mit gewürzten Honigsoßen und eine dampfende Suppe. Verstohlen sah Kryos sich um. Die Männer hatten das Essen und ihre Gespräche wieder aufgenommen. Neben sich schnappte er die Wörter Getreidelieferungen, Wucherpreise und Sizilien auf.

»Die zweitägige Ruhe scheint dir gutgetan zu haben«, sagte Io zu ihm.

»Ich habe mich unwohl gefühlt und hoffe, meine Zurückgezogenheit hat dich nicht gestört.«

»Keineswegs, dafür habe ich Verständnis.«

Obwohl sie abstritt, dass seine Abwesenheit sie gestört hatte, klang ihre Stimme für Kryos bedauernd. Anscheinend hatte Yamin trotz seiner Studien täglich Gelegenheit gefunden, sich seiner Verlobten zu widmen. Eine Gepflogenheit, die er aufrechterhalten musste. Auch, wenn es ihn unnötig von seiner Suche abhielt. »Von nun an werde ich dir regelmäßig meine Aufmerksamkeit schenken«, sagte er so freundlich wie möglich.

In Ios Gesicht erschien ein überraschtes, aber hübsches Lächeln. Die Vorstellung, Yamins Verlobte regelmäßig sehen zu müssen, erschien Kryos plötzlich nicht mehr so schlimm. Io war keine bezaubernde Schönheit wie Aphrodite und Persephone, auch nicht von aufreizender Gefälligkeit wie Delia. Sie besaß eine stille Anmut, die sich erst auf den zweiten Blick erschloss. Auch wenn die Heirat politischen Zwecken diente, war Yamin sicher verliebt in seine Braut. Ios Zartheit weckte bei einem Mann Beschützerinstinkte und den Wunsch, ihre alabasterfarbene Haut zu berühren und von der Sanftheit ihrer Lippen zu kosten.

Erschrocken über seine Gedanken wandte Kryos sich von Io ab und der abgekühlten Anissuppe mit Fenchelstückchen vor ihm zu. Er war nicht hier, um sich mit Yamins Braut zu vergnügen! Wohin sein letztes Amüsement mit einer Frau geführt hatte, war ihm schmerzhaft bewusst. Er musste lediglich darauf achten, dass Io keinen Verdacht schöpfte, und sich wie ein angehender Bräutigam benehmen. Die Frage war nur: Was tat man als solcher?

Kryos riss ein Stück von seinem Fladenbrot ab, tauchte es in die Honigsoße und schielte zu Io hinüber. Sie sprach mit dem Mann auf der Liege neben ihr über die nächsten olympischen Sportwettkämpfe und widmete sich dann ebenfalls ihrem Frühstück. Ob sie eine Unterhaltung mit ihrem Verlobten erwartete? Bestimmt, Frauen redeten ja grundsätzlich gerne – zumindest die, die er so kannte.

»Was hast du in den vergangenen beiden Tagen unternommen?«, fragte er sie.

»Ich habe an meinem Wandteppich gewebt und bin ausgeritten.«

»Wohin bist du geritten?«

»Hinunter zum Fluss. Unter dem Schatten der Bäume lässt es sich herrlich spazieren gehen.«

Ein Räuspern unterbrach sie. Einer der Männer war von seiner Liege aufgestanden und vor Kryos getreten. Sein Bart war sorgsam gestutzt und seine Hände waren ebenso gepflegt wie die Yamins.

»Die anderen Palastschreiber und ich freuen uns, dass es Euch wieder besser geht, mein Prinz«, sagte er und neigte den Kopf. »Wir waren in tiefer Sorge.«

»Dazu besteht kein Anlass mehr.« Kryos schenkte dem Mann ein, wie er hoffte, überzeugendes Lächeln.

»So werdet Ihr alle Verpflichtungen der nächsten Tage wahrnehmen können?«

»Selbstverständlich.«

Der Mann neigte erneut den Kopf und entfernte sich. Kryos nahm sich vor, Amun bei erster Gelegenheit über die Art dieser Verpflichtungen auszuhorchen.

»Wirst du deine Studien heute wieder aufnehmen?«, fragte Io.

»Das habe ich vor.«

Der Hauch von Enttäuschung in ihrem Gesicht entging Kryos nicht. Es war eindeutig: Die Prinzessin erwartete anderes von ihrem zukünftigen Gemahl!

»Doch ganz so eilig ist es mir mit meinen Forschungen nicht«, sagte er. »Wollen wir nach dem Frühstück einen Spaziergang unternehmen? Nach dem langen Ruhen verlangt es mich nach Bewegung.«

Die Freude, Io erneut lächeln zu sehen, wurde von Amuns Hüsteln gestört.

»Herr, da Ihr Euch vormittags Euren Studien zu widmen pflegt, habe ich mir erlaubt, den Tischler einzubestellen, dessen Kommen Ihr für den gestrigen Tag geplant hattet.«

Dass ein Handwerker kommen wollte, hatte sogar in dem Diarium gestanden. »Es muss mir entfallen sein«, sagte Kryos an Io gewandt. »Ich werde die Sache schnell abhandeln und dann …«

Sie schüttelte den Kopf. »Wir können auch heute

Nachmittag spazieren gehen oder an einem anderen Tag.«

Kryos hatte keine Ahnung, wie Yamin das sah, aber er wollte lieber Zeit mit Io verbringen als mit einem Handwerker. Zumal er den Spaziergang hätte nutzen können, sich unauffällig im Palast umzuschauen. Doch offensichtlich lagen die Prioritäten des Prinzen anders.

»Du hast vorhin von einem Webteppich erzählt«, nahm Kryos das Gespräch wieder auf. »Welches Bild wird er zeigen?«

Io schmunzelte. »Immer noch Helena vor den Toren Trojas.«

Offensichtlich hatte Yamin das wohl erst vor Kurzem gefragt. Daran hätte er denken müssen! Verärgert steckte Kryos sich ein Stück Brot in den Mund. Er verschluckte sich fast, als Io ihre Hand auf seinen Arm legte. Ihre Berührung war sanft wie der Flügelschlag eines Vogels.

»Verrätst du mir, welches deine Lieblingsgeschichte über die Götter ist? Der Wandteppich wird bald fertig sein und ich würde als Nächstes gerne etwas wirken, das dir gefällt.«

»Meine Lieblingsgeschichte?«, stotterte er und starrte auf ihre zierlichen Finger. »Als Kind hat meine Mutter mir oft erzählt, wie der hinterhältige Perseus meiner bedauernswerten Tante …« Er hustete, als hätte er einen Brotkrümel im Hals. »Ich wollte sagen, wie der mutige Held Perseus der grauenhaften Medusa den Kopf abgeschlagen hat. Aber mir hat diese Geschichte nie gefallen.«

»Mir auch nicht. Der Gedanke, dass es noch zwei andere, lebende Gorgonen gibt, jagt mir Angst ein.«

»Herakles«, sagte Kryos hastig, um darauf nicht eingehen zu müssen. »Diese Geschichte mag ich am liebsten. Mir gefällt es, dass der Halbgott nach seinen zwölf Prüfungen in den Olymp aufgenommen wird.«

»Ehrlich? Ich hatte bei dir auf die Erzählung von Dädalus gesetzt. War er nicht ein großer Erfinder und hat sich und seinem Sohn Ikarus das Fliegen ermöglicht?«

»Das ist meine andere Lieblingsgeschichte.« Verdammt, es ging nicht darum, was ihm gefiel, sondern Yamin.

Io nickte. »Dann webe ich, wie Herakles den kretischen Stier bändigt. Das hat in gewisser Weise mit Dädalus zu tun.«

»Eine gute Idee! Wenn ich mich richtig erinnere, hatte der Meeresgott Poseidon die Königin der Insel Kreta verhext, sodass sie sich in den Stier verliebte. Dädalus fertigte eine mechanische Kuh für die Königin an, damit sie in diese hineinkriechen und sich mit dem Stier vereinigen konnte.«

»Aber das wäre wohl kein passendes Motiv für den Wandteppich einer Prinzessin«, sagte Io und kicherte.

»Ja, wir belassen es besser bei Herakles.« Kryos lachte. Er hatte schon lange kein so amüsantes Gespräch mehr geführt wie mit Io. Leider nahm sie gerade in diesem

Augenblick die Hand von seinem Arm und erhob sich von ihrer Liege.

»Ich ziehe mich an meinen Webstuhl zurück, damit du nicht allzu lange auf deinen Wandteppich warten musst. Außerdem schaut Amun mich schon mehr als strafend an, weil ich dich nicht an deine Forschungen lasse«, setzte sie flüsternd hinzu.

Tatsächlich blickte der Sklave äußerst missmutig drein. So stand Kryos ebenfalls auf. Die Stelle an seinem Arm, auf der Ios Hand geruht hatte, prickelte.

Eine Weile später fand Kryos sich in Yamins improvisierter Werkstatt wieder. Gemeinsam mit Amun und einem Mann mit Kappe und Leinenkittel stand er schweigend über einen Papyrus gebeugt. Er zeigte eine Schemazeichnung eines länglichen Gegenstands, in dessen Inneren sich ein mit einer Spirale umwickelter Stab befand.

»In seinem Schreiben an den Prinzen erklärt Archimedes, dass diese Schneckenschraube eine Weiterentwicklung der Vorrichtungen sei, mit der man in Ägypten die Felder bewässert«, sagte Amun, als das Schweigen andauerte. »Es kann Wasser in die Höhe befördern.«

Der Handwerker kratzte sich am Kopf. »So was hab' ich noch nie gesehen. Wie soll es arbeiten?«

»Das wollen wir herausfinden, indem wir sie nachbauen«, sagte Kryos, denn so viel hatte er aus dem Diarium entnommen. »Deshalb habe ich dich kommen lassen. Archimedes hat mir eine Schneckenschraube schicken wollen, doch die Fracht ging verloren, und es wird dauern, bis der Ersatz eintrifft.«

Stirnrunzelnd betrachtete der Handwerker die Skizze. »Die Röhre und der Stab sind keine Schwierigkeit. Doch diese Winde, die sich um den Stab schlängelt …«

»Archimedes schlägt Weiden- oder Keuschbaumzweige vor«, sagte Amun.

Der Handwerker winkte ab. »Zu schwach. Wasser hat Gewicht, wir brauchen was Stärkeres.«

»Aber das Holz muss dünn und biegsam sein«, sagte Amun. »Die Welle muss sich bewegen können, damit sie das Wasser nach oben schrauben kann.« Er tippte auf den Papyrus. »Sieh doch, hier ist eine Kurbel eingezeichnet.«

»Wir nehmen Olivenholz, sonst wird's nix.«

Amun schüttelte den Kopf. »Die Arbeiter auf dem Feld sollten diese Schneckenschrauben selbst herstellen. Weide wäre viel einfacher einzusetzen.«

»Was meint Ihr dazu, Prinz Yamin?«, fragte der Handwerker.

»Nun, ich denke …« Kryos rieb sich über die Stirn, als hätte er sich ebenfalls Gedanken gemacht. »Wir sollten jede Holzsorte ausprobieren.«

»Aber wir waren uns doch einig, dass Weide das geeignete Arbeitsmaterial ist«, sagte Amun.

»Auch Archimedes kann sich irren und wir können seine Erfindung möglicherweise sogar verbessern. Ihr beiden schafft alles Nötige herbei, dann fangen wir an.«

»Und Ihr, Herr?«, fragte Amun.

»Ich werde hierbleiben und das Problem weiter durchdenken.«

Der Sklave schien widersprechen zu wollen, besann sich jedoch und nickte. »Wir beeilen uns.«

Wenn es nach Kryos ginge, konnten sie sich alle Zeit der Welt lassen. Er musste sich endlich um seinen Auftrag kümmern, der in gewisser Hinsicht ebenso kompliziert war wie der Bau einer solchen Schneckenschraube. Kaum hatten die beiden Männer seine Gemächer verlassen, trat Kryos hinaus in den Innenhof, um den die Räumlichkeiten des Prinzen gruppiert lagen. Der Garten dort glich einem duftenden Paradies, doch ihn interessierte nur der kleine Teich. Dessen Oberfläche war so glatt wie ein Spiegel. Kryos ging in die Knie und tauchte die Hand hinein. Angenehm kühl umspielte das Wasser seine Finger.

»Wenn du Rat brauchst, frag mich«, hatte Hypnos ihm angeboten, bevor Hekate den Zauber gewirkt hatte.

Nein, er würde nicht um Hilfe betteln! Kryos bewegte seine Hand und brachte die Oberfläche in Bewegung. Er erhob sich und verließ seine Gemächer. Die Wachen standen nicht mehr vor der Tür.

Kryos schlug den Weg zum Speisesaal ein, lief dann aber daran vorbei und kam kurz darauf an eine Gabelung. Links führte eine Treppe hinunter in das untere Stockwerk. Rechter Hand gelangte man durch einen kurzen Gang in einen Innenhofgarten, ebenso prachtvoll angelegt wie sein eigener, nur um einiges größer. Aus dem Garten erklang ein seltsames Schreien. Da, schon wieder! Was war das?

Kryos folgte den ungewöhnlichen Rufen in den Innenhof. Hinter einem Zitronenbaum entdeckte er eine Voliere. Fünf große Vögel mit mächtigen Schnäbeln und langen Schwanzfedern saßen darin. Einige waren grün mit einer schwarzen Zeichnung rund um den Hals, andere grau mit roten Schwänzen. Fasziniert trat Kryos näher. Solche Tiere hatte er noch nie gesehen, geschweige denn gehört. Ihre Laute waren nicht melodisch wie die anderer Vögel, sondern krächzend und von ohrenbetäubendem Lärm.

Als er den Käfig erreichte, wurden die Tiere still. Wie man diese ungewöhnlichen Vögel wohl nannte?

Schon weit vor der Treppe in den Innenhof hörte Io das Kreischen der Papageien. Die Schönheit dieser Vögel stand im Gegensatz zu ihren Stimmen. Yamin hatte behauptet, einige von ihnen könnten sogar sprechen. In ihrer Gegenwart hatten die Tiere es jedoch noch nie getan. Sie stieg die Treppe hinab in den Papageiengarten, ohne weiter auf das Lärmen der Vögel zu achten. Sie hatte ihre Sklavin mit einem Auftrag zum Schuster geschickt und diese Zeit musste sie nutzen. Seit ihrer Ankunft hatte sie die Palasträume durchstreift, aber nichts entdeckt, das Dorimedons plötzliche Macht erklären könnte. Der Papageiengarten war der einzige Ort, an dem sie noch nicht gesucht hatte.

Wenn du die Ursache für Dorimedons Unbesiegbarkeit findest, werde ich sie ihm nehmen und dich aus seinen Klauen befreien, Tochter. Ebenso wie unser geliebtes Fardona.

Hatte sich ihr Vater geirrt und Dorimedon einfach nur viel Zeit und Geld in die Ausbildung und Ausrüstung seiner Soldaten gesteckt? Aber das allein erklärte nicht, wie es dem König gelungen war, bei dem Angriff auf ihre Heimatstadt wie aus dem Nichts vor den Mauern Fardonas aufzutauchen.

Abrupt blieb Io auf der Treppe stehen. Jemand trat aus einem der Flure in den Garten und lief auf den Papageienkäfig zu.

Yamin! Was tat er hier? Während seiner Studienzeit am Vormittag hatte sie ihn noch nie außerhalb seiner Räumlichkeiten gesehen, zumal doch der Handwerker einbestellt war. Jetzt hatte Yamin die Voliere erreicht und nun bemerkten ihn auch die Tiere – und verstummten schlagartig. Die unnatürliche Stille im Garten jagte Io einen Schauer über den Rücken. Was passierte hier? Im nächsten Atemzug schüttelte sie über sich selbst den Kopf. Niemand kannte die Tiere besser als Yamin, er hatte ihr erzählt, wie er die exotischen Vögel als Kind geschenkt bekommen hatte. Yamin musste den Tieren einen neuen Trick beigebracht haben. Sie sollte sich nicht fürchten, sondern die angenehme Ruhe genießen.

»Io!« Yamin war von dem Käfig zurückgetreten und schaute zu ihr. »Ich habe dich gar nicht bemerkt.«

Io zwang sich zu einem Lächeln, stieg die letzten Stufen hinab und ging zu ihrem Verlobten hinüber. »Ich wollte deine Papageiendressur nicht stören. Erstaunlich, sie sind immer noch still.« Geduckt saßen die Vögel auf ihren Ästen und beäugten Yamin mit schiefgelegten Köpfen.

»Ich bin selbst erstaunt, dass es mir gelungen ist.« Er blickte zwischen den Vögeln und ihr hin und her. Sein Erfolg schien ihn deutlich zu verunsichern.

»Bist du mit deinen Studien für heute bereits fertig?«

Er schüttelte den Kopf. »Amun und der Tischler müssen Holz für unser neues Vorhaben besorgen. Aber bestimmt sind sie jetzt schon da und erwarten ungeduldig meine Rückkehr.«

»Dann will ich dich nicht aufhalten. Aber bevor du gehst, kannst du mir sagen, welche Farbe dein Hochzeitsgewand haben wird? Das habe ich vergessen, dich beim Frühstück zu fragen. Du wolltest es am Abend vor deinem Ausritt in den Wald mit Amun besprechen. Ich möchte mein Gewand darauf abstimmen und kann den Schneider nicht länger vertrösten.«

»Nun, Amun und ich hatten an dem Abend vor dem Ausritt keine Zeit, darüber zu reden, weil … weil …«

»Weil ihr über deine Studien hinweg alles andere vergessen habt, nehme ich an.«

Geradezu erleichtert sah er sie an. »So war es. Und dann habe ich nicht mehr daran gedacht.« Er lächelte zerknirscht. »Aber ich werde noch heute mit Amun darüber sprechen.«

»Wir brauchen Amun gar nicht. Welches ist deine Lieblingsfarbe? Als deine Ehefrau sollte ich das sowieso wissen.«

»Natürlich, du hast recht. Meine Lieblingsfarbe …« Er fuhr sich durchs Haar, als müsste er über eine höchst komplizierte Frage nachdenken. Dabei verfingen seine Finger sich in seinem Stirnband. Verärgert zog er das Lederband vom Kopf und betrachtete es so angewidert, dass Io sich ein Lachen verkneifen musste.

»Purpur«, stieß Yamin hervor. »Meine Lieblingsfarbe ist Purpur.«

»Oh, damit habe ich nicht gerechnet«, entfuhr es Io. »Du bevorzugst ja sonst Pastelltöne. Aber ich halte es für eine gute Idee, an unserer Hochzeit mit dieser Farbe allen in Erinnerung zu rufen, dass du der nächste Herrscher von Akora sein wirst«, fügte sie hastig an, bevor Yamin ihre Worte als Kritik auffasste. »Ich werde mir etwas Passendes dazu überlegen.«

Yamin lächelte – ein wenig gequält, wie es Io schien.

»Ich muss jetzt gehen«, sagte er, nahm das Stirnband und legte es sich derart ungeschickt über den Kopf, dass etliche Haarsträhnen sich in dem Band verfingen und wirr nach allen Seiten abstanden. In dem Versuch, sein Haar zu befreien, schob Yamin das Band immer weiter herunter, bis es schließlich um seinen Hals baumelte. Mit sichtlich genervtem Gesichtsausdruck zog Yamin es wieder hoch.

Als würde er es zum ersten Mal anlegen, dachte Io amüsiert. »Lass mich dir helfen. Sonst macht das ja bestimmt immer Amun für dich«, sagte sie und streckte die Hände nach dem Band aus.

Yamin zuckte zurück, als hielte sie einen Dolch in ihrer Hand. Dann schien ihm seine Reaktion bewusst zu werden. Ein gezwungenes Lächeln trat auf sein Gesicht. »Natürlich«, erwiderte er und reichte ihr das Band.

Io zupfte ein paar von Yamins Haaren ab und hängte sich das Band ums Handgelenk. »Ich ordne dein Haar, bevor ich es dir anlege.«

Diesmal wich er nicht zurück. Doch Io entging sein angespannter Blick nicht, während sie die in Mitleidenschaft gezogenen Strähnen ordnete. War ihre Nähe ihm so zuwider? Sie beeilte sich, das Band zwischen ihren Händen zu spreizen und ihm dann vorsichtig von der Stirn aus über den Oberkopf zu ziehen. Dann trat sie einen Schritt zurück und betrachtete ihr Werk. »Jetzt sieht es wieder ordentlich aus.«

»Danke«, murmelte er und verließ fast fluchtartig den Papageienhof.

Nachdenklich sah Io ihm hinterher. So verwirrt hatte sie Yamin noch nicht erlebt. Ob etwas mit seinen Studien nicht gut lief? Hinter ihr erklang das schrille Krächzen der Papageien und erinnerte sie an ihr ursprüngliches Vorhaben. Io ließ ihren Blick über den Innenhof schweifen. Wo sollte sie mit ihrer Suche beginnen?

Mit jedem Schritt zurück zu Yamins Räumlichkeiten wuchs Kryos' Ärger auf sich selbst. Hatte er sich nicht heute Morgen vorgenommen, vorsichtig und besonnen zu sein, um sich nicht zu verraten? Und dann seine Reaktion, als Io ihm mit dem Stirnband behilflich hatte sein wollen. Verdammt, sie war seine Verlobte und nicht Persephone, die keine Gelegenheit ausließ, ihm zu schaden.

Angespannt betrat er seine Gemächer. Hoffentlich hatten Amun und der Tischler ihre Streitigkeiten beigelegt. Zu seiner Erleichterung standen die beiden Männer einträchtig am Arbeitstisch. Auf der Platte lagen Werkzeuge zur Holzbearbeitung bereit sowie Baumstammstücke in der Länge eines Armes: Olive, Pinie, Kiefer und Kastanie. Dahinter wässerten in Bottichen verschiedene Sorten von Zweigen. Erwartungsvoll sahen die zwei ihn an – dabei hatte er von allen hier die wenigste Ahnung.

»Was schrieb Archimedes nochmal zur Bauanleitung?«, fragte Kryos Amun.

Nur ein leichtes Heben der Brauen verriet die Verwunderung des Sklaven über diese Frage. »Einen Baumstamm entrinden und zu einem Rohr aushöhlen.«

»Dann beginnen wir damit.« Kryos nahm sich eines der gewölbten Schälmesser vom Tisch.

Amun zuckte zusammen. »Was habt Ihr vor?«

»Den Stamm entrinden, was sonst?« Er schnappte

sich den Olivenstamm, klemmte das Holz zwischen seinen Füßen ein und setzte das Messer an die Rinde.

»Aber Herr, das kann ich doch für Euch tun«, rief der Handwerker.

Kryos schüttelte den Kopf. »Nimm dir einen eigenen Stamm. Und du auch, Amun!« Die beiden Griffe fest gepackt, zog Kryos die Klinge in kraftvollen Bewegungen über den Stamm und das erste Stück Rinde fiel zu Boden. Wie gut tat die vertraute Arbeit! Für Charons neues Boot hatte er etliche Hölzer entrindet. Er drehte den Baumstamm und setzte das Schälmesser erneut an, da fiel ihm auf, dass Amun und der Tischler sich nicht von der Stelle gerührt hatten. Kryos nahm die Klinge fort und richtete sich auf. »Wollt ihr nicht endlich Hand anlegen?«

»Selbstverständlich«, sagte Amun. »Es ist nur ungewöhnlich, dass Ihr es auch tut.«

Kryos starrte auf die Hände des Prinzen. Er hatte Tintenflecken an ihnen vorgefunden, keine Schwielen. Prompt kehrte der Ärger über sich selbst zurück. Warum hatte er das vergessen? Gut, dass es für die Götter nicht möglich war, ihn bei seiner Mission zu beobachten. Er hätte ihr Hohnlachen bis hier auf die Erde gehört. »Ich möchte endlich den Aufbau der Schneckenschrauben verstehen«, antwortete er barsch und widmete sich wieder dem Stamm.

Die beiden Männer begaben sich ebenfalls an die Arbeit, doch Kryos entging Amuns gerunzelte Stirn nicht. Kurz spielte er mit dem Gedanken, sich absichtlich ungeschickt anzustellen und zu verletzen. Doch die Gefahr, dass man ihm wieder Bettruhe verordnete, war zu groß – zumal seine schnelle Heilung auffallen würde. Außerdem war es unmöglich, dass Amun die Wahrheit erriet. So arbeitete Kryos weiter und verdrängte den Gedanken, dass er in seiner Mission keinen Schritt vorangekommen war.

Nachdem sie alle Stämme entrindet hatten, begann das Aushöhlen. Mit Hammer, Beitel und Bohrer arbeiteten sie sich in das Innere der Hölzer vor. Obwohl die Werkzeuge hochwertig und die Klingen geschärft waren, lief Kryos nach kurzer Zeit der Schweiß. Der Stoff seines Gewands klebte an seiner Haut und unter dem Band auf seiner Stirn juckte es. Diesmal verbot er sich, sich beidem zu entledigen. Ein Blick zu Amun und dem Tischler verriet, dass die Männer ebenso angestrengt arbeiteten wie er.

»Wir werden zwei der Stämme spalten, die Hälften aushöhlen, dann wieder zusammensetzen und mit Pech abdichten«, sagte Kryos. »Das sollte schneller gehen und hat vermutlich dasselbe Ergebnis wie ein im Ganzen ausgehöhlter Stamm. Schließlich sollen die Feldarbeiter diese Schrauben später selbst herstellen, wie Amun vorhin richtig anmerkte.«

Der Sklave nickte zustimmend und der Tischler nahm die Axt von der Wand und zog einen Hackblock unter dem Tisch heraus. Arbeitsames Schweigen senkte sich über das Zimmer, nur unterbrochen vom Schaben des Stecheisens und den einzelnen Schlägen der Axt.

Zur Mittagszeit servierten Diener ihnen ein leichtes Mahl aus frisch gebackenem Brot, Ziegenkäse, Datteln, Speck und Wein. Nach dem Essen setzte Kryos mit Amuns Hilfe die gespaltenen Stämme wieder zusammen, bohrte Löcher in die Hälften und trieb Holznägel hinein. Der Tischler fertigte unterdessen Stäbe in Länge der Stämme, um welche die Zweige herumgewickelt werden sollten. Wenn Amun sich über die neu erwachten handwerklichen Fertigkeiten seines Herrn wunderte, zeigte er es nicht mehr.

Am Ende des Nachmittags waren alle Baumstämme ausgehöhlt, zusammengesetzt und die Stäbe lagen bereit. Kryos wischte sich mit dem Arm übers Gesicht, dann griff er zu den Weidenzweigen.

»Der Tag ist schon weit fortgeschritten«, sagte Amun. »Ich weiß um Euer Verlangen, die Schrauben fertigzustellen und auszuprobieren, doch bald beginnt das Festmahl, bei dem Ihr Euren Vater vertreten sollt.« Er blickte demonstrativ auf Kryos' verschwitztes, mit Holzspänen übersätes Gewand.

Festmahl!? Das musste der Palastschreiber heute Morgen wohl mit Verpflichtungen gemeint haben! Er hatte nicht mehr daran gedacht, Amun deswegen zu befragen. »Das Bankett habe ich in meinem Eifer vergessen. Danke, dass du mich daran erinnerst.« Kryos schenkte dem Sklaven ein Lächeln, dann wandte er sich dem Tischler zu. »Ich werde nach dir schicken, wenn ich deiner Dienste wieder bedarf.«

Der Handwerker neigte den Kopf und ging.

Die Aussicht, sich – wenn auch nur kurzzeitig – seiner Kleidung entledigen zu können, freute Kryos. Das Jucken unter dem Stirnband war nicht mehr zum Aushalten. Bei dem Gedanken fiel ihm etwas ein. »Wird bereits an meinem Hochzeitsgewand gearbeitet?«, fragte er Amun absichtlich vage.

Der Sklave nickte. »Gleich, nachdem Ihr mir Euren Farbwunsch mitgeteilt habt, habe ich den Schneider beauftragt. Wünscht Ihr doch einen goldbestickten Saum statt eines silbernen?«

»Vielleicht.« Kryos legte all seine Autorität in die Stimme, obwohl es ihm zuwider war, den freundlichen Amun derart herumzukommandieren. »Hol mir das Gewand!«

Amun entfernte sich, um warmes Wasser zum Waschen bringen zu lassen und den Schneider aufzusuchen. Kryos ging in sein Schlafgemach, zog das Stirnband ab und rieb sich über die juckende Haut. Die Sache mit dem Hochzeitsgewand sollte er bald lösen können. Doch was bei den Fluten des Styx erwartete ihn bei diesem Festmahl?

6

Zeitgleich mit dem warmen Wasser kehrte Amun mit dem Hochzeitsgewand zurück – hellgrün wie frisches Laub. Nachdem der junge Sklave seinen Unglauben überwunden hatte, dass Prinz Yamin plötzlich einen purpurfarbenen Chiton wünschte, half er Kryos beim Waschen und widmete sich dann mit Ausdauer und Hingabe dem Erscheinungsbild seines Herrn.

»Lasst mich zum Schluss noch nach Euren Händen sehen. Es sollte mich nicht wundern, wenn Ihr von der ungewohnten handwerklichen Tätigkeit Blasen bekommen habt«, sagte Amun ein wenig vorwurfsvoll.

Da wird nichts sein, wollte Kryos sagen, doch da griff Amun schon seine Hände und drehte die Handflächen nach oben. Auf beiden Händen prangten mehrere rote Schwielen.

»Wusste ich es doch«, murmelte der Sklave, griff nach einem Salböl und massierte die Erhebungen hingebungsvoll mit dem duftenden Balsam.

Kryos starrte auf seine Haut. Wie konnte das sein?

Sonst verschwanden Schwielen kurz nach dem Entstehen wieder. Ob seine Heilkräfte durch den Körperwechsel geschwächt waren? Oder hatte er sie ganz verloren!? Sobald er heute Abend allein war, würde er sich eine kleine Schnittwunde zufügen und es herausfinden.

Eine Weile später holte Timaios Kryos für das Festmahl ab. Herausgeputzt und duftend wie eine Frühlingswiese folgte Kryos dem Palastoberen, bei jedem Schritt klirrten die Goldreifen an seinem Arm. »Sind alle Gäste der Einladung gefolgt?«, fragte er Timaios, um vorab etwas über dieses Bankett zu erfahren.

»Keiner würde es wagen, dem Festmahl fernzubleiben. Und wie immer könnt Ihr Euch auf mich verlassen, mein Prinz. Ich werde den gesamten Abend in Eurer Nähe sein. Die Abwesenheit des Königs soll niemanden ermuntern, Euch den nötigen Respekt zu verwehren.«

Timaios führte Kryos zu dem großen Saal, in dem er bereits das Frühstück eingenommen hatte. Mehr als zwanzig Liegen standen zu einem großen Kreis gestellt, auf denen farbenprächtig gekleidete und üppig mit Schmuck behängte Männer lagen. Bei Kryos' Eintreten stießen zwei neben dem Eingang stehende Diener in Hörner. Der durchdringende Ton beendete die Gespräche. Die Anwesenden erhoben sich und wandten die Köpfe zur Tür.

»Prinz Yamin, Sohn König Dorimedons und Thronfolger Akoras«, rief Timaios.

Die Gäste verneigten sich mit ernsten Mienen. Nur

auf einem einzigen Gesicht entdeckte Kryos ein Lächeln.

Von ihrem Platz sah Io ihm freundlich entgegen. Ihr braunes Haar war mit einer silbernen Frisurnadel zu einem kunstvollen Knoten aufgesteckt und ihr dunkelblaues Gewand betonte den zarten Ton ihrer Haut.

Trotz seiner Anspannung musste Kryos bei ihrem Anblick lächeln. Yamin war wirklich zu beneiden! Er ließ sich auf der Liege neben Io nieder und Timaios stellte sich in einigem Abstand hinter ihnen auf.

Die Gäste setzten sich ebenfalls wieder und Diener trugen Weinkrüge herein. Jeden der roten Krüge zierte eine in Schwarz gezeichnete Darstellung aus der Götterwelt. Kryos stöhnte lautlos, als man ausgerechnet einen Krug vor ihn stellte, der Persephone und Hades als Herrscher der Unterwelt zeigte. Hätte er nicht gewusst, dass kein Gott Akora betreten konnte, hätte er nicht an Zufall geglaubt.

»Du schaust sorgenvoll«, sagte Io. »Hast du Bedenken, unsere Gäste könnten dir wegen der Taten deines Vaters zürnen?«

Kryos widerstand dem Impuls, es abzustreiten, um sie nicht zu beunruhigen. Auf diesem Weg würde er nichts erfahren. »Ein wenig«, antwortete er. »Nicht umsonst steht Timaios hinter mir.«

»Meine Sklavin hat mir berichtet, dass vor allem die fortwährende Schließung des Zeustempels unter den Kaufleuten der Stadt für Unmut sorgt. Möglicherweise bringen sie es heute zur Sprache.«

Dorimedon verbot den Zutritt zum Zeusheiligtum!? Endlich eine Spur, der er folgen konnte! Gerne hätte Kryos den Grund für die Schließung erfahren, doch erneut erschallten die Hörner.

Ein älterer Mann gegenüber von Kryos hievte sich von seiner Liege. Seine runden Augen standen weit auseinander und erinnerten Kryos an einen Fisch. Er neigte den Kopf vor Kryos und sah ihn dann fragend an.

Der Mann erwartete eindeutig etwas von ihm. Aber was?

»Adrianos will deine Erlaubnis, im Namen der Kaufleute reden zu dürfen«, raunte Io und setzte ein Lächeln auf, das nicht echt wirkte.

»Sprich, Adrianos«, sagte Kryos so huldvoll wie möglich.

»Danke, mein Prinz.« Adrianos räusperte sich nervös. »Die wichtigsten Kaufleute Akoras und ich danken für diese Einladung als Antwort auf unser dringendes Gesuch. Selten blühte unsere Stadt so wie jetzt, nie zuvor segelten unsere Schiffe weiter und nie war unser Gewinn größer. Lasst mich Euch einige Beispiele nennen …«

Es folgte eine nicht enden wollende Aufzählung von Gütern und Kryos fragte sich, ob die von Io vermutete Kritik tatsächlich kommen würde. Endlich schloss Adrianos, etwas atemlos von seiner langen Rede – doch nur, um nach einem kurzen Luftholen erneut anzusetzen.

»Wie stets zahlen wir Euch und Eurem Vater Steuern auf unsere Gewinne, sorgt Ihr doch für unseren Schutz und unser Wohlergehen. Doch eines bereitet uns große Sorgen, und wir meinen, es sollte auch Euch Sorge bereiten, denn …« Adrianos' Stimme wurde dünn und er räusperte sich erneut. »Denn unser Erfolg ist auch der Eure.« Hilfesuchend sah er sich unter den anderen Kaufleuten um, doch außer einem auffordernden Nicken erfolgte kein Beistand. Mit einem Tüchlein tupfte er sich die Stirn. »Was wir Kaufleute von Akora uns fragen, Prinz Yamin, ist: Wird unser Erfolg anhalten ohne Zeus' Gunst?«

Hastig setzte er sich wieder.

Kryos krallte seine Finger in den kostbaren Stoff seines Gewands. Was sollte er erwidern? Was hätte Yamin gesagt? »Nun, ich meine …«, begann er stockend und die Worte hallten ebenso hilflos von den Steinwänden wider, wie er sich fühlte.

»Du musst aufstehen.« Ios Stimme war nur ein Hauch, ihre Geste hingegen unmissverständlich. »Beruf dich auf deinen Vater, ihn fürchten sie.«

Sie hatte recht. Alle hielten ihn für den Sohn des Königs. Also würde er es sein. Wie es sich anfühlte, die Macht des Vaters im Rücken zu haben, wusste er nur zu gut. Kryos erhob sich. Stellte sich vor, nicht vor reichen Kaufleuten im Palast von Akora, sondern vor Verstorbenen am Ufer des Styx zu stehen.

»Mein Vater ist nicht hier«, sagte er, seine Stimme nun tief und ruhig. »Doch seine Befehle sind allgegenwärtig. Bin ich nicht sein Sohn, um diese auszuführen?« Aus dem Augenwinkel sah er, wie Io überrascht die Brauen hob und dann zustimmend nickte. »Jede Entscheidung des Königs ist wohldurchdacht und von euch nicht infrage zu stellen. Er kennt eure Sorgen und Nöte, aber ich sage euch, sie sind unbegründet.« Sein Blick schweifte über die Anwesenden. »Oder zieht das jemand hier im Raum in Zweifel?«

Niemand sagte ein Wort.

Kryos setzte sich wieder und Timaios klatschte in die Hände. Sofort traten Musiker in das Rund der Liegen und Sklaven trugen die Vorspeise in den Saal – um auch dem Letzten deutlich zu machen, dass kritische Fragen nicht erwünscht waren.

Io berührte Kryos am Arm. »Das war gut. So bestimmt habe ich dich noch nie erlebt.«

Er lächelte. Damit konnte er nichts falsch machen.

Ein hochgewachsener Sklave stellte Teller mit Sardellen, Muscheln und Krebsen vor ihnen ab. Verblüfft bemerkte Kryos die kristallblauen Augen des Mannes.

»Mich fasziniert Nikos' Augenfarbe auch immer wieder«, raunte Io, die seinem Blick gefolgt war. »Meine Sklavin Gitsa meint, dass die Hälfte der weiblichen Bediensteten im Palast deswegen in ihn verliebt sei.«

Kryos lachte. Dann begannen die Musiker zu spielen und Io und er gaben sich dem Genuss der Meeresfrüchte, den Melodien und dem gewürzten Wein hin.

»Ich kenne Adrianos übrigens, weil er mir kürzlich im Namen der Kaufleute Akoras einen Aufwartungsbesuch gemacht hat«, sagte Io, während Nikos ihnen den Hauptgang servierte. »Auch dabei hat er sich nicht kurzgefasst.«

»Das kann ich mir lebhaft vorstellen.«

»Er hat mir erzählt, dass einige Kaufleute sogar überlegen, Akora zu verlassen. Aber ich denke, dass du sie mit deiner Rede gerade umgestimmt hast. Dein Vater kann stolz auf dich sein – und ich bin es auch.«

Kryos spürte, wie ihm das Blut in die Wangen schoss.

Nachdem das Mahl verzehrt war und die Teller durch Schalen mit Früchten und Kuchen ersetzt worden waren, zogen sich die Musiker aus der Mitte an den Rand des Saales zurück und ihr Lied veränderte sich. Es wurde rhythmischer und wechselte in seinen Folgen zwischen langsam und schnell – ein Tanzstück, ohne Zweifel.

Eine Gruppe Tänzerinnen schwebte wie eine Schar Nymphen in den Saal. Die Frauen formierten sich inmitten der Liegen zu einem Kreis und begannen sich im Takt der Musik zu drehen. Mal schritt der Kreis nach links, dann nach rechts, gelegentlich traten die Tänzerinnen alle in die Mitte, dann wirbelten sie nach außen. Einige der Frauen waren wahre Schönheiten, doch Kryos' Aufmerksamkeit galt nur Io. Auf ihrer Liege wiegte sie sich im Rhythmus der Flöten, die Augen halb geschlossen und ein Lächeln auf den Lippen. Kryos ertappte sich dabei, dass auch er lächelte.

Welch Glück hatte Yamin mit Io! Doch nicht nur Yamin. Ohne Ios Unterstützung wäre er vorhin verloren gewesen. Mit schlechtem Gewissen beobachtete Kryos

Io, bis die Musik verklang und die Tänzerinnen den Saal verließen.

Das Ende des Tanzes schien das Ende des Festmahls zu bedeuten. Sklaven eilten herein und überreichten jedem Gast ein kleines Säckchen.

Kryos runzelte die Stirn. Was mochte darin sein?

»Ist alles in Ordnung?«, fragte Io.

»Ja. Ich wundere mich nur, was sich in diesen Säckchen befindet.«

»Vermutlich sind es Edelsteine oder andere Kostbarkeiten.«

»Woher weißt du das?«

»Auch in meiner Heimat Fardona bringt man Kritiker mit Geschenken zum Schweigen.«

»Ein Bestechungsversuch, natürlich. Darauf hätte ich selbst kommen können«, murmelte er.

»Sei nicht so streng mit dir. Ein Mann wie du, der so in der Welt der Wissenschaft aufgeht, verschwendet keine Zeit mit den Winkelzügen der Politik.«

Ihre Worte brachten Kryos erneut zum Lächeln. »Wie gut, dass ich dich habe. Nicht nur wegen dieser Erklärung, sondern auch für deine Hilfe mit Adrianos.«

Sie legte ihre Hand auf seinen Arm. Eine Geste, die ihm zunehmend gefiel. »Ich bin deine zukünftige Frau. Es ist meine Aufgabe, dich zu unterstützen.«

»Und es ist meine, dir meine Dankbarkeit dafür zu zeigen.« Nicht nur in Yamins Interesse. »Es ist unverzeihlich, dass ich es vorhin vergessen habe. Würde ein gemeinsamer Ausritt mein Versäumnis wiedergutmachen?« Mehr von der Stadt und dem Umland zu sehen, könnte ihm Dorimedons Geheimnis näherbringen, falls der Tempel sich als falsche Spur erweisen sollte.

»Auf jeden Fall.« Sie strahlte ihn an. »Hättest du Lust, schon heute Abend mit mir im Rosengarten spazieren zu gehen?«

Ihr Blick traf sein Innerstes und eine nie gespürte Zuneigung und Wärme breitete sich in Kryos aus. Was beim Olymp war das? »Io, ich … ja, natürlich!«, stotterte er. »Spazieren gehen wollten wir ja sowieso.«

Ios Erwiderung ging im Lärm eines zu Boden fallenden Servierbretts unter. Nikos war die Platte aus der Hand gerutscht.

»Pass gefälligst auf!«, herrschte Timaios den Sklaven an.

Nikos murmelte eine Entschuldigung, hob das Brett auf und verließ eilig den Saal. Timaios blickte ihm kopfschüttelnd hinterher, dann wandte er sich an Kryos.

»Mein Prinz! Man erwartet, dass Ihr und Eure Verlobte die Gäste verabschiedet.« Timaios wies auf die Kaufleute. Die Männer hatten sich in einer Reihe hinter Adrianos in gebührenden Abstand zu Kryos' Liege aufgestellt.

Zusammen mit Io trat Kryos vor die Kaufleute. Ihre Hand ruhte dabei weiterhin auf seinem Arm. Kaum konnte er sich auf die Abschiedsworte der Gäste konzentrieren, so verwirrte ihn plötzlich Ios Nähe. Nie zuvor hatte er so gefühlt! Lag es an diesem menschlichen Körper? War es eine Nachwirkung von Hekates Zauber?

»Wünscht Ihr, dass ich Euch in Eure Gemächer geleite, mein Prinz?«, fragte Timaios. Der Saal war leer und am Seiteneingang warteten bereits die Sklaven, um abzuräumen.

Kryos schüttelte den Kopf. »Ich werde noch mit Prinzessin Io in den Rosengarten gehen.« Frische Luft half bestimmt, seine Verwirrung aufzulösen. Mit einem Nicken bedeutete er dem Palastoberen, voranzugehen.

Timaios neigte den Kopf, befahl einem der Sklaven, vorauszueilen und alles vorzubereiten, und setzte sich dann in Bewegung.

Der Rosengarten lag auf einem der Dächer des Palasts. Eine schmale Treppe führte hinauf, vor der Timaios Aufstellung nahm.

»Die Feuerschalen sind bereits entzündet« sagte er. »Niemand wird Euch und Eure Verlobte im Garten stören.«

Der Gedanke, mit Io allein zu sein, rief erneut das unerklärliche, warme Gefühl in Kryos hervor. Gemeinsam stieg er mit ihr die Stufen hinauf. Zwischen symmetrisch angeordneten Blumenbeeten, bewachsenen Rosenspalieren und kugelförmig geschnittenen Büschen führten mit Kies bestreute Wege entlang. Eine hohe Mauer umgab den Garten, vor der Bänke zum Verweilen einluden.

»Wollen wir wie vor ein paar Tagen erst ein Stück laufen, ehe wir uns setzen?«, fragte Io.

Er bot ihr den Arm zum Geleit, so wie er es bei seinem Vater und Persephone gesehen hatte.

Der Kies knirschte leise unter ihren Schritten, begleitet vom Zirpen der Grillen und fernen Geräuschen aus Palast und Stadt. So sehr Kryos die Ruhe nach der Abendgesellschaft genoss, so unangenehm empfand er das Schweigen. Doch über was sollte er mit Io reden? Zu seiner Erleichterung brach sie die Stille.

»Ich bin froh über unser Gespräch, das wir letztes Mal an dieser Stelle geführt haben.« Sie schenkte ihm ihr typisches stilles Lächeln. »Deine Ehrlichkeit macht mir vieles leichter.«

Wenn er nur wüsste, wovon sie sprach! Ihr leicht gesenkter Blick deutete auf ein Thema hin, über das man sonst nicht redete. Hatte Yamin Io seine Liebe gestanden? Das musste es sein! Dies würde die seltsamen Reaktionen und die unbekannten Gefühle Io gegenüber erklären, die er heute empfunden hatte. Yamins Körper sprach auf die Gegenwart seiner Verlobten an!

»Ich bin ebenfalls glücklich über dieses Gespräch«, sagte Kryos, zufrieden, endlich eine Erklärung gefunden zu haben.

»Nach deinem Erwachen vorgestern hatte ich geglaubt, du würdest deine Offenheit bedauern.«

»Wie kommst du denn darauf?«

»Du wirktest … verändert. Du hast mich angeschaut, als würdest du mich nicht kennen, weil dir deine Worte inzwischen vielleicht peinlich waren.«

Io besaß eine gefährlich scharfe Beobachtungsgabe.

Es kostete Kryos eine Menge Kraft, eine entspannte Miene beizubehalten. »Vermutlich eine Folge der Bewusstlosigkeit«, murmelte er.

Sie blieb stehen und betrachtete ihn eingehend. »Fühlst du dich denn jetzt wieder gut?«

Eine Nuance in ihrer Stimme verriet Kryos, dass Io daran zweifelte.

»Sehe ich dich immer noch an, als würde ich dich nicht kennen?«

Sie schüttelte den Kopf. »Aber du erscheinst mir noch ein bisschen durcheinander. Vorhin beim Festbankett und heute Morgen im Papageiengarten.«

»Das ist eine normale Nachwirkung, meint der Heiler«, sagte Kryos, während ihm der Schweiß über den Rücken lief. In einer – wie er hoffte – beruhigenden Geste streichelte er über Ios bloßen Oberarm.

Statt der erwarteten Entspannung legte sich ihre Stirn in Falten. Sie nahm seine Hand, drehte sie um und strich mit den Fingern darüber. »Woher kommen die Schwielen auf deiner Haut?«

Er war ein ausgemachter Dummkopf! »Ich habe heute beim Nachbau der Schneckenschrauben ausnahmsweise mit angepackt, damit wir schneller hinter das Geheimnis ihrer Arbeitsweise kommen.«

Io nickte arglos und fuhr sanft über die verdickten Hautstellen. »Es hilft, eine Zitronenscheibe über Nacht darauf zu legen. Früher hatte ich durch die Zügel oft Blasen an den Fingern. Jetzt allerdings nicht mehr und ich freue mich auf den Ausritt mit dir.«

»Ich auch.« Es fiel ihm nicht schwer, sie erwartungsvoll anzulächeln, wie es sich für einen verliebten Mann gehörte.

Einen Moment wirkte Io irritiert. Dann nickte sie, ließ seine Hand los und sie setzten ihren Spaziergang im Dachgarten fort. Die Feuerschalen warfen flackerndes Licht auf den Weg, die Nachtluft war erfrischend und über ihnen leuchteten die Sterne.

Welch angenehme Beschäftigung, dachte Kryos. Er war noch nie zuvor spazieren gegangen, jede seiner Wegstrecken hatte bisher einem Zweck gedient. Für einen Prinzen wie Yamin schien Lustwandeln jedoch eine akzeptierte Beschäftigung zu sein.

»Hattet ihr Erfolg mit dem Nachbau der Schneckenschraube?«, nahm Io das Gespräch wieder auf.

»Wir sind vorangekommen, aber nicht fertig. Archimedes' Konstruktion ist zeitaufwendiger als gedacht. Hast du Lust, dir die Schrauben später einmal anzuschauen?«

»Unbedingt! Ich finde es faszinierend, mit welcher Leidenschaft du dich deinen Forschungen widmest.«

»Interessanten Dingen kann man nie genug Aufmerksamkeit schenken, oder?« Kryos lächelte. »Was ist deine Leidenschaft? Ich glaube nicht, dass sich deine Begeisterung im Weben von Wandteppichen erschöpft.«

Io stutzte, dann lachte sie. »Ich liebe es, die Quadriga zu lenken – auch wenn sich das für eine Frau leider nicht gehört. Wenn ich könnte, würde ich für Fardona bei den Spielen in Athen oder Olympia starten.«

Ich liebe das Quadrigafahren auch!, wollte Kryos rufen, konnte sich aber rechtzeitig zurückhalten. Er hatte keine Ahnung, ob Yamin gerne Viergespanne führte.

Glücklicherweise schien Io nicht bemerkt zu haben, dass er etwas hatte sagen wollen. »Mein Bruder hat mir beigebracht, auf dem Streitwagen zu stehen und das Gespann zu lenken«, sagte sie. »Orestes meinte, ich zeige dabei viel Talent und er bedauerte stets, dass ich kein Mann bin, um als Wagenlenker bei den großen Spielen anzutreten.«

»Wenn ich einst König bin, werde ich die Regeln ändern und du kannst für Akora an den Start gehen«, sagte Kryos, auch wenn er Schwierigkeiten hatte, sich die sanftmütige Io auf einem Streitwagen mit vier feurigen Rössern vorzustellen. »Allerdings wird es noch eine Weile dauern. Die Stadt hat schließlich gerade andere Probleme als den sportlichen Wettbewerb«, setzte er in dem Versuch hinzu, das Gespräch auf das Zeusheiligtum zu bringen. »Die Kaufleute kamen mir wegen des geschlossenen Tempels ehrlich besorgt vor.«

»Ich kann sie verstehen. Die Renovierungsarbeiten dort dauern schon über zwei Monate an. Mir selbst fällt es auch schwer, dem Göttervater keine Gebete und Opfer darbringen zu … Vorsicht!«

»Was meinst …?« Kryos brachte den Satz nicht zu Ende.

Ein Mann stürmte auf sie zu, einen Dolch in der erhobenen Hand. Kryos wollte das Schwert ziehen, doch sein Griff ging ins Leere.

»Lauf zu Timaios, Io«, rief er und stieß sie fort. Dann war der Mann bei ihm und die Klinge seines Dolches fuhr auf Kryos hernieder.

7

Timaios, Hilfe! Prinz Yamin wird angegriffen!«

Io rannte auf die Treppe zu, hinter sich das Keuchen der beiden kämpfenden Männer. Auf halbem Weg kam ihr der Palastobere bereits mit dem Schwert in der Hand entgegen. Der Krieger erfasste die Lage mit einem Blick.

»Bringt Euch in Sicherheit, Prinzessin«, rief er im Laufen. »Ich rette den Prinzen.«

Io wollte weiter zur Treppe eilen, aber ein letzter Blick zum Ort des Kampfes ließ sie innehalten. Einer der Männer lag regungslos am Boden. »Yamin«, keuchte sie. Bis ihr bewusst wurde, dass ihr Verlobter aufrecht stand.

»Mein Prinz, seid Ihr verletzt?«, fragte Timaios, als er bei Yamin ankam. Hastig sah er sich nach weiteren Angreifern um.

»Die Klinge hat mich am Unterarm erwischt.« Yamin drehte seinen Arm. Ein langer, tiefer Schnitt durchzog die Haut. »Es blutet immer weiter und schließt sich nicht.« Seine Stimme klang verärgert, fast entsetzt.

»Es wird ein paar Tage dauern, bis die Wunde heilt«, sagte Timaios. »Ihr sucht sofort den Heiler auf, während ich mich um diesen bewusstlosen Bastard hier …« Er brach ab. »Bei allen Göttern! Das ist ja Nikos!«

Der Sklave, der sie beim Festmahl bedient hatte?! Neugierig näherte Io sich den Männern.

Erst jetzt schien Yamin seinem Gegner genauere Aufmerksamkeit zu schenken. Sein überraschter Gesichtsausdruck bestätigte ihren Verdacht. »Wieso hat er mich angegriffen?«

»Ich weiß es nicht«, sagte Timaios. »Er hat sich in all den Jahren nie etwas zu Schulden kommen lassen. Aber wir werden es herausfinden.« Der Palastobere sah sich erneut im Rosengarten um. »Er scheint allein gehandelt zu haben, dennoch ist es mir lieber, wenn Ihr den Rosengarten jetzt sofort verlasst – und Prinzessin Io mit Euch nehmt«, setzte er mit einem vorwurfsvollen Blick auf sie hinzu.

Io hatte nichts dagegen, zu gehen. Sie griff Yamins unverletzten Arm, um ihm nach dem überstandenen Schrecken Halt zu geben. »Wie gut, dass du Nikos überwältigen konntest.«

Yamin nickte. »Nikos ist ein gut ausgebildeter Kämpfer. Aber auch mit solchen werde ich spielend fertig.«

»Ich wusste gar nicht, dass deine Leidenschaft auch dem Kampf gehört«, sagte sie überrascht. »Ich nahm im Gegenteil sogar an, dass dir deine Forschungen kaum Zeit für sportliche Ertüchtigung lassen.«

»Das dachte ich ebenfalls«, sagte Timaios.

»Was ich meinte«, sagte Yamin hastig, »war, dass ich großes Glück gehabt habe.«

Timaios nickte und Io murmelte eine Zustimmung. Doch während sie mit Yamin zur Treppe ging, rasten ihre Gedanken. Zum wiederholten Mal in den letzten Tagen reagierte Yamin anders, als sie es erwartet hatte! War dies nur eine Folge seines Unfalls, wie er behauptete? Aber warum schienen dann auch Timaios und Amun so erstaunt über das Verhalten ihres Herrn? Und wieso gefiel ihr der veränderte Yamin so viel besser als der alte? Weil er sie auf einmal ansah, als hege er Gefühle für sie? Das war albern. Er wäre ebenso erleichtert wie sie, wenn es nie zu dieser Hochzeit käme.

Nachdenklich stieg Io hinter Yamin die Treppe hinab. Sie hatte ihm den Vorschlag mit dem Spaziergang unterbreitet, um ihn über das Geheimnis seines Vaters auszuhorchen. Aber dann war Nikos aufgetaucht. Doch hatte der Angriff des Sklaven wirklich Yamin gegolten? Was, wenn jemand im Palast herausgefunden hatte, dass sie nach Dorimedons Geheimnis suchte?

Schwere Gongschläge hallten durch den Palast, als Kryos das Zimmer des Heilers betrat – Timaios löste den Alarm aus. Mit einem Kräuterverband um den Arm begab Kryos sich kurz darauf in die Gemächer des Prinzen, wo bald eine Wache bei ihm erschien. Der Mann meldete, dass der weiterhin bewusstlose Nikos im Kerker eingesperrt sei und am nächsten Morgen vor dem Frühstück verhört werden sollte. Dann zog sich die Wache zurück.

Durch das Schlafzimmerfenster starrte Kryos auf den silbernen Mond. Mochte es im Palast inzwischen ruhig geworden sein, in seinem Inneren tobte es und er musste seinem Ärger dringend Luft machen! Aber nicht bei Hekate an der Quelle im Wald. Zu groß war die Gefahr, dass die Göttin es als Scheitern wertete und ihn zurückholte. Deshalb musste er mit jemand Vertrauenswürdigem sprechen.

»Lass mich allein«, sagte er zu Amun.

»Aber Ihr bedürft meiner Hilfe doch mehr denn je!« Der junge Sklave zeigte auf den Verband um Kryos' Unterarm. Aus seinen samtenen Augen sprach ehrliche Sorge. Amun war schockiert gewesen, als er von dem Kampf gehört hatte.

Für das, was Kryos vorhatte, konnte er keine Zeugen gebrauchen – und unterstützen konnte ihn Amun dabei auch nicht. »Ich brauche eine Weile für mich«, sagte er, unsicher, ob man als Prinz den Untergebenen eine Erklärung schuldete oder nicht. »Warte vor der Tür, bis ich dich wieder rufe.«

Kaum hatte Amun die Räumlichkeiten verlassen, ging Kryos in den Innenhof und kniete sich vor den Teich. Er änderte mehrmals die Position, bis sich der Mond aus seinem Blickwinkel in der Mitte der Wasseroberfläche spiegelte, so wie Hypnos es ihm kurz vor dem Körpertausch heimlich erklärt hatte.

Eine Verbindung zwischen zwei göttlichen Wesen könnte den Schutzzauber über der Stadt durchbrechen, Kryos.

Langsam tauchte Kryos die Hand in das silbrig glänzende Wasser und wartete, bis die dadurch verursachte Wellenbewegung verebbte.

»Hypnos«, flüsterte er den Namen seines Freundes und starrte auf die Spiegelung des Mondes. »Hypnos?«

Nichts geschah. War der Zauber über Dorimedons Reich zu stark? Oder hatte ihm der Körpertausch seinen ohnehin geringen göttlichen Anteil genommen?

»Hypnos!«

Das Wasser kräuselte sich. Der Mond verschwamm und an seine Stelle trat das jünglingshafte Gesicht des Gottes des Schlafes.

»Kryos!« Hypnos lächelte. »Wie geht es dir?«

»Wie man es nimmt. Ich bin verwundbar geworden – und ihr wusstet es!«, zischte er. »Das ist der wahre Grund, warum niemand den Körpertausch vornehmen wollte! Euch war das zu riskant! Habe ich recht?«

Hypnos' Lächeln wirkte plötzlich gezwungen. »Möglicherweise hat man vergessen, es dir mitzuteilen. Es spielt aber auch keine Rolle.«

»Außer, jemand will Yamin umbringen.«

»Niemand in Akora würde es wagen, Dorimedons Sohn zu töten.«

»Dennoch ist genau das heute Abend beinahe geschehen.« Kryos hielt seinen verbundenen Arm über das Wasser.

Hypnos fluchte. »Weißt du, wer der Angreifer war? Oder warum er den Prinzen töten wollte?«

»Es war ein Sklave namens Nikos, der seit Jahren treu im Palast dient. Da er noch bewusstlos ist, werden wir seine Gründe wohl erst morgen früh erfahren. Was meinst du, Hypnos: Könnte es Nikos heute Abend vielleicht gar nicht um Yamin gegangen sein? Jeder in der Götterwelt weiß, dass ich derzeit im Körper des Prinzen stecke. Zwar können die Götter die Stadt nicht betreten, von ihnen gesandte Menschen aber schon, und die könnten Nikos in ihrem Auftrag bestochen haben.«

»Denkbar wäre es.«

»Die Frage ist nur: Wenn der Angriff mir gegolten hat, ist es aus einem persönlichen Groll heraus geschehen oder ist mein Auftrag, Dorimedons Geheimnis zu enthüllen, der Grund?«

»Ich weiß es nicht. Hast du denn schon etwas herausgefunden?«

»Der König hat den Zeustempel der Stadt geschlossen. Angeblich lässt Dorimedon ihn neu herrichten und bis dahin darf niemand das Heiligtum betreten.«

Hypnos' Stirnrunzeln versetzte das Wasser in seichte Wellen. »Hast du dir das mal angesehen?«

»Ich habe erst heute Abend davon erfahren, es wird mein nächster Schritt sein.«

»Hat der König Verdacht geschöpft wegen des Körpertauschs?«

»Dorimedon ist auf einem Kriegszug und wird erst zur Hochzeit des Prinzen in zehn Tagen zurückerwartet.«

»Warte … Yamin wird in Kürze heiraten?«

»So sieht es aus.«

Hypnos grinste anzüglich, was in seinem unschuldigen Jünglingsgesicht völlig deplatziert wirkte. »Kommst du etwa in das Vergnügen einer Hochzeitsnacht?«

»Nein. Selbst, wenn ich bis dahin nicht wieder im Olymp bin, will ich nicht an Io herausfinden, ob mein Kuss auch in diesem Körper Menschen versteinert.«

»Du hast recht, daran habe ich gar nicht mehr gedacht.«

»Aber auch, wenn mein Kuss harmlos wäre, hätte die Prinzessin einen solchen Betrug nicht verdient. Und Yamin ebenfalls nicht, denn er liebt Io.«

Hypnos lachte. »Für einen zukünftigen Gott bist du sehr moralisch! Woher willst du eigentlich wissen, dass der Prinz seine Braut liebt? Du hattest doch keine Gelegenheit, mit Yamin darüber zu sprechen.«

»Ich bemerke die Reaktion von Yamins Körper in Ios Gegenwart. Zudem scheint er Io kurz vor dem Körpertausch seine Liebe offenbart zu haben, wie ich ihren Andeutungen entnehme.«

»Aha.«

Hypnos' schlecht unterdrücktes Grinsen ärgerte Kryos. Am liebsten hätte er seine Hand aus dem Wasser gezogen und das Gespräch abgebrochen. Doch er musste nochmal auf seinen Auftrag zurückkommen.

»Erzähl bitte vorerst niemandem von dem Angriff heute. Ich melde mich wieder bei dir, wenn ich mehr weiß.«

Der belustigte Ausdruck auf Hypnos' Gesicht verschwand. »Sei vorsichtig, Kryos. Die Angelegenheit scheint nicht nur kompliziert, sondern auch gefährlich zu sein.«

»Wem sagst du das?« Kryos verabschiedete sich und zog die Hand aus dem Wasser. An die Stelle von Hypnos' Gesicht trat wieder der Mond.

Kryos ging zurück in seine Gemächer, doch die Bemerkungen seines Freundes zur Hochzeitsnacht ließen ihn nicht los. Die Vorstellung, mit Io das Bett zu teilen, hatte ihren Reiz … Nein! Kryos zwang seinen Blick auf die Schwielen an den Händen und den Verband an seinem Unterarm. Er hatte schon genug Schaden für den Prinzen angerichtet! Und Io sollte seinetwegen niemals in Gefahr geraten.

8

Einen persönlichen Sklaven wie Amun zu besitzen, war durchaus angenehm. In der Unterwelt hatte niemand Kryos nach dem Erwachen nach seinem Befinden gefragt, ihm unaufgefordert etwas zu trinken gereicht und ihm dann beim Waschen und Anziehen seines Schurzes geholfen. All dies tat Amun geschickt, unaufdringlich und freundlich, als würde es ihm wahrhaft Freude bereiten, dem Prinzen zur Hand zu gehen.

Heute war der junge Sklave noch umsichtiger als gewöhnlich, was vermutlich der Verletzung an Kryos' Unterarm geschuldet war. Amun wickelte vorsichtig den alten Verband ab und betrachtete mit gerunzelter Stirn die Schnittwunde.

Kryos schaute ebenfalls auf seinen Arm. Eine Verletzung so heilen zu sehen, war eine neue Erfahrung. Eine dunkle Kruste hatte sich auf den Schnitt gesetzt. Die Haut an den Rändern leuchtete rot und fühlte sich heiß an. Ob eine Narbe wie in Timaios' Gesicht zurückbleiben würde?

»Soll Euer Tag wie gewohnt ablaufen oder wünscht Ihr Ruhe?«, fragte Amun.

»Es bleibt wie gehabt. Außerdem will ich unbedingt bei Nikos' Befragung dabei sein.«

Amun neigte den Kopf. »Ihr werdet alles hier vorbereitet finden.«

Kryos nickte. Die Arbeit an der Schneckenschraube konnte er notfalls ruhen lassen.

Kaum hatte Amun ihm einen frischen Verband angelegt, klopfte es. Auf Kryos' Aufforderung trat Timaios ein, um ihn zu Nikos' Vernehmung abzuholen.

Fackelschein erhellte den Kerker des Sklaven. Nikos stand mit auf den Rücken gebundenen Händen vor Kryos und Timaios, das Kinn trotzig gehoben.

»Warum hast du mich angegriffen?«, fragte Kryos.

»Weil die Herrschaft in die Hände des Volkes gehört und nicht in die eines einzelnen Mannes!« Er spuckte vor ihm auf den Boden.

Timaios schlug Nikos ins Gesicht. »Du verlangst nach Mitbestimmung wie in Athen? Die steht den Sklaven dort aber gar nicht zu.«

Nikos funkelte ihn an. »Eines Tages wird jeder Mann das Wahlrecht haben!«

Timaios lachte auf. »Eher werden Frauen bei der Mitbestimmung zugelassen als Unfreie. Hast du noch etwas anderes zu sagen als diese wirren Reden? Zum Beispiel, ob noch andere Sklaven den Tod des Prinzen und des Königs planen?«

Nikos schüttelte den Kopf. »Ich habe allein gehandelt.«

»Wo hast du so gut kämpfen gelernt?«, fragte Kryos.

»Ich war viele Jahre Soldat, bevor ich zum Sklaven wurde.«

Das bestätigte seinen Eindruck von Nikos' Können. »Und du hast wirklich mit niemanden über den Angriff auf mich gesprochen?«

»Nein.«

Mehr war aus Nikos nicht herauszubekommen.

»Was geschieht nun mit ihm?«, fragte Kryos den Palastoberen.

»Er wird in den Steinbruch verkauft. Dort kann er keinen Schaden mehr anrichten.« Timaios bedeutete Kryos, mit ihm die Zelle zu verlassen.

»Ich hätte Nikos niemals für empfänglich gegenüber solchen politischen Ideen gehalten«, sagte Timaios, als sie die Kerkertreppe hinaufstiegen. »Es gab keinerlei Anzeichen. Ich würde zu gerne wissen, wer sie ihm in den Kopf gesetzt hat.«

Möglicherweise jemand, der von einem Gott geschickt worden war.

»Bis wir sicher sein können, dass Nikos niemanden mit seinen Ansichten angesteckt hat, müssen wir wachsam bleiben«, sagte Timaios. »Eure Sicherheit steht fortan an erster Stelle. Ohne Begleitschutz solltet Ihr Euch künftig weder innerhalb noch außerhalb der Mauern des Palasts bewegen.«

Kryos fluchte innerlich. Das würde seine Aufgabe nicht vereinfachen.

Durch Io war das anschließende Frühstück eine angenehme Angelegenheit. In ehrlicher Sorge erkundigte sie sich nach seinem Wohlergehen, lobte seinen Mut im Kampf und die Gelassenheit, mit der er die schmerzende Wunde ertrug. Da Io sich heute ihrem Hochzeitsgewand widmen wollte, verabredeten sie sich für den kommenden Morgen zum Ausreiten. In weitaus besserer Stimmung als zuvor kehrte Kryos in die prinzlichen Gemächer zurück.

Amun empfing ihn an der Tür. »Es ist alles bereit, Herr.«

»Nichts anderes habe ich von dir erwartet«, sagte Kryos lächelnd. Handwerkliche Betätigung würde ihm helfen, den Kopf freizubekommen und alles für seinen heimlichen Besuch im Zeustempel heute Abend zu planen. Er ging dem jungen Sklaven voraus in das Werkstattzimmer. Es war leer.

»Wo ist der Tischler?«

»Der Meister ist nicht hier. Heute erwarten Euch Eure Schüler – wie an jedem dritten Tag der Woche.« Amun wies in den angrenzenden Raum. Vor dem aufgeräumten Tisch saßen Jünglinge im Alter von etwa zwölf Jahren auf Schemeln in einem Halbkreis. Jeder hielt eine große Wachstafel und einen Griffel in der Hand.

Von Unterrichtsstunden hatte Kryos im Diarium gelesen. »Äh, ja. Da muss ich wohl durcheinandergeraten sein. All die Aufregung der letzten Tage«, murmelte er und betrat den Raum.

Sofort erhoben sich die Schüler, neigten den Kopf und begrüßten ihn ihm Chor. Kryos steuerte den freien Stuhl hinter dem Schreibtisch an, der augenscheinlich für ihn gedacht war. Die Jungen setzten sich und Amun stellte sich hinter Kryos auf. Erwartungsvolle Stille breitete sich im Raum aus. Die Schüler schienen begierig, den Worten ihres Lehrers zu lauschen.

Leider hatte Kryos nicht ansatzweise eine Ahnung, was sie von ihm erwarteten. Aber vermutlich wussten es seine Schüler. »Über was haben wir beim letzten Mal gesprochen?«

Alle Finger schnellten in die Höhe.

Kryos nickte dem Jungen zu seiner Linken zu.

Der Knabe sprang von seinem Platz auf. »Wir haben mit Hilfe der *Möndchen des Hippokrates* nachgewiesen, dass wir auch Flächen mit krummen Linien berechnen können.« Stolz strahlte er Kryos an.

Mathematik! Kryos bekam nur mit Mühe ein Lächeln zustande und bedeutete dem Jungen, sich zu setzen. Hilflos sah Kryos sich auf dem Tisch nach Unterrichtsunterlagen um. Doch außer einer holzgerahmten großen Wachstafel mit Griffel befand sich nichts auf seinem Platz. Offensichtlich kannte Prinz Yamin seine Lektionen auswendig.

»Sucht Ihr etwas, Herr?«, fragte Amun.

Kryos wollte verneinen, doch dann hatte er eine Idee.

»Mein Diarium.« Wenn er Glück hatte, stand dort, was Yamin für heute geplant hatte.

»Falls Ihr Eure Vorbereitungen für die Stunde wünscht, kann ich Euch diese ebenfalls bringen.«

Also besaß Yamin doch schriftliche Ausarbeitungen. Aber wie hatte der in allen Dingen so perfekte Amun die Aufzeichnungen vergessen können? Es blieb keine Zeit, darüber nachzudenken, denn schon legte Amun einen Stapel Papyrusblätter und das Diarium vor ihm ab.

»In unserer heutigen Stunde werden wir beweisen, dass sich der Umfang eines Kreises zu seinem Durchmesser genauso verhält wie …« Kryos blinzelte, um Yamins Handschrift richtig zu entziffern. »Wie die Fläche des Kreises zum Radius im Quadrat.« Bei den Qualen des Tartaros, ergab dieser Satz überhaupt einen Sinn? Er blickte auf und schaute in die begeisterten Gesichter seiner Schüler. Offensichtlich schon. »Im Anschluss«, las er weiter, »werden wir die unter allen großen Gelehrten strittige Frage diskutieren, ob die so gefundene Kreiszahl endlich oder unendlich ist.«

Einen der Schüler hielt es nicht mehr auf seinem Schemel. »Ihr bringt uns heute bei, wie Archimedes die Kreiszahl berechnet hat?!«, rief er mit glänzenden Augen.

Kryos fuhr mit dem Daumen durch Yamins Notizen, sah seitenweise hingekritzelte Formeln, fremdartig wirkende Rechenzeichen und kryptisch anmutende Halbsätze. Selbst wenn er der Sohn der Athene wäre, diese Aufzeichnungen auf Anhieb zu entschlüsseln war unmöglich. »Ich schätze eure Leidenschaft für die Mathematik, euren Fleiß und eure Begeisterung«, sagte er zu den Knaben. »Sie sind der Grund, warum ich unsere heutige Stunde nicht habe absagen lassen, obwohl es mir seit Tagen nicht gut geht. Doch jetzt, da ich vor euch sitze, merke ich, dass ich euch in diesem Zustand nicht den Unterricht bieten kann, den ihr von mir gewohnt seid und den euer eifriger Geist verdient.«

Die Schüler ließen ihre Griffel und Schreibtafeln sinken. Niemand der Jungen sagte etwas, doch die Enttäuschung auf ihren Gesichtern sprach für sich. Im Stillen leistete Kryos Yamin Abbitte – und den Jünglingen.

Amun trat an seine Seite. »Herr?«

Mit einer Geste hieß Kryos ihn, weiterzusprechen.

»Wenn Ihr es wünscht, kann ich die Schüler unterrichten. Ihr habt Eure Berechnungen oft mit mir durchgesprochen. Ihr könntet Euch schonen und mich korrigieren, wenn mir ein Fehler unterläuft.«

Die trüben Mienen der Schüler hellten sich auf und flehentlich sahen sie Kryos an. Die Berechnung dieser mysteriösen Kreiszahl schien ihnen viel zu bedeuten. Kryos schob Amun die Notizen zu. »So soll es sein.«

Der junge Sklave neigte den Kopf, räusperte sich und begann, den Schülern zu erklären, wie man sich durch regelmäßige Vielecke an die Form des Kreises annäherte. Kryos schwirrte schon nach kurzer Zeit der Kopf, doch Amun ging immer mehr in der Rolle des Lehrers auf. Von dem unscheinbaren Sklaven wandelte er sich in einen leidenschaftlichen Lehrer, der ebenso wie sein Herr für die Mathematik zu brennen schien. Nach schier endlosen Berechnungen, die für die Schüler spannender zu sein schienen als die Irrfahrten des Odysseus, schrieb Amun die Erkenntnisse auf die Wachstafel nieder.

»Wir gehen davon aus, dass die Kreiszahl größer als $3\frac{10}{70}$, aber kleiner als $3\frac{10}{71}$ sein muss. Zwar wissen wir noch nicht, ob die Kreiszahl endlich ist, doch ihren Anfang kennen wir.« Mit Blick auf Kryos hob er den Finger. »Merkt euch: Die ersten Stellen der Kreiszahl lauten 3,15.«

Kryos nickte wohlwollend und setzte zu einem Lob an, doch das Kopfschütteln und Murren der Schüler hielt ihn ab.

»Amun!«, riefen die Jungen. »Das Ergebnis stimmt nicht! Du hast dich verrechnet.« Einige wedelten mit ihren Aufzeichnungen. »Der Anfang der Zahl muss 3,14 lauten!«

Bestürzt wechselte Amuns Blick zwischen Kryos und Tafel hin und her. Kryos hob beschwichtigend die Hand. Diese Rechnerei war komplizierter als das Labyrinth des Minotaurus. »Schau in meine Unterlagen, Amun«, sagte er freundlich über die Unruhe der Klasse hinweg. »Welches Ergebnis steht dort?«

Rasch blätterte der junge Sklave auf die entsprechende Seite. »3,14.« Beschämt senkte er den Kopf.

»Auch dem größten Geist unterlaufen Fehler«, sagte Kryos lächelnd. »Man sollte sie sich nicht zu Herzen nehmen, sondern nur daraus lernen. Du hast eine gute Unterrichtsstunde gehalten.«

»So sind die Schüler für heute entlassen, Herr?«

Kryos nickte. Die Jungen packten ihr Schreibzeug ein und Amun begleitete sie hinaus.

Seufzend erhob auch Kryos sich. Dies hier war im wahrsten Sinne des Wortes nicht seine Welt! Er trat ans Fenster des Studierzimmers und schaute hinaus auf die Dächer Akoras. Die Mittagssonne ließ die Luft über die Stadt flirren und Kryos blinzelte geblendet. Glücklicherweise verlangte sein geplantes Unternehmen nach Dunkelheit. Bis es so weit war, stellte er am besten seine Ausrüstung zusammen. Mit wenigen Schritten war er im Ankleidezimmer und suchte nach einem Beutel, da hörte er vor der Tür ein Dutzend Jungenstimmen.

Kryos stöhnte. Hatte Amun die Schüler nicht fortbringen wollen?

Eine Antwort auf seine Frage gab Amun ihm sofort nach dem Eintreten.

»Herr, da die Sonne so strahlend scheint, die Unterrichtsstunde kürzer als sonst gewesen und frische Luft Eurer Gesundheit sicher zuträglich ist, haben die Jungen gefragt, ob nicht heute die ideale Gelegenheit sei, um die Wirksamkeit von Archimedes' Brennspiegeln zu überprüfen.«

Nicht schon wieder Archimedes! Irgendwie gelang es Kryos, zu verhindern, dass ihm die Gesichtszüge entglitten. Eigenhändig würde er dafür sorgen, dass dieser rührige Gelehrte nach seinem Tode im Tartaros landete. »Offensichtlich teilst du die Meinung der Schüler, Amun«, knurrte er.

Erschrocken sah Amun ihn an. »So ist es, Herr. Doch ich sehe, dass Ihr nicht angetan seid und werde …«

Kryos winkte ab. »Es ist eine gute Idee, die Brennspiegel heute auszuprobieren.« Yamin hätte dem sicher zugestimmt und Amun durfte keinen Verdacht schöpfen. Außerdem konnte er sich erinnern, was es mit den Spiegeln auf sich hatte. Für den Nachmittag nahm er sich vor, Yamins Diarium gründlich auf den Namen Archimedes durchzusehen, um für weitere Herausforderungen gerüstet zu sein.

Vom Fenster ihres Ankleidezimmers betrachtete Io den wolkenlosen Himmel. Fast meinte sie, Helios mit dem von Strahlen umgebenen Haupt in seinem goldenen Vierergespann dort zu erkennen. Ach, würde die Sonne doch niemals untergehen! Denn immer war es die Nacht, die das Verderben brachte. Die Dunkelheit und der Schlaf waren kein Segen, sie waren Diener des Hades und Vorboten des Todes. Vielleicht wäre Orestes noch bei ihnen, wenn sie wachsamer und weniger vertrauensselig gewesen wäre.

»Herrin, soll ich Euren Schmuck ausbreiten, damit Ihr die Stücke für die Hochzeit auswählen könnt?«, fragte Gitsa. »Oder wird Euch der Prinz etwas schenken, das Ihr an diesem Tag tragen sollt?«

Die sanfte Stimme der Sklavin holte Io aus ihren Gedanken. »Der Prinz hat sich dazu noch nicht geäußert. Am besten suche ich etwas aus und wenn er mir doch …«

Io brach ab. Aufgeregte Knabenstimmen drangen aus dem Palasthof zu ihr herauf. Neugierig schaute sie hinunter. Yamin, Amun und ein Dutzend Jünglinge standen dort mit hohen, länglichen Metallschilden in der Hand. Eine Kampfübung? Diese sollte doch eher im Gymnasion stattfinden. Dann bemerkte sie, dass niemand eine Waffe trug. Io bedeutete ihrer Sklavin, einen Augenblick zu warten, und beugte sich aus dem Fenster.

Auf Anweisung Yamins stellten die Jünglinge sich im Halbkreis auf und bewegten die blank polierten Schilde vor sich in verschiedenen Neigungsgraden. Als durch einen der Schilde ein Lichtstrahl in Ios Auge traf, wandte sie geblendet den Kopf ab. Den Knaben im Burghof schien es ähnlich zu gehen. Sie quiekten und kniffen die Augen zusammen, wenn ihnen ein umgelenkter Sonnenstrahl ins Gesicht fiel.

»Durch die Blendung kann man Angreifer irritieren«, sagte Yamin und trat vor die Schüler. Sein Abbild spiegelte sich in den Schilden, sodass es aussah, als gäbe es ihn mehrfach. »Doch Archimedes' Vorhaben war ein anderes. Mit den Spiegeln kann man Lichtstrahlen auf einen bestimmten Punkt bündeln. Er wollte mit der dadurch entstehenden Hitze feindliche Schiffe in Brand setzen.«

Yamin hatte seinem Vater in Ios Beisein vom Bau und den erfolgreichen Experimenten mit den Brennspiegeln berichtet. Spannend, das Ganze einmal selbst zu sehen.

Auf einen Fingerzeig Yamins stellte Amun eine Schale mit Papyrusfetzen und Holzspänen in die Kreismitte.

»Neigt den Brennspiegel so, dass er das Licht der Sonne auffängt und auf diese Schale wirft«, sagte Yamin und trat zur Seite. »Beobachtet, was geschieht.«

Sofort führten die Jungen Yamins Auftrag aus. Einigen gelang es auf Anhieb, den Lichtstrahl auf die Schale zu lenken. Die kleineren und schmächtigeren unter ihnen hatten jedoch Schwierigkeiten, den Spiegel passend auszurichten. Ruhigen Schrittes ging Yamin von einem zum anderen und half dem jeweiligen Knaben, die richtige Neigung zu finden. Hatte dieser es geschafft, klopfte Yamin ihm auf die Schulter oder strich ihm lobend übers Haupt. Auch schien er mit den Jünglingen zu scherzen, denn auf den zuvor angespannten Mienen erschien ein Lächeln.

Mit seinen Schülern ging er ganz anders um als mit Erwachsenen – viel entspannter. Interessiert beobachtete Io weiter das Spektakel im Hof. Dabei fiel ihr auf, dass nicht nur Yamins Benehmen und seine Gestik neu waren. Sein Gang wirkte ebenfalls anders. Durch den Abstand war es deutlich zu erkennen. Yamin bewegte sich viel lebhafter als früher.

Ein Flackern lenkte Ios Aufmerksamkeit zu der gefüllten Schale am Boden. Die Lichtstrahlen aller

Spiegel trafen sich inzwischen in der Schüssel. Die Papyrusstücke und Holzspäne fingen Feuer und erste Rauchschwaden stiegen nach oben. Die Knaben im Hof jubelten und Yamin bedeutete ihnen, die Schilde abzulegen.

Yamin betrachtete die mittlerweile lodernde Feuerschale. Seine Augen folgten den züngelnden Flammen und glühenden Funken auf ihrem Weg in den Himmel, bis er plötzlich innehielt und zu Ios Fenster schaute.

Er hatte sie entdeckt! Hitze schoss Io ins Gesicht. Was dachte er nun von ihr?

Yamin verneigte sich in ihre Richtung. Als er wieder aufsah, lag ein liebevolles Lächeln auf seinen Lippen und seine Augen strahlten.

Derart hingebungsvoll hatte noch kein Mann sie angesehen. Als würde sie ihm etwas bedeuten. Aber das konnte nicht sein! Zaghaft winkte Io ihm zu und trat vom Fenster zurück. Jetzt gab es keinen Zweifel mehr. Etwas stimmte nicht mit Yamin. Seinen Unfall schloss sie inzwischen als Ursache aus. Eine Ohnmacht mochte Verwirrung zur Folge haben, Kopfschmerzen, körperliche Schwäche, doch sie veränderte einen Menschen nicht in seinem Wesen. Aber wenn es keine natürliche Erklärung gab, blieb nur Zauberei übrig. Am Hofe Dorimedons kein abwegiger Gedanke. Griff dieselbe Macht, die dem König zu einem Sieg nach dem anderen verhalf, jetzt auf Yamin über? Sorgte sie dafür, dass der Prinz, der nur für seine Forschung lebte, dem Politik, Krieg und Ehe ein Gräuel waren, sich in einen

Mann verwandelte, der freudig in die Fußstapfen seines Vaters treten würde?

Ein weiterer Grund, endlich hinter das Geheimnis des Königs zu kommen. Auch wenn ihr Yamins Veränderung gefiel. Aber wo sollte sie noch suchen? Hier im Palast war sie inzwischen in jedem Raum, Garten und Hof gewesen. Unter dem Vorwand, als zukünftige Königin ihr neues Heim kennenlernen zu wollen, hatte man ihr bereitwillig jeden Kellerraum und jede Abstellkammer geöffnet.

Ios Gedanken wanderten zurück zu dem Festmahl mit den besorgten Kaufleuten Akoras. Vielleicht war Dorimedons Geheimnis nicht im Palast verborgen.

9

Er musste herausfinden, was es mit der Renovierung des Tempels auf sich hatte. Und zwar jetzt. Das Abendessen war vorbei und die Stadt lag in Dunkelheit. Kryos betrachtete den Lederbeutel zu seinen Füßen. Ein Dolch, ein größerer Betrag an Münzen, ein Talglicht mit Feuerbesteck und einige weitere nützliche Gegenstände verbargen sich darin. Jetzt musste er nur noch aus dem Palast hinauskommen, ohne dass Timaios es bemerkte und ihm ein Dutzend Wachen mitgab.

Kryos rief Amun zu sich in den Ankleideraum, auch wenn es nicht ohne Risiko war, den Sklaven einzuweihen. »Ich gehe heute Abend in die Stadt«, sagte Kryos zu ihm.

Amun reagierte überrascht. Offensichtlich verließ Yamin des Nachts nicht oft den Palast. »Wenn Euch etwas für Eure Experimente fehlt, suche ich gerne einen Handwerker auf und besorge es für Euch, Herr.«

Fehlendes Material wäre eine gute Ausrede für diesen späten Gang in die Stadt gewesen. Kryos hatte sich jedoch eine andere, aus seiner Sicht einfachere Erklärung zurechtgelegt. »Ich werde ein Hetärenhaus aufsuchen.«

»Ihr wollt zu Hetären!?«

»Warum nicht? Viele Männer tun das vor Eintritt in den Ehebund.« So hatte er es bei seinem ersten Besuch in einem Freudenhaus gehört. »Allerdings soll niemand davon erfahren. Vor allem nicht Io.«

»Und Timaios wohl auch nicht«, entgegnete Amun trocken.

»Deshalb brauche ich deine Unterstützung. Ich muss den Palast ungesehen verlassen und später wieder hineinkommen. Hast du eine Idee, wie ich es anstellen kann?«

Es war Amun am Gesicht abzulesen, dass ihm das Vorhaben seines Herrn nicht gefiel. »Timaios ist wie der Riese Argos. Nichts in diesen Palastmauern scheint seinen hundert Augen zu entgehen. Vor allem nicht seit dem Angriff auf Euch.«

»Dann müssen wir beide ebenso schlau sein wie einst Hermes, um zu unserem Ziel zu kommen. Ich verspreche, dass ich alle Schuld auf mich nehmen werde, sollte man uns entdecken.«

»Versprecht Ihr mir auch, vorsichtig zu sein?«

Die Sorge in Amuns Worten rührte Kryos. »Da niemand mit meinem Besuch in der Stadt rechnet, sollte ich dort sicherer sein als hier im Palast.«

Das Argument schien Amun zu überzeugen. »Es gibt keinen anderen Weg in die Stadt als durch das Haupttor. Die Palastmauern sind zu hoch, da kommt

Ihr nicht drüber – zumal Euch die Wachen bemerken würden.«

Damit sprach Amun aus, was Kryos befürchtet hatte. Allein Amuns Nicken ließ ihn hoffnungsvoll schweigen.

»Da die Wachen Euch niemals aus dem Palasttor spazieren lassen, ohne Fragen zu stellen und Timaios zu benachrichtigen, müssen wir dafür sorgen, dass sie Euch nicht erkennen. Wir verkleiden Euch als einen der Handwerker, die oft im Palast für Euch ein- und ausgehen.«

»Eine hervorragende Idee!«

»Damit Euch Eure Stimme nicht verrät, werde ich Euch begleiten und notfalls mit den Torwachen sprechen.«

Das war ebenfalls ein schlauer Einfall. Allerdings verkomplizierte Amuns Begleitung die Dinge. Doch diesem Problem würde Kryos sich widmen, wenn sie in der Stadt waren. »Was geschieht, wenn die Torwachen jemanden in meine Gemächer schicken, um den Befehl bestätigen zu lassen?«

»Damit rechne ich nicht. Doch wir werden Licht in Eurem Studierzimmer entfachen und die Vorhänge zuziehen. Wenn man durch die Gartenfenster des Empfangszimmers blickt, wird man annehmen, dass Ihr an Eurem Schreibtisch über Euren Forschungen brütet, und Euch nicht stören. Das Risiko, ebenfalls ein Tintenfass an den Kopf geworfen zu bekommen, wird keiner auf sich nehmen wollen.«

Kryos zog die Brauen hoch. Yamin hatte ein Tintenfass geschleudert?!

Amun grinste. »Zu dieser Zeit stand ich noch nicht in Euren Diensten, doch die Geschichte, wie Ihr mit einem Tintenfass nach einem Boten Eures Vaters geworfen habt, wird gerne erzählt. Es heißt, eine Störung in Eurer Studienzeit sei der einzige Grund, warum Ihr jemals einen Krieg anfangen würdet.«

»Wie immer es gewesen sein mag, mein schlechter Ruf diesbezüglich ist mir heute Nacht willkommen.« Kryos klopfte Amun auf die Schulter. »Dein Plan klingt gut. Lass ihn uns umsetzen.«

Wenig später war Kryos in einen schlichten Chiton mit einem Strick als Gürtel und einfache Sandalen geschlüpft. Er entledigte sich des restlichen Schmuckes und zog zum Schluss das Stirnband aus. Wie herrlich, das störende Ding endlich los zu sein! Er strich sich die Haare ins Gesicht, hängte sich den ledernen Beutel um und nickte Amun zu.

Amun schien allerdings noch nicht zufrieden. Er holte die Nackenrolle aus dem Bett, drapierte sie auf Kryos' Schultern und warf ihm einen dunklen Himation über. »So wirkt es, als hättet Ihr einen Buckel, Herr. Jetzt fehlt nur noch eine Kleinigkeit.« Er eilte ins Arbeitszimmer und kehrte mit einem Weidenkorb mit Werkzeugen zurück. »Tragt ihn auf Eurer Schulter. Das verdeckt teilweise Euer Gesicht, gibt Euch einen nachvollziehbaren Grund, den Kopf zu senken, und verändert durch das Gewicht Euren Gang.«

»Du stehst Hermes in Klugheit in nichts nach«, sagte Kryos.

»Lobt mich, wenn wir wohlbehalten zurück sind. Erst dann habe ich es verdient.«

Das schlechte Gewissen ließ Kryos verstummen. Amun hatte keine Ahnung, wie gefährlich dieser Ausflug heute Nacht wirklich war. So nickte er knapp und gemeinsam verließen sie seine Gemächer.

Der Weg durch den Palast zum Haupttor verlief ohne Schwierigkeiten. Bei ihrer Ankunft dort trat einer der beiden Wächter auf sie zu und Kryos zog den Kopf tiefer zwischen die Schultern.

»Zu dieser späten Stunde noch in die Stadt, Amun?«

»Prinz Yamin schickt mich mit einem Auftrag. Er braucht ein Werkzeug für seine Studien.« Er wies auf Kryos. »Vasilios soll es für ihn herstellen, während ich darauf warte.«

»Dann hoffe ich, dass dein Begleiter schnell arbeitet. Wir schließen das Tor bald.« Der Wächter legte den Kopf schief und betrachtete Kryos im flackernden Schein der Fackeln. »Ich habe dich nie gesehen. Wo liegt deine Werkstatt?«

Kryos erschrak. An eine solche Frage hatte er nicht gedacht.

Doch Amun ließ sich nicht aus der Ruhe bringen. »Vasilios ist Dimitrios' Vetter und hilft ihm derzeit aus. Er hat heute an den Stallungen gearbeitet, sodass ich nicht weit laufen musste, um den richtigen

Mann für die dringenden Wünsche des Prinzen zu finden.«

»Die Wünsche des Prinzen sind immer dringend – zumindest für ihn«, sagte der Wächter. »Tut mir den Gefallen und beeilt euch. Ich sitze lieber in der Wachstube, als mir hier die Beine in den Bauch zu stehen, bis ihr wieder zurückkommt.«

Amun neigte den Kopf und Kryos tat es ihm gleich, ehe sie das Tor passierten.

Kryos fühlte sich wie bei seiner Flucht aus der Unterwelt. Dann fiel ihm etwas ein. »War es nicht riskant zu behaupten, ich wäre der Vetter dieses Dimitrios?«, fragte er, als sie außer Sichtweite waren.

Amun feixte. »Da ich weder Handwerk noch Wohnhaus genannt habe, bräuchte der Wächter Tage, die Wahrheit meiner Worte herauszufinden.« Er blieb stehen und der belustigte Ausdruck auf seinem Gesicht verschwand. »Welches öffentliche Haus wollt Ihr besuchen?«

Das wusste Kryos selbst nicht, denn ursprünglich hatte er keinen Besuch dort geplant. Doch nicht zu gehen, würde Amun misstrauisch machen. »Führe mich einfach zum besten Haus der Stadt.«

Amun setzte sich zielstrebig in Bewegung. Schon bald standen sie vor einem unauffälligen, aber gepflegten Gebäude.

»Wo soll ich auf Eure Rückkehr warten, Herr?«

Darüber hatte Kryos auf dem Weg hierher nachgedacht und war zu einer einfachen Lösung gekommen.

»Begleite mich. Du hast deine Aufgabe gut gemacht und verdienst ebenfalls Vergnügen. Ich spendiere dir den Aufenthalt.«

»Nein.« Amun senkte den Kopf. »Mir ist es lieber, ich warte dort hinten am Brunnen auf Euch.«

Seine steife Miene verriet, dass ein Umstimmungsversuch aussichtslos war. Daher nickte Kryos und kramte aus dem Beutel einige Münzen hervor. »Dann kauf dir wenigstens Wein und etwas zu essen.«

Dankend nahm der junge Sklave das Geld sowie den Korb mit den Werkzeugen und verabschiedete sich in Richtung einer nahegelegenen Taverne.

Damit war die Zeit für Kryos' zweiten Besuch in einem Hetärenhaus gekommen, denn Amun beobachtete sicher, ob er es betrat. Immerhin wusste er diesmal, was ihn erwarten würde – und dass er unter keinen Umständen eine Frau dort küssen durfte.

Eine Hetäre, schön wie Aphrodite und gehüllt in rote Seide, öffnete ihm die Tür.

Ganz offensichtlich das beste Haus der Stadt, dachte Kryos.

Sie begrüßte ihn mit einem strahlenden Lächeln, aber Kryos entging ihr prüfender Blick nicht. In seiner Verkleidung entsprach er nicht der gängigen Kundschaft. Um jeglicher Diskussion zuvorzukommen, nahm er eine Summe aus dem Beutel, die um das Dreifache höher war als der Preis, den Delia ihm einst genannt hatte, und hielt sie der Hetäre entgegen.

Sofort veränderte sich ihr Blick. »Seid willkommen,

Herr, in unserem Haus«, säuselte sie. »Ich bringe Euch ins Andron zu unseren anderen Gästen.«

Kryos schüttelte den Kopf und erklärte ihr, was er wollte: eine verschwiegene Dame und ein Zimmer im Erdgeschoss auf der Rückseite des Hauses – sofort. Um die Dringlichkeit zu unterstreichen, legte er der Hetäre eine weitere Münze in die Hand.

»Wartet hier auf mich, Herr«, sagte sie, schloss die Tür und entschwand. Nur der schwere Duft ihres süßen Parfüms blieb bei ihm zurück.

Kurz darauf kehrte sie in Begleitung einer schwarzhaarigen Schönheit mit lilafarbenem Gewand zurück. »Das ist Eftychia«, stellte die Empfangsdame die Hetäre vor. »Entspricht sie Eurem Geschmack?«

Kryos rang sich zu einem Kompliment durch. In Wahrheit gefiel ihm die Frau nicht. Zu grell waren die Farben von Schminke und Kleidung, zu übertrieben die Frisur und zu gekünstelt das Lächeln. Wie angenehm war dagegen Ios Natürlichkeit! Viel lieber hätte er den Abend mit ihr verbracht. Ob Ios Kopfschmerzen nachgelassen hatten, deretwegen sie dem Abendessen ferngeblieben war? Seine Mutter schwor bei Kopfschmerzen auf einen Aufguss aus Weidenrinde. Er hätte Io fragen sollen, ob sie dieses Heilmittel kannte. Wenn er nicht zu spät zurück in den Palast kam, könnte er sie aufsuchen und es ihr …

»Wollt Ihr mir folgen, Herr?«

Eftychia war ein paar Schritte voraus in einen schmalen Flur gegangen und schaute ihn fragend an.

Kryos verdrängte die Gedanken an Io und folgte ihr. Kurz darauf fand er sich in einem mit bunten Stoffen ausstaffierten Raum wieder. Weiche Teppiche führten zu einer opulenten Bettstatt.

»Man sagte mir, Ihr wäret ein Mann, der schnell zur Tat schreiten will«, hauchte Eftychia und löste mit verführerischer Geste den Gürtel ihres Gewands. »Sagt mir, wie Ihr es wollt, und ich lasse Euch nicht lange warten.« Sie trat auf ihn zu, legte die Hände auf Kryos' Brust und hob ihr Kinn, die Lippen einladend geöffnet.

Kryos schob die Hetäre von sich. »Ich werde jetzt für einige Zeit fort sein. Du wartest solange hier in diesem Raum«, erklärte er der verwirrt blickenden Eftychia.

»Ich soll mich nicht aus diesem Zimmer rühren, bis Ihr wiederkommt?!«

Zur Bestätigung seiner Worte drehte Kryos den Schlüssel im Schloss, zog ihn ab und warf ihn in den Lederbeutel. Auf einem Tisch standen Obst und Wein, Eftychia würde es an nichts fehlen. Er nahm ein paar Münzen aus dem Beutel und ließ sie vor ihren Augen klingend wieder hineinfallen. »Finde ich dich bei meiner Rückkehr hier vor, wirst du es nicht bereuen.« Dann stieg er durchs Fenster in eine dunkle Seitengasse Akoras.

Durch nächtliche Straßen eilte Kryos zum Tempel des Zeus auf dem Marktplatz. Seine Schritte hallten von den Häuserwänden wider und seine Gedanken wanderten erneut zu Io. Hatte sie ihn heute Vormittag auf dem Hof die gesamte Zeit über beobachtet? Die

Vorstellung gefiel ihm, vor allem, da der Versuch mit den Brennspiegeln auf Anhieb vortrefflich gelungen war. Wie Io errötet war, als sie seinen Blick bemerkt hatte! Bezaubernder als jede Göttin hatte sie ausgesehen. Er hatte nicht anders gekonnt, als ihr zuzulächeln. Bei der Erinnerung an Io schlich sich erneut ein Lächeln auf seine Lippen. Wäre er der echte Yamin, hätte er niemals ein Hetärenhaus aufgesucht, sondern mit Freuden auf die Hochzeitsnacht mit Io gewartet. Schon jetzt kam ihm sein Besuch bei Eftychia wie ein Verrat an ihr vor.

Die Straße mündete auf den Marktplatz und Kryos verlangsamte seine Schritte. Der Zeustempel war nicht zu übersehen, auch wenn in den beiden Feuerschalen auf den mannshohen Säulen davor keine Flammen loderten. Der Giebel des Tempels überragte alle anderen Gebäude am Platz. Elegante Säulen stützten umlaufend die Dachkonstruktion und einige Treppenstufen führten zum Portal. In der Dunkelheit zeichnete die Tür sich als dunkles Rechteck gegen die hellen Steine ab.

Ebenso wenig wie der Tempel selbst waren die drei bewaffneten Wachen mit ihren Fackeln am Fuß der Treppe zu übersehen. Allerdings hatte Kryos nicht vor, den Haupteingang zu benutzen. Unauffällig spazierte er am äußeren Rand des Marktplatzes entlang, bis er eine niedrige, unbewachte Pforte an der Längsseite des Tempels entdeckte. Wer sagte es denn?! Verborgen in einem Hauseingang blieb er stehen, betrachtete die Pforte und lauschte in die Nacht. Alles blieb still, kein Licht war zu sehen. Falls renoviert wurde, arbeiteten die Handwerker nicht nachts.

Kryos wartete eine Weile, um herauszufinden, ob die Wachen um den Tempel patrouillierten. Doch keiner der bewaffneten Männer zeigte sich. Umso besser. Lautlos näherte er sich der Seitenpforte und drückte dagegen. Verschlossen. Aber das hatte er nicht anders erwartet. Er tastete nach dem Schlüsselloch und holte ein dünnes Eisenstäbchen aus dem Lederbeutel. Nicht länger als seine Hand, war das Metallstück an einem Ende eckig geschmiedet. Kryos hatte keine Ahnung, wofür Yamin dieses Gerät benutzte, doch das Stäbchen eignete sich hervorragend, um den Stift eines Fallriegelschlosses nach oben zu drücken und es damit zu entsperren. Leise knarzte das Schloss, bis Kryos das Stäbchen in die richtige Stellung gebracht hatte. Dann konnte er den Fallstift nach oben drücken und der Riegel lockerte sich. Kryos drückte gegen die Tür. Sie gab nach und er huschte in den düsteren Tempel.

Hinter der Tür blieb er stehen und wartete, bis seine Augen sich ans Dunkel gewöhnt hatten. Doch außer schemenhaften Umrissen war nichts zu erkennen. Rasch holte er das Leinensäckchen mit Feuerbesteck und die kleine Talglampe aus dem Beutel. Kaum züngelte die Flamme am Docht empor, schirmte Kryos das Licht mit der Hand ab, damit kein verräterischer Schein nach draußen drang.

Zu seiner Rechten lag das mit einem Querbalken verschlossene Hauptportal und in der Mitte des Raumes stand eine riesenhafte Zeusstatue. Ähnlich wie im Tempel in Lyda war der Göttervater auf einem Thron sitzend dargestellt. Statt eines Bündels hielt er in der Rechten nur einen Blitz. Auf ihm funkelten winzige Juwelensplitter. Akora war anscheinend nicht reich genug, um sich größere Edelsteine leisten zu können. Obwohl ... Da waren deutlich drei größere Vertiefungen an der Spitze des Blitzes, oder?

Kryos trat näher an die Marmorfigur heran. Bei jedem Schritt knirschte Sand unter seinen Sandalen. Die Handwerker schienen wenig vom Fegen nach getaner Arbeit zu halten. Persephone hätte sie für diese Nachlässigkeit in den Tartaros geworfen. Kryos beleuchtete den Blitz. Die drei leeren Fassungen schienen tatsächlich für größere Steine gedacht zu sein. Ob Dorimedon auf seinen Kriegszügen Edelsteine erbeutet hatte, die er nun anbringen lassen wollte? Kryos hob das Licht noch höher, kniff die Augen zusammen und starrte nach oben. Waren das Kratzer um die Vertiefungen herum? Das würde daraufhin deuten, dass hier einst Steine geprangt hatten, die entfernt worden waren.

Er senkte die Lampe und schaute sich um. Woran wurde im Tempel eigentlich gearbeitet? Nirgends waren Gerüste, die auf Reparaturen an einem undichten Dach oder Malerarbeiten schließen ließen. Doch irgendetwas schien sich hinter der Zeusstatue zu befinden. Knirschenden Schrittes wanderte Kryos um die Figur herum – und blieb überrascht stehen. Vor ihm ragte eingerüstet eine zweite, unfertige Marmorfigur empor. Von den Steinbildhauern erst in groben Zügen aus dem Marmor herausgehauen, war ihr Umriss dennoch erkennbar. Diese zweite Figur stand aufrecht, die erst im Ansatz herausgearbeiteten Arme nach hinten haltend. Kryos schnappte nach Luft. Die neue Statue konnte unmöglich Zeus darstellen, denn die Stellung der Arme machte es unmöglich, später Blitze hineinzulegen. Und niemals wurde der Göttervater ohne dieses Zeichen seiner Macht dargestellt. Der König renovierte den Zeustempel nicht, er beabsichtigte, ihn einem anderen Gott zu weihen!

Wem Dorimedon huldigte, war noch nicht zu erkennen. Aber Kryos hätte einen Schwur auf das Wasser der Lethe geleistet, dass dieser Gott hinter Dorimedons jäher Machtbesessenheit steckte. Dass er dem König die Stärke gab, um … In plötzlicher Erkenntnis schlug Kryos sich gegen die Stirn. Die Legende um die drei fehlenden Blitzdiamanten, von der Delia erzählt hatte. Wie hatte er sie vergessen können? Es mussten die drei herausgebrochenen Edelsteine aus der Blitzspitze sein. Der unbekannte Gott musste um sie gewusst haben – und auch darum, wie man sich der Macht der Steine bediente. Beides hatte er Dorimedon verraten. Daher rührte die Unbesiegbarkeit des zuvor unbedeutenden Herrschers.

Aber warum sollte der unbekannte Gott Dorimedon in das Geheimnis der Diamanten eingeweiht haben? Nur um von den Bewohnern Akoras verehrt zu werden? Das erschien auf den ersten Blick nicht lohnend, zumal er mit Zeus' Zorn zu rechnen hatte. Allerdings war Dorimedon inzwischen nicht mehr unbedeutend und der Machtbereich Akoras dehnte sich mit jedem seiner Siege weiter aus. Wenn alle unterworfenen Städte und Gebiete Zeus abschworen und sich der neuen Gottheit zuwandten, konnte das die Machtverhältnisse im Olymp empfindlich durcheinanderbringen. Schließlich zog jeder Gott einen Großteil seiner Kraft aus der Verherrlichung auf Erden und der Vielzahl seiner Tempel dort. Kryos fuhr sich durchs Haar. War Dorimedon das Mittel für einen Umsturz im Olymp?!

Schritte vor der Seitenpforte unterbrachen seine Gedanken. Hastig löschte Kryos das Licht und ging hinter der Zeusstatue in Deckung. Die Seitenpforte öffnete sich. Nach einem Moment der Stille betrat jemand zögernd den Tempel und sah sich suchend um. War Kryos' Eindringen bemerkt worden? Ein Schaben erklang und gleich darauf flackerte schwacher Lichtschein auf. Die Wachen vor dem Hauptportal hatten doch Fackeln getragen?

Kryos spähte um die Steinfigur herum. Vor dem Abbild des Zeus stand eine Person mit einem Talglicht in der Hand. Der Größe und zierlichen Statur nach eindeutig eine Frau. Den Stoff ihres dunklen Himations weit ins Gesicht gezogen, studierte sie eingehend die Darstellung des Göttervaters. Fast hätte Kryos aufgelacht. Da hatte sich jemand ebenso wie er selbst unberechtigten Eintritt zum Tempel verschafft! Eine Diebin, die Interesse an den Edelsteinen hatte?

Schwere Schritte und gedämpfte Männerstimmen näherten sich von der Seitenpforte her. Kryos fluchte lautlos. Diesmal waren es die Wächter!

Die Frau schien dies auch zu erkennen. Panisch leuchtete sie die Wände mit dem Talglicht ab, als suche sie nach einem zweiten Ausgang. Wenn die Wachen sie zuerst entdeckten, blieb Kryos vielleicht die Möglichkeit, durch die Seitenpforte zu entkommen. Er wollte sich abwenden, da fiel der Lichtschein der Talglampe auf das Gesicht der Frau.

Kryos hielt inne. Der Stoff verdeckte ihre Augen, trotzdem erkannte er das Antlitz sofort. Vor der Statue stand keine dreiste Diebin.

Vor der Statue stand Io.

10

Die Wachen kamen. Panisch leuchtete Io die Mauern des Tempels nach einem anderen Seitenausgang ab. Sie konnte keinen entdecken. Wie sollte sie ihre Anwesenheit erklären, ohne Verdacht zu erwecken? Sie schwenkte die Lampe zur Zeusstatue. Sie konnte sich dahinter verstecken und hoffen, dass man sie nicht … Io keuchte. Der Schein ihres Lichtes streifte einen Mann. Er kauerte neben dem Sockel der Statue und blickte sie überrascht an. Es war Yamin. »Was machst du denn hier?«, entfuhr es ihr.

»Das könnte ich dich auch fragen!« Yamin lief zu ihr, vom Herannahen der Wachen offensichtlich ebenso alarmiert wie sie. Schon hörte Io deren Stimmen vor der Pforte. Yamin legte die Hand an den Dolch an seinem Gürtel. Aber einen Kampf gegen mehrere Männer konnte er unmöglich gewinnen! Und zum Verstecken war es zu spät. Io biss sich auf die Lippe. Wenn kein Entkommen möglich war, dann wenigstens eine glaubhafte Erklärung, warum sie beide im Tempel waren.

Io stellte das Talglicht ab. »Wir müssen ihnen vorgaukeln, wir hätten hier ein Stelldichein«, sagte sie und schlang die Arme um Yamins Hals. »Küss mich!«

Sein Körper versteifte sich unter ihrer Berührung. »Nein!«

Io verstand seine Ablehnung, doch darauf konnte sie keine Rücksicht nehmen. Sie stellte sich auf die Zehenspitzen und drückte ihre Lippen auf die seinen. Mit der einen Hand riss sie sich den Umhang herunter, mit der anderen fuhr sie verlangend über Yamins Rücken.

Die Seitenpforte ging auf und die Wachen traten mit gezogenen Waffen und Fackeln herein.

Yamin reagierte nicht. Er stand völlig starr, die Augen schreckgeweitet, als wäre sie eine der Gorgonen und nicht die Frau, die er heute Nachmittag so liebevoll angelächelt hatte.

»Prinz Yamin?! Prinzessin Io?« Verwirrt hielten die Wachen inne und verbeugten sich.

Da Yamin nichts sagte, sondern sie nur seltsam erleichtert ansah, war es mit dem Reden wohl an ihr. »Warum kommt ihr einfach so herein?«, rief Io verärgert und nestelte am Schulterverschluss ihres Chitons, als wolle sie ihn wieder schließen.

Die Männer zeigten sich genauso irritiert, wie Io es sich erhofft hatte. »Verzeiht, Prinzessin«, stammelte der Vorderste. »Wir dachten, jemand verschafft sich unerlaubt Zutritt zum Tempel.«

»Ein Irrtum, wie ihr seht.« Sie wies auf ihren am Boden liegenden Himation und schaute den Wachmann auffordernd an. Gehorsam reichte er ihr den Umhang, während seine Begleiter ihr anzügliches Grinsen zu verbergen suchten.

Gut so, dachte Io. Ihre lustvollen Fantasien würden die Männer davon abhalten, weitere Fragen zu stellen. Sie drapierte den Himation um ihre Schultern und legte ihre Hand auf Yamins Unterarm. »Lass uns zurück in den Palast gehen, Yamin«, sagte sie mit strafendem Blick auf die Wachen.

Yamin beschränkte sich auf ein Nicken und führte sie zur Seitenpforte, gefolgt von den immer noch verblüfft wirkenden Wachen. Io schritt hoch erhobenen Hauptes an seiner Seite, wie es sich für die künftige Königin Akoras ziemte.

In ihrem Inneren sah es nicht so selbstbewusst aus. Die Fragen der Wachen hatte sie abwiegeln können, doch Yamin würde wissen wollen, warum sie trotz des Verbots in den Tempel gegangen war. Allerdings würde sie ihn dasselbe fragen! Hätte er auf Befehl seines Vaters gehandelt, wäre seine Reaktion auf das Erscheinen der Wachen eine andere gewesen.

In einer Angelegenheit hatte der heutige Abend jedoch Klarheit gebracht. Was Yamins aufkeimende Gefühle für sie betraf, hatte sie sich getäuscht. Die mutmaßlichen Anzeichen von Verliebtheit waren nichts als Freundlichkeit und Schauspiel gewesen. Ein Prinz, der sich in der Öffentlichkeit seiner künftigen Braut zugetan zeigte, damit das Volk sich keine Sorgen um den Fortbestand der königlichen Dynastie machen musste.

Wie es um Yamins wahre Gefühle für sie stand, offenbarte sich, wenn sie allein waren. Vor ein paar Tagen im Rosengarten hatte er es ihr mit Worten geschildert. Heute Nacht hatte er ihr mit seinem Körper gezeigt, dass er keine Liebe für sie empfand. Nicht einmal aus Selbstschutz hatte er sie küssen wollen, so war ihm der Gedanke zuwider.

Sie war eine Närrin gewesen, zu glauben, es könnte anders sein. Alles war wie immer. Und das war gut so. Gefühle konnte sie keine gebrauchen. Schließlich wollte sie so schnell wie möglich ihre Aufgabe erfüllen und fort von Yamin und Akora.

Den Teil von ihr, der das bedauerte, versuchte sie zu ignorieren.

Kryos schloss die Tür zu seinen Gemächern und ließ sich in einen Sessel des Empfangszimmers fallen. Timaios hatte Kryos deutlich seine Missbilligung über diesen nicht abgesprochenen nächtlichen Ausflug kundgetan. Bei der Erklärung, unter dem Vorwand eines Besuchs bei den Hetären ungestörte Stunden mit seiner Verlobten verbringen zu können, hatte Kryos geglaubt, einen Hauch von Argwohn im Gesicht des Palastoberen zu sehen. Gut, dass Kryos Amun über seine wahren Absichten im Unklaren gelassen hatte. So musste der junge Sklave nicht lügen, wenn Timaios ihn befragte.

Hoffentlich hielt sich Timaios an seine Zusage, Amun nicht zu bestrafen.

Und was hatte Io im Tempel zu suchen gehabt? Zum Beten war sie sicher nicht gekommen. Suchte sie auch nach Dorimedons Geheimnis? Wenn ja, warum? Die Heirat mit Yamin würde sie zu einer reichen Frau machen und Zuneigung für den Prinzen empfand sie ebenfalls. Wenigstens wusste er nun, dass sein Kuss im Körper von Prinz Yamin nicht den Tod brachte. Schon hatte er Io versteinert in seinen Armen gesehen, die Verzweiflung und die lastende Schuld gefühlt. Fortan konnte er Io ohne Bedenken küssen und … noch mehr! Hypnos hatte vorgeschlagen, sich das Vergnügen einer Hochzeitsnacht zu gönnen. Was spräche dagegen? Io liebte ihn. Nein! Kryos sprang aus dem Sessel auf. Io liebte Yamin, nicht ihn. Vor ihm wäre sie schreiend davongerannt.

Allerdings hatte er weit größere Sorgen als die Liebe. Dorimedon hatte einen Gott als Verbündeten. Einen Gott, der ebenso wie alle anderen Götter wusste, dass Kryos mit Yamin den Körper getauscht hatte und verwundbar war. Vermutlich hatte dieser Nikos zu dem Anschlag im Rosengarten angestachelt, um zu verhindern, dass Kryos sein Ziel erreichte. Hier ging es nicht nur um einen machtbesessenen Menschenkönig. Er war zum Spielball einer Götterintrige geworden. Wenn er diese Diamanten aus dem Blitz nicht bald fand, war nicht nur seine Erhebung zum Gott in Gefahr, sondern sein Leben.

11

Der nächste Morgen hielt für Kryos vor allem eines bereit: die verschiedensten Arten von Blicken.

Amuns Blick war zurecht vorwurfsvoll. Hatte der junge Sklave sich doch die halbe Nacht um die Ohren geschlagen und vergeblich auf seinen Herrn gewartet. Allerdings verspürte Kryos keine Lust auf eine Rechtfertigung. Doch in einer Angelegenheit brauchte er Klarheit. »Hat Timaios dich bestraft, Amun?«

»Wenn man es Strafe nennt, über Stunden den Ablauf des Abends bis ins Kleinste wiederholen zu müssen – dann ja.«

Immerhin hatte Timaios Wort gehalten. Und auch er selbst wollte sein Wort halten. Er drückte Amun den abgezogenen Zimmerschlüssel und einige Münzen in die Hand mit der Anweisung, sie Eftychia als Belohnung für ihr Warten zu bringen.

Wenn möglich, verdüsterten sich die Augen des Sklaven noch mehr. »Ihr hättet ehrlich mit mir sein können, Herr. Ich würde Eure Geheimnisse nicht einmal unter Folter preisgeben.«

»Es tut mir leid. Im Moment ist alles kompliziert.« Dann floh er vor Amuns enttäuschtem Blick zum Frühstück.

Dort erwartete ihn Io mit fragender Miene – und geröteten Augen. Warum hatte sie geweint? Doch das war ebenso wie alles andere, was er von ihr wissen wollte, vor Zuhörern unmöglich zu klären.

»Möchtest du nach dem Frühstück gemeinsam mit mir ausreiten?«, fragte er sie.

Io willigte ein, kaum dass er ausgesprochen hatte.

Versöhnlich lächelte er ihr zu, doch sie erwiderte es nicht. Dafür bemerkte Kryos das Tuscheln sämtlicher Palastschreiber und Sklaven. Offensichtlich hatte sich ihr nächtlicher Ausflug herumgesprochen. Nun, dann fragte wenigstens keiner nach den wahren Gründen. Ios Geistesgegenwart mit dem Kuss war zu bewundern. Auch ohne den Fluch wäre er niemals darauf gekommen.

Auf dem Rückweg zu seinen Gemächern kam ihm ein grimmig dreinschauender Timaios entgegen. Kryos glaubte nicht an den Zufall dieser Begegnung.

»Ich werde gleich mit meiner Verlobten einen Ausritt unternehmen«, sagte er, bevor der Palastobere den Mund öffnen konnte.

»Ein Dutzend Wachen werden Euch begleiten, mein Prinz.«

Nichts anderes hatte Kryos erwartet. »Solange die

Männer den notwendigen Abstand halten, ist es mir recht«, sagte er und ging weiter. Das Gespräch mit Io duldete keinen Aufschub.

Yamins Reitpferd war ein prachtvolles Tier. Der geschwungene Hals, die seidige Mähne und die starke Hinterhand des Falben hätten selbst Poseidon begeistert. Staunend betrachtete Kryos das stattliche Pferd, das sich vor Hades' Rappen nicht zu verstecken brauchte. Oft hatte er sich auf den Rücken eines der nachtschwarzen Rösser geschwungen und war am Ufer des Styx entlang galoppiert. Bis Persephone ihn eines Tages erwischt hatte. Am nächsten Tag hatte sein Vater es ihm verboten. Welch Freude würde es sein, gleich im Sattel des Falben zu sitzen und die kraftvollen Bewegungen des Pferdes unter sich zu spüren.

Io saß bereits auf einer eleganten Schimmelstute und sah ungeduldig zu ihm.

Kryos nahm vom Stallburschen die Zügel entgegen. Der Falbe legte die Ohren an und schlug mit dem Kopf. »Der Junge hat Temperament«, sagte Kryos.

»So hat er sich noch nie gebärdet«, stammelte der Stallbursche. »Ich weiß nicht, was mit ihm los ist, Herr.«

Kryos hob die Hand, um dem Pferd beruhigend den Hals zu klopfen, doch das brachte das Tier nur mehr auf. Der Falbe schnaubte, stieg auf die Hinterbeine und versuchte sich loszureißen.

Ios Schimmelstute, die bisher still wie eine Statue gestanden hatte, tänzelte nervös. »Nefeli, was soll das?«, sprach Io auf ihre Stute ein und ritt Kreise, um das Tier unter Kontrolle zu bringen.

Endlich gelang es Kryos, Yamins Pferd am Zaumzeug zu packen. Ein Zittern lief über das Fell des Falben, dann stand er starr. Kryos tätschelte ihm den Hals, schwang sich in den Sattel und sah sich nach Io um. Ihre Stute schien sich ebenfalls beruhigt zu haben. Fast teilnahmslos wartete Nefeli auf die Kommandos ihrer Herrin.

»Sollen wir uns andere Pferde bringen lassen?«, fragte Kryos mit Blick auf ihre beiden Rösser.

»Nein, lass es uns mit den beiden probieren.« Offensichtlich war Ios Wunsch nach Antworten größer als jegliche Bedenken.

Gemeinsam trabten sie durch das Tor des Palasthofs hinaus.

Zwölf schwer bewaffnete Reiter folgten ihnen.

Vor den Palastmauern zügelten sie ihre Reittiere in den Schritt. Auf den Straßen Akoras herrschte viel Betrieb: Männer und Frauen erledigten Einkäufe, Händler kutschierten ihre vollbeladenen Wagen und Sklaven brachten die Söhne ihrer Herrschaft zur Schule. Immer noch konnte Kryos sich an dem bunten Treiben kaum sattsehen. Wie unterschied sich die Lebendigkeit Akoras von der Tristesse der Unterwelt! Als Gott würde er häufig zur Erde hinabsteigen, um die Menschen zu beobachten. Doch dafür musste er als Erstes das Schweigen zwischen ihm und Io brechen.

»Nefeli ist ein hübscher Name«, sagte Kryos, der nicht einmal wusste, wie der Falbe hieß.

Er schien das richtige Thema gewählt zu haben, denn Io antwortete ebenso prompt wie freundlich: »Er bedeutet Wolke, das fand ich passend für sie. Gewöhnlich ist Nefeli ausgeglichen und folgsam.«

»Du hängst sehr an ihr, oder?«

Sie nickte. »Ich bin froh, dass ich sie nach Akora mitbringen durfte.«

Das Bild der Stadt hatte sich mittlerweile verändert. Die Häuser waren nicht mehr aus Stein, sondern aus Holz und Lehm gebaut. Statt Holztüren versperrten Vorhänge die Sicht ins Innere. Die Kleider der Menschen waren nicht mehr so farbenfroh wie in der Innenstadt. Flicken, Risse und schmutzige Säume übersäten die Gewänder und etliche Kleinkinder liefen nackt umher. Bettler säumten den Straßenrand, am Boden kauernd oder auf Krücken gestützt. Die Wachen schlossen dichter zu Io und Kryos auf und gaben den Bewohnern mit der Hand am Schwert zu verstehen, sich ihnen keinesfalls zu nähern. Kryos schaute zu Io. Ängstigte sie sich? Doch auf ihrem Gesicht zeigte sich nur Mitgefühl.

»Haltet an!«, rief sie plötzlich, glitt aus Nefelis Sattel und ging gegen den Protest der Wachen zum Eingang einer armseligen Hütte. Ein kaum zehnjähriges Mädchen saß dort mit einem wie leblos wirkenden kleinen Jungen im Arm. Sein Gesicht glühte rot. »Hat dein Bruder Fieber?«, fragte Io das Mädchen.

Die Kleine nickte.

»Habt ihr schon einen Heiler aufgesucht?«

»Nein, Herrin. Dafür haben wir kein Geld.«

Io holte Münzen aus einem am Gürtel hängenden Stoffbeutelchen und gab sie dem Mädchen. Die überraschten Dankesworte der Kleinen nahm Io mit einem Nicken entgegen.

Zurück im Sattel wirkte Ios Miene so in sich gekehrt, dass Kryos nicht wagte, das Gespräch fortzusetzen. Schließlich brach Io selbst das Schweigen.

»Mein Zwillingsbruder Orestes ist vor einem Jahr am Fieber gestorben«, sagte sie.

»Das tut mir leid.« Er überlegte, was er ihr Tröstliches sagen könnte. Hatte er ihren Bruder am Ufer des Styx gesehen? »Bestimmt weilt Orestes längst in den ewigen Freuden des Elysions.« Der Sohn eines Königs hatte sicher einen Obolus für Charon bei sich gehabt.

»Das hoffe ich. Aber warum musste er so jung sterben? Wir haben doch alles getan: Opfer an die Götter, die besten Heiler!« Ihre Stimme wurde brüchig. »Nachdem Orestes tagelang gegen das Fieber gekämpft hatte, sank es und er fand in einen ruhigen Schlaf. Unsere Hoffnung kehrte zurück. – Wie naiv wir waren! Aber selbst der Älteste der Heiler wusste es nicht besser. ‚Der Gott Hypnos hat unsere Gebete erhört und Orestes den Genesungsschlaf gebracht', sagte er zu uns. ‚Geht zu Bett! Morgen könnt ihr Euren Sohn und Bruder gesund in die Arme schließen.'« Io lachte bitter auf. »Doch Hypnos hat uns verraten und gemeinsame Sache mit Hades gemacht. Statt geheilt zu erwachen, starb Orestes in dieser Nacht. Und niemand war an seiner Seite!« Wut flackerte in ihren Augen. »Wie launisch sind die Götter der Unterwelt, wie durchtrieben ihre Ränke! Zeus tat Recht daran, sie unter die Erde zu verbannen, zu allem Schlechten und Bösartigen, was die Welt je gesehen hat. Hoffentlich entreißen sie nicht auch diesem Mädchen den geliebten Bruder!« Sie wandte den Kopf ab und starrte auf den Mähnenkamm der Stute.

Kryos presste die Lippen zusammen. Nicht sein Vater oder sein Freund Hypnos waren für Orestes' Tod verantwortlich, sondern die Moiren. Die Schicksalsgöttinnen durchtrennten die Lebensfäden der Menschen ohne Rücksicht auf Alter, Verdienste oder eine liebende Familie. Doch das würde Ios Zorn nicht besänftigen.

Schweigend ritten sie weiter bis zur Stadtmauer. Vor den Toren Akoras erstreckte sich sanft geschwungenes Land mit Feldern, Wiesen und Baumhainen. Oliven- und Zitronenbäume wechselten sich mit Weinstöcken, Pinien und Zypressen ab. Am Horizont reichte eine Gebirgskette mit schneebedeckten Gipfeln weit in den Himmel. Bauern bestellten ihre Äcker und Ochsenkarren rumpelten über die sandige Straße. Nach der Enge der Stadt wirkte die Weite befreiend und beflügelnd, auch die Pferde stellten die Ohren auf.

Io sah ihn fragend an. »Wollen wir ein Stück galoppieren?«

»Unbedingt!« Kryos gab dem Falben die Zügel frei und drückte die Unterschenkel an die Flanken des

Tieres. Das Pferd stürmte los. Hufe donnerten auf die Erde, die Mähne flatterte und der Wind riss an Kryos' Haaren. Wann hatte er sich das letzte Mal so frei gefühlt?

»Auf Pegasus zu sitzen kann nicht schöner sein«, erklang Ios Stimme neben ihm.

Kryos wandte den Kopf und blickte in Ios strahlendes Gesicht. Sie hatte mit Nefeli zu ihm aufgeschlossen. Die Eleganz der Stute täuschte über die Schnelligkeit des Tieres hinweg, vor allem mit einer leichten Person wie Io im Sattel.

»Du hast recht«, rief er über den pfeifenden Wind hinweg und lachte. Würde dieser Galopp doch niemals enden! Doch ihre Pferde waren keine geflügelten Rösser und so verlangsamten sie alsbald das Tempo und ließen die Tiere am langen Zügel verschnaufen.

»Bei dem Flusslauf hinter dem Hügel können wir die Pferde tränken und uns ein wenig die Beine vertreten«, sagte Io.

Kryos nickte. »Das ist eine gute Idee.«

Eine Weile später grasten ihre Pferde unter der Aufsicht der Wachen am baumbewachsenen Ufer und Kryos ging mit Io ein Stück am Fluss entlang. Die Sonne malte Schattenmuster auf den Weg, Vögel zwitscherten lautstark über ihnen und das Wasser plätscherte fröhlich über die Steine im Flussbett.

Entschlossen blieb Kryos stehen. »Du fragst dich sicher, was ich gestern im Tempel zu suchen hatte?«

Ihre Antwort war ebenso direkt wie seine Frage. »Du

willst herausfinden, was deinem Vater seit Kurzem diese Macht verleiht.«

»Anfangs war es mir gleichgültig, aber jetzt nicht mehr«, gab er die Worte wieder, die er sich zurechtgelegt hatte. »Ich bin kein Spielstein, den er nach Belieben herumrückt, sondern sein Sohn und Nachfolger!«

»Ich verstehe, dass du nicht warten willst, bis dein Vater dir sein Geheimnis an unserer Hochzeit offenbart.«

So war das also geplant! »Ich möchte vorbereitet sein und nicht vor vollendete Tatsachen gestellt werden«, ging Kryos auf diese wichtige Neuigkeit ein. »Warum warst du dort?«

Io hob einen Kieselstein vom Ufer auf und rollte ihn zwischen den Fingern. »Aus dem gleichen Grund wie du. Ich muss wissen, ob dein Vater aufgehört hat, Zeus zu verehren.«

Konnte er ihr glauben? Ihre Miene war sorgenvoll, doch das mochte Schauspielerei sein. Er wartete, aber Io sprach nicht weiter. Gedankenverloren betrachtete sie den vom Wasser glattgeschliffenen Kiesel in ihrer Hand.

Kryos seufzte. Alles hatte seinen Preis. Wenn er mehr von Io erfahren wollte, würde er um einen Vertrauensvorschuss nicht herumkommen. »Hast du bemerkt, dass an der Spitze des Blitzes drei große Steine fehlen?«, fragte er.

Sie nickte. »Es sieht aus, als wären sie herausgebrochen, allerdings habe ich keine Erklärung dafür.«

»Kennst du die Legende der Blitzsteine?« Da Io den Kopf schüttelte, erzählte er sie ihr.

»Das wäre möglich!«, rief sie, nachdem er geendet hatte. »Dein Vater hat herausgefunden, wie mächtig die drei Diamanten in der Figur sind, und nutzt sie nun für seine Zwecke. Ich kenne diese Legende sogar, hatte sie aber vergessen.«

»Es ist nur eine Vermutung.« Von seiner anderen Vermutung, dass einer der Götter Dorimedon auf die Macht der Steine aufmerksam gemacht hatte, sagte er nichts. Io schien die neue Statue hinter der Zeusfigur in der Aufregung nicht wahrgenommen zu haben.

»Kein Wunder, dass niemand den Tempel betreten darf«, sagte sie. »Das Fehlen der Steine würde sofort bemerkt. Aber Zeus wird es auf Dauer nicht verborgen bleiben.« Nervös drehte sie den Kiesel zwischen den Fingern.

Dass der Göttervater bereits einen Spion nach Akora geschickt hatte, konnte er ihr nicht sagen. Beruhigend legte er eine Hand auf Ios Schulter. »Sollte mein Vater im Besitz der Diamanten sein, werde ich ihn dazu bringen, sie Zeus zurückzugeben. Zeus ist großherzig und wird die Angelegenheit vergessen.« Vor allem, wenn Kryos sich als frisch ernannter Gott ebenfalls für den König aussprach.

»Wird dein Vater denn auf dich hören?«

»Mir wird etwas Überzeugendes einfallen, schließlich habe ich noch ein paar Tage Zeit. Dir ist ja gestern Abend auch etwas Schlaues eingefallen, um unsere Anwesenheit im Tempel zu erklären.«

Ios Wangen färbten sich rot. Derselbe zauberhafte Anblick wie gestern am Fenster. Kryos lächelte.

»Es war nur als Ablenkung für die Wachen gedacht«, sagte sie hastig. »Es tut mir leid, dass ich dich geküsst habe, obwohl du nein gesagt hast.«

»Das muss es nicht. Ich bin es, der um Verzeihung zu bitten hat. Der Kuss war ein hervorragender Einfall, ich war einfach nur überrascht.«

Auf ihrer Stirn erschien eine steile Falte.

Sie glaubte ihm nicht! Doch um Yamins Willen musste sie das. Der Prinz liebte seine Verlobte, das spürte Kryos deutlich. Er löste seine Hand von Ios Schulter und legte sie an ihre Wange. »Bei deinem nächsten Ablenkungsmanöver werde ich nicht mehr zögern«, sagte er und beugte sich zu ihr hinab. »Du bist eine unglaubliche Frau, der ich immer mehr verfalle.« Zärtlich senkte er seinen Mund auf den ihren.

Ein kurzes Erstarren, dann öffneten sich ihre sanft geschwungenen Lippen für ihn.

Kryos zog Io an sich, nichts sollte zwischen ihnen sein. Verlangend fuhr er mit der Hand durch ihr Haar, berauschte sich an der Süße ihres Kusses. Nie mehr wollte er sie loslassen oder ohne sie sein. Sie war seine Frau, seine Gefährtin und Freundin …

»Nein!« Io löste ihre Lippen von ihm und trat zurück. »Im Palast wird man sich fragen, wo wir bleiben.« Sie warf den Stein zu Boden, drehte sich um und eilte zu den Pferden zurück.

Verwirrt sah Kryos ihr nach. Was hatte er falsch gemacht? Er hatte genauso gehandelt, wie Yamin es getan hätte, oder? Obwohl die Wachen schon auf ihre Pferde stiegen, setzte er sich auf einen Uferstein und starrte ins Wasser. Welch erfüllendes, atemberaubendes Gefühl es gewesen war, Io zu küssen. Als wären er und sie eins geworden. Eine Verbindung voll Kraft, großer Verheißung und purem Glück!

Kryos schüttelte den Kopf. Unglaublich, wie stark Yamins Gefühle trotz des Körpertauschs spürbar waren! Leider auch die Traurigkeit, die sich jetzt wie eine eiserne Kette um sein Herz legte. Alles, was er wollte, war, Io noch einmal zu küssen! Er beugte sich hinab und hob ihren fallengelassenen Kieselstein auf, da fiel sein Blick auf sein Spiegelbild im Wasser. Es zeigte Yamins Gesicht, doch vor Kryos' innerem Auge verschwamm das Bild und er sah sein eigenes Antlitz – wilde Locken und Augen wie Kohle so schwarz. Die Erkenntnis traf ihn unvermittelt. Es waren nicht Yamins Gefühle für Io, die er spürte. Es waren seine eigenen. Seine Faust schloss sich um den Kiesel, als könne der winzige Stein ihm Halt geben.

Er hatte sich in die Verlobte des Prinzen von Akora verliebt.

12

Io spähte um die Ecke. Der von Wandleuchtern erhellte Flur war menschenleer. Leise schlich sie weiter durch die nächtlichen Gänge des Palasts. Dank des Gesprächs mit Yamin heute Vormittag am Fluss wusste sie endlich, wonach sie suchen musste. Yamin! Io stöhnte. Wie hatte sie ihn erneut küssen können?! War sein Verhalten im Tempel nicht deutlich genug gewesen? Doch da war ein Leuchten in seinen Augen gewesen. Als würde er sie lieben und begehren. Es hatte ihren Widerstand kurzzeitig schmelzen und ihr Herz schneller schlagen lassen.

Verärgert über ihren Moment der Schwäche eilte Io weiter. Gefühle für Yamin waren das Letzte, was sie gebrauchen konnte. Denn dann würde sie sich zwischen der Loyalität zu ihm und dem Auftrag ihres Vaters entscheiden müssen.

Ein Rascheln. Io blieb stehen und schaute über ihre Schulter. Verfolgte man sie? Sie hielt den Atem an, doch alles blieb still. Wohl nur eine Maus. Sie lief weiter den Gang entlang in Richtung des Thronsaals. Im Gegensatz zu Yamin glaubte Io nicht, dass Dorimedon die Diamanten zurückgeben würde. Welcher König verabschiedete sich freiwillig von der Grundlage seiner Macht? Da die drei Edelsteine Zeus gehörten, ging es ihr inzwischen nicht mehr nur um ihre eigene Freiheit und die ihrer Heimatstadt. Sie hatte Angst vor dem Zorn des Göttervaters. Yamins Zuversicht, was Zeus' Güte anging, beruhigte sie nicht. Zudem hatte sie eine Ahnung, wo der König die Steine versteckt haben könnte. Sie lugte um die nächste Ecke und bog dann in den Gang zum Thronsaal. Nach wenigen Schritten war sie an der mit Schnitzereien verzierten Tür. Sie drückte dagegen. Wie erwartet war die Tür verschlossen. Es würde etwas Zeit in Anspruch nehmen, doch es sollte kein Problem sein, das Schloss …

Schritte!

Io lief zu einer der beiden mannshohen Vasen neben der Thronsaaltür. Als sie sich vorsichtig dahinter schob, meinte sie, jemanden in den Gang huschen zu sehen. Doch im flackernden Schein der Wandleuchter konnte sie nichts Verdächtiges mehr erkennen.

Stimmen ertönten und Metall klirrte. Eine Wachpatrouille! Io drückte sich fester an die Wand. Wenn man sie mitten in der Nacht vor dem Thronsaal entdeckte, hätte sie eine Menge Fragen zu beantworten. Ein erneutes Stelldichein mit Yamin würde man ihr nicht abnehmen. Die Schritte der Wachtruppe wurden lauter, dann verhallten sie. Erleichtert stieß Io den Atem aus.

Dann fiel ein Schatten auf sie.

Vor der Vase stand ein Mann in einem dunklen Umhang und starrte sie an. Und diesmal war es nicht Yamin und auch keine von Timaios' Wachen.

»Komm raus, Weib!«, zischte er.

Sein Tonfall sagte ihr, dass sie genau das nicht tun sollte. »Wer bist du?« Sein Gesicht kam ihr vage bekannt vor.

»Das kann dir gleich egal sein.« Ein Messer blitzte in seiner Hand auf. »Ich wollte zwar erst den Prinzen töten und dann dich, aber so ersparst du mir Zeit.« Er packte sie am Oberarm und riss sie hinter der Vase hervor.

Io schrie auf und trat nach ihm.

Seine Hand traf sie mitten ins Gesicht. »Halt's Maul!«

Taumelnd versuchte sie, sich loszumachen, doch er war zu stark. Er presste sie an die Wand und setzte das Messer an ihre Kehle. Io bäumte sich auf, aber sein Griff war unerbittlich.

»Lass sie los!«, hallte Yamins Stimme durch den Gang.

Ihr Peiniger fuhr herum, sein Griff lockerte sich und Io befreite sich aus seiner Gewalt.

»Io! Zurück!«, schrie Yamin. Dann zog er sein Schwert und stürzte sich auf den Angreifer.

Wo sollte sie hin? Hinter ihr war die verschlossene Thronsaaltür und vor ihr versperrten die beiden kämpfenden Männer ihr den Weg. Es blieb ihr nichts anderes, als erneut hinter der Vase Schutz zu suchen.

Mit angehaltenem Atem verfolgte Io das Duell. Yamin machte seine Sache gut, doch ihr Angreifer nutzte jede Schwäche des Prinzen erbarmungslos aus. Sein Messer hatte er gegen ein Schwert getauscht und mehr als einmal konnte Yamin sich nur durch einen Sprung rückwärts retten. Io beugte sich hinter der Vase hervor. Wieso kamen die Wachen nicht? Das Klirren der Schwerter musste sie doch alarmieren!

»Zu Hilfe, Wachen! Hierher!«, schrie sie etliche Male. Lange schien Yamin seinem Gegner nicht mehr standhalten zu können. Seine Miene verriet zunehmend Besorgnis.

Dem Mann schien das nicht zu entgehen. Sein Blick wurde siegessicher, seine Angriffe wurden dreister. Er täuschte einen Hieb mit dem Schwert an, nur um Yamin mit einem Faustschlag zu Fall zu bringen. Oh nein! Yamin schlug hart am Boden auf. Der Mann hob das Schwert über den Kopf, um es zum tödlichen Hieb auf Yamin herabfahren zu lassen.

»Yamin, pass auf!«, schrie Io.

Yamin streckte sich, stieß seine Waffe in den Bauch des Angreifers und sackte dann bewusstlos zusammen.

Der Mann erstarrte, ließ das Schwert fallen und presste die Hände stöhnend auf die blutende Wunde.

Endlich bogen die Wachen um die Ecke, Timaios an ihrer Spitze. Pfeile surrten durch die Luft und Io zog den Kopf hinter die Vase zurück. Mehrere der Geschosse bohrten sich in den Rücken und die Oberschenkel des Mannes. Er stürzte zu Boden und blieb reglos liegen.

»Einer von euch schlägt Alarm, der Rest kümmert sich um den Angreifer«, rief der Palastobere seinen Männern zu. »Ich sehe nach dem Prinzen.« Er eilte zu Yamin und kniete sich neben ihn, während die Wachen zu dem Angreifer stürzten.

Dass sie hinter der Vase versteckt stand, schien in der Aufregung niemand zu bemerken.

»Timaios«, sagte eine Wache. »Der Angreifer ist tot, aber wir kennen ihn. Es ist Markos, der in den königlichen Viehställen arbeitet – Nikos' Bruder.«

Timaios stieß einen Fluch aus. »Also hatte er entweder ebenfalls politische Ziele oder er wollte den Verkauf seines Bruders in den Steinbruch rächen. – Der Prinz ist glücklicherweise nur bewusstlos. Bringt ihn in seine Gemächer und schickt den Heiler dorthin.«

Yamin war unversehrt! Io atmete erleichtert auf. Sollte sie vortreten und dem Palastoberen von den Geschehnissen berichten? Aber dann würde Timaios unangenehme Fragen stellen. Io kaute an ihrer Unterlippe. Ihr Gewissen verlangte, an Yamins Seite zu sein. Schließlich hatte er ihr das Leben gerettet! Andererseits war er bewusstlos und würde ihre Nähe nicht zu schätzen wissen. Außerdem gab es keinen günstigeren Zeitpunkt als jetzt, sich im Thronsaal umzusehen und sich Gewissheit zu verschaffen.

Io wartete, bis es still war im Flur. Dann trat sie hinter der Vase hervor.

Kryos ließ sich vor dem Teich im Innenhof seiner Gemächer nieder, beugte sich über das nachtschwarze Wasser und stöhnte im gleichen Moment auf. Verdammte Kopfschmerzen! Musste wohl eine Folge der Verwundbarkeit sein, dass dieser Schlag so lange in seinem Hirn nachhallte. So fühlten sich wahrscheinlich die Götter, wenn ein Blick seiner Mutter sie traf. Aber es war keine Zeit zum Jammern, er musste dringend mit Hypnos sprechen. Es war schwierig genug gewesen, erst Amun und dann Timaios loszuwerden. Gefühlt ein Dutzend Mal hatte er dem Palastoberen die Geschehnisse auf dem Flur vor dem Thronsaal schildern müssen. Kryos' Erklärung, seit dem Angriff im Rosengarten stets eine Waffe bei sich zu tragen, hatte der Palastobere mit einem Stirnrunzeln erwidert. Schließlich hatte Timaios ihn gebeten, die Tür zu seinen Gemächern zu verriegeln. Ein Umstand, der Kryos nur gelegen gekommen war.

Kryos ignorierte das Dröhnen in seinem Schädel, veränderte seine Position, bis er das Spiegelbild des Mondes im Teich sah, und tauchte die Hand ins Wasser. Die Oberfläche verschwamm und Hypnos' jugendliches Gesicht erschien.

»Kryos, endlich«, rief sein Freund. »Ich war schon in Sorge um dich. Hast du Neues herausgefunden?«

»Allerdings.« In knappen Sätzen schilderte Kryos seine Entdeckungen im Tempel.

»Die verlorenen Blitzsteine? Beim Styx, das könnte sein! Zeus lässt bis heute nach den drei Diamanten suchen. Leider habe ich keine Ahnung, welchen Gott die angefangene Statue darstellen könnte.«

»Also haben deine Nachforschungen nichts ergeben?«

Hypnos schüttelte den Kopf. »Ich bin vorsichtig vorgegangen, um keinen Verdacht zu erregen.« Er überlegte kurz. »Im Gegensatz zu uns allen scheint diesem Gott die Sicht nach Akora nicht versperrt.«

»Und deshalb habe ich immer mehr das Gefühl, dass der Überfall im Rosengarten mir galt und nicht Yamin – auch wenn ich es nicht beweisen kann. Nikos hat behauptet, Yamin aus politischen Gründen töten zu wollen. Aber er hatte doch schon so lange Zeit dafür. Warum versuchte er es ausgerechnet jetzt? Ich glaube, jemand hat Nikos zu dem Angriff verleitet, um zu verhindern, dass ich mich einmische. Und weil Nikos versagte, ist heute Abend ein weiterer Angriff auf Io und mich erfolgt – durch Nikos' Bruder Markos.«

»Davon hast du noch gar nichts erzählt!«

»Ich wollte Io vorhin in ihren Gemächern aufsuchen. Dann sah ich sie durch die Gänge laufen und bin ihr gefolgt.« Dass er wegen des Kusses mit Io hatte reden wollen, brauchte Hypnos nicht zu wissen. »Als ich sie schreien hörte, bin ich zu ihr gerannt – gerade noch rechtzeitig.« Bei der Erinnerung an diesen Bastard stieg Zorn in ihm auf. »Leider ist Yamins Körper keinen Schwertkampf gewohnt. Er reagiert träge und ist schwach. Nikos' Bruder konnte mich überwältigen und niederschlagen«, gestand er sein Versagen. »Die Wachen haben ihn dann getötet.«

»Vielleicht hatte dieser Markos ebenfalls politische Gründe?«

»Das könnte natürlich sein«, sagte Kryos. »Aber Timaios meinte, auch Markos sei bis dahin unauffällig und sehr pflichtbewusst gewesen.«

»Ich werde mich weiter im Olymp umhören. – Wohin wollte Prinzessin Io eigentlich mitten in der Nacht?«

»Das weiß ich nicht. Ich habe sie seitdem nicht gesehen.«

»Verhört dieser Timaios sie noch?«

»Er hat Io mit keinem Wort erwähnt. Ich glaube, weder er noch die Wachen haben sie in ihrem Versteck hinter der Vase gesehen.«

»Was hast du jetzt vor?«

»Sobald Dorimedon von seinem Feldzug zurückkommt, werde ich ihn überzeugen, Zeus die Diamanten zurückzugeben.«

Skepsis zeichnete sich in Hypnos' Jünglingsgesicht ab. »Und wenn er sich weigert?«

»So dumm wird er nicht sein, noch länger Zeus' Zorn heraufzubeschwören.« Kryos grinste. »Außerdem bin ich sein Sohn und Thronfolger, mein Wort sollte Gewicht haben.«

»Vergiss nicht, dass der König augenscheinlich einen Gott seinen Verbündeten nennt, der offenbar viel Macht hat. Dies könnte ihm wichtiger sein als die Meinung seines Sohnes.«

Ja, damit musste er rechnen. »Wird es den Bann über

Akora brechen, wenn ich die Diamanten zurück in den Blitz setze?«

Hypnos nickte. »Da die Steine durch Zeus' Tun entstanden sind, bricht es den neuen Zauber, wenn du sie wieder in seine Statue einfügst.«

»Dann sag Zeus – und nur ihm! – Folgendes: Sollte Dorimedon sich weigern, werde ich ihm die Diamanten wegnehmen und zurück in den Blitz setzen. Damit sollte meine Aufgabe erfüllt sein. Allerdings habe ich keine Ahnung, wo Dorimedon die Steine versteckt.«

»Zwei von ihnen sind im Edelsteinmosaik des Thronsessels eingelassen«, erklang Ios Stimme hinter ihm.

»Io?!« Kryos sprang auf und fuhr herum. »Woher weißt du das?«, keuchte er. »Und wie kommst du hier herein? Ich habe die Tür eigenhändig verriegelt.« Hinter sich glaubte er, Hypnos' Lachen verhallen zu hören.

Io zog die silberne Haarnadel aus ihrer Hochsteckfrisur und hielt sie ihm mit funkelnden Augen entgegen. Das verzierte Ende der langen Nadel glich verdächtig dem Eisenstift, den Kryos von Yamin entliehen hatte. »Damit lassen sich die Türen zu deinen Gemächern öffnen, die Thronsaaltür und die Pforte des Tempels – wenn Letztere nicht schon offen gewesen wäre«, entgegnete sie. »Um auf deine erste Frage zurückzukommen: Gleiches lässt sich am besten unter Gleichem verstecken. Und wo ist etwas sicherer als im Thronsaal?«

Die Klugheit der Göttin Athene war nichts gegen diese Frau, die auch die Gerissenheit Apollons zu besitzen schien!

Io wies zum Teich. »Mit wem hast du da gerade geredet?«

»Äh, das war nur ein Selbstgespräch. Woher weißt du eigentlich, wie man verschlossene Türen öffnet?«

»Mein Vater besitzt eine Sammlung von Tischgeschirr, die er nur bei seinen Symposien verwendet. Die Trinkschalen, Teller und Vasen sind mit kunstvollen Bildern bemalt und werden in einem stets verschlossenen Raum aufbewahrt. Als wir klein waren, wollten mein Bruder und ich uns die Bilder ansehen, aber mein Vater meinte, die Darstellungen wären nichts für Kinderaugen.«

Kryos stöhnte auf. »Du und dein Bruder habt euch selbst davon überzeugen wollen.«

Io steckte die Haarnadel zurück in ihre Frisur. »Gegen ein paar Goldmünzen fertigte uns der Schmied ein Hilfsmittel für unser Problem mit der Tür. – Das mit dem Selbstgespräch nehme ich dir übrigens nicht ab. Mit wem hast du dich unterhalten?« Sie trat an ihm vorbei an den Teich. Doch im dunkeln Wasser spiegelte sich nur ihr eigenes Bild.

Kryos zögerte. Aber vermutlich hatte Io genug von seinem Gespräch gehört. »Ich habe mit einem der Götter geredet.«

Seine Antwort schien sie tatsächlich nicht zu überraschen – und nicht zu schockieren. Ihr sanftes Äußeres täuschte über die Stärke dieser Frau hinweg.

»Im Olymp beobachtet man mit Missfallen die Machenschaften meines Vaters«, erklärte er. »Die Götter konnten sich aber den Grund für seine plötzliche Macht nicht erklären. Denn eine Art Nebel verschleiert den Blick auf Akora und alles, was mein Vater tut. Selbst Zeus kann die Stadt nicht betreten oder sich Dorimedon nähern.« Die Worte kamen ihm nun flüssig über die Lippen. Es fühlte sich richtig an, Io in alles einzuweihen. Nun ja, in fast alles.

»Du planst wahrhaft die Entmachtung deines Vaters? Gestern am Fluss hat sich das anders angehört.«

»Falls er die Diamanten aus dem Blitz nicht freiwillig zurückgibt, werde ich sie ihm abnehmen. Inzwischen glaube ich ebenso wie du, dass es zu gefährlich ist, wenn er sie behält.«

Io trat zu ihm und er roch den inzwischen vertrauten Duft ihres Haares. »Ich wollte nach dir sehen«, sagte sie und strich sanft über die Stelle, wo ihn Markos' Faust am Kopf erwischt hatte. »Wie geht es dir?«

Eine verdammt schwierige Frage. Ios Nähe löste Gefühle in ihm aus, die alles andere in den Hintergrund drängten. Die ausgestandene Sorge um sie, die Anspannung des Kampfes und die Bewunderung für ihren Mut mischten sich mit seinem Begehren für diese Frau. Ihre winzige Berührung entfachte ein Feuer in ihm, das er kaum mehr bändigen konnte. »Es geht mir gut«, sagte er mühsam beherrscht. »So gut, dass ich dich wieder küssen könnte. Und nicht nur das.«

Abrupt zog sie ihre Hand fort. »Was soll das, Yamin?«, fauchte sie. »Vor kaum einer Woche hast du mir im Rosengarten offenbart, dass dein Verlangen nur Männern gilt und dich die Vorstellung quält, mit mir einen Thronfolger zeugen zu müssen. Im Tempel wolltest du nicht einmal zum Schein meine Nähe. Und heute möchtest du mich ständig küssen? Weißt du eigentlich, was du willst?!«

Kryos starrte sie an. »Ich … äh? Ich habe was!?« Bei den Feuern des Tartaros! Wie hätte er das ahnen können?

»Sieh an, erinnerst du dich wieder? Fällt dir auch ein, an welcher Stelle du gelogen hast?«

»An keiner!« Verdammt, Archimedes' Berechnungen waren weniger kompliziert als das hier. »Ich … ich begehre Männer«, presste er hervor. »Doch du … du löst etwas in mir aus, das mich das vergessen lässt!«

»Ach ja? Und was ist das?«

Es war ein Fehler. Aber er konnte nicht anders. »Es ist dein Wesen, Io. Deine Freundlichkeit, deine Ruhe, dein Mut und deine Klugheit. Die Art, wie du mich ansiehst: Als wäre ich dir wichtig, als würdest du mich trotz allem schätzen. Und natürlich dein Aussehen: die Sanftheit deiner Augen, der Schwung deiner Lippen. Ich sehe dich und weiß, dass ich dich für immer an meiner Seite haben will.« Er verstummte und wartete auf ihren nächsten Wutausbruch. Oder zumindest darauf, dass sie seine Gemächer verließ.

Doch Io blieb. »Seit einigen Tagen geht es mir ebenso«, sagte sie. »Seit du nach dem Ausritt zum Wald aus der Bewusstlosigkeit aufgewacht bist, bist du verändert. Deine Bewegungen, dein Handeln, dein gesamtes Auftreten.« Sie hob die Hände und ließ sie in einer hilflosen Geste wieder fallen. »Ich weiß, so etwas ist nicht möglich. Und doch … Es ist, als wärst du ein anderer Mann geworden. Ich würde dir so gern glauben, dass du Gefühle für mich hegst.«

Alle Qualen des Tartaros würden nicht Strafe genug sein für das, was er nun tat. Kryos zog sie an sich. Statt sich zu widersetzen, schlang Io ihre Arme um ihn und ihr Mund suchte den seinen. Kryos stöhnte auf. Das Feuer nahm von seinem Körper und Denken Besitz und in Ios Augen spiegelte sich dieselbe atemlose Leidenschaft. In einem letzten klaren Gedanken hob er sie hoch und trug sie in sein Bett.

Kryos erwachte im Morgengrauen. Er lag nackt im Bett und Io schmiegte sich ebenso unbekleidet an seine Seite. Nie hatte er sich so zufrieden gefühlt wie jetzt – so lebendig, so vollständig. Er seufzte wohlig. Neben ihm bewegte sich Io. Mit geschlossenen Augen kuschelte sie sich enger an ihn.

»Es war wundervoll, Yamin.«

»Kryos«, murmelte er – weniger für sie als für sich selbst. Den Namen eines anderen Mannes wollte er jetzt nicht hören.

Schlaftrunken hob sie den Kopf. »Wie bitte?«

Verdammt! »Nichts Wichtiges«, sagte er und seine Zufriedenheit verflog. Io hatte diese Nacht nicht mit ihm verbracht, sondern mit dem Prinzen von Akora.

Einzig ihm gehörte ihre Zuneigung. Dass er – Kryos – sie liebte, spielte keine Rolle.

»Ah, ich dachte schon, es wäre jemand hereingekommen, mit dem du sprichst.«

Kryos fuhr sich durchs Haar. Wie hatte er Io so hintergehen können? Sie hatte sich vertrauensvoll ihrem Verlobten hingegeben, keinem Bastard aus der Unterwelt, dessen Mutter ein gefürchtetes Monster war!

»Ist alles in Ordnung?«, fragte Io besorgt und öffnete die Augen. »Hat es dir nicht gefallen?«

»Im Gegenteil!« Er ignorierte den Schmerz in seinem Herzen und zwang sich zu einem Lächeln. »Und da ich keine Erfahrung mit Frauen habe, bin ich froh, dass du wusstest, was zu tun ist.« Immerhin eine Gemeinsamkeit, die er mit Yamin hatte.

Io richtete sich halb auf. »Du zweifelst an meiner Jungfräulichkeit?«

Kryos stieg das Blut in den Kopf. In was hatte er sich nun wieder hineingeritten!? »So war das nicht gemeint! Ich habe mich nur gewundert, weil du …«

»Du hast dich gewundert, warum ich nicht erschrocken war über das, was ich unter deinem Chiton fand«, beendete sie sein Gestammel.

Er nickte nur noch.

»Erinnerst du dich an die versteckte Geschirrsammlung meines Vaters? Da waren nicht nur blutrünstige Kampfszenen drauf abgebildet, sondern auch sehr aufschlussreiche Liebesszenen.« Ihre Hand legte sich auf seine Brust. »Hetären, die sich auf vielfältige Weise um nackte Zecher kümmerten. Aber auch Männer, die Frauen Genuss schenkten – auf einer Schale waren sogar drei Freier gleichzeitig einer einzigen Frau zu Diensten.«

Kryos riss die Augen auf. Was hatte Io da alles gesehen!?

Sie lachte vergnügt. »Die Darstellungen sind sorgsam ausgearbeitet und lassen keine Frage offen. Bevor ich hierher gereist bin, habe ich alles nochmal gründlich studiert, damit du keinen Grund zur Klage hast.« Ihre Hand fuhr zu seinem Bauch und noch tiefer. Als sie fand, was sie suchte, stöhnte Kryos lustvoll auf.

»Ich habe keine Klagen«, keuchte er und rang um seine Beherrschung.

Ios Lächeln und ihr Griff verstärkten sich. »Dabei habe ich noch gar nicht alles ausprobiert, was ich gesehen habe.«

Kryos kämpfte gegen sein Begehren. Er öffnete den Mund, um zu widersprechen, doch Ios Kuss verhinderte jeden Protest.

Die Strahlen der aufgehenden Sonne weckten Io. Zufrieden räkelte sie sich. Niemals hätte sie es sich so schön vorgestellt, mit einem Mann das Bett zu teilen. Kein Wunder, dass man so viel Geschirr damit bemalte. Neben ihr streckte sich Yamin.

»Guten Morgen«, sagte sie vergnügt und legte den Kopf auf seine Schulter. »Habe ich dich geweckt?«

Lächelnd strich er ihr eine Strähne aus der Stirn, dann wurde sein Gesicht ernst. »Ich bin gestern Nacht nicht mehr dazu gekommen, dich zu fragen: Hast du die zweite Statue im Tempel gesehen?«

»Nein, sie ist mir gar nicht aufgefallen.«

Mit wenigen Worten erklärte ihr Yamin seine Vermutung.

»Wenn dieser unbekannte Gott uns beobachtet, sind wir beide in Gefahr«, sagte sie, als er geendet hatte. »Was sollen wir tun?«

»Wir nutzen die Zeit bis zur Rückkehr meines Vaters und geben Zeus die beiden Diamanten zurück, die du im Thronsaal gefunden hast. Damit sollte der Göttervater fürs Erste besänftigt sein und die Macht meines Vaters eingeschränkt werden. Wenn wir Glück haben, kündigt der unbekannte Gott das Bündnis mit meinem Vater und dieser kommt wieder zur Vernunft.«

Der Plan klang durchdacht, allerdings … »Wir sollten die beiden Diamanten im Thronsessel durch zwei ähnliche ersetzen, damit unser Diebstahl unbemerkt bleibt.«

Yamin nickte. »Hast du eine Vermutung, wo der dritte Stein sein könnte?«

»Ich glaube, dein Vater trägt den Diamanten bei sich, damit er ihm Macht und Stärke bei seinen Feldzügen verleiht.«

»Das würde bedeuten, dass wir noch acht Tage warten und mit weiteren Angriffen rechnen müssen.« Yamin nahm ihre Hand. »Versprich mir, dass du fortan nur in Begleitung der Wachen unterwegs sein wirst.«

»Das werde ich. Und ich verspreche dir noch mehr.« Die Erkenntnis war ihr mitten in der Nacht gekommen. Sie musste nicht wählen, sie konnte beides haben: den Auftrag ihres Vaters erfüllen und den Mann bekommen, zu dem sie sich inzwischen so hingezogen fühlte. »Egal, was geschieht, ich werde bei dir bleiben. Vorausgesetzt, du willst mich.«

Sein Mund verzog sich zu einem schmerzlichen Lächeln. »Nichts wäre mir lieber als ein Leben mit dir an meiner Seite, Io. Ich kann dir gar nicht sagen, wie sehr ich mir wünsche …«

Yamin brach ab, denn es klopfte lautstark an der Tür zu seinen Gemächern.

»Mein Prinz«, erklang von draußen Timaios' Stimme. »Ich muss sofort mit Euch reden.«

Nach einem Blick zu ihr rief Yamin den Palastoberen herein. Hastig bedeckte Io ihre Blöße mit dem Laken.

»Ich hoffe, es sind wahrhaft dringliche Neuigkeiten, die dich zu mir führen«, sagte Yamin kühl, als Timaios vor dem Eingang des Schlafgemachs erschien.

Der Palastobere warf Io einen undurchsichtigen Blick zu, dann neigte er den Kopf. »Das sind sie. Euer Vater ist soeben im Palast eingetroffen.«

Yamin erblasste. »Wir erwarten ihn frühestens in einer Woche zurück.«

Timaios lächelte dünn. »Ich habe mir erlaubt, dem König eine Nachricht über die Vorkommnisse hier im Palast zukommen zu lassen. Offensichtlich fand er sie so bedeutsam, dass er sich zur sofortigen Rückkehr entschlossen hat.«

»Niemand kann meinen Vater auf seinen Feldzügen finden.«

»Niemand außer mir, mein Prinz.« Timaios' falsches Lächeln vertiefte sich. »Lasst Euch von Amun ankleiden. König Dorimedon wünscht, seinen Sohn auf der Stelle zu sehen. Allein.«

13

Gekleidet in einen hellblauen Chiton, ordentlich frisiert und behangen mit reichlich Schmuck, folgte Kryos Timaios in den Thronsaal. So aufgeräumt sein Äußeres wirkte, so chaotisch stand es um sein Inneres. Und das nicht nur wegen Dorimedons unerwarteter Rückkehr.

Was hatte er Io angetan? Er hatte ihr Hoffnungen gemacht, die der echte Prinz Yamin niemals erfüllen konnte. Nur weil er – Kryos – seine Fleischeslust nicht hatte zügeln können. Gepeinigt verzog er das Gesicht. Ach, wenn es nur reine Fleischeslust gewesen wäre! Denn sein Herz sagte etwas anderes. Auch wenn er bald ein Gott sein und jede Menschenfrau haben könnte, die er begehrte, würde es niemals so sein wie heute Nacht mit Io.

Kryos fluchte lautlos. Was wollte er eigentlich? Es gab keine Zukunft für sie und ihn. Nicht auf Erden und nicht im Olymp. In seiner wahren Gestalt würde Io sich sofort von ihm abwenden. Sie fürchtete den Tod und alles, was damit zusammenhing. Als Geschöpf der Unterwelt verkörperte er ihren größten Schmerz! Ganz zu schweigen von seinem todbringenden Kuss.

Nach dem Gespräch mit Dorimedon würde er zu Io gehen und ihr sagen, dass die gestrige Nacht ein Irrtum gewesen war. Eine andere Lösung gab es nicht. Oder doch? Kryos verlangsamte seine Schritte. Was, wenn er Zeus die Diamanten nicht zurückbrachte und für immer in Yamins Körper bliebe? Er könnte mit Io zusammen sein und durch die Macht der Blitze gottgleich herrschen, unbehelligt von Zeus und anderen Göttern.

»Prinz, kommt Ihr?«

Timaios wies zur offenen Thronsaaltür.

Kryos verdrängte seine ungeheuerlichen Gedanken und betrat den Saal. Dorimedon, König von Akora, stand vor dem Thron und erwartete ihn bereits. Beim Näherkommen musterte Kryos den Herrscher verstohlen. Der König war in jeder Hinsicht unauffällig. Von gewöhnlicher Größe und schlanker Statur, färbten sich sein Haar und Bart bereits grau. Seine Kleidung war elegant, doch keineswegs prunkvoll. Alles in allem sah Kryos den einfachen Stadtkönig vor sich, der Dorimedon bis vor Kurzem gewesen sein musste. Dann schaute Kryos in die Augen des Herrschers und widerrief sein Urteil. Mochte alles an Dorimedon harmlos wirken – sein berechnender Blick war es nicht.

»Yamin, mein Sohn.« Der König hielt ihm seine beringte Hand hin.

»Wie schön, dich wohlbehalten wiederzusehen, Vater«, sagte Kryos und küsste die Hand des Herrschers. Dabei galt seine Aufmerksamkeit einzig dem großen, gelbschimmernden Diamanten in der Ringfassung. Der dritte Blitzstein! Io hatte recht gehabt. All die Jahre schien Dorimedon keine Chance gesehen zu haben, über die umliegenden Stadtkönigreiche in einem Feldzug siegesreich zu sein, und hatte sich aus den territorialen Streitigkeiten herausgehalten. Doch als sich ihm die Gelegenheit bot, hatte er sie ergriffen. Freiwillig würde Yamins Vater die Diamanten nicht hergeben, das wurde Kryos in diesem Moment klar.

Der König bedeutete Timaios mit einem Wink, sie allein zu lassen. Mit offensichtlichem Widerwillen schloss der Palastobere die Tür zum Thronsaal hinter sich.

»Timaios hat mich wissen lassen, dass es Angriffe auf dich und Prinzessin Io gab. Allerdings sorgt sich der Palastobere auch aus anderen Gründen um dich«, kam Dorimedon ohne Vorrede zum Anlass seiner Anwesenheit.

Kryos ahnte, auf was Dorimedon anspielte. »Ich werde bald heiraten. Das verändert einen Mann«, sagte er vorsichtig.

»Es ist gut, dass du Gefallen an deiner zukünftigen Gemahlin gefunden hast – und am Umgang mit dem Schwert. Andererseits wirft es Fragen auf.«

»Wieso? Es ist doch alles in deinem Sinne, das hast du gerade selbst gesagt.«

»Auch dein Besuch im Tempel?«

Kryos öffnete den Mund, aber Dorimedon hieß ihn zu schweigen. »Erzähl mir nicht, dass du diesen Ort für ein Stelldichein mit der Prinzessin gewählt hast.«

Kryos entschied sich für einen Teil der Wahrheit. »Ich war es leid, von dir unwissend gehalten zu werden. Jetzt weiß ich von den drei Diamanten aus dem Blitz und deinem neuen göttlichen Beistand.«

»Das war dein Beweggrund? Am Tag deiner Hochzeit hätte ich dir alles offenbart.«

»Ich bin ein Mann der Wissenschaft, Vater. Geheimnisse fordern mich heraus.«

»So, so.« Dorimedon legte den Finger an den Mund und ging vor dem Thron auf und ab. Im Schein der Wandleuchter funkelte der mit Edelsteinen besetzte Stuhl hinter ihm, insbesondere die zwei gelben Diamanten in der Rückenlehne.

»Wirst du alle meine Fragen zur Macht der Steine beantworten und mir deine Pläne verraten?«, fragte Kryos so unbedarft wie möglich.

Dorimedon blieb stehen. »Dir und deiner Frau. Io gehört doch dann zur Familie. Und meiner Familie kann ich vertrauen, oder nicht?«

Die unterschwellige Drohung war unüberhörbar. Wenn Dorimedon sein Misstrauen bestätigt fand, waren sie alle in Gefahr.

»Sich gegen Zeus zu stellen, ihn gar entmachten zu wollen, ist selbst mit göttlichem Beistand größenwahnsinnig, Vater«, sagte Kryos. »Das ist noch niemandem gelungen. Du hast genug erreicht und solltest die Diamanten zurück in den Blitz setzen und den Göttervater um Vergebung bitten, ehe sein Zorn uns trifft.«

Der König schüttelte den Kopf. »Sei unbesorgt. Überlass die Politik mir und widme dich wieder deinen Forschungen. – Das wäre alles.«

Kryos wandte sich ab. Was sollte er jetzt tun? Sein mit Io besprochener Plan war nicht mehr durchführbar. Dorimedon würde die Diamanten keinen Augenblick unbewacht lassen.

»Yamin.«

Dorimedons Stimme ließ ihn innehalten. »Zu Ehren meiner Rückkehr wird es am Abend ein Festmahl geben. Etliche unserer Gäste sind Freunde der hohen Mathematik und Bewunderer von Archimedes. Du wirst sie mit den Ergebnissen deiner Studien zur Herleitung der Kreiszahl erfreuen. Oder stellt dich diese Aufgabe vor ein Problem?«

Wusste der König von dem Körpertausch? Hatte nicht nur Timaios mit Dorimedon gesprochen, sondern auch der unbekannte Gott? »Nein«, sagte Kryos und unterdrückte das aufkommende Entsetzen. »Ich freue mich darauf.«

»Nichts anderes erwarte ich von meinem Sohn.« Dorimedon lächelte. Ein Lächeln voller Misstrauen. Dieser Vortrag diente nicht der Unterhaltung der Gäste. Er war eine Prüfung.

Eine Wache begleitete Kryos zurück zu seinen Gemächern und postierte sich im Gang vor der Tür. Ob zum

Schutz vor einem weiteren Attentäter oder als Zeichen von Dorimedons Argwohn, konnte Kryos nicht sagen. Sein Vorhaben, Io aufzusuchen, verschob er. Wenn er heute Abend versagte, brauchte er nicht mehr über Ios Zukunft nachzudenken. Dorimedon sah Io als Yamins Verbündete und würde sich ihrer ebenso entledigen wie seines Sohnes. Aber noch schien der König Zweifel zu haben, dass Yamin sich gegen ihn wenden könnte – oder jemand anderes im Körper seines Sohnes steckte.

Im Arbeitszimmer holte Kryos Yamins Unterrichtsaufzeichnungen und ließ sich an dem großen Tisch nieder. Er betrachtete das Manuskript und atmete tief durch. Nach Amuns Vortrag für die Schüler verstand er diese Berechnungen sicher besser als zuvor.

Schon die erste Seite mit winziger Schrift und der Skizze der *Möndchen des Hippokrates* bewiesen ihm das Gegenteil. Er begriff überhaupt nichts! Kryos packte die Aufzeichnungen und warf sie quer über den Tisch. Wie sollte er nur einen vernünftigen Satz zur Herleitung dieser vermaledeiten Kreiszahl sagen?

»Ist alles in Ordnung, Herr?«

Kryos zuckte zusammen. »Musst du dich immer so anschleichen?!«, fuhr er Amun an.

»Es war Euer Wunsch, dass ich stets unhörbar bin, damit ich Euch niemals bei komplizierten Gedankengängen störe.« Amuns Blick fiel auf das Manuskript am anderen Ende des Tisches und seine Brauen wanderten nach oben. »Gehen Eure Studien nicht wie erhofft voran?«

Konnte Amun die Rettung sein? »Hör mal, Amun, mein Vater will, dass ich heute Abend beim Festmahl einen Vortrag über die Berechnung der Kreiszahl halte. Ich habe mir überlegt, dass du wie vor ein paar Tagen die Rolle des Vortragenden übernehmen wirst.« Er selbst würde nur zustimmend nicken und niemand Verdacht schöpfen. Schließlich war er ein Prinz und gewohnt, dass man ihm die Arbeit abnahm.

Zu Kryos' Bestürzung schüttelte Amun den Kopf. »Euch allein sollte die Ehre gehören, vor den Gästen Eures Vaters zu sprechen. Damit Euch das gelingt, werde ich mich zurückziehen.« Er legte das Manuskript wieder vor Kryos hin und entfernte sich ebenso lautlos, wie er gekommen war.

Am liebsten hätte Kryos das Manuskript genommen und es ihm hinterhergeworfen. Seufzend schlug er erneut die Aufzeichnungen auf und quälte sich durch den ersten Satz, dessen Bedeutung er kaum verstand. Reichte es nicht zu wissen, dass Kreise rund waren? Kryos fuhr sich durchs Haar, verfing sich mit den Fingern dabei in dem unvermeidlichen Stirnband und schleuderte es zu Boden. Ihm musste etwas einfallen, die Zeit lief davon. Er stützte den Kopf in die Hände und schloss die Augen. Ob er seine Schüler um Hilfe bitten konnte?

Die Klinge eines Messers an seiner Kehle beendete sein Grübeln.

»Ich will die Wahrheit wissen«, zischte jemand in sein Ohr. »Was ist hier los, Prinz Yamin?«

Die Stimme war so kalt und hasserfüllt, dass Kryos einen Atemzug lang brauchte, um sie zuzuordnen. »Nimm die Waffe fort, Amun.«

Der Druck der Klinge verstärkte sich. »Das tue ich nur, wenn meine Frage beantwortet wird.«

Kryos stieß Amuns Arm von seiner Kehle fort, sprang auf und schleuderte den jungen Sklaven gegen die Wand. Amun taumelte und das Messer fiel ihm aus der Hand. Kryos ballte die Faust, um ihn niederzuschlagen. Dass der Sklave ausgerechnet jetzt Verdacht geschöpft hatte, war eine weitere Gefahr. Oder seine einzige Chance.

Kryos ließ die Faust sinken. »Ich habe mit dem Prinzen den Körper getauscht. Yamin – oder besser gesagt seiner Seele – geht es gut. Sie ruht sicher im Olymp.« Das hoffte er zumindest.

»Im Olymp?« Stöhnend richtete Amun sich gerade und strich mit schmerzverzerrtem Gesicht über seinen Arm. »Dann bist du ein Gott?«

»Nein. Noch nicht.«

Verwirrt sah der junge Sklave ihn an.

»Mein Vater ist ein Gott.« Genaueres musste Amun nicht über seine Familienverhältnisse wissen. Kryos sammelte sich, dann erzählte er Amun von Zeus' Aufgabe an ihn. »Und so kam es zu dem Körpertausch«, schloss er. »Im Tempel habe ich nicht nur das Fehlen der Diamanten entdeckt, sondern auch die angefangene Statue eines anderen Gottes, der aber noch nicht zu erkennen ist. Leider scheint Dorimedon nun an der

Loyalität seines Sohnes zu zweifeln, vielleicht weiß er gar von dem Körpertausch.«

»Unglaublich«, murmelte Amun. »Wenn du also Zeus die Steine zurückbringst, wird er dich zum Gott erheben und Yamin kehrt in seinen Körper zurück.«

Kryos nickte. »Hilfst du mir jetzt bei diesem Vortrag?«

Amun schwieg.

»Wie bist du mir eigentlich auf die Schliche gekommen?«, versuchte Kryos ihn zum Reden zu bringen. »War es das Kämpfen? Oder der vermeintliche Besuch bei den Hetären?«

»Weder das eine noch das andere. Ich sagte doch schon, dass ich Yamin noch nicht allzu lange kenne. Ich weiß zwar, dass er das Kämpfen verachtet und Waffenübungen aus dem Weg geht, doch in einer Notwehrsituation wie im Rosengarten hätte es durchaus sein können, dass er auf Kampftechniken zurückgreift, die ihm als Knabe beigebracht wurden.«

»Und warum hat dich das Hetärenhaus nicht stutzig gemacht?«

»Ich dachte anfangs, dass Yamin sich im Hinblick auf die bevorstehende Hochzeitsnacht Übung mit Frauen verschaffen wollte. So habe ich dann auch das Treffen mit Prinzessin Io im Tempel gewertet – ein unbeobachtetes Kennenlernen.«

Ratlos sah Kryos ihn an. »Welchen Fehler habe ich dann begangen?«

»Du hast mir angeboten, ebenfalls eine Hetäre zu nehmen.«

»Was war daran falsch?«, fragte Kryos. Dann traf ihn die Erkenntnis wie einer von Zeus' Blitzen. Eine zweite Eingebung folgte unmittelbar: Amuns Treue zu Yamin, sein sorgenvoller Blick, wenn es um das Wohl des Prinzen ging.

»Weiß Yamin, dass du ihn liebst?«, keuchte Kryos.

Amuns Gesicht verdüsterte sich. »Er weiß, dass auch meine Zuneigung Männern gilt. Aber selbst, wenn er um meine Gefühle für ihn ahnte, wäre es nutzlos.«

»Weil er Io heiraten wird?«

Amun lachte bitter auf. »Dass der Prinz jenseits der Ehe eine Beziehung mit einem Mann führt, wäre kein Problem.«

»Aber wo liegt dann die Schwierigkeit?«

»Wenn Yamin einst König von Akora ist, wird niemand am Hof einflussreicher sein als der Gespiele des Herrschers. Genau deshalb wird Timaios nicht zulassen, dass der Prinz sich mit einem Sklaven abgibt. Würde er mich in Yamins Bett entdecken, fände ich mich am nächsten Tag in den Steinbrüchen wieder. Oder an den Ufern des Styx.«

Eine Aussage, die Kryos ihm sofort abnahm.

»Es gab übrigens noch etwas, das mich hat misstrauisch werden lassen«, sagte Amun. »Die Mathematik. Normalerweise wäre Yamin vom Stuhl aufgesprungen, als ich im Unterricht die zweite Nachkommastelle der Kreiszahl absichtlich falsch nannte.«

»Da siehst du, wie dringend ich deine Hilfe brauche«, knurrte Kryos.

»Ich helfe dir. Aber nur um Yamins willen.« Amun trat von der Wand auf Kryos zu. »Um deinetwillen tue ich es nicht. Denn dich interessiert nur dein Erfolg und nicht, welche Katastrophe du zurücklässt.«

Amun starrte ihn so feindselig an, dass Kryos das Bedürfnis hatte, sich zu rechtfertigen. »Wenn ich erfolgreich bin, wird alles wieder so sein, wie es war.«

»Auch für Io?«

Drei Worte wie Nadelstiche. »Ich … ich werde es ihr erklären.«

»Ach ja? Was willst du der Prinzessin sagen: dass du auf deinem Weg zur Göttlichkeit nicht widerstehen konntest, sie in dein Bett zu locken?« Verachtung troff aus jedem seiner Worte. »Aber das ist es ja, was Götter gerne tun – in ihrer Selbstherrlichkeit das Leben der Sterblichen zu zerstören.«

»So bin ich nicht!«

»Umso verachtenswerter ist, was du getan hast. Hast du nicht bemerkt, mit welch verliebten Blicken Io dich in den letzten Tagen angesehen hat? Die Wahrheit wird ihr das Herz brechen. Und während du dich im Olymp an Ambrosia labst, wird sie hier vor Kummer vergehen.«

Seine Fehler aus Amuns Mund zu hören, war schrecklich. »Ich wünschte, ich könnte es ungeschehen machen. Aber ich kann nur versuchen, Io ebenso wie Yamin vor Dorimedons Machtgelüsten zu schützen.«

Amun verschränkte die Arme. »Wie heißt du eigentlich?«

»Kryos.«

»Nun denn, Kryos.« Amun wies auf das Manuskript. »Es wird Zeit, einem Halbgott die Wunder der archimedischen Mathematik näherzubringen.«

14

Krummlinige Flächen, Radien, Polygone, Quadraturen, Divisionen. Am späten Nachmittag drohte Kryos' Kopf zu platzen. Amun hatte ihm nicht nur die Berechnung der Kreiszahl eingetrichtert, sondern auch Kenntnisse über andere berühmte Mathematiker und ihre Entdeckungen, falls jemand weiterführende Fragen stellte.

Selbst beim Ankleiden für das Festmahl ließ der junge Sklave nicht locker. »Hebelgesetz?«

»Je länger der Hebel ist, desto größer die Kraft am Drehpunkt. Archimedes behauptet, wenn er einen festen Punkt hätte, könnte er die Welt aus den Angeln heben.«

»Der Lehrsatz des Pythagoras?« Energisch zupfte Amun den Stoff von Kryos' Chiton in gleichmäßigen Falten über den Gürtel. »Mit Formel!«

»In einem rechtwinkligen Dreieck ist die Summe der Kathetenquadrate gleich dem Quadrat der Hypotenuse.« Bis vorhin hätte er Kathete und Hypotenuse für die Namen von Quellnymphen gehalten. »Die Rechenformel lautet $a^2+b^2=c^2$.«

»Wer sagt's denn!« Amun griff nach dem Kamm und frisierte Kryos' Haar. »Die Kreiszahl?«

Kryos konnte nicht widerstehen. »3,15.«

Amun schlug ihm den Kamm auf den Kopf.

Offensichtlich verstanden Mathematiker keinen Spaß.

Amun legte Kryos das Stirnband an und betrachtete prüfend sein Werk. »Zumindest äußerlich wirst du Prinz Yamin nicht blamieren.«

»Dank dir werde ich auch diesen Vortrag meistern«, sagte Kryos hoffnungsvoller, als er sich fühlte. »Du bist ein brillanter Lehrer und Denker. Yamin kann froh sein, dich an seiner Seite zu haben.«

»Und ich bin froh, wenn ich ihn statt deiner wiederhabe.«

Ein Anklopfen beendete ihr Gespräch. Auf Kryos' Aufforderung trat eine Wache ein, kündigte Prinzessin Io an und ging wieder hinaus.

Gegen seinen Willen ließ Ios Anblick Kryos' Herz schneller schlagen. Es lag jedoch nicht an ihrem tiefausgeschnittenen, lilafarbenen Kleid, nicht an dem kostbaren Goldschmuck und nicht an der kunstvoll aufgesteckten Frisur mit dem Seidenschleier. Es war das Strahlen in ihrem Gesicht, als sie ihn erblickte. Einzig ihm galt Ios Lächeln, nur er war der Grund ihrer Freude. Niemals zuvor hatte sein Erscheinen solche Reaktionen bei jemandem hervorgerufen! Und ihn machte ihr Anblick ebenfalls glücklich.

»Io«, flüsterte er, lief zu ihr und ergriff ihre Hände. Amuns warnenden Blick ignorierte er.

Ios Lächeln vertiefte sich. »Ich würde gerne vor dem Fest mit dir sprechen.«

Amun nahm die bereitstehende Kiste mit allem Notwendigen für den Vortrag. »Ich bringe Eure Sachen in den Thronsaal, Herr«, sagte der junge Sklave in seinem früheren ehrerbietigen Tonfall. Dann sah er Kryos durchdringend an und bewegte stumm die Lippen, ehe er den Raum verließ. Selbst ohne Worte war Amuns Botschaft klar verständlich: Sag Io die Wahrheit!

Das wollte er ja, aber in der Kürze der Zeit war es unmöglich, ihr alles hinreichend zu erklären. Er würde es ihr nach dem Fest sagen.

»Ich habe dich vermisst.« Io fuhr mit dem Finger an seiner Wange entlang. »Wie war das Gespräch mit deinem Vater?«

»Nicht gut.«

»Warte!« Io hob die Hand. »Bevor du mir die schlechten Neuigkeiten erzählst, möchte ich etwas anderes wissen.«

Bevor er fragen konnte, was es war, näherte sich ihr Mund dem seinen. Kryos erstarrte. Er musste sie zurückweisen! Doch schon roch er ihren vertrauten Duft und spürte die Zartheit ihrer Lippen.

»Ich muss herausfinden, ob es sich immer noch so

gut anfühlt, dich zu küssen«, murmelte sie unter halb gesenkten Lidern.

Ihre Worte brachen seinen Widerstand. *Nur noch ein einziges Mal!*, schwor er sich. *Ein letzter Kuss.*

Er schlang die Arme um Io und zog sie an sich. Tränen brannten in seinen Augen, als ihre Lippen sich berührten. Dann nahm ihr Kuss ihm kurzzeitig den Verstand.

Nach einer Weile löste sich Io von ihm. »Jetzt kannst du es mir erzählen.« Ihre Wangen waren gerötet und ihr Gesichtsausdruck verriet tiefe Zufriedenheit.

Wie konnte man sich gleichzeitig so glücklich und so schändlich fühlen? Kryos brauchte einen Moment, bis er Io das Gespräch mit Dorimedon und die Entdeckung des dritten Blitzsteins am Ring des Königs wiedergeben konnte.

»Wir müssen unseren Plan ändern«, sagte sie. »Aber wie?«

»Ich weiß es nicht. Vielleicht fällt uns in den nächsten Tagen etwas ein.«

»Hoffentlich.« Io seufzte. »Trotz allem freue ich mich auf deinen Vortrag. Ich bin stolz, einen solch gelehrten Mann wie dich zum Gemahl zu bekommen.«

Kryos blieb nichts übrig, als stumm zu nicken.

Von seiner Liege aus beobachtete Kryos das Geschehen im hell erleuchteten Festsaal. Dabei musste er sich zwingen, immer wieder einen Happen des köstlichen Fisches vor ihm auf dem Teller zu essen und einen

Schluck Wein zu nehmen, damit niemand merkte, wie nervös er war. Vor allem nicht König Dorimedon und Io, zwischen denen er saß. Zu Beginn des Mahles hatte der König die Gäste begrüßt, in knappen Worten von seinem siegreichen Feldzug berichtet und zur Freude der Geladenen den Vortrag seines Sohnes angekündigt.

Mittlerweile räumten die Diener das schmutzige Geschirr ab. Zwei Aulosspielerinnen übertönten das Geklapper der Schüsseln und Teller mit ihren Flöten, doch auch die sanften Weisen der Musik vermochten Kryos nicht zu beruhigen. Auf was hatte er sich eingelassen? Denn trotz stundenlangen Erklärens und Wiederholens hatte sich gezeigt, dass es für Kryos unmöglich war, sich alle Schritte und Rechnungen zu merken. Für seine Wissenslücken hatten Amun und er sich einen Plan ausgedacht, der hoffentlich funktionieren würde. Fast war Kryos froh, als Amun zwei Sklaven eine Stellwand aus Holz hereintragen ließ, an der leere Papyrusblätter angenagelt waren, um den Gästen die Berechnungen schriftlich herleiten zu können. Die Konstruktion war Amuns Idee gewesen, da die Zuhörer im Gegensatz zu den Schülern zu weit entfernt saßen, um von Wachstafeln lesen zu können.

Schon waren die Tische leer bis auf die Trinkschalen. Die Sklaven und die Musikerinnen zogen sich zurück und Dorimedon nickte Kryos zu. Io strich über seinen Arm, dann erhob er sich und schritt zur Stellwand, zu der Amun noch einen kleinen Tisch geschoben hatte. Die Steinkugel, ein Rundschild und seine Vorbereitungen lagen dort. Diesmal waren es wirklich seine eigenen Unterlagen. Amun hatte ihn gezwungen, sich alles selbst zu notieren, um sich den Stoff besser einzuprägen.

»Mein Sohn ist ein großer Verehrer des Archimedes von Syrakus«, hob Dorimedon an und alle Gespräche im Saal verstummten. »Ebenso wie dieser liebt Yamin die Mathematik und sein Streben gilt dem Erforschen ihrer Geheimnisse. Kurz vor meiner Abreise hat mein Sohn mir freudig berichtet, eine allgültige Kreiszahl berechnen zu können. An diesem Wissen wird er uns jetzt teilhaben lassen.«

Kryos atmete tief durch, nahm den Rundschild und hielt ihn in Brusthöhe vor sich. Ein letzter Blick auf den in der Innenseite des Schildes verborgenen Papyrus, dann begann er. »Der Umfang eines Kreises«, mit der Hand fuhr er am Rand des Schildes entlang, »verhält sich zu seinem Durchmesser«, mit dem Finger teilte er den Schild in der Hälfte, »genauso wie die Fläche des Kreises«, er wischte über die Vorderseite des Schildes, »zum Quadrat des Radius.« Er wies vom Mittelpunkt nach außen. »Das will ich Euch heute beweisen.«

Begeisterte Rufe erklangen, über die sich der echte Yamin sicher gefreut hätte.

»Ich erwarte, dass jedem hier die *Möndchen des Hippokrates* als Nachweis zur Berechnung gekrümmter Flächen geläufig sind«, fuhr er fort. »Sie nochmals für Unwissende zu erklären, würde meinen Vortrag in die Länge ziehen und die meisten hier im Saal langweilen.«

Genau wie Amun vorausgesagt hatte, gab es zustimmendes Nicken. Niemand wollte sich die Blöße geben, die Berechnungen nicht zu kennen – oder zu verstehen. Jetzt kam der schwierige Teil. »Beginnen wir also«, sagte Kryos leichthin und wies zur Stellwand. »Amun, schreib mit, was ich sage!«

Der junge Sklave trat vor und neigte ergeben den Kopf.

Aus dem Augenwinkel schielte Kryos zu Dorimedon. Der König schien keinen Verdacht zu schöpfen ob dieser Anweisung.

»Das Verhältnis des Umfangs zum Durchmesser eines Kreises verändert sich nicht, gleichgültig welche Größe dieser Kreis hat«, hob Kryos an. »Dieses gleichbleibende Maß nennt Archimedes die Kreiszahl. Den Durchmesser eines Kreises zu messen, ist einfach. Doch wie ermittle ich den Umfang? Auch das ist ein Kinderspiel.« Kryos stellte den Rundschild auf den Tisch. »Wir rollen ihn ab.«

Er ließ Amun die Zahlen von Durchmesser und Umfang des Schildes auf dem Papyrus notieren.

»Die Fläche eines Kreises zu berechnen, ist schwieriger, aber nicht unmöglich«, fuhr Kryos fort. »Wir nähern uns der Bestimmung mittels … mittels … eines Tricks, wofür wir …« Verdammt, wie hieß das Wort?

»Symmetrische Polygone«, raunte ihm Amun von der Stellwand aus zu.

»Symmetrische Polygone benutzen«, sagte Kryos laut. »Also regelmäßige Vielecke. Angefangen von acht bis hin zu sechsundneunzig Ecken. Zeichne ein Achteck in einem Kreis, Amun, damit jeder sieht, was ich meine.«

Gut, dass Amun die Idee mit der Stellwand gehabt hatte. Sie erlaubte dem Sklaven, Kryos vorzusagen, ohne dass es jemand sah.

Kryos sprach weiter und je länger er redete, desto sicherer wurde er. Fast fand er Gefallen an dem Vortrag. Die wenigen Fragen seiner Zuhörer konnte er selbstständig oder mit Amuns heimlicher Hilfe beantworten. Vielleicht lag seine Begeisterung aber auch an Ios bewunderndem Blick.

Die Herleitung näherte sich dem Ende und schließlich war nur noch die Kreiszahl zu berechnen. »Diese letzte Division darf mein Sklave vornehmen. Wollen wir doch mal sehen, ob Amun in der Zeit seines Dienstes bei mir etwas gelernt hat. Er sitzt schließlich oft genug bei meinen Schülern mit im Unterricht, um uns zur Hand zu gehen.« Er lachte und gab Amun ein Zeichen, mit dem Rechnen zu beginnen.

Kryos verschränkte die Arme und beobachtete den jungen Sklaven mit der herablassenden Miene eines Lehrers, der wusste, dass sein Schüler gleich einen Fehler begehen würde. In Wahrheit war es umgekehrt. Kryos konnte nicht dividieren, da er das Einmaleins nicht auswendig beherrschte. Doch durch dieses Ablenkungsmanöver würde es hoffentlich niemand merken.

»Seht, Herr«, sagte Amun nach einer Weile. »Der Anfang der Kreiszahl lautet 3,15.«

»Dummkopf!« Kryos schlug ihn auf den Hinterkopf. »Jeder Säugling kann es besser.«

Amuns Entschuldigung ging im Gelächter der Zuhörer unter. Kryos nahm ihm das Schreibrohr aus der Hand und verbesserte die hintere Stelle in eine Vier. »Wir beenden unsere Rechnung hier, bevor mein Sklave Kopfschmerzen bekommt. Ob die Kreiszahl unendlich fortsetzbar ist, wird Gegenstand meiner nächsten Studien sein.« Er neigte den Kopf vor seinem Publikum. »Ich danke für eure Aufmerksamkeit.«

Die Gäste im Saal applaudierten stürmisch – einschließlich Dorimedon und Io. Seine Verlobte blickte Kryos hingerissen an, der König äußerst zufrieden. Einen Moment lang genoss Kryos den Beifall. Nachher würde er Amun nochmals seinen Dank aussprechen. Doch jetzt musste seine Aufmerksamkeit wieder dem König und den Diamanten gelten.

Kryos wollte zurück zu seinem Platz gehen, aber Dorimedon hieß ihn zu warten.

»Für diesen ebenso kurzweiligen wie lehrreichen Vortrag danke ich dir, mein Sohn. Nachdem sich unsere Köpfe so anstrengen mussten, ist jetzt die richtige Zeit für etwas Bewegung gekommen.« Der König klatschte in die Hände und die beiden Aulosspielerinnen traten wieder vor. Dorimedon nickte Kryos zu und ging in das Rund der Liegen, wo sich bereits alle Gäste versammelt hatten.

»Tanzen?!« Entsetzt starrte Kryos auf die sich vor ihm in einen Halbkreis formierenden Männer.

Amun, der Kugel, Papyrus und Schreibzeug in dem Korb verstaute, fuhr alarmiert zu ihm herum. »Sag jetzt nicht, dass der angehende Gott nicht tanzen kann!«, zischte er.

»Ich habe bisher nur zugesehen.« Niemals hätte Persephone ihn auf ihren Festen mittanzen lassen. »Außerdem gab es beim letzten Fest nur Tänzerinnen.«

»Das darf nicht wahr sein!« Amun trat dichter an Kryos heran. »Reih dich zwischen dem hageren Mann mit der Glatze und dem Dicken mit dem olivfarbenen Chiton ein. Der eine ist ein miserabler Tänzer, der andere vom Wein berauscht. Denen fällt es nicht auf, wenn du über deine eigenen Füße fällst.«

Kryos tat wie geheißen. Die Tanzenden hatten sich aufgestellt und sich gegenseitig die Arme auf die Schultern gelegt. Kaum hatte er sich eingereiht, begann die Musik. Kryos ließ sich mitziehen wie ein Kälbchen am Strick – ein Stück nach links, dann wieder nach rechts. Nun bewegten sich die beiden äußeren Männer aufeinander zu, bis sich der Kreis fast schloss. Die komplizierten Schrittfolgen und Sprünge seiner Mittänzer nachahmen zu wollen, war aussichtslos. Einmal mehr überkam Kryos das Gefühl, nichts Entscheidendes zu können. Fast hörte er Persephones Hohnlachen.

Du gehörst in die Tiefe des Tartaros. Nirgendwohin sonst. Dort stört sich niemand an dir.

Ein Zug an den Schultern ließ Kryos wieder rückwärts gehen. Wobei es an seiner rechten Seite eher ein Druck war. Der Mann, der dem Wein übermäßig zugesprochen hatte, hing Halt suchend auf ihm, die glasigen Augen auf einen fernen Punkt gerichtet. Amun hatte recht. Er würde Kryos' mangelnde Tanzkenntnisse nicht bemerken. Eine erleichternde Erkenntnis und zugleich beschämend. Wie wäre dieser Abend ohne die Hilfe des jungen Sklaven verlaufen?

Kryos schleppte sich weiter durch den Tanz. Sagte nichts, als sein linker Nachbar ihm auf den Fuß trat und der rechte auffällig zu schwanken begann. Endlich verebbte die Musik und erlöste Kryos aus dieser Qual. Er packte den Zecher am Arm, damit dieser nicht umfiel, und übergab ihn einem herbeieilenden Sklaven. Der untalentierte Mann zu seiner Linken hatte sich hastig davongestohlen. Dabei wäre Kryos der Letzte gewesen, der ihm seinen Mangel an Können vorgeworfen hätte.

Zurück auf seiner Liege betrachtete Io ihn mit einem amüsierten Funkeln in den Augen.

»Es war freundlich von dir, dich zwischen diese beiden Männer zu stellen. Auch wenn du an diesem Platz keine Möglichkeit hattest, dein tänzerisches Können zu zeigen.«

»Ist es nicht die Aufgabe eines Herrschers, für das Wohl seiner Untertanen zu sorgen?«, sagte er, erleichtert, dass sie seine Unfähigkeit falsch deutete.

Io lachte, dann wurde sie ernst. »Was meinst du?«, fragte sie leise und warf einen Seitenblick auf den König. »Sollen wir nicht doch die beiden Diamanten aus dem Thron stehlen und sie Zeus übergeben?«

»Es ist ziemlich riskant. Ich werde heute Nacht durch den Teich die Götter fragen, ob durch den Verlust Dorimedons Macht genug geschmälert ist, dass sie eingreifen und uns notfalls beistehen können.« Warum hatte er nicht früher an Hypnos gedacht?

Statt einer Antwort nahm Io seine Hand und drückte sie.

Wie schön war es, Io als Verbündete an seiner Seite zu wissen. Sie glaubte an ihn, sie vertraute ihm! Gemeinsam mit ihr würde er alles schaffen. Kryos konnte nicht anders. Er beugte sich zu ihr und hauchte einen Kuss auf ihre Stirn.

Ihre sich rötenden Wangen verzauberten ihn aufs Neue. »Du bist so schön, wenn du errötest«, flüsterte er.

»Wie es scheint, könnt ihr beiden eure Hochzeit kaum erwarten«, erklang Dorimedons Stimme neben ihnen.

»Vater!«

Dorimedon bedachte ihn mit einem undurchdringlichen Blick. »Im Anschluss an das Fest will ich mit euch reden.« Er wandte sich ab und nahm wieder auf seiner Liege Platz.

Ios beunruhigter Gesichtsausdruck spiegelte Kryos' eigene Befürchtungen wider. Was hatte der König vor?

15

Die Zeit bis zum Ende des Festes verstrich quälend langsam. Immer wieder sah Kryos zum König. Hinter ihrem strahlenden Lächeln wirkte Io ebenfalls angespannt. Kryos entging das Zittern ihrer Hand nicht, wenn sie zur Trinkschale griff. Ihr durfte keinesfalls etwas geschehen! War es möglich, Io als Braut zu verstoßen, damit sie den Palast verlassen und in Sicherheit gelangen konnte? Auch danach musste er Hypnos heute Abend am Teich fragen. Von Yamin fortgeschickt zu werden, würde Ios Herz brechen. Aber alles war besser, als sie in Charons Boot steigen zu sehen. Zärtlich legte er seine Hand auf die ihre. Nicht nur Ios Herz würde brechen, wenn sie ging.

Kaum hatten die letzten Gäste die Halle verlassen, forderte König Dorimedon sie auf, ihn in den Thronsaal zu begleiten.

Kryos wechselte einen bedeutungsvollen Blick mit Io.

»Ihr fragt euch sicher, was ich mit euch besprechen will«, sagte Dorimedon über die Schulter hinweg, nachdem sich die Tür hinter ihnen geschlossen hatte. Er blieb vor seinem Thron stehen, drehte sich um und lächelte. »Wir werden eure Hochzeit vorverlegen. Morgen schon werdet ihr beide heiraten.«

»Das … das kommt überraschend«, stotterte Kryos. »Aber es ist eine wunderbare Idee, Vater.«

Ios Lächeln wirkte angespannt.

»Warum warten, dachte ich mir? Wo ihr die Hochzeitsnacht ja schon vollzogen habt, wie ich hörte«, sagte Dorimedon. »Damit ihr euch ungestört vom Palastzeremoniell noch besser kennenlernen könnt, werdet ihr am Tag darauf in die von mir unterworfenen Städte reisen. Die Menschen dort sollen ihren nächsten König sehen. Nicht, dass sie auf den törichten Gedanken kommen, die Herrschaft Akoras würde mit meinem Tod enden.« Der König lachte laut.

Kryos fiel in sein Lachen ein, doch seine Gedanken rasten. Wollte Dorimedon mit der vorgezogenen Hochzeit und der anschließenden Reise verhindern, dass sie die Diamanten zu Zeus zurückbringen konnten? Dann blieb ihnen nur heute Nacht zum Handeln. Doch mussten sie es überhaupt tun? Wieder überkam Kryos die Versuchung. Er könnte als Dorimedons Sohn mit einer ihn liebenden Io an seiner Seite herrschen. Er würde nur dafür sorgen müssen, dass Amun schwieg.

»Prinzessin Io, fühlt Ihr Euch nicht wohl?« Dorimedon betrachtete Io prüfend. »Ihr seht blass aus.«

Der König hatte recht. Was hatte sie?

»Es ist die Freude, die mich schwindlig macht«, sagte

Io. »Das Glück, Yamin schon morgen meinen Gemahl nennen zu dürfen. Meine Familie auf der Reise wiederzusehen …« Ihre Lider flatterten und sie taumelte.

»Schnell, setzt Euch!« Geistesgegenwärtiger als Kryos fasste der König Io am Arm und führte sie zum Thron. Besorgt folgte Kryos ihnen.

Dankbar ließ Io sich auf den Herrschersitz sinken. Doch schon im nächsten Moment kippte sie keuchend mit dem Oberkörper nach vorne. Dorimedon beugte sich zu ihr, um ihren Sturz vom Thron aufzufangen.

Io riss ihr Knie hoch und rammte es dem König gegen das Kinn.

Stöhnend taumelte Dorimedon rückwärts.

»Yamin!« Io sprang vom Thron auf und nahm Gürtel und Schleier ab. »Wir müssen deinen Vater fesseln und knebeln!«

Nur langsam drang das gerade Geschehene in Kryos' Verstand. Io hatte ihm die Entscheidung abgenommen. Jetzt gab es kein Zurück mehr.

Worauf wartete Yamin? Hektisch wechselte Ios Blick zwischen ihrem Verlobten und dem ächzenden König. Die Liebe zu Yamin hatte sie zu dieser Tat beflügelt, aber wenn sie nicht sofort handelten, war ihr Mut umsonst gewesen!

Sie packte Dorimedons Arm, da erwachte Yamin aus seiner Starre. Er sprang vor und streckte seinen Vater mit einem Fausthieb zu Boden. Gemeinsam banden sie den bewusstlosen König an eine Säule. Während Kryos ihm ihren Schal als Knebel in den Mund steckte, zog Io die silberne Haarnadel aus ihrer Frisur und wandte sich den beiden gelben Diamanten in der Rückenlehne des Thrones zu. Zum Glück saßen sie durch das nachträgliche Anbringen locker in der Fassung und lösten sich nach einigen Versuchen. Io ließ die Edelsteine in eine verborgene Tasche ihres Gewands gleiten, steckte die Nadel zurück ins Haar und wandte sich zu Yamin und Dorimedon um.

Yamin stand mit gerunzelter Stirn neben dem noch ohnmächtigen König. Missfiel ihm ihr eigenmächtiges Handeln?

Io lief zu ihm. »Wir hatten keine Wahl, oder?«

Ein wehmütiges Lächeln erschien auf seinem Gesicht. »Nein, die hatten wir nicht.« Er zog seinem Vater den Ring mit dem Diamanten vom Finger, steckte ihn an und ergriff ihre Hand. »Jetzt müssen wir es bis zum Tempel schaffen.«

Sie gingen zu der Tür, aus der sie gekommen waren. So gelassen wie möglich betraten sie den Speisesaal.

Die Sklaven, die dort den Boden fegten, machten ihnen Platz und verneigten sich. Gemäßigten Schrittes durchquerten sie den Raum. Auch die am Ausgang des Saales postierten Wachen ließen sie passieren. Io stieß den angehaltenen Atem aus und lief so ruhig wie möglich neben Yamin durch den Flur.

Wie lange es wohl dauern würde, bis man den König

fand? Noch hatte sie keinen Alarm gehört. »Wie kommen wir in die Stadt?«, wisperte sie.

»Als Erstes müssen wir möglichst ungesehen hier hinaus gelangen. Vorschläge?«

»Über die Dienstbotenstiege neben der Küche? Das ist der kürzeste Weg.« Diesen Ausgang hatte sie bei ihren Streifzügen durch den Palast entdeckt.

Er nickte. Elendig lang kam Io die Strecke vor, doch endlich standen sie in dem von Fackeln erhellten Palasthof. Jetzt mussten sie an den Torwächtern vorbeikommen.

Yamin schien an dasselbe zu denken. »Lass uns in den Ställen nach einer Verkleidung suchen. Auf diese Art ist mir die Flucht aus dem Palast schon mal geglückt.«

»Falls das Tor noch offensteht, können wir Pferde nehmen und hinausgaloppieren.«

Im Schutz von Mauern und Dunkelheit liefen sie um den Palast, bis das Haupttor in Sicht kam. Es war geschlossen. Zwei Wachen standen mit Speeren in der Hand davor.

Yamin wies zu den Ställen. »Wir sollten etwas suchen, das wir uns überziehen und dann …«

Drei dröhnende Gongschläge übertönten den Rest seines Satzes. Io erstarrte. Man hatte den König gefunden!

Yamin packte sie am Arm. »Wir müssen sofort zum Tor.«

»Wie bitte? Man wird uns niemals durchlassen, sie suchen nach uns!«

»Aber das weiß am Tor noch niemand.«

Er hatte recht! Es war ihre einzige Chance. Selbst wenn sie sich in den Ställen versteckten, würde man sie bald finden. Io nickte und sie eilten los.

Kaum bemerkten die Wachen sie, fing Yamin an zu schreien. »Diebe! Hört ihr den Alarm? Diebe waren im Palast!«

Aufgeschreckt traten die Wachen vor. »Was ist geschehen, Prinz Yamin?«

»Einer der Gäste hat nach dem Fest Edelsteine aus dem Thron herausgebrochen.« Yamin sprach atemlos, als wäre er den gesamten Weg vom Thronsaal hierher gerannt. »Wann hat der letzte Gast das Tor passiert?«

»Das ist nicht lange her«, erwiderte die Wache betroffen. »Er trug einen olivfarbenen Chiton und sagte, er sei so spät dran, weil er sich zuvor in den Misthaufen habe übergeben müssen.«

»Das ist er!«, behauptete Yamin. »Seine Trunkenheit war nur gespielt.«

Yamin machte einen Schritt aufs Tor zu und wies auf die Pforte in einem der Torflügel. »Begleitet uns!«, befahl er den Wachen. »Der Dieb darf die Stadt nicht verlassen.«

Klirrendes Metall und eilige Schritte ließen sie herumfahren. Aus dem Palast näherte sich ein Trupp Krieger mit Timaios an der Spitze.

»Nicht entkommen lassen!«, brüllte der Palastobere von Weitem. »Befehl des Königs!«

Ios Finger verkrallten sich in Yamins Arm. Jetzt war alles aus.

»Da hört ihr es!«, rief Yamin, hakte Io unter und drängte zur Pforte. »Beeilung!«

Endlich schienen die Torwachen überzeugt. Die Speere fest im Griff, öffneten sie die Tür und stürmten mit ihnen zusammen hinaus.

»Festhalten!«, erklang hinter ihnen Timaios' Schrei. »Unbedingt!«

»Dort entlang!« Yamin zeigte in eine Gasse und sie bogen gemeinsam mit den beiden Torwachen scharf von der großen Straße in Richtung Marktplatz ab. Keuchend rannte Io an Yamins Seite. Sie musste durchhalten, wenn sie Timaios entkommen wollten. Nach einer Weile glaubte Io, die Schritte von Timaios und seinem Trupp nicht mehr zu hören.

Ihre Begleiter merkten es ebenfalls und blieben stehen. »Wartet, Herr!«, rief eine der Wachen. »Timaios scheint uns verloren zu haben.«

Yamin hielt an und lauschte. Plötzlich schoben sich seine Brauen zusammen. »Unser Dieb ist in der Nähe«, zischte er und trat zu den Wachen. »Gib mir dein Schwert!«, forderte er einen der beiden Männer auf. »Schnell!«

Gehorsam reichte ihm der Mann die Waffe.

Kaum umschloss Yamins Hand den Griff, stieß er der Torwache den Knauf gegen das Kinn. Stöhnend ging der Mann in die Knie. Sofort fuhr Yamin zu der anderen Wache herum. Gewarnt wollte der zweite

Mann sein Schwert ziehen, doch Yamin war schneller und streckte ihn mit einem Fausthieb nieder. Der Mann blieb reglos auf der Straße liegen.

In diesem Moment sprang hinter Yamin die erste Torwache wieder auf. »Jetzt verstehe ich!«, rief er und zog einen Dolch. »Ihr seid der Dieb!«

Yamin wirbelte herum und stürzte sich auf den Mann. Hastig ging Io hinter einer Hausecke in Deckung. Doch die Auseinandersetzung währte nicht lange. Yamin zeigte sich noch sicherer im Kampf als gestern im Flur vor dem Thronsaal. Die Torwache schien zu merken, dass sie den Prinzen nicht besiegen konnte. Der Mann wich zurück und eilte um die nächste Häuserecke davon.

»Hierher, Timaios!«, brüllte er dabei unentwegt.

»Wir lassen ihn laufen«, keuchte Yamin und streckte Io die Hand entgegen. »Schnell zum Tempel!«

Bevor sie seine Hand ergreifen konnte, erstarb das Rufen der Torwache plötzlich. Im nächsten Augenblick bog ein Mann um die Häuserecke und rannte auf sie zu.

Io erschrak. Yamin fluchte in einer Weise, die sie ihm niemals zugetraut hätte, und hob kampfbereit das Schwert.

»Nimm die Waffe runter!«, rief der Mann. »Ich bin es – Amun.« Atemlos blieb der junge Sklave vor ihnen stehen und steckte sein Schwert zurück in den Gürtel.

»Amun?!«, rief Io.

Yamin wirkte nicht minder überrascht als sie. »Was machst du hier?«, fragte er.

»Dafür sorgen, dass dein … dass Euer Plan gelingt, Herr.«

Io hatte keine Zeit, sich über Amuns vertraute Rede mit Yamin zu wundern, denn der Sklave sprach bereits weiter.

»Timaios hat seine Krieger aufgeteilt. Die eine Hälfte verfolgt euch, die andere ist auf dem Weg zum Tempel. Wir müssen vor ihnen dort sein.«

Besorgt sah Yamin Io an. »Hältst du das durch?«

Allein die Zärtlichkeit in seiner Stimme gab Io Kraft. »Wir haben keine andere Wahl, oder?«, sagte sie lächelnd.

Statt einer Antwort nahm Yamin ihre Hand und sie rannten los.

Wie bei ihrem letzten Besuch lag der Tempel im Dunkeln. Allerdings standen diesmal vor der kleinen Seitenpforte zwei Wachen mit Fackeln. Von Timaios und seinen Kriegern war noch nichts zu sehen.

»Wenn Amun und ich uns um die beiden Kerle kümmern, kannst du die Tür öffnen?«, fragte Yamin.

Sie nickte und die beiden Männer liefen davon. Hätte man ihr vor einer Woche gesagt, was sie heute Abend getan hatte – und noch tun würde! – sie hätte es nicht geglaubt. Doch in Yamins Gegenwart wuchs sie über sich selbst hinaus. Bald würde ihre Heimatstadt Fardona ihre Freiheit erlangen und sie ein Leben im Glück an Yamins Seite führen.

Io richtete ihren Blick zur Pforte. Wie harmlose Zecher taumelten Yamin und Amun Arm in Arm auf die Wachen zu. Erst als sie knapp bei ihnen angekommen waren, zogen sie ihre Schwerter.

Wieder war der Kampf nur von kurzer Dauer. Yamin winkte Io herbei und im Laufen zog sie die Haarnadel aus den Resten ihrer Frisur. Vor der Pforte ging sie auf die Knie. Amun leuchtete ihr mit einer Fackel und sie steckte den gebogenen Teil der Nadel in das Schloss. Metall kratzte auf Metall, Io spürte die Ungeduld der Männer hinter sich. Endlich griff die Nadel, der Zapfen des Riegels schob sich nach oben und die Tür schwang auf.

Sie drängten ins Innere. Dunkelheit, Stille und abgestandene Luft empfingen sie. Io verschloss die Pforte und trat an Yamins Seite. Im flackernden Feuerschein erhob sich die mächtige Zeusstatue vor ihnen.

Yamin legte sein Schwert ab, zog sich den Ring vom Finger und reichte ihn ihr. »Kannst du den Stein mit der Haarnadel herausbrechen?«

Mit der Spitze der Nadel arbeitete Io sich am Rand der Fassung entlang, dann sah sie verärgert auf. »Er sitzt zu fest, ich kann ihn nicht lösen. Willst du es probieren?«

Yamin schüttelte den Kopf. »Dafür ist keine Zeit mehr, es wird auch so gehen.«

Hastig kramte Io die beiden anderen Diamanten aus ihrer Tasche und ging mit den Männern zur Statue. Der Blitz befand sich weit über ihren Köpfen, sodass Yamin sich auf Amuns Schultern stellen musste, um ihn zu erreichen. Die beiden losen Steine drückte er in die Metalleinfassungen und den Ring hängte er an eine dünne Blitzzacke in der Nähe.

Dann traten sie ehrfürchtig zurück.

Schatten tanzten an den Wänden und die gelben Diamanten funkelten zusammen mit den winzigen Juwelensplittern im Licht von Amuns Fackel. Gebannt wartete Io auf eine göttliche Reaktion.

Nichts geschah.

Unruhig schauten sie einander an. Bald würde Timaios mit seinen Kriegern hier sein.

»Zeus!«, rief Yamin. »Hörst du mich?«

Amun murmelte etwas, das für Io wie »Wenn nicht den Halbgott, wen dann?« klang. Aber da die Worte keinen Sinn ergaben, musste sie sich verhört haben.

»Sollen wir nach einem Wasserbecken suchen?«, fragte sie in Erinnerung an das Gespräch vor dem Teich.

»Nein«, sagte Yamin. Dann legte er den Kopf in den Nacken und schrie: »Ich habe deinen Auftrag erfüllt, Zeus!«

Io erschrak. Wenn man Yamins Stimme draußen hörte! Aber Timaios wusste ohnehin, wo er sie suchen musste.

»Zeus!«, brüllte Yamin. »Löse dein Versprechen ein!«

Seine Worte hallten von den Wänden wider, dann kehrte Stille ein.

»Vielleicht hätten wir den Stein doch aus dem Ring herausbrechen müssen«, sagte sie verzweifelt.

An der Seitenpforte erklangen Stimmen. Lange würde die Tür Timaios und seinen Kriegern nicht standhalten.

Io senkte den Kopf. »Zeus hört uns nicht. Es ist vorbei.«

Yamin hob sein Schwert auf, rannte auf die Statue zu und hieb gegen den Fuß der Steinfigur. »Bei den Feuern des Tartaros! Komm endlich, Zeus!« Wie rasend schlug er auf die Statue ein, bis Amun ihn am Arm packte.

»Der Göttervater will uns nicht helfen.« Der Sklave wies zur Seitenpforte, die in den Angeln ächzte. »Wir müssen allein kämpfen.«

Yamin ließ von der Statue ab. Enttäuschung und Wut spiegelten sich in seinen Zügen. »Versteck dich hinter der Figur, Io.«

»Ich sterbe mit dir.«

Ein trauriger Blick trat in seine Augen. »Bitte.«

Dann gab die Seitenpforte dem Ansturm der königlichen Krieger nach.

Yamin und Amun hoben ihre Schwerter. Io hastete hinter die Statue und sah nun auch die zweite, eingerüstete Figur.

»Da ist mein verräterischer Sohn!«, dröhnte Dorimedons Stimme durch die Halle. »Sucht seine Verlobte und bringt sie zu mir.«

Gleich darauf erfüllte das Klirren von Schwertern den Tempel. Die Angst um Yamin und Amun machte Io fast wahnsinnig. Gleich würden Dorimedons Männer auch bei ihr sein. Wo konnte sie hin?

Eine der Wachen tauchte im Halbdunkel vor ihr auf. Der Mann musste die Statue von der anderen Seite umrundet haben.

»Stehen geblieben, Prinzessin!«, rief er.

Sie rannte los, doch er war schneller und schlang die Arme um sie.

»Io!«, hörte sie Yamins verzweifelten Ruf. Mit aller Kraft trat sie auf den Fuß des Mannes. Er schrie auf und sein Griff lockerte sich.

Io entwand sich ihm und stolperte weiter. Bis sie Amun aufstöhnen und Yamin fluchen hörte. Tränen schossen ihr in die Augen. Sie hatten verloren. Erneut packte man sie und diesmal wehrte Io sich nicht. Die Krieger schleppten sie nach vorne zu König Dorimedon.

Amun lag am Boden. Aus einer Wunde an seinem Arm lief Blut und Timaios hielt ihm seine Schwertspitze an die Kehle. Yamin stand aufrecht, aber er war entwaffnet. Drei Krieger richteten ihre Schwerter auf ihn.

Der König bedachte Io mit einem vernichtenden Blick, dann wandte er sich seinem Sohn zu.

»Du hättest alles von mir haben können«, sagte er beinahe enttäuscht. »Was hat Zeus dir versprochen, um dich mir abtrünnig zu machen: Macht und Reichtum? Oder die Unsterblichkeit deines Namens: ein größerer Gelehrter zu werden als Archimedes, Euklid und Hippokrates?« Dorimedon lachte auf. »Doch deine Gier war zu groß und deine Naivität auch. Die Götter helfen dir nur, wenn sie selbst etwas dabei gewinnen können.«

»So wie der Gott, dessen Statue du dort hinten errichten lässt?«

»Du verstehst nichts von Politik und wärst besser bei deinen Studien geblieben. Wenigstens hat dein kopfloses Handeln keinen Schaden angerichtet.«

Die Kälte in Dorimedons Augen ließ Io schaudern.

Der König zog einen Dolch und ging begleitet von einem Krieger zur Zeusstatue.

Yamins Bewacher drehten dem Prinzen die Arme auf den Rücken und zwangen ihn auf die Knie. Ebenso hilflos wie Io musste er zusehen, wie Dorimedon auf die Schultern des Kriegers stieg und die Dolchspitze an der Fassung des unteren Diamanten ansetzte.

Die Klinge kratzte an der metallenen Einlassung, doch der Edelstein lockerte sich nicht. Stattdessen kam Wind im Tempel auf.

»Na, endlich«, murmelte Yamin.

Der Wind schwoll an, eine Bö fegte durch den Raum und aus der Mitte der Statue brach helles Licht. Schützend hob Io die Hand vor die Augen. Gleich einer gewaltigen Feuersbrunst breitete sich das Licht in der Figur aus. Als es den Kopf erreichte, erwachte das Gesicht der Marmorstatue zum Leben. Die aufgemalten Pupillen blitzten zornig und der steinerne Mund öffnete sich.

»Hüte dich vor meinem Zorn, Dorimedon!«, dröhnte eine dunkle Stimme zu ihnen herab.

Dorimedon ließ den Dolch fallen und sprang von den Schultern des Kriegers, auf denen er stand, herunter. Glutrot und golden glomm der Blitz in der Hand des Göttervaters auf und zischte vor Hitze. Die drei Diamanten und die Juwelensplitter schmolzen in ihn hinein und ihre Kraft verlieh dem Blitz eine gleißende Helligkeit.

Geblendet wandte Io den Kopf ab. Aus den Augenwinkeln sah sie Dorimedon zurückweichen. Die Statue hob ihre freie Hand und der Fußboden riss vor Dorimedon auf. Ein finsterer Schlund, aus dem graue Nebelschwaden emporstiegen.

»Du wagst es, mich ein zweites Mal herauszufordern, König von Akora?«, donnerte es aus dem Mund der Statue.

Dorimedon fiel auf die Knie. »Vergib mir, o Zeus!«

»Vergebung gewähre ich nur deinem Sohn! Er wird an deiner Stelle König werden. Du wirst für deinen Frevel im Tartaros büßen.« Die Statue hob die Hand und schleuderte den glühenden Blitz auf den König.

Der Blitz riss Dorimedon in den Abgrund. Der König schrie auf. Verzweifelt reckte er die Hände und versuchte, sich am Rand festzuhalten. Vergeblich. Dorimedon stürzte hinab in die Finsternis und sein Schreien verhallte.

Die Krieger des Königs wichen zurück. Timaios ließ von Amun ab, die Augen vor Entsetzen geweitet.

Ios Blick suchte Yamin. Er starrte in den Schlund, in den der Blitz seinen Vater hinabgerissen hatte. Dorimedon hatte um Gnade gefleht, aber Zeus hatte kein Erbarmen gezeigt.

»Yamin!« Io lief los. Die Wachen hielten sie nicht zurück.

Er hob den Kopf und sie flog in seine Arme. »Wir haben einander«, flüsterte sie und schmiegte ihren Kopf an seine Brust. »Alles wird gut.«

»Ich muss dir etwas sagen, Io.«

»Ich dir auch.« Anfangs hatte sie es nicht wahrhaben wollen, doch jetzt war es unumstößlich. Sie hob ihr Kinn und sah ihm in die Augen. »Ich liebe dich, Yamin.«

»Ich liebe dich auch«, sagte er sanft, nur um schmerzlich anzufügen: »Es tut mir leid.«

Was meinte er? Io kam nicht dazu, ihre Frage zu stellen.

Die Figur des Zeus hob ihre steinerne Hand und erneut brauste eine Windbö durch den Tempel, warf Feuerschalen um und ließ die Mauern erzittern. Haltsuchend klammerte Io sich an Yamin. Seine Augen flackerten. Fest drückte er sie an sich, vergrub seinen Kopf an ihrer Schulter. Dann erschlaffte sein Körper in ihren Armen und er sank zu Boden.

»Yamin!?«

Seine Lider waren geschlossen und er regte sich nicht. Der Tempel begann zu beben und Steine brachen aus den Mauern. Io kniete sich neben ihn, strich über seine Wange und rüttelte an seiner Schulter. »Wach auf!«, sagte sie. »Wach auf!«

Die Erschütterungen wurden stärker. Staub erfüllte die Luft, das Dachgebälk ächzte und irgendwo krachte ein Holzbalken herunter. Die Krieger rannten schreiend davon. Der Fußboden hob sich unter Io, sie verlor den Halt und stürzte neben ihren leblosen Geliebten. Mörtel hagelte auf sie beide herab.

»Prinzessin!« Amun kam zu ihr, den verletzten Arm mit der Hand gestützt. »Wir müssen hier raus, der Tempel bricht ein!« Er hielt seine Hand vor Yamins Mund und Nase. »Er atmet noch«, rief er gegen das ohrenbetäubende Poltern an. »Helft mir, ihn hinauszutragen!«

Io sprang auf die Füße. Diesmal würden ihr Hades und sein williger Vollstrecker Hypnos keinen geliebten Menschen entreißen.

16

Er lag auf weichen Kissen in einem halbdunklen Raum. Yamins Schlafgemach? Kryos öffnete die Augen ganz und endlich erkannte er seine Umgebung. Er war im Olymp – in dem Nebenzimmer des Versammlungssaals, wo seine Reise in die Menschenwelt begonnen hatte. Er versuchte, sich aufzurichten, doch er war zu schwach. Erneut versuchte er, zum Sitzen zu kommen, diesmal mit mehr Kraft. Kaum saß er, ergriff ihn Schwindel. Seine Ohren rauschten, Schweiß perlte ihm von der Stirn und vor seinen Augen tanzten schwarze Punkte. Der Raum um ihn herum begann sich zu drehen.

»Kryos!«

Wie von ferne hörte er Hypnos' Stimme. Hände packten ihn am Arm und hielten ihn fest.

»Tief atmen! Du musst dich erst wieder an deinen Körper gewöhnen.«

Allmählich hörte der Raum auf, sich zu drehen. Das Rauschen ebbte ab, die tanzenden Punkte lösten sich auf. Kryos wollte sich den Schweiß aus dem Gesicht wischen, doch der Anblick seiner Hand ließ ihn innehalten.

Statt der langen, schlanken Finger mit den gepflegten Nägeln sah er auf eine Hand wie die Pranke eines Bären. Nie zuvor waren ihm seine Hände so riesig erschienen.

Hypnos' besorgtes Gesicht schob sich in sein Blickfeld. »Willst du einen Schluck Wein trinken?«

Kryos nickte. Kurz darauf benetzte köstlicher Rebensaft seinen Gaumen, belebte seine ausgetrocknete Zunge, klärte seinen Geist – und brachte schlagartig die Erinnerung an die letzten Stunden in Akora zurück. Sein verbotenes Liebesgeständnis an Io, die einstürzenden Tempelmauern! Der Wein schwappte aus Kryos' Trinkschale, so hastig fuhr er zu Hypnos herum.

»Sind Io, Yamin und Amun unversehrt aus dem Tempel herausgekommen?«

Hypnos schaute ihn erfreut an. »Dein Gedächtnis scheint nicht gelitten zu haben. Hekate meinte, dies könne eine Nachwirkung deines Ausflugs in die Welt der Sterblichen …«

»Haben sie es geschafft?«

»Prinz Yamin und Prinzessin Io sind wohlauf.«

»Und Amun?« Zu deutlich sah Kryos ihn mit blutender Wunde auf dem Boden liegen.

»Wer soll das sein?«

»Yamins Sklave.«

»Das weiß ich nicht. Nach einem Sklaven hat niemand Ausschau gehalten.«

»Ich muss es wissen! Ich könnte Hermes fragen, ob er nach Akora fliegt und für mich nachsieht.«

»Ja, das kannst du später machen. Jetzt lass dir aber erstmal gratulieren, du zukünftiger Gott des Olymps«, sagte Hypnos und umarmte ihn.

Zu seiner eigenen Überraschung musste Kryos sich zu einem Lächeln zwingen. Amuns ungewisses Schicksal quälte ihn. Aber es war nicht nur das. Die Erinnerung an Io schmerzte.

Nicht an sie denken!, beschwor Kryos sich. Doch es war ebenso unmöglich wie nicht zu atmen.

»Ich gebe Zeus Bescheid, dass du aufgewacht bist«, sagte Hypnos. »Soll ich es auch Hades mitteilen?«

Nicht einmal die Vorstellung, wie er seinem Vater von seinem Triumph erzählte, hellte Kryos' Stimmung auf. Dennoch nickte er.

»Iss etwas«, sagte Hypnos zum Gehen gewandt. »Du siehst blass aus.« Er nickte ihm auffordernd zu und verließ den Raum.

Auf dem dreibeinigen Tisch neben seiner Schlafstatt standen ein Krug Wein und Schalen mit Obst, Nüssen und Oliven bereit. Keine Ambrosia. Er stellte die Trinkschale ab, steckte sich ein paar Trauben in den Mund und seine Gedanken wanderten zurück nach Akora.

Io war dem einstürzenden Tempel entronnen und wohlauf. Ob man das von ihrem Herzen auch sagen konnte? Ihr Liebesgeständnis hatte ihn derart überwältigt, dass er geantwortet hatte, ohne nachzudenken. Es war ihr gegenüber unverantwortlich gewesen. Und doch war es die Wahrheit.

Er liebte Io. Verdammt!

Was sollte er tun? Die Antwort war bitter: nichts. Der Herzschmerz würde vergehen – in ein paar Tagen, einigen Wochen oder einem Jahr. Keinesfalls durfte er für eine Gefühlsduselei seine Erhebung zum Gott aufs Spiel setzen. Io hatte sich in Yamin verliebt, nicht in einen Sohn der Unterwelt.

Kryos starrte auf seine prankenhaften Hände. Er musste Io vergessen.

Zeus' Besuch ließ nicht lange auf sich warten. Der Göttervater rauschte herein, gefolgt von Hekate und – Hades! Kryos sprang von seinem Lager auf und neigte den Kopf. Nie hätte er gedacht, dass sein Vater seinetwegen so rasch aus der Unterwelt emporsteigen würde. Vermutlich hatte Kryos diese Ehre seinem baldigen Status als Gott zu verdanken.

Zeus klopfte ihm lachend auf die Schulter. »Herzlichen Glückwunsch, Kryos. Du hast deine Aufgabe hervorragend gemeistert.«

»Sei dir meiner Anerkennung ebenfalls gewiss«, sagte Hekate und lächelte steif. Danach senkte sich Schweigen über den Raum und Zeus nickte Hades auffordernd zu.

Sein Vater räusperte sich. »Mein Bruder Zeus wird

dich gleich im Versammlungssaal zum Gott erheben. Du kannst dich freuen, Kryos.«

»Das tue ich. Was sagst du zu meinem Erfolg, Vater?«

Sein Vater warf einen Seitenblick auf Hekate. Persephones Vertraute beobachtete sie aufmerksam. »Ich bin zufrieden mit dir. Deine Mutter ist glücklich. Sie sagt, du erhältst endlich das, was dir zusteht.« Der säuerliche Gesichtsausdruck, als er über Euryale sprach, war nicht zu übersehen. »Sie erwartet deinen baldigen Besuch nach der Erhebung.«

Mutter war glücklich. Immerhin etwas.

»Genug der Wiedersehensfreude«, sagte Zeus. »Wir können alle stolz auf Kryos sein. Ihm gelang, was keiner sich traute, und das werden wir im Anschluss an seine Erhebung feiern. Doch zuvor verlange ich einen ausführlichen Bericht über die Geschehnisse.«

Es war nicht nötig, ihnen alles zu erzählen. So fasste Kryos seinen Aufenthalt in Akora auf das Wesentliche zusammen: den verschlossenen Tempel, die fehlenden Diamanten und seine Suche nach ihnen. Io wurde in dieser Darstellung zu einer Nebenfigur, die der Täuschung gutgläubig aufgesessen war.

Zeus lachte. »Diese törichten Menschenfrauen! Sie merken nie, wenn sie es mit etwas Göttlichem zu tun haben.«

Sein Vater fiel ebenso gezwungen wie Kryos in Zeus' Gelächter ein. Vermutlich fürchtete Hades erneut Persephones Zorn.

Ios Zorn werde ich niemals zu spüren bekommen, dachte Kryos. Doch es erleichterte ihn nicht.

Zum Schluss erzählte er von der zweiten, unfertigen Statue im hinteren Teil des Tempels. Bis jetzt wusste ja nur Hypnos davon.

Die Erheiterung des Göttervaters wich Erstaunen. »Eine neue Skulptur mir zu Ehren?«

Kryos schüttelte den Kopf. »Dorimedon hat mir gesagt, dass er einen Gott als Verbündeten hat. Ihm zu Ehren hat er die Figur errichten lassen und an ihrer Körperhaltung kann man deutlich erkennen, dass sie nicht dich darstellen soll. Der Gott muss Dorimedon in der Anwendung der Diamanten unterwiesen haben. Zudem glaube ich, dass er zwei bis dahin unauffällige Sklaven dazu gebracht hat, mich und die Prinzessin töten zu wollen.«

»Ein Gott hat gemeinsame Sache mit dem König gemacht?!«, rief Zeus.

»Das klingt nicht gut«, murmelte Hades.

»Weißt du, wen die Figur darstellen soll?«, fragte Hekate entsetzt.

»So weit waren die Arbeiten nicht fortgeschritten. Und Dorimedon hat es mir leider nicht verraten.«

Zeus legte die Hand ans Kinn und schritt im Raum auf und ab. »Wer könnte es gewesen sein? Und warum?«

»Vermutlich hat man es mal wieder auf deinen Thron abgesehen, Brüderchen«, sagte Hades. »Da lobe ich mir die Unterwelt, hier neidet mir niemand die Herrschaft.

Doch dank Kryos ist diese Kabale gegen dich vereitelt worden.«

Zeus fuhr zu seinem Bruder herum. »Damit werde ich mich jedoch nicht zufriedengeben! Ich dulde keine Intrigen.«

Hades lachte bloß. »Bis du die Wahrheit herausgefunden hast, schmieden sie das nächste Komplott. Wenn du auf mich hörst, lass die Angelegenheit auf sich beruhen und bring Kryos nicht um seine Erhebung.«

»Kryos wird seine Belohnung erhalten. Such jemand Vertrauenswürdiges, der ihm bei den Vorbereitungen hilft.« Zeus' Blick richtete sich auf Hekate. »Folge mir. Ich habe Aufträge für dich.« Dann verließ er in Begleitung der Göttin den Raum.

Kaum waren sie allein, trat Hades an Kryos heran. »Hast du wirklich keinen Verdacht, welchen Gott die Figur darstellen soll?«, fragte er.

»Ich sagte doch, dass ich es nicht weiß. Warum fragst du?«

»Weil du in Gefahr bist.«

»Weshalb?«

Der Blick aus Augen, ebenso dunkel wie Kryos' eigene, brannte sich in ihn. »Die Qualen des Tartaros sind nichts gegen die Ränkespiele im Olymp. Wer immer Dorimedon unterstützt hat, wird zu verhindern suchen, dass man ihm auf die Schliche kommt. Als Erstes wird er herausfinden wollen, wie viel du weißt. Oder dich gleich zum Schweigen bringen.«

»Was soll mir passieren? Ich werde bald unsterblich sein.«

»Aber noch bist du es nicht. Und selbst Göttlichkeit schützt nicht vor Ungemach oder Schmerz.« Er legte Kryos die Hand auf die Schulter. »Sei vorsichtig, Sohn.«

Eine Weile, nachdem sein Vater gegangen war, trat die angekündigte Hilfe zur Vorbereitung für das Fest in den Raum. Kryos traute seinen Augen nicht. Er hatte mit der freundlichen Hestia, der Göttin des Herdfeuers, gerechnet oder mit Hebe, der Frau des Herakles und Mundschenkin der olympischen Götter. Vielleicht noch mit Hera oder Aphrodite. Aber es war Persephone, die mit einem blütenweißen Chiton über dem Arm und einem Korb mit Kämmen, Bändern und Schmuck hereinkam.

Gewohnheitsmäßig verkrampfte sich Kryos. Nach seinem Erfolg in Akora konnte er sich Persephones Laune lebhaft vorstellen.

»Glaube nicht, dass ich freiwillig zu dir komme«, sagte Persephone anstelle einer Begrüßung. »Hades hat es verlangt.«

Eine vertrauenswürdige Person. Das war Persephone vielleicht für seinen Vater. »Die Freude ist ganz auf meiner Seite.«

»Lass uns diese unerfreuliche Angelegenheit schnell hinter uns bringen.« Persephone musterte abfällig seinen nackten Oberkörper. »Hast du dich gewaschen?«

»Wann denn?«

»Dann hol das nach. Dort drüben steht Wasser für dich bereit.«

Kryos seufzte und gehorchte.

Mit spitzem Finger deutete Persephone anschließend auf seinen Lendenschurz aus schwarzem Schafsfell. »Trägst du etwas unter diesem Fetzen?«

»Äh – nein.«

»Das ist ja unfassbar! Zieh ihn aus und lege diesen Schurz aus Leinen an. Ich drehe mich solange um.«

Danach ließ Persephone ihn auf einem Hocker Platz nehmen und einen Kamm aus Elfenbein aus dem Korb holen. Unter ihrem missbilligenden Blick musste Kryos seine eigensinnigen Locken bearbeiten.

»Die Prinzessin hat nicht gemerkt, dass ihr Gemahl ein anderer geworden ist?«, fragte Persephone spitz. »Prinz Yamin soll doch ein begnadeter Denker mit tadellosen Manieren sein. Im Gegensatz zu meinem Gemahl und Zeus glaube ich nicht an die Dummheit von Frauen. Der Prinzessin hat es gefallen. Derbheit und Unverstand können zur Abwechslung ja erfrischend sein.«

Wie konnte Persephone das wissen? Oder war es nur geraten? »Deine Beleidigungen treffen mich nicht mehr. Ich bin bald ein Gott.«

»Mehr sagst du nicht dazu? Dann habe ich also recht«, erklärte sie triumphierend. »Hat sie sich beschwert, weil du im Bett so unerfahren bist?«

»Ich werde mich nicht zu deinen lächerlichen Behauptungen äußern.«

»Wie du meinst«, erwiderte sie schnippisch. »Und jetzt nimm den Lorbeerkranz aus dem Korb und setz ihn auf den Kopf.«

Kryos versuchte, die kratzenden Blätter des Lorbeers an seiner Stirn zu ignorieren, während er in den von Persephone mitgebrachten Chiton stieg. Die kostbare weiße Seide umflatterte seinen Körper wie ein nervöser Schmetterling – ein Gefühl, das ihn einmal mehr verrückt machte. Genervt befestigte er die Zierverschlüsse an den Schultern und schlang den Gürtel aus goldenen Kordeln um die Hüfte. Persephone hielt ihm zwei Goldketten zur Wahl entgegen – eine pompöser als die andere. Kryos entschied sich blindlings für die rechte von beiden.

Persephone nötigte ihm noch vier goldene Armreifen auf. Zwei schmale fürs Handgelenk und zwei breite für den Oberarm. Dann hatte er es geschafft. Persephone zog einen Handspiegel aus dem Korb und hielt ihn Kryos entgegen.

»Schön«, murmelte er. »Danke.« Erwartete man von ihm, dass er sich als Bewohner des Olymps ständig so kleidete? Zweifelnd betrachtete Kryos sein Spiegelbild. Ob er Io so gefallen hätte? Sofort rief er sich zur Ordnung. Das war ein müßiger Gedanke und quälend dazu.

Er zwang sich, an seine glorreiche Zukunft zu denken. Er musste nie mehr in der Unterwelt arbeiten, sondern konnte fortan luxuriös im Olymp residieren. Hier oben würde er Freundschaften knüpfen – vielleicht gar mehr als das! – und zu seiner Unterhaltung die Mühen der Sterblichen beobachten und huldvoll ihre Opfer annehmen.

Und endlich spürte Kryos die Vorfreude in sich aufkommen. Er war am Ziel seiner Wünsche.

Kryos folgte Persephone in den Versammlungssaal. Heute glich der Raum nicht mehr dem nüchternen Gerichtssaal aus seiner Erinnerung. Gelbe Tuchbahnen hingen an den Wänden, dutzende Öllampen verbreiteten warmes Licht und frische Olivenbaumzweige schmückten die Empore mit den zwölf Sesseln der Olympier und die stufenförmigen Zuschauerränge. In ihren festlichsten Gewändern flanierten die Göttinnen und Götter umher und unterhielten sich fröhlich.

Die Flügel der goldenen Tür hinter den Sesseln standen offen und gaben den Blick auf das Reich der Götter preis: eine in sanftes Licht getauchte Landschaft mit Hainen, Bächen und prächtigen Palästen.

Eine verheißungsvolle Aussicht! Kryos lächelte. Persephone läutete ein Glöckchen an der Wand und die Götter ließen sich auf den Rängen sowie der Empore nieder. Zeus hielt eine Lobrede über Kryos' Heldenmut und das seltene Ereignis der Aufnahme eines neuen Gottes in den Olymp. Kryos genoss jedes Wort und der folgende Beifall war Balsam für seine Seele. Erwartungsvoll ließ er sich im Anschluss von Zeus zu einem goldenen Tisch in der Mitte des Raumes führen. In einer Trinkschale glänzte Ambrosia. Neben dem Tisch stand ein Wasserbecken auf dem Boden. An der Seite des großen Beckens kniete Hekate.

Es war so weit, der langersehnte Moment war gekommen.

Zeus gab Hekate ein Zeichen. Die Göttin streckte ihre Hand ins Wasser, murmelte einen Zauberspruch und plötzlich wallten Nebelwolken in dem kreisrunden Becken auf. Gebannt wartete Kryos auf die Aufforderung, im Zuge eines Reinigungsrituals hineinzusteigen oder den Dunst einzuatmen.

Die Dampfwolken verflüchtigten sich, ohne dass Kryos eine entsprechende Anweisung erhalten hatte.

»Bevor ich dir die Ambrosia reiche und dich dadurch zum Gott erhebe, schau in das Becken«, sagte Zeus.

Kryos wandte den Blick auf das Wasser – und keuchte auf. Am Grund des Beckens sah er Akora. Der trutzige, schnörkellose Palast und der zerstörte Tempel auf dem Marktplatz ließen keinen Zweifel zu. »Was hat das zu bedeuten?«, fragte er Zeus.

»Ich werde das abtrünnige Geschlecht der Könige von Akora ausrotten. Menschen und Götter sollen erkennen, was es heißt, mich herauszufordern.«

Jegliche Vorfreude, jeder Stolz verflog. »Warum?«, rief Kryos. »Prinz Yamin hat nichts mit Dorimedons dunklen Machenschaften zu tun. Und im Tempel hast du gesagt, er solle König werden.«

»Damals kannte ich nicht die gesamte Wahrheit.« Zeus wies auf die Stadt im Wasserbecken. »Verrat ist wie Wundbrand. Er setzt sich fort, wenn er nicht vollständig ausgemerzt wird.«

»Aber Yamin hat nicht das geringste Interesse an Politik oder …«

»Schweig! Nicht einmal Göttern steht es zu, meine Entscheidungen infrage zu stellen.« Zeus drehte sich zu den Rängen und breitete seine Arme aus. »In zwei Tagen, zum Abschluss der Feierlichkeiten zu Kryos' Erhebung, fallen die Krieger der umliegenden Städte in meinem Namen in Akora ein. Die Stadt wird brennen. Kein Bewohner dort darf überleben – erst recht nicht der Prinz und seine Braut.«

Yamin und Io würden sterben. Sein Triumph war ihr Todesurteil geworden. Kryos starrte auf die Stadt im Wasserbecken. Er würde Io verlieren.

Sie ist eine Sterbliche, zischte eine Stimme in seinem Kopf. *Ihr Ende war früher oder später unausweichlich.*

Aber nicht jetzt! Was bedeutete ein Leben in Unendlichkeit ohne Io? Tränen brannten in seinen Augen, als er die Wahrheit erkannte. Er hatte geglaubt, die Erhebung zum Gott würde endlich Sinn in sein Leben bringen, ihm Zufriedenheit, Glück und innere Ruhe schenken.

Wie hatte er sich getäuscht!

Was sein Herz brauchte, befand sich dort unten in Akora.

Kryos' Blick wechselte zwischen dem Wasserbecken und dem goldenen Tisch mit der Ambrosia.

Du wirst nicht beides haben können, raunte die

Stimme. *Wenn du die göttliche Ambrosia getrunken hast, wird Io dir gleichgültig werden. Doch wenn du ablehnst und gehst, wird Zeus dir keine zweite Chance geben.*

Ein Dasein als Gott oder die Frau, die er liebte.

Aber Io liebt dich nicht. In deiner wahren Gestalt bist du ein Fremder für sie. Willst du alles aufgeben, damit sie dich am Ende zurückweist?

Regungslos stand Kryos da. Sah, wie Zeus ihm die Trinkschale mit Ambrosia reichte. Schon roch er den fruchtigen Duft des göttlichen Getränks, meinte gar, die Süße auf der Zunge zu schmecken.

Trink, und du vergisst sie, säuselte die Stimme. *Werde ein Gott unter Göttern.*

Kryos traf seine Entscheidung.

17

Ich kann mich an nichts erinnern.«

Yamin saß in seinem Bett, auf Kissen gestützt und mit blassem Gesicht. Ein Sklave war an seiner einen Seite, Timaios an der anderen. Erst jetzt, am frühen Nachmittag, war Yamin in ihrer aller Beisein aus seiner Ohnmacht erwacht, in die er am vergangenen Abend im Tempel aus unersichtlichen Gründen gefallen war.

»Aber da muss etwas sein!« Io beugte sich auf ihrem Sessel vor und legte ihre Hand auf die seine. Sie hatte davon geträumt, wie Yamin aufwachte und sie sofort in seine Arme zog. Stattdessen hatte er ihre Gegenwart ohne größere Gefühlsregung zur Kenntnis genommen. »Bitte denk nach!«, sagte sie. Er durfte nicht alles vergessen haben! Vor allem nicht ihre Liebe zueinander.

Timaios trat einen Schritt vor. »Bedrängt den Prinzen nicht! Der Heiler sagt, er benötigt Ruhe und Frieden.«

»Er benötigt vor allem sein Gedächtnis!« Der Palastobere hatte sich Yamins Bewusstlosigkeit zu Nutze gemacht, um weiterhin das Kommando über die Wachen zu führen. Io war sicher, dass Yamin ihn im vollen Wissen der Geschehnisse entlassen hätte. Zu undurchsichtig war Timaios' Rolle in dem Ganzen.

»Meine letzte Erinnerung ist der Ausritt mit Amun zur Quelle im Wald«, sagte Yamin und schaute sich im Zimmer um. »Wo ist Amun?«

Das fragte Io sich ebenfalls. Seit der Rückkehr in den Palast hatte sie den Sklaven nicht mehr gesehen.

»Er dient Euch nicht mehr, Prinz«, sagte Timaios. »Sein Verhalten in den letzten Tagen war zu frevelhaft und eines Sklaven nicht angemessen.«

»Amun folgte nur den Befehlen des Prinzen«, rief Io.

»An die dieser sich nicht erinnern kann.« Timaios' Blick maß sich mit ihrem. »Wenn der Prinz sein Gedächtnis zurückerlangt hat, wird er meiner Meinung sein.«

»Oder der meinen!«

»Es reicht!« Yamin richtete sich auf. »Ihr zankt wie die Waschweiber am Fluss, so kann kein vernünftiger Mann seine Gedanken ordnen. Ich verlange einen Bericht über alle Tage, die mir in meiner Erinnerung fehlen.«

Io biss sich auf die Unterlippe. Wie gerne hätte sie ihm diesen gegeben – in allen Details! In Gegenwart der anderen wollte sie jedoch nicht über ihre frisch erwachte Liebe zueinander sprechen. So forderte sie Timaios mit einer Handbewegung auf, zu beginnen. Sollte er die Ereignisse in seinem Interesse falsch darstellen, würde sie einschreiten.

Doch der Palastobere gab die Geschehnisse der letzten Tage geordnet und sachlich wieder.

Während Timaios' Darstellung wechselte Yamins Gesichtsausdruck von Unglauben zu Entsetzen. »Das habe ich getan?«, murmelte er immer wieder und betrachtete kopfschüttelnd die halb verheilte Wunde am Unterarm, die er sich im Rosengarten zugezogen hatte.

»Hast du etwas zu ergänzen?«, fragte Yamin Io mit erschütterter Stimme, nachdem Timaios geendet hatte. Dabei lag in seinen Augen ein flehentlicher Blick, als hoffe er, dass sie Timaios' Worten widersprechen würde.

Doch was Io ihm über die letzte Nacht zu sagen hatte, würde Yamin noch weniger gefallen. So umsichtig wie möglich schilderte sie den Ablauf des vergangenen Abends, ihre Unterredung mit Dorimedon, den Diebstahl der Diamanten und die Flucht in den Tempel.

»Wir beide sind davon ausgegangen, dass Zeus Gnade mit deinem Vater haben würde«, schloss sie. »Doch wir haben uns bitter getäuscht.«

Yamin versank in Schweigen. Schließlich richtete er eine Frage an Timaios. »Wusstest du von dem Bündnis meines Vaters mit einem anderen Gott gegen Zeus?«

»Auf keinen Fall, mein Prinz! Ich hätte ihm sofort abgeraten, denn den Göttervater fordert man nicht ungestraft heraus.«

Es konnte ebenso die Wahrheit sein wie eine gut einstudierte Lüge.

»Es gibt Dringendes vorzubereiten, Herr«, sprach Timaios weiter. »Die Trauerfeierlichkeiten für den König, Euer Krönungsfest sowie die Hochzeit mit Prinzessin Io. Außerdem wird die Kunde vom Tod Eures Vaters bald in die unterworfenen Städte vordringen. Manchen Herrscher könnte dies zu kämpferischen Handlungen verleiten – vor allem, wenn sie erfahren, dass Ihr, mein Prinz, nicht dieselbe Macht besitzt wie Euer Vater.« Er warf Io einen vernichtenden Blick zu.

Entgegen seiner Beteuerung hätte Timaios offensichtlich nichts gegen den weiteren Besitz der Diamanten gehabt. Allerdings hatte Timaios schon recht: Yamin würde schnell beweisen müssen, dass er die Vormachtstellung Akoras aufrechterhalten konnte.

Yamin schien zu derselben Erkenntnis gekommen. »Erwarte mich im Thronsaal«, sagte er zu Timaios. Dann wandte er sich an den neuen Sklaven. »Warte vor der Tür, bis ich dich rufe.«

Nachdem die beiden Männer die Räumlichkeiten verlassen hatten, betrachtete Yamin mit verwundertem Blick Ios Finger auf seiner Hand.

»Es ist noch mehr geschehen«, beantwortete sie seine unausgesprochene Frage, »über das ich vor den anderen nicht reden konnte.« Prüfend sah sie ihn an, ob eine Erinnerung in ihm aufstieg. Aber Yamin zog nur auffordernd die Brauen hoch.

»Wir … wir beide haben uns in den zurückliegenden Tagen immer besser verstanden.« Mit welchen Worten sollte sie ihm begreiflich machen, dass sie einander liebten und eine wundervolle Nacht zusammen verbracht hatten? Yamin erinnerte sich nur daran, Männern zugetan zu sein.

»Es freut mich, wenn sich mein Wunsch einer Freundschaft mit dir erfüllt hat.« Er entzog ihr seine Hand und machte Anstalten, aufzustehen.

Verzweifelt sah Io ihn an. Wie konnte sie seinem Gedächtnis auf die Sprünge helfen? Sie beugte sich hinab und küsste Yamin auf den Mund. Mochte sein Verstand sich nicht erinnern können, sein Herz würde es!

Unter der Berührung ihrer Lippen erstarrte Yamin. Aber nur einen Atemzug lang. Dann schob er sie von sich und sprang vom Bett auf.

»Was hat das zu bedeuten?«, fragte er scharf.

»Du erinnerst dich nicht?!«

»Das erwähnte ich bereits.« Er wischte sich den Mund ab.

»Aber du hast gesagt, dass du mich liebst!«

»Niemals. Ich vermag kaum zu glauben, was Timaios und du mir eben über mich berichtet habt. Was du jetzt jedoch behauptest …« Entschieden schüttelte er den Kopf. »Nie hätte ich dir meine Liebe gestanden, denn es wäre eine Lüge gewesen – und das weißt du. Umso enttäuschter bin ich von dir, dass du meinen verwirrten Zustand ausnutzt, um dir die Dinge so zurechtzubiegen, wie du sie gerne hättest.«

Io öffnete den Mund, um ihm zu erklären, wie ihre Gefühle füreinander aufgeblüht waren. Aber etwas hielt sie zurück.

Yamins Augen.

Seit er erwacht war, hatten sie verändert gewirkt. Erst hatte Io es auf seine Ermattung nach dem langen Schlaf geschoben, dann auf den Gedächtnisverlust. Jetzt aber ließ es sich nicht mehr leugnen. Etwas in Yamins Blick war nicht mehr wie in den letzten Tagen. Die Wärme war einer kühlen Distanz gewichen.

»Timaios wartet, ich lasse dich allein«, murmelte sie und wandte sich zum Gehen.

Yamin hielt sie nicht zurück.

In ihren Gemächern warf Io sich auf ihr Bett, schnappte sich eines der Seidenkissen und schleuderte es zu Boden. Nachdem die ersten Tränen versiegt waren, gewann ihre Vernunft die Oberhand. Der Kuss hatte nicht das erhoffte Ergebnis gebracht. Doch deswegen aufgeben? Wenn ein Kuss nicht ausreichend war, seine Liebe und sein Gedächtnis zurückzubringen, musste sie nach etwas Eindrücklicherem suchen.

Eine Weile später lief Io um den zerstörten Zeustempel auf dem Marktplatz. Ihre bewaffnete Eskorte hielt sich im Hintergrund und so war sie in ihren Gedanken ungestört. Ob die Trümmer Yamins Erinnerungen zurückbringen konnten? Sie selbst bewegte das Ausmaß der Vernichtung tief. Die frühere Pracht des Heiligtums war kaum mehr zu erahnen. Eine der inneren Mauern stand noch in Teilstücken sowie drei Säulen. Von den beiden Statuen ragten einzelne Bruchstücke aus dem Schutt. Hier ein Teil des Kopfes mit dem Bart, dort ein halber Arm und der Brustkorb. Io blinzelte.

An dem Torso waren Rundungen eines weiblichen Busens zu erkennen!

Mit der Hand schirmte sie ihre Augen gegen die Sonne ab, um besser sehen zu können. Sie täuschte sich nicht, da war eindeutig ein Busen. Dann dämmerte es ihr. Es musste sich um Überreste der zweiten Statue handeln. Der unbekannte Gott, der Dorimedon unterstützt hatte. Oder die Göttin. Ob Yamin das gewusst hatte? Es wäre ein guter Vorwand, um ihn zum Tempel zu locken. Andererseits besaß diese Entdeckung keine Bedeutung mehr. Zeus hatte die Diamanten zurückerhalten, die Angelegenheit war beendet. Sie sollte sich besser etwas anderes ausdenken, um Yamin zu überzeugen, hierher zu kommen.

Bei ihrer Rückkehr in den Palast fing eine der Torwachen Io ab und führte sie in den Thronsaal. Yamin und Timaios erwarteten sie dort mit ernsten Mienen.

»Ich habe nach dir suchen lassen, Io«, sagte Yamin. »Künftig teilst du mir mit, wenn du den Palast verlässt.« Er wartete ihre Antwort nicht ab, sondern sprach gleich weiter. »Timaios und ich haben die Beerdigungszeremonie meines Vaters besprochen. Das war keine einfache Aufgabe, ohne Leichnam und in dem Wissen, dass er im Tartaros ist.«

Io dachte an den Riss im Tempelboden. Egal, was Dorimedon getan hatte, er war Yamins Vater gewesen. Mitfühlend sah sie Yamin an.

»Morgen Vormittag wird die Totenklage im Thronsaal stattfinden«, sagte Yamin. »Anschließend verkünde ich dem Volk am Zeustempel, dass sie das Heiligtum prächtiger als zuvor aufbauen sollen.«

Io horchte auf. Damit löste sich das Problem, wie sie Yamin zum Tempel bringen konnte.

»In zehn Tagen, nach Ablauf der ersten Trauerzeit, werden wir heiraten. Im Anschluss findet meine Krönung statt.« Yamins Stimme klang fest, doch sein Augenlid zuckte nervös.

»Ich werde an deiner Seite sein und dir durch die schwere Zeit helfen«, sagte Io.

»Das ist nicht nötig. Heute nach dem Abendessen werde ich mit Timaios und den Heerführern die politische Lage besprechen. Aber morgen Nachmittag halte ich eine Audienz für die Menschen Akoras ab, bei der ich dich als zukünftige Königin an meiner Seite erwarte.« Er lächelte knapp. »Du darfst dich jetzt in deine Gemächer zurückziehen, Io.«

Oh, wie hoffte sie auf die heilende Wirkung des Anblicks des Tempels!

Timaios begleitete sie nach draußen. Doch statt sie im Flur zu verlassen, hob er die Hand. »Auf ein Wort, Prinzessin.«

Sie nickte auffordernd.

Der Palastobere kam ohne Umschweife zur Sache. »Ich bin in Sorge um Prinz Yamin.«

»Wegen seines Gedächtnisverlusts?«

»Nein, für diesen danke ich den Göttern auf Knien. Der Prinz war in den letzten Tagen in vielen Dingen nicht mehr er selbst. Als hätte ihn jemand beeinflusst.« Er taxierte sie scharf.

»Du verdächtigst mich?!«

Timaios beging nicht den Fehler, ihr darauf offen zu antworten. »Amun habe ich den Zugriff auf den Prinzen entzogen. In der Spülküche kommt er Yamin nicht mehr vor die Augen.«

»Hast du das auch mit mir vor?«, fragte Io spöttisch.

»Durch die Hochzeit wird Euer Vater in der nächsten Zeit ein wichtiger Verbündeter Akoras sein. Doch irgendwann werden sich die Verhältnisse beruhigen und dieses Bündnis wird nicht mehr nötig sein.« Timaios lächelte kalt. »Yamin sagte mir, dass Ihr ihm die Liebe zu Euch einreden wollt. Aber seid gewiss, dass Ihr das nicht schaffen werdet.« Er neigte den Kopf und ging zurück in den Thronsaal.

Wie erstarrt blieb Io im Gang zurück.

Der Prinz war in den letzten Tagen in vielen Dingen nicht mehr er selbst.

Timaios hatte recht! Yamin war jetzt nicht anders, sondern nur wieder wie früher. Verwirrt von dieser Erkenntnis lief Io in Richtung ihrer Gemächer. Von der ersten Ohnmacht nach dem Ausritt mit Amun bis zu seiner zweiten Bewusstlosigkeit im Tempel hatte Yamin sich verändert gezeigt. Das war auch ihr deutlich aufgefallen: die nie zuvor gesehenen Gesten, die Entscheidung für sein Hochzeitsgewand, der Umgang mit Waffen, die oft unbeholfene Art bei öffentlichen Anlässen – ja, gar seine Art sich auszudrücken, wenn sie genau darüber nachdachte. Doch weil ihr sein neues Wesen nach der ersten Verwunderung immer besser gefallen hatte, hatte sie diese Veränderung irgendwann nicht mehr hinterfragt. Aber jetzt erschien alles in einem anderen Licht. Ob der Heiler Rat wusste?

Io schüttelte den Kopf. Den Heiler zu fragen, sollte sie besser unterlassen. Er würde vermutlich auf der Stelle Timaios Bericht erstatten. Aber die Sache ließ sie nicht los. Sie musste wissen, ob ihre Liebe zu Yamin wirklich so hoffnungslos war. Doch mit wem konnte sie darüber sprechen? Wer kannte Yamin gut genug, um ihre Beobachtungen einschätzen zu können, ohne sie an Timaios zu verraten?

Io machte kehrt und begab sich auf den Weg in die Spülküche.

In der Küche waren die Vorbereitungen für das Abendessen in vollem Gange. Köche und ihre Helfer wirbelten zwischen mehreren Feuerstellen, Öfen und Arbeitstischen umher, begleitet von zischenden Kesseln, Hackgeräuschen und klappernden Schüsseln. Die Küche versorgte nicht nur die Königsfamilie, sondern alle Menschen innerhalb der Palastmauern – vom Kleinkind über den Schmied bis hin zu den Kriegern und Wachen. In großen Körben stapelten sich Kohlköpfe, Rüben und Rettiche, in Schalen entdeckte Io Linsen, Bohnen und Kichererbsen, aber auch Fische und gerupfte Hühner sowie – meist als Vorspeise gereichte – Muscheln, Krebse und Schnecken. Der Geruch von

Minze, Dill und Kümmel mischte sich mit dem von Lauch, angebratenem Speck und dem Duft frischen Brotes. Gerade holte ein Mann mehrere Laibe aus dem Ofen. Helles Weizenbrot für den Tisch des Herrschers und Gerstenbrot für alle anderen. Weizen musste teuer aus Sizilien mit Schiffen eingekauft werden, die Gerste wuchs üppig in der Gegend um Akora.

Trotz all des betriebsamen Durcheinanders blieb ihr Erscheinen nicht unbemerkt. Das Schüsselklappern hörte auf und alle neigten ehrerbietig die Köpfe vor ihr.

»Ihr dürft mit eurer Arbeit weitermachen«, sagte Io und trat zu dem Durchgang in den Spülbereich.

War es in der Küche bereits warm gewesen, herrschte in dem kleinen Raum eine feuchte, hochsommerliche Hitze. Auf zwei Feuerstellen dampften Kessel, um ständig heißes Wasser zum Abwasch bereit zu haben. Durch die hoch angebrachten, winzigen Fenster entwich die heiße Luft kaum und waberte als Dampfschwaden umher. Io lief der Schweiß, obwohl sie nicht einmal arbeitete. Im dichten Dunst wuschen zwei Gestalten an großen Kübeln metallene Servierplatten, zwei andere trockneten das Geschirr mit Leinentüchern ab.

Eine hagere Frau trat zu ihr und neigte ehrfurchtsvoll den Kopf. »Kann ich Euch helfen, Prinzessin?«

Io kannte den Namen der Frau nicht, wusste aber, dass sie die Aufsicht über die unteren Dienstränge in der Küche führte. »Ich wünsche, mit Amun zu sprechen.«

Die Frau sah sie bestürzt an. »War Schmutz auf dem Essgeschirr? Oder gar die gute Keramik beschädigt?«

Sie warf einen drohenden Blick auf einen der beiden Spüler und nahm eine kurze Gerte von einem Haken an der Wand. »Wenn Ihr möchtet, werde ich ihn sofort bestrafen, Herrin. Es wäre nicht das erste Mal heute.«

»Eine Bestrafung ist nicht nötig. Weder der Prinz noch ich haben Anlass zur Klage.«

Beinahe enttäuscht hängte die Frau die Rute wieder an den Haken und wies auf eine Tür an der schmalen Seite der Küche. »Das ist der Raum des Küchenoberen, Prinzessin. Dort könnt Ihr ungestört mit Amun sprechen.« Sie verschwand in den Nebelschwaden der Spülküche und Io ging nach nebenan.

Auf einem Tisch lagen beschriebene Stücke Papyrus – Rezepte, Einkaufslisten und Verzeichnisse des Wareneingangs. Auf einem halbhohen Regal lagerten die unterschiedlichsten Tiegel und Dosen. Teure Gewürze vermutlich. Beim Eintreten war ihr der Riegel an der Tür aufgefallen. Durch ein offenes Fenster strömte frische Luft. Io ließ sich auf einem Schemel nieder.

Kurz darauf kam Amun herein. Sein Haar glänzte feucht und Schweiß rann von seiner Stirn. Die Aufseherin zischte ihm ein »Benimm dich, sonst wirst du es bereuen!« hinterher, dann schloss sie von außen die Tür.

»Seid gegrüßt, Prinzessin«, sagte Amun und verneigte sich. Sein linkes Auge war zugeschwollen und schimmerte violett, der Mundwinkel darunter war blutverkrustet.

Das war nicht gestern Nacht passiert. Io hatte genau gesehen, dass nur Amuns Arm verletzt gewesen war – dort, wo jetzt ein verschmutzter Verband prangte. »War das die Aufseherin?«, fragte sie.

»Nein. Timaios hat mir heute Morgen zu verstehen gegeben, was er von Sklaven mit einem Schwert in der Hand hält.«

»Es tut mir so leid. Auch mir hat Timaios gedroht.«

Für einen Moment verschwand der ausdruckslose Blick in Amuns Augen. »Das lässt Prinz Yamin zu?!«

»Er weiß nichts davon. Und ich traue mich nicht, es ihm zu sagen, denn Yamin ist … er ist anders, seit er heute Nachmittag aus seiner Bewusstlosigkeit erwacht ist.«

Es dauerte einen Atemzug, bis Amun antwortete. »War das nicht zu erwarten?«, sagte er vorsichtig. »Sein Vater ist vor seinen Augen von Zeus in den Tartaros gezogen worden und nun liegt die gesamte Verantwortung für Akora auf seinen Schultern.«

»Das weiß ich doch. Aber es sind nicht Trauer und die Last der Krone, die ihn verändert wirken lassen. Er benimmt sich wieder wie vor seiner ersten Ohnmacht an der Waldquelle.« Io hob die Hände und ließ sie wieder fallen. »Ich bin zu dir gekommen, weil du Yamin gut kennst. Hast du nicht bemerkt, dass er sich in den letzten Tagen ungewöhnlich verhalten hat?«

Hatte Amun gezögert, bevor er den Kopf schüttelte? »Ich habe in den vergangenen Tagen nichts Ungewöhnliches an ihm bemerkt.«

»Du hast nicht gemerkt, dass er anders gesprochen hat? Sich ständig durchs Haar gefahren ist, was er vorher nie getan hat?«

»Nein, Herrin. Falls es so war, solltet Ihr der Sache keine größere Bedeutung beimessen. Hätte etwas mit dem Prinzen nicht gestimmt, wäre es seinem Vater bei seiner Rückkehr aufgefallen.«

»Dorimedon hat Yamin kaum zu Gesicht bekommen. Außerdem war er verwundert, Yamin und mich so vertraut miteinander zu sehen.« Es schmerzte, an diese glücklichen Stunden zu denken.

»Wenn ich meine Meinung äußern darf: Ich glaube, dass seine erste Ohnmacht im Wald Prinz Yamin stärker zugesetzt hat, als wir angenommen haben und er zugeben wollte. Dass er Euch mit seinem Benehmen in dieser Zeit Leid zugefügt hat, lag bestimmt nicht in seiner Absicht.«

Io lächelte traurig. »Dann hätte er besser nicht gesagt, dass er mich liebt.«

»Das hat er getan?!«, entfuhr es Amun. »Dabei hatte ich ihn gewarnt, Euch nicht länger zu …« Er brach ab. »Verzeiht meine unangemessenen Worte.«

»Schon gut. Was meinst du? Sprich offen! Du kannst mir alles ungestraft erzählen.«

»Meine Worte hatten keine tiefere Bedeutung, Prinzessin. Ich bin nur ein Sklave.«

»Du bist nicht nur ein Sklave. Zumindest nicht für Yamin. Ich habe gesehen, wie stolz er auf dich war, bei diesem Vortrag über die Kreiszahl. Sein Vertrauen und seine Wertschätzung dir gegenüber sind das Einzige, was sich nie verändert hat.«

Amun blieb stumm.

Wie konnte sie ihn zum Sprechen bekommen? »Du bist enttäuscht von Yamin«, sagte Io aufs Geratewohl, »weil er dich in dieser furchtbaren Spülküche arbeiten lässt.«

»Das ist Timaios' Werk«, erwiderte Amun beherrscht. »Yamin wird mich hier herausholen, sobald er nach den Trauerfeierlichkeiten, der Krönung und der Hochzeit die Zeit dazu findet.«

»Wenn Timaios dich nicht vorher in deiner Spülschüssel ertränkt und es wie einen Unfall aussehen lässt! Yamin kann sich an nichts erinnern, was seit seiner ersten Ohnmacht geschehen ist, und glaubt alles, was Timaios ihm erzählt.« Sie zuckte mit den Schultern. »Dass seine Wesensveränderung von diesen beiden Bewusstlosigkeiten eingegrenzt ist, kann doch kein Zufall sein, oder?«

»Das weiß ich leider nicht, Prinzessin.«

»Amun, bitte. Der Yamin von gestern wäre Timaios' Lügengeschichten niemals aufgesessen. Er hätte sein Schwert gezogen und dich hier rausgeholt. Wenn du etwas weißt, sag es mir!«

Er rang sichtbar mit sich. Doch am Ende schüttelte er den Kopf. »Es tut mir leid, ich kann Euch nicht weiterhelfen.«

Io seufzte. »Nun gut. Du kannst gehen, Amun.«

Er verneigte sich, öffnete die Tür und verließ mit gesenktem Kopf den Raum. Beim Hinausgehen sah Io die blutigen Striemen der Gerte auf seinem Rücken. Vielleicht sollte sie die Hoffnung aufgegeben. Yamin hatte es nie ernst gemeint.

18

Auf Hypnos' Rücken landete Kryos in der Nähe des Stadttores von Akora hinter einem Gebüsch. Die Deckung war notwendig, denn im Gegensatz zu dem Gott des Schlafes war Kryos für menschliche Augen sichtbar.

Hypnos ließ ihn heruntergleiten, verschränkte die Arme und schüttelte den Kopf. »Ich kann es einfach nicht glauben.«

»Das hast du seit unserem Aufbruch aus dem Olymp schon hundertmal gesagt.« Die grelle Mittagssonne brannte Kryos auf der Haut, die Zeit drängte und der missbilligende Gesichtsausdruck seines Freundes war das Letzte, was er brauchte.

»Es war eine Flucht, kein Aufbruch. Du hast Zeus nicht mitgeteilt, dass du den Sitz der Götter verlässt. Wenn er dein Verschwinden bemerkt, wird er wütend sein – vor allem, wenn er herausfindet, was du vorhast.«

»Das weiß ich doch! Aber du hast gesagt, dass Hekate noch zu erschöpft ist, um heute für ihn mit ihrer

Magie nach Akora zu blicken«, erinnerte Kryos seinen Freund.

»Ab morgen wird sie die Kraft dafür wiederhaben.«

»Bis dahin habe ich mit Yamin, Io und Amun alles geklärt. Morgen soll der Überfall ja schon erfolgen.« Von diesem Vorhaben hatte der Göttervater leider nicht abgelassen.

Hypnos stöhnte auf. »Ich fasse es immer noch nicht, dass du für Sterbliche deine Erhebung zum Gott riskierst! Es war unerwartet großzügig von Zeus, dir überhaupt Bedenkzeit zu gewähren. Was ist, wenn diese Menschen nicht auf dich hören?«

»Sie werden mir glauben. Yamin ist ein Mann der Vernunft«, sagte Kryos, weniger um Hypnos als sich selbst zu beruhigen.

»Was ist mit dem unbekannten Gott an Dorimedons Seite?«

»Was soll mit ihm sein? Er weiß ebenfalls nicht, dass ich hier bin.« Wollte Hypnos ihm jede denkbare Schwierigkeit einzeln aufzählen? »Außerdem gibt es in Akora nach der Rückgabe der Diamanten nichts mehr von Interesse für ihn.«

Endlich schien Hypnos den Versuch aufzugeben, ihn von seinem Vorhaben abhalten zu wollen. »Wie lautet dein Plan?«

»Ich gehe in den Palast und warne Yamin und Io.«

»Und gestehst der Prinzessin bei dieser Gelegenheit deine Liebe?«

»Nein«, sagte Kryos beherrscht. Dabei setzte die Frage ihm mehr zu als Hypnos' bisherige Bedenken.

»Wenigstens etwas. Ich hatte schon befürchtet, das wäre der wahre Grund für deine Rückkehr nach Akora. Dann wärst du wirklich ein Narr!«

»Ich bin gekommen, um Io und die beiden Männer zu retten. Nichts anderes.« Io war für ihn verloren. Das war ihm bewusst gewesen, als er Zeus' Becher zurückgewiesen hatte. Sie würde Yamin heiraten – oder hatte es bereits. Seine Liebe zu Io bedeutete, ihr Leben zu schützen, nicht, sie für sich zu beanspruchen.

»Dann bleibt zu hoffen, dass Zeus nicht von deiner Einmischung hier erfährt.«

»In dem Chaos des Angriffs wird niemand Ios und Yamins Flucht bemerken.«

»Ich meinte weniger die Folgen für diese Sterblichen als für dich.«

»Sobald ich mit ihnen gesprochen habe, werde ich die Aufsicht im Tartaros übernehmen. So, wie mein Vater es sich gewünscht hat. An diesen Ort wird Zeus niemals einen Fuß setzen.«

»Aber du wolltest doch immer ein Gott werden!«

»Ich habe mich geirrt. Zwischen dem Reich der Toten und dem Olymp besteht kaum ein Unterschied. Außer, dass ich im Tartaros keine Seidenchitons, Lorbeerkränze und Goldketten tragen muss.«

»Ich hoffe, du weißt, was du tust.«

»Für alles andere wäre es jetzt ohnehin zu spät, oder?«

Statt einer Antwort umarmte Hypnos ihn. Dann flatterte er davon.

Akora hielt Mittagsruhe. Die Fensterläden der Häuser waren gegen die Hitze geschlossen und Kryos begegnete nur wenigen Menschen. Doch je näher er dem Palast kam, desto belebter wurden die Straßen. Erstaunlicherweise schienen die meisten dasselbe Ziel zu haben wie er: den Königspalast. Verwundert betrachtete Kryos das Kommen und Gehen am weit geöffneten Palasttor. Was hatte der Betrieb um diese Zeit zu bedeuten? Genau diese Frage stellte er einem vorbeilaufenden Mann.

»Prinz Yamin schenkt heute den Einwohnern Akoras Gehör. Jeder kann ihm sein Anliegen vortragen.«

Kryos lächelte. Er hatte mit allen denkbaren Schwierigkeiten gerechnet, ehe er zu Yamin vorgelassen werden würde. Eine günstigere Gelegenheit für sein Vorhaben hätte er kaum vorfinden können! Zielstrebig ging er in den Palast hinein. Doch in dem Gang vor dem Thronsaal kam er nicht weiter. Vor der Tür stand eine lange Menschenschlange. Offensichtlich wollte ganz Akora die Gelegenheit nutzen und mit dem zukünftigen König sprechen. Wie ärgerlich, dass er kein Prinz mehr war und einfach an den Wartenden vorbeilaufen konnte.

Mürrisch reihte Kryos sich ans Ende der Schlange ein und wippte ungeduldig mit dem Fuß. Es ging kaum voran, die Wärme und stickige Luft in dem Flur machten das Warten zur Qual. Wachen patrouillierten vorbei und mahnten zur Geduld und Ruhe. Kryos wischte sich den Schweiß von der Stirn. Wenn es in dieser Geschwindigkeit weiterging, würden Zeus' Truppen die Stadt überrannt und gebrandschatzt haben, bevor er Yamin zu Gesicht bekam.

Nach einiger Zeit erschienen Sklaven mit Servierbrettern in den Händen und boten Obst, Wasser und Zuckerwerk an. Auch schien Yamin sich in seinen Anhörungen mittlerweile kürzer zu halten, denn es ging nun schrittweise voran. Kryos tat es den Umstehenden gleich und bediente sich ausgiebig an den Getränken und Köstlichkeiten auf den Platten. Die Stimmung entspannte sich und alsbald bekam man den Eindruck, einer Feierlichkeit beizuwohnen. Gelächter erklang und wild gestikulierend diskutierte man die Zukunft Akoras. Einer der Männer vor Kryos stieß in seinem Ungestüm gegen einen Wasserkrug auf dem Servierbrett eines Sklaven. Der Krug kippte und fiel vom Brett. Kryos sprang zur Seite. Das hohe Gefäß zerbarst scheppernd und verteilte seinen Inhalt auf dem Fußboden. Die Männer – ihrer Kleidung nach wohlhabende Kaufleute – kümmerte es nicht. Sie redeten weiter und überließen es den Wachen, den bedauernswerten Sklaven für seine Unachtsamkeit anzuherrschen und auf die Beseitigung des Unglücks und das Herbeischaffen neuen Wassers zu drängen.

Die Schlange der Wartenden rückte weiter auf und Kryos legte sich zum wiederholten Male seine Worte an Yamin zurecht. So dringend sein Anliegen war, so schwierig war es zu erklären. Aus dem Augenwinkel sah er den unglücklichen Sklaven mit einem neuen Wasserkrug zurückkehren, begleitet von einem zweiten Sklaven mit Lappen und einem Eimer in der Hand. Der Sklave mit den Putzlappen kniete sich hin und klaubte die Scherben in den Eimer. Kryos wollte sich weiter seinen Gedanken widmen, doch etwas Vertrautes in der Art des jungen Sklaven ließ ihn innehalten und genauer hinschauen. Ein blaues Auge verunstaltete dessen Gesicht, doch es war unzweifelhaft Amun.

Er hatte aus dem einstürzenden Tempel entkommen können! Vor Freude hätte Kryos Amun am liebsten umarmt. Doch in aller Öffentlichkeit war das schwierig. Mit Sklaven plauderte man nicht freundlich, sondern gab ihnen höchstens Befehle. Zudem würde Amun ihn nicht erkennen. Dennoch drängte es ihn, sich dem jungen Sklaven zu offenbaren.

»He, du da!«, rief er Amun. »Komm zu mir!«

Gehorsam stand Amun auf. »Ja, mein Herr?« Sein Blick war von ausdrucksloser Ergebenheit.

»Das Wasser aus dem Krug hat mich nass gespritzt.« Kryos streckte ihm demonstrativ seinen Arm entgegen. »Trockne mich ab.«

Wenn Amun sich wunderte, weil keinerlei Spritzer auf der Haut erkennbar waren, zeigte er es nicht. Er trat näher und fuhr mit einem sauberen Lappen an Kryos' Arm entlang.

Jetzt oder nie! »Ich bin es, Amun«, flüsterte er. »Kryos.«

Die Wischbewegung geriet ins Stocken. Ungläubig maß Amun ihn von Kopf bis Fuß.

»Du hast mich bei dem Vortrag über die Kreiszahl gerettet«, sprach Kryos hastig weiter. »Und du liebst Yamin.«

»Ich habe angenommen, du säßest längst im Olymp und würdest dein Leben als Gott genießen«, zischte Amun und rieb sorgsam über jeden einzelnen von Kryos' Fingern.

Er glaubte ihm! »Es gab unvorhergesehene Ereignisse. Warum bist du hier und nicht bei Yamin?«

»Ich hatte Schwierigkeiten mit Timaios.«

Also hatte auch der Palastobere den Einsturz des Tempels überlebt.

»Warum bist du zurückgekommen?«, fragte Amun. »Um dich an unser aller Unglück zu weiden?«

»Nein, im Gegenteil! Ich will euch ...« Kryos konnte seinen Satz nicht beenden. Eine der Wachen kam zu ihnen.

»Macht der Sklave Ärger?«

»Nein, es ist alles in Ordnung.«

»Dann ist ja gut«, knurrte die Wache und wandte sich Amun zu. »Wenn du hier fertig bist, scher dich in die Spülküche zurück. Sie brauchen dich dort.«

Ohne Kryos eines weiteren Blickes zu würdigen, nahm Amun seinen Eimer und ging davon.

Immerhin hatte der junge Sklave ihm geglaubt.

Das Erscheinungsbild des Thronsaals hatte sich seit Kryos' letztem Besuch verändert. Üppige Blumengestecke verbreiteten einen süßlichen Duft und buntbemalte Figuren der zwölf olympischen Götter flankierten den Eingangsbereich. An der linken Seite des Saales kreischten die Papageien in ihrer Voliere, die gegenüberliegende Wand war den Büsten aus Yamins Privatgemächern vorbehalten. Von schulterhohen Säulen blickten Pythagoras, Platon, Hippokrates und Sophokles aus steinernen Augen auf Kryos herab. Amun hatte ihn im Zuge der Vorbereitungen auf den Vortrag über die berühmten Denker aufgeklärt.

Ein Sklave schloss hinter Kryos die Tür. Ein anderer nahm ihm den Dolch ab und bedeutete ihm, zügig vor den Herrscher zu treten. Yamin saß auf dem mit Edelsteinen geschmückten Thron. Auf einem zweiten Thronsessel neben ihm saß Io, ein angespanntes Lächeln auf den Lippen.

Alles in Kryos drängte, zu ihr zu laufen und sie in den Arm zu nehmen und zu küssen. Er zwang sich, langsam weiterzugehen und nicht wie ein Narr dümmlich zu lächeln. Gegen jede Vernunft suchte er bei ihr nach einem Zeichen des Erkennens – ein unmerkliches Nicken, ein Aufleuchten in ihrem Gesicht. Doch da war nichts.

Konzentrier dich auf deine Aufgabe!, befahl er sich. Doch der Anblick Prinz Yamins, den er bisher nur aus dem Spiegel kannte, setzte ihm ebenfalls zu. Fast war es, als sähe er sich selbst auf dem edelsteinbesetzten

Herrscherthron – mit all den Möglichkeiten, die er gehabt hätte. Einzig Timaios und die bewaffneten Krieger zu beiden Seiten des Thronpodests halfen Kryos, seine Sinne beisammen zu halten. Vor dem Thron angekommen, verneigte er sich. Das Lärmen der Papageien erstarb und Stille breitete sich im Saal aus.

Yamin bedachte die verstummten Papageien mit einem Stirnrunzeln, dann wandte er sich Kryos zu und hob die gepflegte Hand. »Sprich!«

Kurz überkam Kryos Scham wegen seines Aussehens – der bloßen Brust, dem derben Schaffell um seine Hüften und den staubigen Sandalen. »Es ist kein persönliches Anliegen, das mich zu Euch bringt, Prinz Yamin«, sagte er rasch. »Ich will Euch vor Zeus' Rache warnen. Der Göttervater plant, Akora und alle seine Bewohner zu vernichten – einschließlich Euch.«

Ios künstliches Lächeln erlosch.

Yamin zog die Brauen hoch. »Das ist eine gewaltige Behauptung. Kannst du sie beweisen?«

Das war der schwierige Teil. Die Wahrheit war kompliziert und wenig glaubhaft. »Ich habe es in einer Vision gesehen, als ich Zeus am Fluss opferte«, kürzte Kryos mit einer Lüge ab.

»Hast du in deiner Vision auch gesehen, wie ich den Göttervater von diesem Vorhaben abbringen kann?« Weder Yamins Mimik noch seine Stimme verrieten, ob er ihm Glauben schenkte.

»Zeus wird sich nicht umstimmen lassen. Euch bleibt nichts als die Flucht.«

»Du erwartest von deinem zukünftigen König, dass er im Moment größter Not seine Stadt im Stich lässt, um sich selbst zu retten?«, fragte Yamin.

»Ihr habt keine Wahl. Sagt den Menschen Akoras, dass sie sich bereithalten sollen. Alte, Frauen und Kinder sollen die Stadt vorher mit ihrem Hab und Gut verlassen. Und gebt Euren Kriegern Anweisung, sich alsbald nach Beginn des Kampfes zurückzuziehen.«

»Und an welchem Ort sollte ich mich vor der Allmacht des Zeus verstecken können?«

»In Ägypten. Sein Einfluss ist dort begrenzt. Nehmt Eure Forschungen mit Euch, den Inhalt Eurer Schatzkammer – und holt Amun aus der Spülküche. Er wird Euch im Land seiner Vorfahren leiten.«

Statt einer Erwiderung hob Yamin erneut die Hand. »Lass diesen Mann gefangen nehmen, Timaios.« Im nächsten Augenblick stürmten die Krieger auf Kryos zu und richteten ihre Speere auf ihn.

»Zeus selbst hat mir vor Zeugen die Herrschaft über Akora zugestanden«, sagte Yamin zu Kryos. »Daher glaube ich nicht an deine angeblichen Visionen. Überleg dir bis morgen früh, ob du uns den Namen des Herrschers verrätst, in dessen Auftrag du mir Angst einjagen willst, oder ob du die Steinbrüche vorziehst.« Er nickte den Kriegern zu. »Bringt ihn in eine Zelle.«

»Niemand schickt mich!«, rief Kryos. »Zeus hat seine Meinung geändert.« Beschwörend wandte er sich an Io. »Rettet Euch, seid bereit zur Flucht!«

»Auch ich habe den Göttervater gehört«, sagte sie. »Deine Worte können nicht wahr sein.«

Kryos betrachtete die auf ihn gerichteten Speere. Sollte er seine Unverwundbarkeit nutzen, um Yamin und Io doch die Wahrheit zu erzählen?

In diesem Moment stieß ihm einer der Krieger das hölzerne Ende seines Speeres gegen das Kinn. Kryos stöhnte schmerzvoll auf und sah kurzzeitig Sternchen vor den Augen. Schnell packten ihn die Männer, fesselten seine Arme und zerrten ihn aus dem Saal.

Io atmete auf, als die Krieger den dunkelhaarigen Mann durch die Seitentür aus dem Thronsaal brachten. Er war ihr unheimlich gewesen. Eine düstere Aura umgab ihn, als besäße er Kräfte, die man von außen nicht wahrnehmen konnte. Selbst die ewig kreischenden Papageien waren bei seinem Näherkommen verstummt. Hatte er seinen Namen genannt? Sie konnte sich nicht erinnern.

»Kanntest du diesen Mann?«, fragte sie Yamin.

Er schüttelte den Kopf. »Ein Söldner, den einer der umliegenden Stadtkönige angeheuert hat, um mich einzuschüchtern.«

Körperbau und Statur deuteten tatsächlich auf einen Krieger hin. Aber da war seine Stimme gewesen. »Er klang ehrlich besorgt um uns, fast verzweifelt.«

»Man wird ihm beigebracht haben, wie er seine Worte vortragen muss.«

»Und wenn er die Wahrheit sagt? Wenn Zeus seine Meinung geändert hat und auf Rache sinnt? Die Götter sind unberechenbar und uns Menschen keine Erklärung schuldig.«

Yamin schien über ihre Worte nachzudenken. »Ich werde nachher mit Timaios darüber reden. Jetzt lass uns unsere Aufmerksamkeit dem nächsten Besucher widmen.«

Io setzte das freundliche Lächeln auf, welches sie schon seit Beginn der Audienz zur Schau trug. Doch der unheilvolle Fremde und seine Warnung ließen sie nicht los. Etwas stimmte mit diesem Mann nicht. Und sie wurde das Gefühl nicht los, dass sie wissen müsste, was es war.

Während der eingetretene Kaufmann Yamin sein Leid über das gehäufte Auftreten von Piratenschiffen vor Sizilien klagte, zerbrach Io sich den Kopf, weshalb ihr das Auftauchen des Mannes so zusetzte. Warum er ihr Furcht einflößte und gleichzeitig etwas Vertrautes in ihr weckte. Wie ein nächtlicher Traum, an den man sich am helllichten Morgen nur verschwommen und bruchstückhaft erinnerte.

Ratlos schaute sie hinüber zu den Papageien im Käfig. Inzwischen plapperten die bunten Vögel munter wie zuvor. Dass die Tiere verstummten, hatte sie bisher nur einmal erlebt: Als Yamin nach seiner ersten Ohnmacht wieder im Papageiengarten erschienen war. Er hatte damals behauptet, es sei ein neuer Trick. Io zuckte mit den Schultern. Wahrscheinlich hatte der hochgewachsene Fremde in dem abgetragenen Fellschurz die Vögel ebenso verunsichert wie sie. Beruhigend zu wissen, dass er in einer Zelle weggesperrt war und sie ihm nie wieder begegnen musste.

19

Kryos starrte auf den fahlen Flecken Mondlicht, der durch das Gitterfenster in seine Zelle fiel. Sein Versuch, Io, Yamin und Amun zu beschützen, hätte kaum schlechter laufen können. Seit Stunden saß er schon in diesem Loch eingesperrt. Er schaute in den Nachthimmel und lauschte auf Geräusche. Noch schien alles friedlich in Akora. Aber es war nur eine Frage der Zeit, bis die feindlichen Truppen in die Stadt einfielen.

Der Flecken Mondlicht wanderte stetig voran und nahm jetzt genau die Mitte der Zelle ein. Eine bleiche Insel in einem Meer aus Schwärze.

Eine Insel, aus der Nebel emporzusteigen begann. Kryos wischte sich über die Augen, aber er irrte sich nicht. Das Mondlicht verdichtete sich, schon erkannte er den Steinboden darunter nicht mehr. Es züngelte empor, mannshohe bleiche Flammen leckten an der Decke. Dann öffneten sich die Lichtzungen und eine Frau trat aus ihnen zu ihm in die Zelle – mädchenhaft hübsch, mit Schmollmund und herablassendem Blick.

Kryos sprang auf. Nie zuvor hatte er sich über Persephones Erscheinen so gefreut. Als Herrscherin der Unterwelt vermochte sie durch das Mondlicht zu reisen – und jeden mitzunehmen, den sie an den Händen hielt.

»Gemütlich hast du es hier, Kryos.« Mit hochgezogenem Blick schaute sich Hades' Ehefrau in seinem Gefängnis um und fuhr mit dem Zeigefinger an einer der feuchten Wände entlang. »Du fühlst dich bestimmt wie zu Hause.«

Um Persephone nicht herauszufordern, schluckte Kryos eine Erwiderung hinunter. Aber offensichtlich erwartete sie keine Antwort, denn sie sprach sofort weiter.

»Hekate kann wieder in die Welt der Sterblichen sehen. Was sie erblickte, hat uns alle erheitert. Bis auf Zeus. Er tobt über deinen Ungehorsam.«

»Er wird sich auch wieder beruhigen.«

Persephone fuhr zu ihm herum. »Hast du wirklich geglaubt, Io erkennt dich in deiner wahren Gestalt wieder und wirft sich dir an den Hals? Dann bist du ein größerer Dummkopf, als ich angenommen habe.«

»Warum bist du hier, Persephone? Sollst du mich zu Zeus mitnehmen?«

»Mitnehmen ja, aber nicht zu Zeus. Hades wünscht, dass ich dich in die Unterwelt bringe, ehe sein Bruder deiner habhaft werden kann.« Ihre Miene verriet, wie wenig der Plan ihres Gatten sie begeisterte. »Aber ich warte damit, bis die feindlichen Truppen einfallen und jeden in der Stadt getötet haben. Einschließlich der Gefangenen im Palast.«

»Das ist doch wohl ein schlechter Scherz. Ich bin wieder ich selbst und damit unverwundbar.«

»Aber den Schmerz eines Schwertes in deiner Brust spürst du dennoch, nicht wahr?« Sie schenkte ihm ein falsches Lächeln. »Bis später, Kryos.«

»Du musst mich sofort hier rausbringen!«, rief er und sprang auf sie zu.

Doch die weißen Lichtzungen hatten sie bereits verschluckt und er landete unsanft auf dem Steinboden. Verdammt! Kryos schlug mit der Faust auf den blassen Flecken Mondlicht unter ihm. Was sollte er jetzt tun? Es blieb ihm nichts übrig, als zu warten. Wenn die Feinde seine Zelle stürmten, konnte er fliehen. Hoffentlich war es für Io, Yamin und Amun dann nicht zu spät.

Er musste eingenickt sein. Denn als Kryos die Augen öffnete, war kein Mondlicht mehr in der Zelle zu sehen. Lärm drang durch das Kerkerfenster an sein Ohr. Schreie, klirrende Waffen, wiehernde Pferde und knisterndes Feuer. Der Angriff hatte begonnen! Doch da war noch ein anderer, kratzender Laut, näher als der Kampflärm. Kryos sprang auf. Ein Schlüssel drehte sich im Türschloss, gefolgt vom vielfältigen Klicken des sich öffnenden Schließmechanismus. Er eilte neben die Tür, sodass diese ihn beim Aufschwingen verdecken würde.

Die Tür öffnete sich. Fackelschein fiel in die Zelle und Kryos machte sich bereit. Doch niemand trat ein.

Stattdessen erklang von draußen eine vertraute Stimme. »Kryos? Ich bin es, Amun.«

Kryos trat in den Türrahmen. Seine Erleichterung über die unerwartete Rettung schwand, als er Amuns angespannten Gesichtsausdruck sah.

»Ich habe gehört, dass die Wachen einen Audienzbesucher, auf den deine Beschreibung passt, eingesperrt haben«, sagte Amun hastig. »Hunderte feindliche Soldaten wüten mit Feuer und Schwert in der Stadt. Kannst du als Gott Yamin, Io und mich hier herausbringen?«

Zum ersten Mal wünschte Kryos, er hätte Zeus' Becher nicht abgelehnt. »Ich bin noch kein Gott.«

Amun öffnete den Mund, schüttelte dann aber den Kopf und reichte Kryos ein kunstvoll gearbeitetes Schwert. »Aus Timaios' Zimmer entwendet. Ebenso wie den Schlüssel für die Zellentür.«

»Wo sind Io und Yamin?«

»Verschanzt im Thronsaal mit Timaios und den besten Kriegern.«

»Gut. Bleib dicht bei mir«, befahl er Amun und stürmte aus der Zelle.

Gefolgt von dem jungen Sklaven rannte Kryos durch die teils dunklen Gänge des Palasts, sprang über umgestoßene Vasen und wich fliehenden Palastbewohnern aus. Als er in den breiten Gang zum Thronsaal einbog, stoppte er abrupt. Krieger in den Farben Akoras lagen reglos am Boden und aus der Ferne drang Kampflärm zu ihnen. Alarmiert hasteten er und Amun weiter. Endlich erreichten sie die Tür zum Thronsaal. Sie stand offen und Kryos sah den darin tobenden Kampf. Dutzende tote Krieger beider Seiten bedeckten den Boden des Raumes. Timaios und seine verbliebenen Männer hatten sich mit Io und Yamin hinter das Thronpodest zurückgezogen. Das ängstlich blickende Herrscherpaar geschützt in ihrer Mitte, wehrten sie sich erbittert gegen die Überzahl an Angreifern.

»Wir fallen den Gegnern in den Rücken«, sagte Kryos zu Amun, dann rannte er in den Saal und streckte den ersten feindlichen Krieger nieder.

Kryos' Blick suchte Io. Als sie seiner Aufmerksamkeit gewahr wurde, wich die Furcht in ihren Augen blankem Entsetzen.

Der düstere Fremde stürmte mit erhobenem Schwert in den Thronsaal. Dass er einen ihrer Angreifer zu Boden streckte, beruhigte Io nicht. Denn gleich darauf richteten sich seine schwarzen Augen auf sie. Als wäre er nur ihretwegen hier.

»Da ist Amun!«, rief Yamin. »Macht er gemeinsame Sache mit dem Fremden?«

Io wusste keine Antwort. Verzweifelt umklammerte sie den Dolch, den Timaios ihr in die Hand gedrückt hatte.

Schon strömten neue Angreifer durch die große Tür in den Thronsaal und fielen wiederum Amun und dem Unbekannten in den Rücken. Lange würden die beiden, die Palastwachen und Timaios dem Ansturm der Feinde nicht mehr standhalten können. Io sah zu dem Fremden. Ihn musste sie nicht länger fürchten, denn die Angreifer würden sie alle gleich töten.

Als hätte der Fremde ihren Blick gespürt, schaute er zu ihr und ein wehmütiges Lächeln umspielte seinen Mund.

Erneut durchfuhr Io dieses nicht greifbare Gefühl der Vertrautheit.

Der Fremde wandte den Kopf ab. Doch statt sich auf den nächsten Angreifer zu stürzen, rannte er zur Thronsaaltür. Feindliche Krieger, die ihn aufhalten wollten, schlug er mit einem Schwerthieb beiseite.

Hatte der Fremde die Aussichtslosigkeit der Lage erkannt und floh?

Bei der Tür hielt er jedoch an und schloss deren mächtige Flügel. Was sollte das? Timaios und seine Männer hatten zu Beginn die Thronsaaltür mit einer Truhe verbarrikadiert. Doch diese hatte der Kraft der Angreifer nicht lange standgehalten. Aber die Truhe interessierte den Fremden nicht. Er lief hinüber zu einer der Säulen mit den Büsten und hob sie hoch. Die Steinskulptur darauf fiel mit einem dumpfen Schlag zu Boden. Io riss die Augen auf. Es hatte drei Sklaven gebraucht, eine Säule in den Thronsaal zu schaffen. Doch der Fremde trug sie scheinbar mühelos und legte sie vor den geschlossenen Türflügeln ab. Dasselbe tat er mit zwei anderen Säulen. Dann stürzte er sich wieder ins Kampfgeschehen.

Ohne Verstärkung wendete sich das Kampfglück zu ihren Gunsten. Feind um Feind fiel, bis der letzte der Angreifer zu Boden ging.

Timaios, seine verbliebenen zwei Krieger und Amun senkten ihre Waffen. Jedem von ihnen rann Blut aus unzähligen Wunden und ihr keuchender Atem war in der plötzlichen Stille hörbar. Yamin schaute sich um, als könne er ihren Sieg nicht fassen.

Der Fremde wies auf den Seitenausgang. »Uns bleibt nicht viel Zeit. Raus hier!«

»Zuerst verlange ich zu erfahren, wer du bist«, rief Yamin.

»Das erzähle ich Euch, sobald wir in Sicherheit sind.«

»Woher soll ich wissen, ob ich dir trauen kann?«

Ungeduld flackerte in den dunklen Augen des Fremden auf. »Habe ich das nicht gerade schon bewiesen?«

Schläge an die verbarrikadierte Thronsaaltür verhinderten Yamins Antwort und ließen Io zusammenzucken.

»Mein Prinz, wir müssen hier fort«, rief Timaios.

Endlich nickte Yamin.

Der Fremde hob ein Schwert vom Boden auf und drückte es Yamin in die Hand. Dann wandte er sich an Amun. »Führ uns auf den Dienstbotenwegen nach draußen.«

Gemeinsam mit den Männern hastete Io durch schmale Gänge und schattenhafte Innenhöfe. Der Fremde deckte ihren Rückzug, doch immer wieder suchte sein Blick sie. Wer war er und was wollte er von ihr?

Der Weg durch die Flure erschien Io endlos. Mehrmals wichen sie in einen düsteren Gang zurück oder versteckten sich in einem Zimmer, um feindlichen Kriegern zu entgehen. Verborgen in der Dunkelheit verharrte Io jedes Mal starr vor Angst. Schließlich erreichten sie eine abwärts führende Treppe. Der Anfang war von einer Öllampe beleuchtet, doch bald verloren sich die Stufen in völliger Finsternis. Ein Abstieg wie in den Schlund der Unterwelt.

Abrupt hielt Io inne, während einer der Krieger das Öllicht aus der Halterung nahm und, gefolgt von den anderen, an ihr vorbei in die unergründliche Tiefe eilte.

Als wisse er um ihre Angst vor der Dunkelheit, tauchte der Fremde an ihrer Seite auf. »Nehmt meinen Arm, Io.«

Sie zuckte zurück, den Blick auf seine mit Blut besudelte Hand gerichtet. »Nein, danke!« Seine Nähe schreckte sie stärker als die Finsternis. Sie raffte ihr Gewand und setzte den Fuß auf die erste Stufe. »Yamin, warte!«

Ihr zukünftiger Gemahl hielt inne und sie ergriff dankbar seinen Arm.

Schweigend folgte ihnen der Fremde hinab in die von dem Öllicht nur spärlich erhellte Düsternis. Mehr als sein raues Äußeres und seine geheimnisvollen Absichten ließ das unerklärliche Gefühl der Vertrautheit Io schaudern.

Die Treppe endete im äußeren Palasthof. An Yamins Hand stolperte Io ins Freie und sah Akora brennen. Feindliche Standarten erhoben sich in den Nachthimmel, fremde Soldaten rannten durch den Hof und von überall hörte sie Menschen schreien. Yamin riss sie weiter, dem Fremden hinterher zum Tor. Ein Trupp der Angreifer entdeckte sie dort, doch der Unbekannte konnte den Kampf mit Hilfe des Palastoberen und seiner verbliebenen Mannen für sich entscheiden, während Yamin sich mit dem Schwert schützend vor Io stellte.

Vor der Palastmauer erwartete sie das Chaos. In den Häusern ringsum wütete das Feuer und Menschen flohen in Panik. Der Fremde sprach kurz mit Timaios, dann setzten sie ihre Flucht fort. Kreuz und quer durch die Gassen Akoras führte sie ihr Weg, vorbei an Toten, weinenden Kindern und brennenden Häusern. Glühende Aschefetzen flogen durch die Luft und regneten grau auf sie herab. Der Rauch biss in Ios Augen und die Hitze des Feuers schmerzte auf ihrer Haut. Immer wieder mussten sie ihren Schritt verlangsamen und panischen Pferden, Schweinen und Ziegen ausweichen. Und mehr als einmal waren sie gezwungen, kehrtzumachen, weil ihnen größere Gruppen feindlicher Krieger entgegenkamen. Die Soldaten Akoras hatten die Verteidigung der Stadt gegen die Übermacht der Angreifer inzwischen aufgegeben und versuchten nun, ihr Leben zu retten. Timaios' Befehl, sich ihnen anzuschließen, verhallte erfolglos.

An Yamins Seite hastete Io weiter durch die Feuersbrunst. Als die Schwärze der Nacht dem Grau des Morgens wich, tauchte endlich die Stadtmauer vor ihnen auf. Durch eine Viehpforte schafften sie es hinaus ins Freie.

Unweit der Pforte lagerte auf der Ebene vor Akora der Tross der Angreifer – unzählige Wagen, Zelte und umherlaufende Menschen. Im Zwielicht des beginnenden Tages erkannte Io eines der Heerzeichen. Der zweiköpfige Eber der Stadt Gimar blickte kampfeslustig auf die Stadt.

»Wir müssen runter zum Fluss, bevor die Sonne aufgeht«, sagte Timaios. »Dort stehen Pferde für uns bereit.«

Ehe Io sich über diese Ankündigung wundern konnte, zog Yamin sie weiter durch die graue Landschaft. Nach Luft ringend versuchte Io, mit ihm Schritt zu halten. Die Angst hatte ihr bisher ungeahnte Stärke verliehen, doch mittlerweile waren ihre Kräfte aufgebraucht. Immer häufiger stolperte sie, nur Yamins Griff verhinderte, dass sie stürzte.

»Io, du musst durchhalten«, keuchte er, selbst völlig außer Atem. »Wenn es erst richtig hell ist, können sie uns hier auf freiem Gelände zu leicht entdecken.«

Sie nickte verzweifelt, befahl sich, weiterzurennen. Aber irgendwann gaben ihre Beine nach. Sie fiel auf die Erde und Steinchen schlugen ihr ins Gesicht.

»Io!« Schwer atmend kniete Yamin sich neben sie und strich über ihre Stirn. »Steh auf! Wir müssen zum Fluss.«

»Ich schaffe es nicht mehr«, stieß sie hervor. »Flieh allein weiter!«

»Ich lasse dich hier nicht zurück. – Kommt her, wir brauchen Hilfe!«

Timaios kam zu ihnen, half Yamin aufzustehen und eilte mit ihm zusammen weiter. Um Io schlangen sich zwei muskulöse Arme und hoben sie vom Boden auf. Sie wollte protestieren. Doch ihrer Kehle entrang sich nur ein Krächzen und ihre Glieder gehorchten ihr nicht mehr. Der Fremde drückte sie an sich und folgte den anderen. Io spürte seine warme Haut an ihrer Wange, hörte seinen Herzschlag. Sie versteifte sich.

»Du brauchst keine Angst vor mir zu haben«, flüsterte er. »Ich tue dir nichts. Niemals.«

Die Sanftheit seiner Worte ließ sie nur mehr erschaudern. Denn eine Stimme in ihrem Inneren sagte, dass er ihr bereits etwas angetan hatte. Sie wusste nur nicht mehr, was.

Sie erreichten den Fluss und die Bäume schlossen sich über ihnen wie ein schützendes Dach. Wurzeln, Steine und die steil abfallende Böschung zwangen die Männer, ihr Tempo zu verlangsamen. Io wand sich in den Armen des Fremden und er ließ sie herunter. Schnell trat sie zu Yamin. Auch er wirkte von den Strapazen sichtlich mitgenommen.

»Geht es wieder?«, fragte er besorgt.

»Ja. Hoffentlich ist das alles bald vorbei.«

»Der Fluss macht in Kürze eine Biegung«, sagte Timaios. »In dem dortigen Felsmassiv sind die Pferde versteckt. Aber ein Stück müssen wir noch laufen.« Stützend griff er wieder Yamins Arm.

»Soll ich Euch bis zu der Biegung tragen, Prinzessin?«, fragte der Fremde.

Ios Füße brannten und jeder Muskel ihres Körpers schmerzte, doch nichts auf der Welt hätte sie erneut in die Arme des Fremden getrieben. So schüttelte sie den Kopf und folgte den anderen stromabwärts zwischen den schattenhaften Bäumen hindurch.

Nach einer Weile kam das Felsmassiv in Sichtweite, eine Auftürmung riesiger Gesteinsbrocken in einer sonst flachen Landschaft. Der Legende nach hatten sich die Titanen im Streit mit den Felsblöcken beworfen. Kaum erreichten sie die Steine, pfiff Timaios dreimal laut. Kurz darauf erklang Hufschlag. Zwei Krieger Akoras erschienen mit Reitpferden. Große Taschen hingen an den Sätteln der Tiere – zu denen auch Nefeli und Yamins Falbe zählten!

»Also habt Ihr meinen Rat doch befolgt, Prinz«, sagte der Fremde.

»Es gab eine gewisse Wahrscheinlichkeit, dass Zeus tatsächlich seine Meinung geändert hat.« An Io gewandt, fügte Yamin hinzu: »Nach der Audienz habe ich mit Timaios' Hilfe das Notwendige veranlasst.«

Dass er sie nicht eingeweiht hatte, versetzte Io trotz ihrer Freude über seinen Weitblick einen Stich.

»Demnach vertraut ihr mir jetzt?«, fragte der Fremde Yamin und Timaios.

»Ja, du hast deine ehrbaren Absichten bewiesen«, sagte Timaios zu Ios Erstaunen. »Ohne dich und Amun wären wir nicht entkommen.«

»Allerdings schuldest du uns eine Erklärung zu deiner Person«, sagte Yamin.

Io nickte zustimmend. Die Rechtschaffenheit des Fremden war für sie längst nicht so eindeutig wie für den Palastoberen.

Doch Timaios schüttelte den Kopf und wandte sich den Pferden zu. »Lasst uns das später in Ruhe klären, mein Prinz. Noch sind wir zu dicht an Akora und unseren Feinden.«

»Wo werden wir hingehen?«, fragte Io, während sie nach Nefelis Zügeln griff. Es ärgerte sie immer noch, dass Yamin sie nicht in seinen Fluchtplan eingeweiht hatte.

»Unser Ziel ist die Hafenstadt Kalipolis«, sagte Yamin. »Von dort werden wir nach Ägypten segeln. Meine Forschungsunterlagen und Arbeitsmaterialien habe ich bereits in einem Ochsenwagen in die Stadt vorausgeschickt.«

Die Krieger, der Fremde und Amun teilten die Pferde untereinander auf. Als der Fremde sich seinem Grauschimmel näherte, schlug dieser mit dem Kopf und tänzelte. Erst mit Hilfe von Amun gelang es ihm, aufzusteigen.

Yamin hat vor ein paar Tagen ähnliche Probleme mit

seinem Falben gehabt, dachte Io. Doch heute stand der Falbe vorbildlich still.

Timaios drängte zum Aufbruch. Das vertraute Gefühl, auf Nefelis Rücken zu sitzen, entspannte Io. Sie gähnte mehrmals, während sie schweigend entlang des mit Baumgruppen gesäumten Flusses zur Küste ritten. Im Osten ging die Sonne auf und vertrieb das Grau der Dämmerung. Der neue Tag konnte nur besser werden als der alte.

Wie ihr Leben in Ägypten aussehen würde? War es zuvor die Angst vor Dorimedons Rache an ihrer Heimatstadt gewesen, war es nun die Furcht vor Zeus' Zorn, die Io an Yamins Seite bleiben ließ. Ein Dasein mit einem Mann, der bestenfalls Freundschaft für sie empfand. Der das Vertrauen zu seinem Palastoberen über das zu seiner Frau stellte.

Ios Blick schweifte über die Reiterschar zu dem Grauschimmel. Wie lange der Fremde bei ihnen bleiben würde? Auch wenn er sich bisher nichts zu Schulden hatte kommen lassen, würde sie erleichtert sein, wenn er sie verließ.

Nach einer Weile hielt Timaios sein Pferd an.

Io blinzelte mit müden Augen. »Eine Rast ist eine gute Idee.«

»Nur, dass ich nicht vorhabe, zu rasten.« Timaios hob die Hand und sofort flankierten die Krieger sie mit ihren Pferden und zogen ihre Schwerter.

In furchtbarer Erkenntnis starrte Io auf die Waffen. Der Fremde stieß einen Fluch aus.

»Was hat das zu bedeuten?«, keuchte Yamin.

»Ich bringe euch vier in den Zeustempel nach Reklion«, sagte Timaios. »Euch dem Göttervater auszuliefern, ist der einzige Weg, mich von seinem Zorn zu befreien.«

Yamin starrte ihn an. »Du dienst seit vielen Jahren unserem Königshaus. Und jetzt verrätst du uns? Das glaube ich nicht.«

Timaios lachte bloß. »Findet Euch besser damit ab, Prinz. Euer Leben gegen meines.«

»Wie kannst du dir da so sicher sein?«, fragte Yamin.

»Zeus persönlich ließ es mir durch eine Göttin ausrichten.«

Ruckartig hob der Fremde den Kopf. »Welche Göttin war das?«

Ein verschlagener Ausdruck erschien auf Timaios' Gesicht. »Dieselbe, die König Dorimedon von der Macht der Diamanten im Blitz der Statue erzählte.«

Der Fremde wirkte von dieser Antwort wie vor den Kopf geschlagen. Io fiel der weibliche Torso in den Trümmern des Tempels ein.

»Warum tötest du uns nicht gleich?«, fragte Yamin bitter.

Timaios lächelte dünn. »Weil Zeus euch am liebsten lebend will.«

Yamins Schultern sackten herab. »Und ich dachte, du seist loyal.«

»Nicht, wenn es mein Verderben bedeutet. Oder es nichts mehr zu holen gibt. Als mittelloser Fremder im

Wüstensand Ägyptens zu sitzen und Euren langweiligen mathematischen Berechnungen zu lauschen, ist nicht das Leben, das ich mir vorgestellt habe.« Er gab seinen Kriegern einen Wink. »Fesselt sie!«

Zwei der Männer sprangen von ihren Pferden, zogen Stricke aus den Satteltaschen und traten zu ihr und Amun. Die anderen beiden richteten weiterhin das Schwert auf ihre Gruppe.

Io biss sich auf die Lippe. Sie waren in der Unterzahl, Widerstand war sinnlos.

Doch als der eine Krieger das Seil um die Handgelenke des Sklaven legte, ließ Amun sich vom Sattel aus auf den Mann fallen. Im selben Moment zog der Fremde sein Schwert und griff den Krieger auf dem Pferd an.

Io drückte kräftig die Unterschenkel an Nefelis Flanken. Die Stute stürmte davon und ließ den Krieger, der Ios Hände gefesselt hatte, hinter sich. Doch nach wenigen Galoppsprüngen kam von der Seite ein anderer Krieger und schnitt ihr den Weg ab.

»Hiergeblieben, Prinzessin!«, rief er.

Io wendete die Stute, aber ein Gestrüpp beendete gleich darauf ihre Flucht.

Der Krieger preschte neben sie. »Jetzt habe ich Euch«, sagte er und griff Nefelis Zügel – nur, um im nächsten Augenblick wie ein Sack Getreide vom Pferd zu fallen. Im Rücken des Mannes steckte ein Messer und neben einem Baum entdeckte Io Amun, der ihr zunickte.

»Ich helfe jetzt dem Prinzen«, rief der Sklave, zog sein Schwert und rannte zum Kampfplatz. Yamin wehrte sich dort verzweifelt vom Sattel aus gegen den letzten verbliebenen Krieger, während der Fremde und Timaios zu Fuß gegeneinander kämpften.

Gebannt beobachtete Io dieses Duell. Der Palastobere und der Fremde waren ebenbürtige Gegner, der Schlagabtausch zwischen ihnen war schnell und hart. Timaios vollführte überraschend einen Ausfallschritt mit einem weitschwingenden Hieb. Der Fremde wollte parieren, doch da schnitt Timaios' Klinge bereits in seinen Arm. Der Fremde geriet ins Straucheln, Blut quoll aus der Wunde. Timaios setzte einen Schlag nach und brachte den Fremden zu Fall. Stöhnend schlug der Unbekannte mit dem Rücken am Boden auf und die Waffe fiel ihm aus der Hand. Der Palastobere zögerte keinen Augenblick. Er stieß dem Fremden das Schwert mitten in die Brust.

Der Schrei des Unbekannten mischte sich mit Ios Entsetzensruf.

Zufrieden zog Timaios die Klinge aus dem Leib des Fremden. »Wenn einer von euch Widerstand leistet, liegt ihr auch hier«, sagte er und wischte sich mit dem Arm den Schweiß von der Stirn.

Amun ließ fluchend sein Schwert fallen und Yamin warf ebenfalls die Waffe fort.

Der Fremde lag mit geschlossenen Augen und klaffender Wunde in der Brust auf der Erde. Timaios ging achtlos an ihm vorbei und wies mit der Schwertspitze auf die herumliegenden Stricke.

»Los, fessele sie!«, wies er den letzten verbliebenen Krieger an.

»Eines Tages wirst du für deinen Verrat im Tartaros enden«, sagte Yamin.

Timaios grinste. »Zeus sieht das sicher anders.«

»An deiner Stelle würde ich mich nicht darauf verlassen«, erklang die Stimme des Fremden hinter dem Palastoberen.

Io riss den Kopf hoch. Wie konnte das sein? Der Fremde stand quicklebendig auf zwei Beinen, in der Hand sein Schwert. Auf der blutverschmierten Brust und dem Arm waren keine Verletzungen mehr zu sehen!

Timaios wirbelte herum und zog noch in der Bewegung seine Waffe. Im gleichen Moment packte der Fremde sein eigenes Schwert mit beiden Händen und stieß es in Timaios' Herz.

Timaios keuchte auf und erstarrte. Blut rann über seinen Körper und tropfte auf den Boden.

»Grüß mir Charon«, sagte der Fremde und zog sein Schwert aus Timaios' Brust.

Röchelnd ging der Palastobere in die Knie, das Schwert glitt ihm aus den Fingern. Dann fiel er um und blieb reglos liegen.

Eine unheimliche Stille breitete sich aus. Ios ungutes Gefühl gegenüber dem Fremden verwandelte sich in Panik.

»Timaios hat dich getötet«, keuchte Yamin. »Wer bist du, dass du aus der Unterwelt zurückkehren kannst?«

»Ich war nicht tot.« Der Fremde suchte Ios Blick. »Mein Vater ist ein Gott, deswegen bin ich unverwundbar.«

20

Verloren stand Io neben ihrer Stute, die Zügel in ihren gefesselten Händen. So gerne hätte Kryos sie nach all den ausgestandenen Schrecken tröstend in seine Arme gezogen. Stattdessen löste er nur die Stricke um ihre Handgelenke.

»Ein Halbgott«, murmelte sie und wich zurück.

Yamin maß ihn, als suche er etwas Göttliches in seiner Erscheinung. »Wie heißt du?«

»Kryos.«

Neben ihm sog Io scharf die Luft ein. Erinnerte sie sich, dass ihm dieser Name während ihrer Liebesnacht herausgerutscht war? Prüfend schaute Kryos zu ihr, doch ihr Gesichtsausdruck wirkte ebenso distanziert wie zuvor. »Wir können hier nicht bleiben«, sagte er, bevor Yamin oder sie weitere Fragen stellen konnten. Timaios' Verrat hatte bewiesen, wie gefährlich ihre Lage war und inzwischen stand die Morgensonne hell am Himmel.

Io, Yamin und Amun fingen die grasenden Pferde ein und Kryos fesselte den einzigen überlebenden Krieger. Mochte dieser sich später um die vier Toten kümmern. Unbemerkt steckte Kryos jedem der Verstorbenen einen Obolus aus Timaios' Münzbeutel in den Mund, damit der Palastobere und seine Männer die Fahrt über den Styx antreten konnten. Vor allem Timaios sollte für sein Handeln sofort eine qualvolle Strafe im Tartaros erhalten.

Beim Aufsitzen auf den Grauschimmel bemerkte Kryos Yamins fassungslosen Blick auf den toten Timaios. Der Verrat des Palastoberen schien ihn schwer zu treffen.

Schweigend setzten sie ihren Weg nach Kalipolis fort. Müdigkeit zeichnete sich in den Gesichtern seiner drei Begleiter ab, besonders Io war blass und unter ihren Augen lagen tiefe Schatten. Auch Kryos selbst konnte sich nur mit Mühe im Sattel halten. Als er um die Mittagszeit eine Rast vorschlug, stimmten alle sofort zu.

Erschöpft ließen sie sich auf einem umgestürzten Baumstamm und Steinen nieder, wobei Io den am weitesten von ihm entfernten Sitzplatz wählte. Obwohl sie jetzt wusste, dass er ein halbgöttliches Wesen war, lehnte sie ihn immer noch ab. Yamin fand Trinkbeutel und Proviant in den Satteltaschen und hungrig verzehrten sie das Mahl.

»Welcher Gott ist dein Vater?«, fragte Amun unvermittelt. Aus dem Nachdruck in seiner Stimme zu schließen, dachte er schon länger darüber nach.

»Ich weiß es nicht.« Io sollte ihn nicht noch mehr fürchten. Außerdem spielte es keine Rolle.

»Hat deine Mutter es dir nicht verraten?«, fragte Yamin.

»Sie starb, ehe ich diese Frage stellen konnte.« Euryale mochte ihm die Verleumdung verzeihen.

Bisher hatte Io ihn nur scheu betrachtet, doch jetzt richtete auch sie das Wort an ihn. »Was hast du mit uns vor?«

»Ich werde mit euch bis Ägypten segeln und euch dann allein lassen.«

Ihr Gesicht verriet offene Skepsis. »Wieso hast du uns vor Zeus' Rache gewarnt? Ich meine, was hast du mit allem zu tun? Weder Yamin noch ich haben dich je gesehen.«

Kryos spürte Amuns Blick mehr, als dass er ihn sah. Aber auch hier hatte die Wahrheit keine Bedeutung. »Ich habe einen Verdacht, welche Göttin Dorimedon ins Verderben geleitet hat. Da wir beide verfeindet sind, wäre es mir eine Freude, ihre dunklen Machenschaften aufzudecken.« Dass ihm dieser Verdacht erst gekommen war, als Timaios vorhin ausdrücklich von einer Göttin gesprochen hatte, verschwieg er. Er war so blind gewesen! Wieso hatte er nie in Betracht gezogen, dass der intrigante Gott eine Frau sein konnte? Auch an der Statue hatte man es noch nicht gesehen.

»Du weißt, wer hinter allem steckt?«, rief Amun.

»Wenn ich mich nicht irre, ist Persephone dafür verantwortlich.« Oh, wie alles zusammenpasste! Er hatte es als Eigennutz gedeutet, dass Persephone ihn für die Aufgabe in Akora vorgeschlagen hatte. Stattdessen hatte sie geglaubt, einen Weg gefunden zu haben, ihn zu töten.

Zu Kryos' Überraschung nickte Io bei seiner Erklärung. »Aus den Trümmern des Zeustempels ragte der Oberkörper einer weiblichen Figur. Das würde deinen Verdacht und Timaios' Worte belegen.«

Demnach hatten die Bildhauer nach seinem ersten Besuch im Tempel weiter an der Figur gearbeitet. Bedauerlich, dass er bei dem zweiten Besuch dort keine Zeit gehabt hatte, sich die Figur erneut anzuschauen. Dann wäre ihm der Verdacht vermutlich früher gekommen.

»Ich verstehe nicht, warum Zeus seine Meinung über Akora und mich geändert hat«, sagte Yamin. »Weißt du mehr als wir gewöhnlichen Sterblichen, Kryos?«

Kryos dachte an das Gespräch mit Zeus im festlich geschmückten Versammlungssaal. »Zeus sagte, er wolle die Fäulnis des Herrschergeschlechts Akoras ausrotten und ein Exempel für alle Menschen statuieren.«

»Also deshalb will er Io und meiner habhaft werden. Hätte er wenigstens die Bewohner Akoras verschont! Warum habe ich bloß auf Timaios gehört und sie nicht in Sicherheit bringen lassen?«

Amun legte dem Prinzen die Hand auf die Schulter. »Quält Euch nicht mit Vorwürfen. Persephone muss es Timaios eingeflüstert haben. Und Ihr habt ihm vertraut.«

Was, wenn Persephone nicht nur Timaios etwas eingeflüstert hatte!? »Sie war es!«, rief Kryos in plötzlicher Erkenntnis. »Persephone hat Zeus umgestimmt. Die Stadt sollte vernichtet werden, um ihre Spuren dort zu verwischen. Zeus hat nämlich keine Ahnung, wer die Intrige gesponnen hat.«

Yamin nickte. »Die Bildhauer wussten bestimmt, welche Göttin ihre Statue darstellen sollte. Durch den Angriff sind sie nun entweder tot oder in alle Winde zerstreut und ihre Skizzen und Modellfiguren vermutlich zerstört. Und selbst wenn nicht, können wir unmöglich nach Akora zurück und sie suchen. Man würde uns sofort gefangen nehmen.«

»Persephone hat ihr Ziel erreicht.« Amun stieß mit dem Fuß einen Stein fort. »Keiner kann sie mehr verraten. Auch wenn wir Ägypten unversehrt erreichen, werden wir dort vor Zeus' Zorn niemals sicher sein.«

Amun hatte recht. Zwar konnte Hekate ihre Magie nur auf einen Ort richten und deshalb nicht gezielt nach Personen suchen, doch es gab genug Menschen, die für Zeus die Bluthunde spielen würden.

»Also ist unsere Flucht sinnlos.« Io schlang die Arme um die angezogenen Knie und schaute zu Boden.

Yamin ging zu ihr und legte den Arm um seine zukünftige Frau. Dankbar lehnte Io ihren Kopf an seine Schulter.

Die Eifersucht nahm Kryos für einen Moment den Atem. Das bittere Gefühl verschwand jedoch sofort, als er den niedergeschlagenen Blick des Prinzen sah. Es musste einen Ausweg für Yamin, Amun und Io geben! Verzweifelt raufte er sich die Locken, bis er merkte, dass Io ihn beobachtete. Mit gerunzelter Stirn betrachtete sie ihn, als könne sie nicht glauben, was sie sah. Dabei hatte er doch nichts getan?!

Kaum wurde sie sich seiner Aufmerksamkeit bewusst, wandte sie den Kopf ab. Nur, um im nächsten Moment wieder zu ihm zu schauen.

»Worüber denkst du nach?«, fragte sie.

»Ob es eine Möglichkeit gibt, Zeus von eurer Unschuld zu überzeugen.«

»Dafür müssten wir Beweise finden, dass Persephone die Urheberin aller Intrigen ist. Leider haben wir keine.«

Yamin lachte traurig auf. »Mein Vater und Timaios wussten um die Wahrheit. Leider können Tote nicht mehr reden.«

Kryos starrte den Prinzen an. Warum war er nicht selbst auf die Idee gekommen? »Doch, Tote können reden – in der Unterwelt.«

Amun betrachtete ihn zweifelnd. »Und wie kommen wir dorthin, ohne selbst zu sterben?«

»Nur ich werde gehen. Als Sohn eines Gottes ist es mir möglich. Wenn Dorimedon und Timaios meinen Verdacht gegen Persephone bestätigen, soll Zeus sie verhören. Da die beiden Männer schon tot sind, kann Persephone ihnen nichts mehr antun.«

Die Niedergeschlagenheit auf Ios Gesicht wich vorsichtiger Hoffnung. »Und wie gelangst du in die Unterwelt?«

»Es gibt viele verborgene Zugänge, doch sicher finden wir einen in einem Hades geweihten Tempel.«

»In Kalipolis gibt es nur einen Zeustempel«, sagte Yamin. »Doch unweit der Stadt liegt ein Hadesheiligtum auf einer Anhöhe im Wald.«

Kryos nickte. »Das klingt gut. Wenn ich in der Unterwelt Erfolg habe, können wir in Kalipolis Zeus alles mitteilen. Denn vom Reich der Toten aus ist es nicht möglich, mit dem Göttervater zu sprechen.«

Io schien nicht überzeugt. »Wenn Persephone schuldig ist – und zusätzlich eine Feindin von Kryos –, ist es dann nicht gefährlich für ihn, in die Unterwelt zu gehen?«

Machte sie sich Sorgen um ihn? »Das ist es«, sagte er. »Aber wir haben keine Wahl. Und wenn ich versage, so seid Ihr mich wenigstens los, Io.«

Das Blut schoss ihr in die Wangen.

Kryos lächelte. »Ihr seid nie schöner, als wenn Ihr errötet. Wie habe ich diesen bezaubernden Anblick vermisst.«

Amuns warnender Blick kam zu spät. Io – und auch Yamin! – sahen ihn verwirrt an. Verdammt! Wie konnte er das behaupten, wenn er Io angeblich erst wenige Stunden kannte? »Legt euch hin und ruht euch etwas aus«, sagte er hastig. »Es bringt uns nicht schneller voran, wenn wir alle vor Erschöpfung vom Pferd fallen. Ich halte Wache.«

Er stand auf und ließ sich in einiger Entfernung auf einem Baumstumpf nieder.

Yamin, Io und Amun holten dicke Umhänge, die an den Sätteln festgeschnallt waren, und breiteten sie auf dem Waldboden aus. Bevor Amun sich wie die anderen zum Schlafen ausstreckte, kam der junge Sklave zu Kryos hinüber.

»So siehst du also aus, Halbgott«, sagte er leise und musterte Kryos unverhohlen vom Scheitel bis zur Sohle. »Ich habe dich mir anders vorgestellt. Strahlender, nicht so düster. Ein ziemlicher Unterschied zu Yamin.« Grinsend blickte er zu der schlafenden Io.

Über dieses Thema wollte Kryos jetzt sicher nicht reden. »Sie werden bald heiraten.«

»… und wie Bruder und Schwester zusammenleben.« Amun seufzte. »Alles hat sich geändert, Kryos. Willst du ihr nicht die Wahrheit sagen?«

Amun wusste nichts davon, doch die wesentlichen Dinge hatten sich leider nicht geändert – er war ein Sohn der Unterwelt und sein Kuss war tödlich. »Wenn wir erfolgreich sind, wird Yamin nach Akora zurückkehren und die Stadt wieder aufbauen«, sagte Kryos. »Dazu braucht er eine Königin an seiner Seite.«

»Das muss nicht Prinzessin Io sein.«

»Sie liebt Yamin.«

Amun schüttelte den Kopf. »Sie sucht dich in ihm. Einzig deshalb bleibt sie bei Yamin. Ich sehe doch, wie sie ihn immer wieder nachdenklich ansieht.«

»Das glaube ich nicht. Du hast mitbekommen, wie sie auf mich reagiert.«

»Ich habe dir gerade gesagt, dass dein Äußeres düster

ist. Doch Io ist eine kluge Frau. Sie wird bald erkennen, dass du der Mann bist, in den sie sich verliebt hat. Am Ende unseres Gesprächs vorhin schien sie bereits besorgt um dich.«

Also hatte er sich nicht getäuscht. Aber das machte es nur schlimmer. »Das bildest du dir ein.«

Amun rollte mit den Augen. »Sag ihr die Wahrheit und lass sie entscheiden.«

»Damit sie mich noch mehr ablehnt als jetzt?«

»Dass du sie einmal belogen hast, wird sie dir verzeihen. Wenn du sie jedoch ein zweites Mal belügst …« Er brach ab. »Lassen wir dieses Thema. Ich wollte dir noch etwas anderes sagen.«

»Na, dann raus damit.«

»Ich habe mich in dir getäuscht«, sagte Amun. »Ich hielt dich für jemanden, dem die Folgen seines Handelns egal sind. Das Gegenteil ist der Fall. Ich bewundere, mit welcher Entschlossenheit und Tapferkeit du uns aus Akora herausgebracht hast.«

»Das war keine Kunst. Ich bin unverwundbar.«

»Aber wir sind es nicht. Und auch für dich war es anstrengend und schmerzvoll.« Amun wies auf die Stelle, wo Timaios' Schwert ihn durchbohrt hatte. »Ich habe deinen Schrei gehört, als Timaios dir seine Waffe ins Herz stieß.«

Kryos winkte ab. »Der Schmerz vergeht schnell.«

Doch Amun war noch nicht am Ende angelangt. »Vorhin hast du behauptet, du seist aufgrund deiner Feindschaft zu Persephone gekommen. Doch als wir uns vor der Audienz im Flur begegnet sind, hast du von Schwierigkeiten bei deiner Erhebung zum Gott gesprochen.« Sein Blick fixierte Kryos. »Du bist Ios wegen zurückgekommen. Habe ich recht?«

»Ich bin wegen euch allen hier. Ich hätte es nicht ertragen, dass einem von euch etwas passiert.«

»Und jetzt hast du unseretwegen ebenfalls Zeus' Zorn auf dich gezogen.«

»So sieht es aus.«

Amun legte ihm die Hand auf die Schulter. »Du bist ein guter Mann, Kryos. Ich wäre stolz, mich deinen Freund nennen zu dürfen.«

Eine Freundschaft mit Amun? Die Vorstellung gefiel ihm, doch es war ebenso unmöglich wie eine Verbindung zu Io. »Jemand wie ich kann keine Freunde haben. Leg dich schlafen, Amun, wir müssen bald weiter.« Er verschränkte die Arme und richtete den Blick auf einen Punkt in der Ferne.

Amuns enttäuschten Gesichtsausdruck bemerkte er dennoch. Aber es änderte nichts. Seine Nähe war gefährlich. Für alle Menschen.

Von Nefelis Rücken aus beobachtete Io Kryos, der vor ihr auf einem Grauschimmel ritt. Er hatte sich am Fluss die Blutspuren vom Körper gewaschen, doch sein Anblick blieb einschüchternd. Der muskulöse Brustkorb, sein wildes schwarzes Haar, der derbe Fellschurz mit dem mächtigen Schwert am Gürtel. Allerdings spürte sie inzwischen weniger Furcht als Verwirrung.

In den letzten Stunden hatten sich die Erkenntnisse über Kryos und Yamin wie kleine Mosaiksteine in ihrem Kopf gesammelt. Für sich genommen war jedes Teilstück erklärbar, doch in ihrer Gesamtheit … Erst hatte sich Ios Verstand geweigert, die Teile zu einem Bild zusammenzusetzen. Zu ungeheuerlich war die Vorstellung, was es zeigen würde. Doch es gab keine andere vernünftige Erklärung. Kryos musste mit Hilfe von Magie in Yamins Körper geschlüpft sein, um die Diamanten zu finden und Dorimedon zu entmachten.

Aber warum war er zurückgekehrt? Nur wegen seiner Feindschaft zu Persephone? Oder, weil er Gefühl für sie – Io – empfand? Fühlte sie denn etwas für ihn? Kryos sah so anders aus als Yamin und war kaum mehr als ein Fremder für sie. Allerdings war ihr Yamin in den letzten Tagen ebenfalls fremd geworden.

Wie ertappt fuhr Io zusammen. Überlegte sie wirklich, ob sie Kryos liebte!?

Einen Mann, halb göttlicher Abstammung und unverwundbar.

Einen Mann, der sie über Tage hinweg belogen hatte.

Einen Mann, in den sie sich verliebt hatte – und dessen Liebe sie so schmerzlich vermisste.

Io drückte Nefeli die Fersen in die Flanken und schloss zu Kryos auf.

»Prinzessin Io!« Kryos neigte den Kopf.

»Ich hatte noch nie die Gelegenheit, mit einem Halbgott zu reden«, sagte sie leichthin. Ein Gespräch würde zeigen, ob er Gefühle für sie hegte – oder sie Zuneigung zu ihm entwickeln konnte. Vorausgesetzt, er war gewillt, die Wahrheit zuzugeben. »Und da unser Ritt zum Tempel noch einige Zeit in Anspruch nehmen wird …« Auffordernd sah sie ihn an.

»Was wollt Ihr wissen?«

Kam es ihr nur so vor, oder wirkte sein Blick plötzlich vorsichtig? »Wo bist du aufgewachsen?«

»Bei den Schwestern meiner Mutter. Tief unten im Süden des Landes.«

»Und wer hat dich kämpfen gelehrt?«

»Ein alter Soldat aus dem Dorf.« Er fuhr sich durch die dichten Locken. »Wird das ein Verhör, Prinzessin?«

»Das machst du oft«, sagte sie.

»Was?«

»Dir durchs Haar fahren. Du tust es immer, wenn du unsicher oder angespannt bist.«

»Wirklich?« Er lachte verlegen. »Das fällt mir gar nicht auf.«

»Es ist so. Ich hatte lange genug Zeit, dich zu beobachten.« Verstand er, dass sie über ihn Bescheid wusste?

Er lächelte. »Ich bin tatsächlich angespannt. Ich hätte erwartet, dass Zeus uns Truppen hinterherschickt.« Er neigte den Kopf vor ihr. »Wenn Ihr entschuldigt, würde ich gerne ein wenig die Gegend erkunden. Ich habe vorhin Rauch am Himmel gesehen.«

Ehe sie etwas einwenden konnte, trabte er auf seinem Grauschimmel zwischen den Bäumen davon.

Wütend sah Io ihm nach. Glaubte Kryos, er würde so davonkommen? Sie wollte etwas von ihm zu dieser Angelegenheit hören. Und wenn es nur eine Entschuldigung war. Kurz war sie versucht, ihm hinterher zu reiten. Aber vermutlich würde er nur alles abstreiten. Sie musste es geschickter anstellen. Aber wie?

Mit Einbruch der Dämmerung errichteten sie ein Nachtlager. Auf seinem Erkundungsritt hatte Kryos aus der Ferne einen Trupp Reiter gesehen und so verzichteten sie auf ein Feuer. Im nachlassenden Licht des Tages verzehrten sie einen Teil ihres Proviants und rollten die Umhänge auf dem Boden aus. Amun machte sich für die erste Wache bereit und so legte Kryos sich ebenfalls nieder.

Nachdenklich beobachtete Io, wie seine eindrucksvolle Silhouette mit der hereinbrechenden Dunkelheit verschmolz. Seit seiner Rückkehr am Nachmittag hatte er sie gemieden. Einen besseren Beweis, dass sie mit ihrer Vermutung richtig lag, gab es nicht.

Schritte hinter ihr ließen sie aufsehen. Amun war bei ihr stehen geblieben.

»Seid Ihr nicht müde, Prinzessin Io?«, fragte er leise.

»Doch, aber …« Sie brach ab und seufzte.

Sein Blick schweifte in Kryos' Richtung. »Ihr solltet Euch in dieser Angelegenheit keine großen Hoffnungen machen.«

»Du weißt es ebenfalls!?«

Io ahnte sein Nicken mehr, als dass sie es sah.

»Er hält mich ebenso auf Abstand wie Euch. Den Grund dafür kenne ich nicht. Vielleicht ist es besser, es hinzunehmen, statt sich mit der Frage nach dem Warum zu quälen. – Versucht, jetzt zu schlafen, Prinzessin. Wir werden früh aufbrechen, damit wir am Vormittag den Tempel des Hades erreichen.«

Amun meinte es gut. Doch sie würde nur seinen Rat bezüglich des Schlafes befolgen. Verschlossene Türen hatten sie noch nie abgehalten.

Stimmen weckten Io aus ihrem unruhigen Schlaf. Amun und Kryos tauschten die Nachtwache. Sie öffnete die Augen und horchte in die Dunkelheit. Schritte entfernten sich, Stoff raschelte. Dann war wieder alles still im Lager. Io wartete eine Zeitlang, dann setzte sie sich leise auf. Sie meinte, Kryos in der Dunkelheit auf dem umgestürzten Baumstamm sitzen zu sehen, den zuvor Amun für seine Wachschicht gewählt hatte. Sie lauschte in Amuns Richtung. Er atmete bereits ebenso ruhig und regelmäßig wie Yamin neben ihr. Langsam schob sie den Umhang von sich und stand auf.

Über dem Fluss war das Blätterdach der Bäume nicht so dicht und das Mondlicht glitzerte auf dem Wasser. Kryos saß ruhig auf dem Baumstamm und sah ihr entgegen.

»Hattest du Vergnügen daran, mit mir das Bett zu teilen?«, fragte sie.

Er sog scharf die Luft ein und Io nutzte seine Sprachlosigkeit, um weiterzureden.

»Ich weiß es, Kryos. Du warst eine Zeit lang in Yamins Körper.«

Es dauerte, bis er antwortete. »Bist du wegen meiner Angewohnheit mit den Haaren darauf gekommen?«

»Und einigem anderen mehr. Zum Beispiel durch das Verhalten der Tiere, deinen kämpferischen Fertigkeiten bis hin zu dem Interesse an mir«, sagte sie zynisch. »Schön, dass du es wenigstens nicht mehr leugnest und wieder zu der vertraulichen Anrede zwischen uns zurückgefunden hast.«

»Ich habe geschwiegen, um dich nicht zu verletzen.«

»Aber das hast du bereits durch deine Taten.«

Er fuhr sich durch seine Locken, unterließ es aber sofort, als es ihm bewusst wurde. »Dir wehzutun, lag nie in meiner Absicht. Doch dein Liebreiz hat mich Dinge tun und sagen lassen, zu denen es nicht hätte kommen dürfen. Aber sei unbesorgt«, setzte er kühl hinzu, »ab jetzt brauchst du keine Angst mehr vor mir zu haben.«

»Ich habe keine Angst vor dir.«

Er lachte freudlos. »Du brauchst es nicht abzustreiten. Ich habe deine Furcht deutlich gespürt.«

»Aber das war, bevor ich wusste, wer du …«

»Es waren deine wahren Gefühle«, schnitt er ihr das Wort ab. »Du musst dich dafür nicht entschuldigen, ich trage sie dir nicht nach.«

»Das bedeutet, ich bin dir inzwischen gleichgültig?«

Er zögerte. »Was ich für dich empfinde, ist unerheblich. Selbst wenn wir Persephone überführen können, wird Zeus sich mir gegenüber nicht gnädig zeigen. Ungehorsam in den eigenen Reihen schätzt er nicht. Ich werde meine Strafe erhalten, während du mit Yamin glücklich sein wirst.«

Jetzt war es an ihr, aufzulachen. »Du weißt genau, dass Yamin und ich kein erfülltes Leben miteinander führen werden.«

»Das würden wir beide aber auch nicht.«

»Ich habe es anders empfunden.«

»Da war ich Yamin und kein …« Er schüttelte den Kopf. »Ich wünschte, ich wäre der Mann, den du lieben kannst, Io. Aber ich bin es nicht.«

Also hatte er immer noch Gefühle für sie! »Warum nicht?«, fragte sie. »Was steht zwischen uns? Und sag mir nicht wieder, dass es Yamin sei!«

Er schüttelte den Kopf. »Ich kann dir darauf keine Antwort geben. Egal, wie oft du mich noch danach fragst.«

Frustriert kehrte Io zu ihrem Schlafplatz zurück. Sollte sie Amuns Rat befolgen und es dabei belassen?

Das letzte Stück Weg zum Tempel des Hades führte sie am Mittag durch eine karge Hügellandschaft. Am Morgen hatte Kryos bei einem weiteren Erkundungsritt frische Hufspuren einer größeren Gruppe entdeckt.

Um möglichen Verfolgern zu entgehen, hatten sie sich für einen Umweg nach Kalipolis entschieden.

Aufmerksam beobachtete Kryos vom Rücken des Grauschimmels aus die Gegend. An seiner Seite ritt Io. Das Wissen um ihre Gefühle war schlimmer zu ertragen als ihre anfängliche Abneigung. Ihre Nähe verstärkte den Schmerz und am liebsten hätte er zu Yamin aufgeschlossen, um Io zu entgehen. Doch an Yamins Seite ritt Amun. Und es sah nicht aus, als wäre den ins Gespräch vertieften Männern eine dritte Person willkommen.

Io folgte seinem Blick. »Es ist gut, dass Amun nach Timaios' Verrat für Yamin da ist«, sagte sie. »Manchmal ist das Schicksal grausam.«

Ihr vorwurfsvoller Blick ließ ihn daran zweifeln, dass sich ihr letzter Satz nur auf Yamin bezog. Kryos zeigte auf ein kleines Wäldchen am Fuße einer Hügelkette. »Laut Yamin liegt der Tempel am Rande des Haines dort vorne.«

Io schirmte ihre Augen mit der Hand gegen die Sonne ab. »Man sieht das Heiligtum sogar schon.« Trotz des warmen Sonnenscheins schauderte sie. »Ich bin froh, dass wir dich nicht in Hades' Reich begleiten müssen. Seit dem Tod meines Bruders bereiten mir die Dunkelheit und die Unterwelt Angst.«

»Im Reich der Toten gibt es auch schöne Flecken.«

»Du bist schon einmal dort gewesen?«

»Gelegentlich.«

Sie schüttelte den Kopf. »Ich kann mir dennoch keine schönen Orte dort unten vorstellen.«

»Weil sie nicht auf den Vasen deines Vaters dargestellt sind?«, neckte er sie.

Io lachte. »Ich erinnere mich nur an ein Bild aus der Unterwelt auf einer Schale. Hades ruht auf einer Liege und Persephone sitzt zu seinen Füßen und reicht ihm Granatapfelkerne.«

»Die Darstellung wäre umgekehrt richtig. Hades tanzt nach Persephones Pfeife.«

Amüsiert sah sie ihn an. »Du solltest Vasenmaler werden – bei deinen Kenntnissen.«

Jetzt lachte auch er. »Oh ja, ich hätte viele Ideen.« Wie schön war es, mit Io zu reden! Hastig richtete er den Blick nach vorne, damit sie die Wehmut in seinen Augen nicht sah. »Lass uns das letzte Stück im Galopp zurücklegen«, sagte er. »Je eher wir am Tempel sind, desto besser.«

»Habt ihr auf dem Ritt hierher die Dächer von Kalipolis an der Küste gesehen?«, fragte Yamin, während er vor dem Tempel von seinem Falben abstieg.

Kryos nickte. »Von hier aus werden wir schnell dort sein.« Er drückte Amun die Zügel des Grauschimmels in die Hand. Inzwischen schien sich das Pferd an ihn gewöhnt zu haben. Anders als Menschen ließ sich kein Tier über sein wahres Wesen hinwegtäuschen.

Io glitt aus Nefelis Sattel. »Wie lange wirst du in der Unterwelt brauchen?«

»Mindestens einen halben Tag. Versteckt euch solange mit den Pferden im Hain. Ich werde euch bei meiner Rückkehr dort finden und …«

»Kryos, schau!«

Amuns Schrei ließ seinen Kopf herumschnellen. Ein Reitertrupp galoppierte hinter einem der Hügel hervor auf sie zu. Die Waffen der Männer glänzten in der Sonne.

»Zurück auf eure Pferde!«, befahl Kryos. »Ich treffe euch dann am Zeustempel in Kalipolis.«

Ohne Widerrede stiegen Amun, Io und Yamin wieder in den Sattel und galoppierten los. Pfeile der herannahenden Krieger surrten auf sie zu. Eines der Geschosse traf in Nefelis Kruppe. Die Stute keilte aus, Io flog aus dem Sattel und Nefeli preschte Amun und Yamin hinterher.

Kryos rannte zu Io, zog sie von der Erde hoch und sah sich nach seinem Grauschimmel um. Doch das Tier war ebenfalls fort.

»Zum Tempel!«, zischte er und riss Io mit sich.

»Gibt es dort ein Versteck für mich?«

»Nein.«

Es gab nur einen Weg, Io vor den Kriegern in Sicherheit zu bringen.

21

Kryos rannte mit Io an der Hand die wenigen Stufen zum Tempel hinauf. Kaum hatte er das Portal aufgestoßen, kam der Trupp feindlicher Krieger vor dem Tempel an. Schnell lief er mit ihr zu der Mauer hinter der Hadesstatue.

»Wo befindet sich der Zugang zur Unterwelt?«, keuchte Io.

»Irgendwo hier. Bleib hinter der Figur in Deckung.« Hastig fuhr er mit den Fingern über die Mauersteine.

Auf den Treppenstufen erklangen Schritte.

»Beeil dich, sie kommen!«

Endlich fand Kryos die richtige Stelle in der Wand und die versteckte Tür schwang auf. Er packte Io am Arm, zog sie mit sich auf die andere Seite und drückte die Geheimtür zu. Das Lärmen der in den Tempel einfallenden Krieger verebbte. Ios Atem ging stoßweise von ihrer Flucht. Gehetzt schaute sie sich auf dem Felsplateau hoch über dem Fluss um. Im bläulich schimmernden Licht des Styx sah Kryos die Furcht in ihrem

Gesicht. Nur wenige Lebende hatten die Unterwelt bisher betreten und noch weniger sie wieder verlassen.

»Kann ich hier bei den Türen warten, bis du zurückkommst?«, fragte Io.

Er schüttelte den Kopf. »Die Lamien benutzen diese Ausgänge, wenn es sie nach Menschblut dürstet. Sie würden dich sofort töten.« Seine Worte verwandelten Ios Angst in schiere Panik. »Aber ich werde dich anderswo verstecken, bis ich aus dem Tartaros zurück bin.« Diesen Ort der Qualen zu erblicken, würde kein Sterblicher aushalten.

»Ist das Versteck hier in der Nähe?«

»Leider nicht. Es liegt im Reich der Toten.«

Schaudernd sah Io hinunter zum Fluss. »Dann müssen wir über den Styx und an Zerberus vorbei.«

»An meiner Seite wird dir nichts geschehen.« Das hoffte er zumindest. Auch die Sache mit dem Versteck bedurfte noch einiger Klärung. »Lass uns jetzt gehen.« Nach einem Moment des Zögerns nahm Kryos Ios Hand. Ihre Finger fühlten sich zart und zerbrechlich an.

Dankbar sah Io ihn an.

Gegen jede Vernunft machte Kryos' Herz einen hoffnungsvollen Sprung. Rasch ging er mit Io zu der steilen Wendeltreppe, die hinunter zum Ufer des Styx führte.

»Weißt du, dass Amun mich aufgrund dieser Kreiszahl-Berechnung schon in Yamins Körper enttarnt hat?«, fragte er betont heiter, während sie die ausgetretenen Stufen hinabstiegen.

»Wie bitte? Du hast doch diesen hervorragenden Vortrag vor Dorimedon gehalten.«

»Den hat Amun mir vorher gnadenlos eingetrichtert.« Grinsend schilderte er ihr die Begebenheiten dieses denkwürdigen Nachmittags und Amuns Hilfe beim Vortrag.

Für einen Moment schien Io ihre Umgebung zu vergessen, denn sie kicherte. »Und ich habe dich für diesen Vortrag so bewundert! Genau wie für die Anwendung der Brennspiegel im Palasthof.«

»Deine Bewunderung galt dem Falschen, aber sie hat mir geschmeichelt.« Er lachte. »Zu meiner Ehrenrettung muss ich sagen, dass ich die Sache mit den Spiegeln halbwegs verstanden habe. Zumindest den praktischen Anteil.«

»Du kannst übrigens gut mit Schülern umgehen. Besonders die Schwächeren sind unter deiner geduldigen Anleitung aufgeblüht.«

Überrascht sah er sie an. Gerne hätte er noch mehr Lob gehört, aber sie näherten sich dem Ende der Treppe. »Bevor wir an die Gestade des Styx kommen, möchte ich dich um etwas bitten«, sagte er und blieb stehen.

Sofort verschwand der gelöste Ausdruck auf ihrem Gesicht.

»Überlass mir das Reden. Und egal, zu was ich dich auffordere – tue es sofort.«

»Ich habe Angst«, raunte sie.

Kryos konnte nicht anders. Er schlang die Arme um sie und zog sie an sich. »Ich werde nicht zulassen, dass dir etwas zustößt. Egal, gegen wen ich kämpfen muss.« Er löste sich sachte von ihr und nahm wieder ihre Hand. »Abseits liegt ein Boot versteckt, so dass wir nicht in Charons Kahn steigen müssen.«

Ios Erleichterung war fast greifbar.

Sie verließen die Treppe und huschten in weitem Bogen hinter den auf ihre Passage wartenden Verstorbenen vorbei.

»Ich kann es kaum glauben, dass all diese Menschen hier tot sind«, murmelte Io. »Außer, dass sie grau sind, wirken sie völlig lebendig.«

Keiner der Toten schenkte ihnen Beachtung, selbst Charon schien sie nicht zu bemerken. Dicht an der Felswand liefen sie am Flussufer entlang. Blaue Lichtflecken tanzten an den dunklen Wänden und leuchteten ihnen den Weg. Hoffentlich war sein Boot noch hinter der Biegung, wo er es zurückgelassen hatte. Dort! Mit dem Kiel nach oben lag es zwischen den Felsen versteckt am Uferstrand.

Kryos zog den Kahn nach vorne und hob eine Seite der Reling an, um ihn zu drehen. Eine graue Gestalt sprang unter dem Boot hervor. Kryos riss das Schwert aus seinem Gürtel und stellte sich schützend vor Io. Doch statt anzugreifen, lächelte die Gestalt strahlend.

»Kryos, alter Freund!«, rief Xenokles. »Ich wusste, du würdest irgendwann zu deinem Boot zurückkehren. Nimmst du mich mit, wenn du auf die andere Seite des Styx fährst? Bitte!«

Stöhnend steckte Kryos das Schwert weg. »Auch diesmal lautet die Antwort Nein. Und für Diskussionen und Gespräche habe ich heute keine Zeit.« Er ging an Xenokles vorbei und drehte das Boot um.

»Aber Kryos!« Der tote Meisterdieb watschelte hinter ihm her. »Wieso bist du so …?« Er brach ab, denn erst jetzt schien er Io zu bemerken. »Oh, du hast Begleitung! Ein Sondertransport auf Hades' Befehl?« Neugierig ging er auf Io zu.

»Bleib fort von ihr!« Kryos packte Xenokles an der Schulter und hielt ihn fest.

Verwirrt wechselte Xenokles' Blick zwischen ihm und Io. »Moment mal!«, rief er. »Ihre Haut schimmert so rosig. Sie lebt ja noch!«

»Und so soll es bleiben«, zischte Kryos. »Also sei still! Oder ich sorge dafür, dass der Name Xenokles niemals auf der Fährliste auftaucht.«

Ein verschlagener Ausdruck erschien in Xenokles' Augen. »Wenn ich schweigen soll, musst du mich schon mitnehmen. Sonst gehe ich sofort zu Charon. Ihn interessiert es bestimmt, dass du heimlich eine lebendige junge Frau ins Reich der Toten bringst.«

Erschrocken keuchte Io auf.

»Also gut«, presste Kryos hervor, ehe Xenokles sie tatsächlich an Charon verriet. »Aber halte dich im Boot von ihr fern – und vor allem den Mund.«

»Wie du wünschst«, sagte Xenokles und grinste zufrieden.

Kryos ließ ihn los, schob das Boot mit dem Bug ins

Wasser, warf das Stakholz hinein und half Io, einzusteigen. Er wartete, bis Xenokles ebenfalls eingestiegen war, dann ließ er den Kahn ins Wasser gleiten und sprang ins Innere. Mit dem Stakholz lenkte er das Boot zur Mitte des Flusses.

Io betrachtete über die Reling hinweg den Fluss. »Ich habe mir das Wasser des Styx blutrot vorgestellt, nicht so hübsch leuchtend blau« sagte sie.

»Lass dich von der Farbe nicht täuschen«, sagte Kryos. »Wenn Charon einen aufmüpfigen Verstorbenen oder gar einen blinden Passagier in das Wasser stößt, landet dieser sofort im Tartaros.«

»Wie schön, dass du im Gegensatz zu Charon ein gutes Herz hast, und es nicht tust«, murmelte Xenokles und lachte nervös.

»Sei dir da nicht so sicher. Vielleicht überlege ich es mir noch«, knurrte Kryos und steuerte den Kahn Richtung Ufer. Dort angekommen, zog er das Boot aus dem Wasser und versteckte es zwischen den Felsen. »Wir bleiben hier, bis Charon den Fährbetrieb für heute einstellt, damit wir ungesehen ins Totenreich hineinkommen.«

»Lang kann es nicht mehr dauern«, sagte Xenokles. »Der Alte ist faul und lässt selbst die Verstorbenen mit Obolus gerne bis zum nächsten Tag warten. Ich gehe vor bis zur Biegung und warte dort, bis wir gehen können.«

Kryos setzte sich mit Io auf die dunklen Steine. »Das Wichtigste habe ich dir vorhin gar nicht gesagt«, fiel ihm ein. »Du darfst niemals etwas essen oder trinken, das aus der Unterwelt stammt. Wenn doch, musst du für immer hier unten bleiben.« Bei mir. Kryos rieb sich übers Gesicht, um die verführerische Vorstellung aus seinem Kopf zu vertreiben.

»Geht es dir gut?«, fragte Io.

»Ja, natürlich.« Er löste den ledernen Trinkbeutel von seinem Gürtel und reichte ihn ihr. »Ich habe etwas Wasser dabei. Das kannst du unbesorgt zu dir nehmen.«

Sie nippte ein wenig und hielt ihm dann den geöffneten Beutel hin.

»Danke, aber ich habe keinen Durst.« Schmunzelnd fügte er hinzu: »Ich bin doch ein Halbgott und halte mehr aus als ihr gewöhnlichen Sterblichen.«

Auf Ios Gesicht erschien das Lächeln, das er so liebte.

»Allein würde ich hier unten wahnsinnig werden vor Angst«, sagte sie. »Wie bewundere ich Orpheus, dass er sich in die Unterwelt hinab wagte, um seine geliebte Eurydike zu retten.«

Eine Geschichte voll Heldenmut, mit einem traurigen Ende. »Im Gegensatz zu diesen beiden werden wir zwei lebendig herauskommen.« Er hatte kaum ausgesprochen, da erfüllte Zerberus' Gebell die Höhle und hallte mannigfach verstärkt von den Felswänden wider.

Beklommen sah Io ihn an. »Die Frage ist wohl eher: Wie kommen wir hinein?«

Einige Zeit später verstummte das Bellen. Gemeinsam mit Kryos ging Io zu Xenokles an die Biegung und spähte um die Ecke. Zerberus, Wächter des Eingangs zum Totenreich, lag vor dem geschlossenen Portal, das in eben dieses Reich führte, und schlief. Zumindest war jedes seiner sechs Augen geschlossen.

Xenokles wies auf Io. »Ich gehe zuerst, bevor Zerberus ihretwegen schlechte Laune hat«, sagte er und lief los, ehe Kryos etwas einwenden konnte.

Als Xenokles sich Zerberus näherte, öffnete der Hund die Augen, hob die drei Köpfe und schnüffelte. Dann senkte der Hund die Köpfe wieder. Im Gegensatz zu Charon schien es dem Tier gleichgültig, dass Xenokles sich seine Passage über den Styx erschlichen hatte.

Vom Portal aus winkte Xenokles ihnen zu, zog einen Torflügel auf und schlüpfte hindurch.

Kryos nahm Ios Hand und gleich darauf bewegten sie sich über das einsame Ufergestade auf den monströsen Hund mit den drei Köpfen zu. Hätte Kryos nicht ihre Hand gehalten, Io wäre fortgerannt. »Können wir auch einfach an Zerberus vorbeilaufen wie Xenokles?«, raunte sie Kryos in der schwachen Hoffnung zu, dass alles einfacher sein könnte als gedacht.

Kryos schüttelte den Kopf. »Er riecht, dass du noch lebst.«

»Was tun wir dann?«

»Ich stelle dich ihm vor.« Kryos blieb stehen und rief: »Zerberus, wach auf! Ich bin es!«

Der riesige Hund sprang auf und setzte in großen Sätzen auf sie zu.

»Bleib hinter mir«, sagte Kryos und trat vor sie.

Über Kryos' Schulter hinweg starrte Io dem Hund entgegen. In jedem seiner drei Mäuler blitzten scharfe Zähne und seine gelben Augen funkelten. Mit dem Schwert würde Kryos ihn niemals aufhalten können!

Schon war die Bestie bei ihnen. Sand flog auf und der stinkige Atem des Tieres stach in Ios Nase. Der Hund riss die Mäuler auf, fuhr mit seinen Köpfen auf sie hinunter – und schleckte Kryos mit den drei Zungen abwechselnd von Kopf bis Fuß ab.

War das ein Ritual, bevor er sie beide verschlang?

Doch der Hund wedelte mit dem Schwanz und kauerte sich dann vor Kryos auf die Erde.

»So ist es brav, mein Großer«, sagte Kryos und kraulte nacheinander die drei Schnauzen.

Sie konnte es nicht fassen: Kryos schien mit dem Wächter der Unterwelt befreundet! Nur langsam beruhigte sich ihr Herzschlag, während sie verborgen hinter Kryos verharrte.

»Ich will dir eine Freundin vorstellen«, erklärte Kryos dem Hund. »Stell dich neben mich, Io.«

Wusste Kryos, was er da tat? Zögernd trat sie an seine Seite.

Der Hund stellte alle Ohren auf und bedrohliches Knurren entrang sich den drei Kehlen.

»Streck langsam deine Hand aus!«

Der mittlere Kopf schoss zu ihr herab. Io zuckte zurück, doch Kryos packte ihren Unterarm und hielt ihn fest. Statt ihre Hand abzubeißen, schnüffelte der mittlere Kopf daran – gefolgt vom linken und rechten Kopf. Das Knurren verebbte.

»Er mag dich«, sagte Kryos strahlend.

Sie fragte lieber nicht, was geschehen wäre, wenn nicht. »Wird er mich passieren lassen?« Kaum hatte sie ausgesprochen, kam ihr ein entsetzlicher Verdacht. »Oder willst du mich in Zerberus' Obhut zurücklassen?«

Zu ihrer Erleichterung schüttelte Kryos den Kopf und streckte ihr auffordernd seine Hand entgegen. Io nahm das als Bestätigung, dass Zerberus sie unbehelligt ziehen lassen würde. Dennoch war sie angespannt, als sie sich dem Tor näherten. Erst verhielt Zerberus sich ruhig, doch dann stieß er einen kehligen Laut aus. Es dauerte einen Herzschlag lang, bis Io es als Winseln erkannte. Niemals hätte sie bei dieser Bestie Gefühle vermutet!

Auf der anderen Seite des Portals empfing sie eine weitere große Höhle. Da hier das schimmernde Licht des Flusses fehlte, brannten Fackeln an den schwarzen Felswänden. Unwillkürlich rückte Io dichter an Kryos heran. Vorsichtig legte er seinen Arm um ihre Schultern und sah sie fragend an. Io nickte. Sie fürchtete seine Gegenwart nicht mehr. Im Gegenteil.

Gemeinsam liefen sie am Rand der Höhle entlang und Io entging nicht, wie Kryos sich dabei stetig umsah. Zerberus war nicht der einzige Schrecken der Unterwelt. Auch die Gorgonen und die Hydra hausten hier unten. Eine Begegnung mit einem dieser Ungeheuer würde vielleicht nicht so glimpflich verlaufen wie mit dem dreiköpfigen Hund. Unwillkürlich fing auch sie an, sich umzuschauen.

Zu ihrer linken Seite entdeckte sie in der Nähe eine von Säulen getragene Halle. Durch die offenstehenden Türen sah sie die Verstorbenen auf langen Bänken sitzen. Das Totengericht, das die Verstorbenen wahlweise in den Tartaros, den Asphodeliengrund oder ins Elysion schickte. Im Weitergehen erkannte Io ein Stück zurückgesetzt ein zweites Gebäude, pompös und mit hell erleuchteten Fenstern. Fast glaubte sie, den Klang von Trommeln und Flöten daraus ertönen zu hören.

»Hades' Palast«, sagte Kryos. »Der Gott der Unterwelt lädt gerne verstorbene Musiker aus dem Elysion zur Unterhaltung ein. – Wir müssen jetzt hier entlang.«

Sie ließen die große Höhle hinter sich und bogen in einen niedrigen Gang ein. Schon bald wechselte Kryos in einen weiteren, leicht ansteigenden Tunnel und bog an der nächsten Ecke ab. Ein düsteres, unterirdisches Labyrinth, das die spärlich vorhandenen Wandfackeln kaum zu erhellen vermochten.

Nach kurzer Zeit blieb er vor einer Nische im Felsen stehen und nahm seinen Arm von ihr fort. »Wir sind da. Allerdings muss ich dich erst ankündigen. Bleib unbedingt hier verborgen, bis ich dich rufe.«

Die Anspannung in seiner Stimme gefiel ihr nicht. »Zu wem willst du mich bringen?«

»Zu meiner Mutter.«

Io stieß die Luft aus. »Dann bin ich beruhigt. Nach

dem ersten Schrecken war die Nähe des toten Xenokles nicht schlimm für mich. Zumal deine Mutter sicher eine liebenswürdige Frau ist.«

Kryos senkte den Kopf. »Ich habe dich belogen, Io. Meine Mutter ist nicht tot – und keinesfalls liebenswürdig. Doch sie kann dich gegen jedwede Kreatur verteidigen, selbst gegen Götter.«

»Eine Frau, die es mit den Göttern aufnehmen kann?!« Ein unheilvolles Gefühl beschlich Io. »Wer ist deine Mutter?«

Verzweifelt sah er sie an, als wolle er den Moment der Wahrheit so lange wie möglich herauszögern. »Schau ihr auf gar keinen Fall ins Gesicht, Io. Und lauf bitte nicht davon. Hassen und beschimpfen kannst du mich später noch.«

»Mir fällt nur ein Wesen ein, das man nicht ansehen darf«, keuchte sie. »Aber das kann unmöglich wahr sein!«

Kryos erwiderte nichts. Er wandte sich von ihr ab und lief ein paar Schritte den Gang entlang. Kurz darauf hörte sie ihn klopfen. Eine Tür öffnete sich und rechteckiger Lichtschein fiel in den Gang. In seiner Mitte zeichnete sich ein menschlicher Schatten ab. Die Silhouette einer schlanken Frau mit wirrem Haar auf dem Kopf. Nur, dass es kein Haar war. Das Zischen der Schlangen war deutlich zu hören.

Io kniff die Augen zu und presste sich gegen den kalten Felsen. Kryos' Mutter war eine Gorgone! Wie konnte er sie in eine solche Gefahr bringen?

Sie hörte Schritte zurückkommen.

»Io?« Sachte berührte Kryos sie an der Schulter. »Meine Mutter möchte dich kennenlernen.«

Io presste die Augenlider noch fester zusammen. »Sie wird mich zu Stein verwandeln.«

»Versteinert würdest du nur, wenn ihr einander direkt in die Augen schaut. Aber sie hat versprochen, es nicht zu tun. Zur Sicherheit verbinde ich dir die Augen, dann kann dir nichts geschehen.«

Seine Worte beruhigten sie kaum. »Wo ist deine Mutter jetzt? Hier bei uns?«

»Sie wartet in der Wohnung. Zusammen mit meiner Tante.«

»Zwei Gorgonen!? Und wer ist noch da? Die Hydra und ein paar Harpyien?«

»Bitte, Io. Vertrau mir.«

Die Traurigkeit in seiner Stimme durchbrach ihre Hysterie. Kryos hatte ihr mehrfach das Leben gerettet. Wieso sollte sie an ihm jetzt zweifeln?

Weil er dich mehrfach angelogen hat.

Ja, das hatte er. Aber schließlich konnte sie nicht für alle Ewigkeit hier im Gang stehen. »Also gut.«

Kryos zog einen Dolch aus dem Gürtel, schnitt einen Streifen aus seinem Schurz und band ihr damit die Augen zu. Anschließend führte er sie an der Schulter zur Tür.

»Ich hätte nicht geglaubt, dass du einmal eine Frau mit nach Hause bringst, mein Sohn«, erklang eine hohe Frauenstimme, begleitet von dutzendfachem Zischeln. »Leider sehe ich ihr Gesicht nur halb, aber sie scheint hübsch zu sein. Den guten Geschmack hast du eindeutig von mir.«

Io wusste nicht, welche Begrüßungsworte sie von der Gorgone erwartet hatte. Aber sicher nicht das. Kryos offensichtlich auch nicht.

»Mutter! Was soll Io für einen Eindruck von dir bekommen? Ich habe euch einander noch nicht einmal vorgestellt.«

»Oh, wo sind nur meine Manieren! Ich bin so aufgeregt, weil wir so selten Besuch haben!« Wie zur Bestätigung zischten die Schlangen laut.

»Jetzt geh aus der Tür und lass sie mich mal sehen«, ertönte eine zweite, rauchige Frauenstimme und das Zischen verdoppelte sich.

»Wie wäre es, wenn wir alle hineingingen und die Tür schließen, bevor Persephone uns hier entdeckt?«, fragte Kryos genervt.

»Selbstverständlich«, murmelte seine Mutter. »Komm herein, mein Liebes. – Mach Platz, Stheno! Das arme Kind fürchtet sich vor dir.«

»Sie kann mich gar nicht sehen! Außerdem bin ich die Hübschere von uns beiden.«

Kryos führte Io über die Schwelle. »Es tut mir leid«, flüsterte er ihr ins Ohr. »So sind sie immer. Das ist vermutlich der wahre Grund, warum niemand sie besuchen kommt.«

Hätte sie nicht so entsetzliche Angst gehabt, hätte sie gelacht.

»Jetzt stell uns deine Begleiterin doch endlich vor«, verlangte Kryos' Mutter.

Kryos seufzte. »Io, vor dir stehen meine Mutter Euryale und ihre Schwester Stheno.«

Wie begrüßte man eine Gorgone? Vermutlich war sie die erste Sterbliche, der sich dieses Problem stellte. »Ich freue mich, euch beide kennenzulernen«, sagte Io und entschied sich für einen tiefen Knicks in die Richtung, in der sie die Frauen vermutete. Jemandem, der einem mit seinem Blick zu töten vermochte, konnte man nie genug Respekt zollen.

Den erfreuten »Ahs« zufolge hatte sie die richtige Entscheidung getroffen.

Anschließend stellte Kryos sie vor. »Mutter, Tante – das ist Prinzessin Io von Fardona, Verlobte des Prinzen Yamin von Akora.«

»Io?« Stheno kicherte schrill. »Hieß so nicht eine von Zeus' Geliebten? Hat er die nicht zum Schutz vor Hera in eine weiße Kuh verwandelt?«

»Sei still!«, zischte Euryale und erhielt dabei Unterstützung von ihren Schlangen. »Beleidige das Mädchen nicht. Sie ist vor Zeus auf der Flucht, wenn ich das an der Tür richtig verstanden habe.«

Kryos nutzte die Vorlage, um die Geschehnisse in Akora und den Grund für ihre Anwesenheit in der Unterwelt zu erklären. Die beiden Gorgonen hörten ihm schweigend zu. Nur als Kryos seinen Verdacht gegen Persephone erwähnte, stöhnten sie auf.

»Natürlich war sie es«, rief Stheno. »Wer sonst?«

»Also, wir sollen auf Io aufpassen, während du im Tartaros mit König Dorimedon und seinem niederträchtigen Palastoberen sprichst, um Hades' Weib zu entlarven«, fasste Euryale zusammen.

»Wenn es zu viele Umstände bereitet, kann ich Kryos begleiten«, sagte Io, wobei sie weniger an den Aufwand für Euryale und Stheno dachte, als daran, mit ihnen allein bleiben zu müssen.

»Keinesfalls gehst du dort hinunter«, widersprach Euryale so vehement, dass die Schlangen kurzzeitig verstummten. »Selbst Kryos hatte schlimme Albträume an den ersten Tagen seiner Arbeit dort. Und er hat gewusst, was ihn erwartet.«

Überrascht drehte Io den Kopf dorthin, wo sie Kryos vermutete. »Du hast im Tartaros gearbeitet?«

»Es ist eine längere Geschichte«, erwiderte er knapp. »Ich muss jetzt gehen. – Mutter, denk bitte daran, um was ich dich gebeten habe.«

Euryale gab ein Murren von sich. Offensichtlich war sie mit den Anweisungen ihres Sohnes nicht einverstanden.

Eine schwere Hand legte sich auf Ios Schulter.

»Bei ihnen bist du sicher«, sagte Kryos und sie spürte seinen Atem an ihrer Wange. »Ich beeile mich dennoch.« Er verharrte und Io glaubte, er würde sie zum Abschied küssen. Doch zu ihrem Bedauern nahm er seine Hand fort und verließ ohne ein weiteres Wort die Wohnung.

Sie stand gemeinsam mit zwei Gorgonen mitten in der Unterwelt.

»Wir könnten eine Partie Pentalpha spielen«, schlug Stheno vor. »Ich hole das Spielbrett und die Setzsteine. Wenn du das Spiel nicht kennst, bringen wir es dir bei.«

»Ich kenne es«, sagte Io. »Aber ich befürchte, mit der Augenbinde ist es für mich schwierig zu spielen.«

»Da muss ich Io recht geben«, sagte Euryale. »Am besten essen wir erstmal eine Kleinigkeit. Das arme Mädchen muss halb verhungert sein durch diese schreckliche Flucht.« Schon entfernten sich Schritte und Io hörte Geschirr klappern.

»Bist du des Wahnsinns?«, rief Stheno. »Stell sofort die Teller zurück! Oder willst du Io für immer an die Unterwelt fesseln?«

»Oh, das habe ich vergessen. Aber wie soll ich unter diesen Bedingungen eine gute Gastgeberin sein?«

Euryale klang enttäuscht, während Io heilfroh über ihre Einsicht war. »Macht Euch meinetwegen bitte keine Umstände, Euryale.«

»Es ist wirklich eine dumme Regel«, sagte Kryos' Mutter ärgerlich.

»Da hast du recht, liebe Schwester. Wegen ein paar läppischer Granatapfelkerne haben wir jetzt Persephone für alle Ewigkeit hier unten. Warum musste das Weib so verfressen sein?«

Io beschloss, selbst etwas in Bezug auf die Abendgestaltung zu unternehmen. »Ich bin nicht hungrig, aber sehr erschöpft. Wenn ich mich hinlegen könnte …« Beim Schlafen hatte man die Augen geschlossen, was unter den Umständen vermutlich das Beste war.

»Aber natürlich, Liebes«, flötete Euryale. »Du kannst dich in Kryos' Kammer ausruhen. Ich führe dich hin.«

Zu Ios Entsetzen griff Euryale ihre Hand. Wie sich zeigte, war der Griff einer Gorgone ungefährlich und unterschied sich in nichts von dem eines normalen Menschen. Von dem beständigen Zischeln neben Ios Ohr abgesehen.

Kryos' Zimmer lag nicht weit entfernt. Io hörte eine Tür sich öffnen und ein leises Knistern.

»Ich habe dir gerade eine Öllampe entzündet«, sagte Euryale. »Jetzt lasse ich dich allein und schließe die Tür. Wenn du etwas brauchst, rufe. Wir werden laut klopfen und auf deine Antwort warten, ehe wir eintreten.«

»Das ist äußerst freundlich von Euch. Habt vielen Dank.«

»Ich …« Euryale schien nach den richtigen Worten zu suchen. »Kryos hat nie einen Freund mit nach Hause gebracht. Dass er mir jetzt das Leben einer sterblichen Frau anvertraut …« Sie seufzte. »Schlaf gut. Wenn du erwachst, wird Kryos schon wieder hier sein.«

Hoffentlich.

Die Tür schloss sich. Was würde Kryos' Zimmer über seinen Bewohner offenbaren? Io nahm die Augenbinde ab und schaute sich um. Die Kammer war winzig, fensterlos und grob aus dem Felsen gehauen. Ein schmales Bett, daneben ein Schemel mit der Öllampe darauf und sonst – nichts. Kahle Felswände ohne Behänge, kein bunt gewebter Teppich auf dem Steinboden und kein einziger persönlicher Gegenstand. Langsam drehte Io sich um die eigene Achse, aber sie konnte nichts entdecken, was Aufschluss über Kryos' Geschmack und Vorlieben preisgab. Besaß Kryos kein Eigentum? Oder hatte seine Mutter auf sein Geheiß hin alles schnell fortgeräumt?

Verwirrt zog Io die Sandalen von den Füßen und legte sich ins Bett. Und dann sah sie es. Die Felsdecke über dem Bett war bemalt. Eine Zeichnung wie von Kinderhand, entworfen in weißen, schlichten Pinselstrichen. Dennoch war die Darstellung unverkennbar. Der Sitz der Götter auf dem Olymp. Zwischen den Göttern stand ein Mann mit kurzen Locken und einem Lächeln im Gesicht.

Dieser Raum zeigte nicht, wer Kryos war. Er offenbarte aber, was er sich am sehnlichsten wünschte.

Aus Furcht vor der völligen Finsternis in diesem Raum ließ Io die Öllampe brennen. Dann drehte sie sich auf die Seite, zog die dünne Decke bis zur Schulter hoch und schloss die Augen. Doch statt in den Schlaf abzugleiten, begannen ihre Gedanken zu wirbeln. Dass Kryos der Sohn einer Gorgone war, tat ihrer Zuneigung zu ihm keinen Abbruch. Aber war es überhaupt richtig, Gefühle für ihn zu empfinden?

Sie war die Prinzessin von Fardona und dem zukünftigen König von Akora versprochen. Egal, ob Yamin und sie einander liebten oder nicht, es war ihre Pflicht, bei ihm zu bleiben. Würde sie ihn – für wen auch immer – verlassen, wäre sie damit ebenso eine Verräterin wie Timaios und Dorimedon und ihr der Platz im Tartaros dadurch gewiss. Io mochte sich kaum vorstellen, was Kryos im Tartaros alles sah und welchen Frevlern er begegnete. Niemals wollte sie zu dieser Sorte Mensch gehören. Und hoffentlich war niemand dort, den sie kannte. Aber konnte sie sicher sein?

Io wälzte sich auf die andere Seite. Was, wenn ihr Bruder Orestes dort war? Vor ihrem inneren Auge breitete sich eine feurige Landschaft aus, erfüllt von Schreien und furchterregenden Schattenwesen mit Peitschen und Spießen. Mittendrin sah sie Orestes an eine Wand gekettet. Mit von Schmerzen gepeinigtem Blick schrie er sie an. Warnte sie vor einem Leben voller Verfehlungen und Sünde. Schon streckten sich klauenartige Hände nach ihr aus, um sie in den Tartaros hinabzuziehen.

»Kryos!«, rief sie. »Hilf mir!«

Ihre Stimme ging in wummernden Trommelschlägen unter, gequälte Menschen riefen ihren Namen. Io schrie erneut, lauter. Feuer züngelte um sie herum, eine der Hände packte sie an den Schultern und rüttelte an ihr.

»Io, wach auf!«

22

Der Zugang zum Tartaros lag hinter dem Haus des Totengerichts. Eine Felsentreppe führte hinab zu dem Ort der Pein. Fackeln beleuchteten die unebenen Stufen und modriger Geruch stieg aus den Untiefen herauf. Kryos kannte den Weg, oft genug war er die Treppe hinab gestiegen – und als einer der wenigen auch wieder hinauf. Schier endlos verliefen die Stufen im Halbdunkel. Irgendwann endete die Treppe an einem Torbogen aus schwarzem Stein, hinter dem sich eine riesige Höhle erstreckte. Zwei Chimären bewachten den Eingang – oder besser den Ausgang, denn hinein ließen die feuerspeienden Mischwesen aus Ziege, Schlange und Löwe jeden.

Kryos ging an den Chimären vorbei auf ein Haus gleich hinter dem Eingang zu. Die Wohnstätte von Thanatos, dem Gott des sanften Todes, und seinen Geschwistern Ker und Hypnos. Wenn Kryos Glück hatte, war Hypnos zu Hause.

»Sieh an, wer sich mal wieder zu uns hinab verirrt.«

Eine junge Frau mit Helm, Brustpanzer und knielangem Chiton trat aus dem Haus und stellte sich Kryos in den Weg.

»Sei gegrüßt, Ker«, sagte er und neigte den Kopf vor der Göttin des gewaltsamen Todes.

»Höflich wie stets«, spottete sie. »Was führt dich hierher?«

»Ist Hypnos da?«

Ker schüttelte den Kopf. »Er und Thanatos essen bei Hades zu Abend. Was willst du von ihm?«

»Seine Unterstützung. Aber vielleicht kannst du mir helfen.«

»Das kommt darauf an.«

»Ich will mit zwei Neuzugängen sprechen. Dorimedon von Akora und seinem Palastoberen Timaios.«

»Diesen Timaios findest du hier nicht. Das Totengericht hat seine Taten als nicht so schwerwiegend eingeschätzt und ihn auf den Asphodeliengrund geschickt. Bedauerlicherweise. Ich hätte mich gerne näher mit ihm beschäftigt.« Sie strich über das eindrucksvolle Schwert an ihrem Gürtel.

»Timaios ist nicht im Tartaros?! Das ist mir unverständlich und ärgerlich dazu.« Wenn der Palastobere auf dem Weg zum Asphodeliengrund durch die Lethe, den Strom des Vergessens, geschritten war, hatte er jegliche Erinnerung an sein einstiges Leben verloren und war damit als Zeuge unbrauchbar. Jede Wette, dass Persephone ihre Hand mit im Spiel hatte! »Dann bleibt nur Dorimedon.«

»Der alte König ist ein Langweiler. Aber wenn du willst.« Mit einer Geste bedeutete Ker ihm, ihr zu folgen.

Auf dem Weg durch das Reich der Qualen blieb Kryos' Blick stur auf Kers Rücken geheftet. Doch die Schreie des Wahnsinns und des Schmerzes drangen dennoch an sein Ohr. Obwohl er die Pein der hierher Verbannten schon oft gesehen und gehört hatte, konnte er sich nicht daran gewöhnen.

Sisyphos und der herabrollende Stein kurz vor dem Gipfel.

Titiyos, dem zwei Geier täglich aufs neue Herz und Leber aus dem Leib rissen und aßen.

Tantalos, im Teich stehend und doch vergehend vor Hunger und Durst trotz Früchte tragender Bäume über und Wasser unter ihm.

Ich werde mich daran gewöhnen müssen, dachte Kryos. *Einen anderen Ort zum Leben wird es für mich nicht mehr geben.*

Nach einer Weile näherten sie sich einer Mulde. Dorimedon kniete auf dem Boden und scharrte mit den Händen im sandigen Untergrund.

»Da sind sie, da sind sie!«, kreischte der tote König. Triumphierend hielt er in seinen vom Graben blutigen Fingern zwei gelbe Diamanten in die Luft. Im selben Moment fielen ihm die Edelsteine aus den Händen zurück in das Loch und Sand und Steine bedeckten sie. Wie von Sinnen begann Dorimedon wieder zu graben und Geröll beiseitezuschaffen.

Ker blieb vor der Mulde stehen und sah mitleidslos auf ihn hinab. »Ich bezweifle, dass er mit dir sprechen wird.«

»Dorimedon!«, rief Kryos hastig, um sich die Tortur nicht länger ansehen zu müssen.

Dorimedon sah auf, nur um sich sofort wieder seiner sinnlosen Arbeit zu widmen.

Kryos rief nochmals, aber der König reagierte nicht mehr. Er musste ihn aus seinem Wahn befreien, der Weg hierher durfte nicht umsonst gewesen sein. Kryos machte einen Schritt auf den Rand der Grube zu, doch Ker hielt ihn am Arm zurück.

»Du kennst die Regeln.«

»Aber Yamin und Io werden sterben, wenn ich Dorimedon nicht zum Sprechen …« Er hielt inne. Möglicherweise war das die Lösung. »Yamin ist in Gefahr!«, schrie Kryos in die Grube hinunter.

Dorimedon hielt inne. Sein glasiger Blick richtete sich auf Kryos. »Wer bist du?« Es war mehr ein Lallen als deutliche Worte.

»Ein Freund Eures Sohnes Yamin und seiner Verlobten Io.«

»Yamin … Io …« Die Bedeutung der Namen schien in Dorimedons Verstand zu tropfen, denn sein Blick klärte sich. »Was ist mit ihnen?«

»Zeus will sie bestrafen. Er glaubt, sie wären ebenfalls an der Intrige gegen ihn beteiligt.«

»Nein! Nur ich und Timaios wussten Bescheid.« Dorimedon betrachtete seine blutigen Hände und schien für einen Augenblick das Ausmaß seiner Strafe zu erfassen. »Sag Yamin nichts von alldem hier.«

»Ich verspreche es. Aber Ihr müsst mir helfen. Nennt mir den Namen der Göttin, die Euch vom Weg abbrachte.«

Der König schwieg, die Augen starr auf seine leeren Hände gerichtet. »Wo sind die Steine?«

Oh nein, Dorimedon durfte ihm nicht entgleiten. »War es Persephone?«

»Persephone?«, wiederholte der König, ohne aufzusehen.

»Habt Ihr für die Herrscherin der Unterwelt die Statue im Tempel bauen lassen? Ihr müsst mir eine Antwort geben.«

Endlich hob Dorimedon den Blick. »Rettest du meinen Sohn?«

Kryos nickte. »Ich schwöre, ich werde alles für ihn tun, was in meiner Macht steht.«

Io fuhr aus dem Schlaf hoch und blickte im Schein der Öllampe auf zischelnde Schlangen. In Todesangst schrie sie auf, doch nichts geschah. Über Euryales Augen war ein roter Seidenschal geschlungen.

»Beruhige dich, Liebes!«, sagte Kryos' Mutter. »Du bist bei uns sicher, es passiert dir nichts.«

»Ich … ich habe schlecht geträumt«, keuchte Io, gleichermaßen gefangen von ihrem Nachtmahr wie dem

Schrecken über Euryales Erscheinen vor ihrem Bett. »Vom Tartaros.«

»Du musst dir keine Sorgen um Kryos machen, er kennt sich dort aus.«

»Es ging nicht um Kryos, sondern um meinen Bruder Orestes. Er ist vor einem Jahr gestorben und ich habe davon geträumt, wie man ihn im Tartaros quält. Obwohl es dafür überhaupt keinen Grund gibt.«

Zu Ios Überraschung tastete Euryale nach der Bettkante und ließ sich neben ihr nieder. »Du vermisst ihn?«

Io nickte, bis ihr einfiel, dass Euryale es nicht sehen konnte. »Ja«, sagte sie. »Jeden Tag.«

»Ich verstehe deinen Schmerz. Ich habe meine Schwester verloren.« Die Gorgone seufzte. »Medusa war als einzige von uns dreien sterblich. Perseus hat sich mit einem spiegelnden Schild an sie angeschlichen und ihr im Schlaf den Kopf abgeschlagen. Die Erzählung preist den listenreichen Helden. Über die Trauer von Stheno und mir wird nie berichtet.«

Ehrlicherweise hatte auch Io nie darüber nachgedacht. Vorsichtig legte sie ihre Hand auf Euryales Arm. »Es tut mir leid, dass Eure Schwester sterben musste.«

»Danke«, erwiderte Euryale verhalten. Beileidsbekundungen von Sterblichen erhielt sie wohl nicht oft. »Was für ein Mensch war dein Bruder?«

»Orestes war freundlich. Er besaß ein ausgeglichenes Wesen, ohne schwach zu sein. Er wäre ein gerechter, weiser König geworden, hätte diese Krankheit nicht sein Leben beendet.«

»Das klingt wirklich nicht danach, als würde dein Bruder im Tartaros weilen. Eher nach der Asphodelienwiese oder dem Elysion.« Euryale lächelte. »Willst du dich zu mir setzen und wir unterhalten uns, bis dein Albtraum verblasst ist?«

»Gerne.«

Euryale schien ihre Zustimmung zu freuen. »Ich lege die Augenbinde ab, wenn wir hinübergehen, also solltest du deine wieder überstreifen.« Sie wollte sich erheben, hielt aber nochmal inne. »Jetzt, wo du mich gesehen hast – findest du mich abstoßend?«

»Nein«, sagte Io ehrlich. »Ihr seid eine attraktive Frau, wenn man von den Schlangen absieht.«

»Ja, die Schlangen sind leider schwierig zu frisieren. Dafür werden sie nicht grau.«

Erst glaubte Io, sich verhört zu haben. Dann sah sie Euryales Mundwinkel zucken und konnte sich selbst ein Lachen nicht verkneifen. »Euer Sohn besitzt den gleichen Humor wie Ihr«, stellte sie fest und vermisste Kryos plötzlich schmerzlich.

»Erwähne das bitte ihm gegenüber nicht. Er wird nicht gerne hören, dass er noch mehr von mir geerbt hat.«

Bevor Io nachfragen konnte, was die Gorgone damit meinte, stand Euryale auf und bedeutete Io, sie zur Tür zu führen.

Gleich darauf saß Io mit verbundenen Augen am Tisch und trank einen Schluck aus Kryos' Trinkschlauch. Das Wasser tat gut und spülte den bösen

Traum fort. Ob es schon Abend war? Ohne Tageslicht hatte sie jegliches Zeitgefühl verloren.

»Stheno kommt, sobald sie die schwierige Stelle an ihrem Webteppich beendet hat«, sagte Euryale, dann hörte Io Geschirr klappern.

Sollte sie den Moment des Alleinseins mit Euryale nutzen, um diese nach Kryos zu befragen? Bei seiner Nachtwache am Fluss hatte er sie schroff abgewiesen. Weil für einen Halbgott wie ihn eine Verbindung zu einer Sterblichen wie ihr nicht in Betracht kam? Oder gehörte sein Herz einer anderen?

»Hier bin ich, Liebes«, sagte Euryale. Io hörte wie Geschirr auf dem Tisch abgestellt und ein Stuhl gerückt wurde. »Erzähl mir doch, was derzeit in der Menschenwelt Mode ist. Welche Farben bevorzugen die Frauen und wie frisieren sie ihr Haar?«

»Derzeit trägt man gerne Kleider in pastellfarbenen Stoffen und die meisten Frauen haben ihr Haar ...« Bevor Io ausreden konnte, flog die Wohnungstür auf.

»Kryos«, sagte sie erleichtert.

Das weibliche Hohnlachen aus Richtung der Tür ließ Io ihren Irrtum erkennen.

»Persephone!«, rief Euryale erschrocken und bestätigte damit Ios schlimmste Befürchtung.

»Überrascht, mich zu sehen?«, fragte eine glockenhelle Stimme. »Im Totengericht hat Charon einen Mann sitzen sehen, der keiner seiner Passagiere war. Dieser Xenokles behauptete, zusammen mit Kryos und einer Lebenden den Styx überquert zu haben. Und wie ich sehe, hat der Mann recht.«

Es war gefährlich, aber Io konnte nicht anders. Sie zog ihre Augenbinde ein winziges Stück hoch. Eine rothaarige Frau kam wie einst Perseus mit einem Bronzespiegel in der Hand rückwärts in den Raum.

Durch den Spiegel fiel Persephones Augenmerk auf Io. »Wie kann Kryos es wagen, sein sterbliches Liebchen mit in die Unterwelt zu bringen?«, fauchte die Herrscherin des Totenreichs.

»Was willst du?«, keuchte Euryale und stand vom Stuhl auf.

Im Spiegel sah Io, wie die vollen Lippen der mädchenhaften Göttin sich zu einem süffisanten Lächeln verzogen. »Ich will, dass du der Prinzessin in die Augen schaust. Hier unten dürfen nur Tote sein. Ich halte dir das Mädchen auch fest. So hat Kryos für immer ein steinernes Andenken an seine Geliebte.«

Wind kam in der Wohnung auf. Euryale griff nach Ios Arm, verfehlte ihn aber, denn gleichzeitig riss eine Bö Io vom Stuhl und schleuderte sie durch die Luft. Hart schlug sie zu Persephones Füßen auf. Euryale, offensichtlich vom Wind zurückgehalten, stieß wilde Verwünschungen gegen die Herrscherin der Unterwelt aus, aber die Göttin lachte bloß.

»Und jetzt diese Augenbinde fort!« Persephone schnippte mit den Fingern und der Wind blies Kryos' Band von Ios Kopf.

Io kniff die Augen fest zusammen. Doch der Wind

drückte ihr die Lider auseinander und hob ihr Kinn in Euryales Richtung. Verzweifelt zwang Io ihren Blick auf die Füße von Kryos' Mutter.

»Sieh ihr in die Augen, Euryale!«, befahl Persephone.

Die Stimme der Gorgone bebte vor Zorn. »Nein.«

Persephone seufzte theatralisch. »Dann muss ich wohl meinem Gemahl mitteilen, dass du deinem Sohn hilfst, die Gesetze der Unterwelt zu brechen. Hades wird dich in den Tartaros verbannen, wenn du sie nicht tötest.«

»Timaios hat gesagt, dass Zeus uns lebendig will«, rief Io.

»Das trifft auf Yamin zu, auf dich nicht unbedingt«, sagte Persephone. »Zeus wird ungeduldig, da nimmt er dich auch versteinert. Und jetzt schweig!« Die Göttin versetzte ihr einen Tritt in den Rücken.

Io stöhnte und versuchte sich aufzurichten, doch der Wind presste sie unbarmherzig zu Boden.

»Komm schon, Euryale«, lockte die Herrscherin der Unterwelt. »Denk daran, wie Perseus deine Schwester ermordet hat. Willst du nicht Rache an den Menschen nehmen?«

Der Wind um Euryale flaute ab, sodass sie sich wieder bewegen konnte.

Tu es nicht!, flehte Io in Gedanken. Doch dann sah sie die Füße der Gorgone auf sich zukommen, hörte ihre Sandalen auf dem Steinboden schaben. Bei ihr angekommen, ging Euryale in die Knie und legte ihre Hand an Ios Kinn.

Hinter ihnen lachte Persephone auf. Doch im nächsten Moment verwandelte sich das Gelächter der Göttin in ein schmerzhaftes Stöhnen. Der Wind endete abrupt und ein metallisches Scheppern ertönte.

»Warum vergisst du immer, dass wir zu zweit sind?«, erklang Sthenos rauchige Stimme.

Den Kopf abgewandt, zog Euryale Io auf die Füße. »Lauf in Kryos' Kammer und bleib dort!«

Io rannte los. Erst als sie das Zimmer erreicht hatte, wagte sie, sich zu Persephone und den Gorgonen umzudrehen.

Persephones Bronzespiegel lag auf dem Boden. Allerdings war die Göttin zu Ios Überraschung nicht versteinert, sondern ebenso lebendig wie zuvor! Stheno hielt die zappelnde Göttin von hinten an den Armen gepackt. Euryale stand vor Persephone, zog ihr die Lider auseinander und starrte der Göttin in die Augen.

»Hört auf, ihr Biester!«, kreischte die Herrscherin der Unterwelt und versuchte sich zu befreien.

Doch Stheno hielt sie weiter fest und Euryales Blick verfolgte sie unablässig. Schließlich ging Persephone in die Knie, aber immer noch ließen die Gorgonen nicht von ihr ab.

Das Schreien der Göttin verstärkte sich, bis sie zu würgen begann. Darauf schienen Euryale und ihre Schwester gewartet zu haben. Sie packten die ächzende Persephone an den Armen und schleiften sie in den hinteren Teil der Wohnung davon.

… weil sie dich gegen jedwede Kreatur zu verteidigen weiß, selbst gegen Götter.

Einen Atemzug lang schaute Io ihnen hinterher. Dann schloss sie die Tür von Kryos' Kammer und ließ sich aufs Bett sinken. Kurz darauf näherten sich Schritte.

»Meine Schwester wird sich in ihrem Zimmer um Persephone kümmern«, sagte Euryale durch die Tür. »Du hast nichts mehr vor ihr zu befürchten. Geht es dir gut?«

»Ja«, antwortete Io. »Was habt ihr mit Persephone gemacht?«

»Das erkläre ich dir gleich.« Euryales Schritte entfernten sich. Io hörte, wie sich die Wohnungstür schloss und die Schritte zurückkehrten. »Ich werfe dir deine Augenbinde in die Kammer. Zieh sie an, dann komme ich zu dir.«

Ein paar Augenblicke später trat Euryale ein. »Für Götter sind unsere Blicke nicht tödlich, aber sie verursachen ihnen großes Unwohlsein – Kopfschmerzen, Schwindel, Übelkeit und Erbrechen. Je länger wir sie ansehen, desto schlimmer.« Euryale klang äußerst zufrieden. »Stheno wird Persephone solange anschauen, bis sie ihre Intrigen zugibt. Kryos wird sich freuen.«

Die Worte der Gorgone erinnerten Io an etwas. »Kryos hat gesagt, dass er und Persephone verfeindet seien. Weshalb?«

Euryale seufzte. »Mein Sohn will nicht, dass ich mit dir darüber rede. Aber nach diesem Vorfall sehe ich keinen Grund, es dir länger zu verheimlichen. Persephones Gemahl hat sie während ihrer Abwesenheit aus der Unterwelt mit mir betrogen.«

Io brauchte einen Moment, bis sich ihr die Bedeutung erschloss. Bis sie verstand, was die Tiere in Kryos' Nähe beunruhigt hatte, selbst als er in Yamins Körper verborgen gewesen war. Was es mit seiner düsteren Aura auf sich hatte und warum seine Gegenwart sie anfangs hatte frösteln lassen. Es war der Hauch des Todes, der den Sohn des Hades umgab.

Die Erkenntnis war nicht halb so schockierend, wie sie hätte sein müssen.

Kryos nahm sich nicht die Zeit, anzuklopfen. Angst hatte ihn den gesamten Weg aus dem Tartaros hierher rennen lassen, denn die Gefahr war größer als angenommen. Wäre er nicht so verblendet gewesen, hätte er es vielleicht gemerkt. Er stieß die Tür auf und hastete in die Wohnung.

»Kryos!« Seine Mutter sprang vom Tisch auf. »Endlich kommst du. Ich muss unbedingt mit dir reden.«

»Für Jammertiraden habe ich jetzt keine Zeit. Wo ist Io?«

»In deiner Kammer. Was ist geschehen?«

»Wir müssen sofort los«, sagte er und lief zu seinem Zimmer.

»Warte!« Seine Mutter kam ihm hinterher und hielt

ihn am Arm fest. »Du kannst nicht in das Gemach einer schlafenden Jungfrau stürmen.«

»Das ist sie nicht mehr«, entfuhr es ihm.

»Also stimmt es! Du hast Io in deinem Bett gehabt, als du Yamin warst.« Seine Mutter und ein Dutzend Schlangenköpfe sahen ihn anklagend an. »Du hast einer wehrlosen Sterblichen die Jungfräulichkeit geraubt wie einst Poseidon deiner armen Tante Medusa. Schäm dich!«

Kryos machte sich von ihr los und öffnete die Tür zu seiner Kammer. Im Schein einer Öllampe sah er Io im Bett sitzen. Trotz der Augenbinde verriet ihr Gesichtsausdruck, dass sie die Worte seiner Mutter mitangehört hatte. »Ich möchte nicht darüber reden«, sagte er schroff. »Lass uns gehen.«

»Wir haben keine Eile.« Io schwang die Beine aus dem Bett. »Deine Mutter und deine Tante haben Persephone überwältigt und halten sie in Sthenos Zimmer gefangen.«

»Das habe ich dir vorhin sagen wollen«, erklang die Stimme seiner Mutter hinter ihm.

Auch das noch! Kryos atmete tief durch. »Persephone könnt ihr freilassen. Was sie betrifft, habe ich mich geirrt.«

»Aber wer steckt dann dahinter?«, fragte Io. »Hat Dorimedon es dir verraten?«

Das hatte der tote König getan, und der Name hatte Kryos den Magen umgedreht. »Es ist Hekate. Die Göttin der Magie – und Zeus' engste Beraterin.«

Niemand stellte sich ihnen auf ihrem Weg zum Ausgang des Totenreichs entgegen. Selbst Zerberus blinzelte mitten in der Nacht nur müde, als sie auf dem Weg zu dem versteckten Kahn an ihm vorbeiliefen. Kurz darauf stakte Kryos das Boot über den Styx. Io saß auf einer der Bankreihen und blickte in das schimmernde Wasser des Flusses. Sie hatten bisher bloß die nötigsten Worte gewechselt und das Unausgesprochene stand wie eine Mauer zwischen ihnen.

»Warum Hekate?«, brach Io das Schweigen mit der Frage, die Kryos sich ebenfalls stellte, seit er mit Dorimedon gesprochen hatte.

»Ich wünschte, ich wüsste es. Bei Persephone habe ich an einen Racheakt meinetwegen geglaubt, doch bei Hekate …« Er zuckte mit den Schultern. Gerne hätte er mit Hypnos darüber gesprochen, aber er hatte es nicht gewagt, ihn in Hades' Palast aufzusuchen. »Auf jeden Fall ist Hekate eine gefährliche Gegnerin. Inzwischen bin ich überzeugt, dass sie die gesamte Zeit über nach Akora blicken und die Stadt besuchen konnte, auch wenn sie das Gegenteil behauptet.«

»Dann wäre es ihr möglich gewesen, Nikos und Markos zu beeinflussen, uns anzugreifen«, sagte Io. »Äußerst geschickt von Hekate, Männer auszuwählen, die Groll gegen das Königshaus hegen und es dadurch so aussehen zu lassen, als hätten sie aus eigenem Antrieb gehandelt.«

Er nickte grimmig. »Und dann stand Hekate im Olymp unschuldig dabei, als ich Zeus meinen Bericht erstattete. Sicher war sie es, die Zeus überzeugte, Akora zu vernichten und euch zu töten.« Er stieß das Stakholz auf den felsigen Flussgrund. »Wenn ich nur wüsste, warum!«

»Zeus wird es in seiner Allmacht herausfinden.«

»Vorausgesetzt, er lässt sich nicht von Hekates Magie einlullen.« Kryos setzte das Stakholz ein letztes Mal ins Wasser und das Boot schob sich aufs sandige Ufer.

Sie stiegen aus und er versteckte den Kahn wieder zwischen den Felsen. Dann liefen sie zur Wendeltreppe und eilten hinauf zu dem Plateau mit den Türen. Zielstrebig ging Kryos auf den zweiten Ausgang zu.

»Warte«, sagte Io.

Er ließ den Türknauf los und drehte sich zu ihr um.

»Ich weiß nicht, was uns dort draußen erwarten wird«, sprach sie weiter. »Deshalb möchte ich hier mit dir reden.«

»Ich kann mir denken, worüber du sprechen willst. Aber dafür haben wir jetzt keine Zeit.«

»Ich weiß, dass Hades dein Vater ist. Euryale hat es mir erzählt.«

Er hätte ahnen können, dass seine Mutter nichts für sich behalten konnte. »Und jetzt, da du es weißt?«, fragte er.

»Du magst dich für deine Abstammung schämen. Mich stört es nicht.« Sie trat zu ihm und legte die Hand auf seinen Arm. »Ich liebe dich, Kryos. Bitte stoß mich nicht wieder fort.«

So vertraut war ihre Nähe, so sehnsüchtig ihr Blick. Er konnte es ihr nicht länger verschweigen. »Ich wünschte, es wäre nur meine Herkunft, die zwischen uns steht«, sagte er bitter. »Aber da ist noch etwas anderes. Ich habe den Fluch meiner Mutter geerbt. Mein Kuss versteinert Menschen. Je mehr ich gemerkt habe, dass du mich magst, desto weniger wollte ich es dir sagen. Ich wollte dir Furcht und mir den Schmerz deiner Ablehnung ersparen.« Er schaute zu ihrer Hand auf seinem Arm. »Ich erwarte nicht, dass du jetzt noch Gefühle für mich hegst.«

»Dennoch tue ich es«, sagte Io.

»Aber mein Kuss kann dich töten!«

»Dann küss mich einfach nicht.« Sie lächelte. »Es bleibt dabei: Ich liebe dich, Sohn der Unterwelt.«

Kryos zog sie an sich. »Ich bin froh, dass du mich weder für meine Lügen hasst noch für das, was ich bin.«

»Am liebsten würde ich dich nie mehr loslassen«, flüsterte sie und schmiegte sich an ihn. »Hoffentlich hat Yamin ein Einsehen und gibt mich frei, wenn all das hier vorbei ist.«

»Ein Grund mehr, dass wir so schnell wie möglich in den Zeustempel nach Kalipolis gehen.« Schweren Herzens löste er sich von ihr und ergriff erneut den Türknauf.

»Meinst du, die Krieger sind noch da?«, fragte Io.

»Vielleicht. Bleib auf jeden Fall hinter mir.« Er zog sein Schwert und öffnete leise die Tür.

Durch hoch angebrachte Fenster fiel das erste Licht des neuen Tages in den Tempel. Die Halle war leer und kein Geräusch zu hören.

»Niemand ist hier«, sagte Kryos.

Sie durchquerten den Raum und spähten vorsichtig durch das Eingangsportal ins Freie. Der Platz vor dem Tempel lag ebenfalls verlassen. Erleichtert trat Kryos nach draußen und schaute sich um.

Und dann sah er sie.

Yamin und Amun lagen geknebelt und gefesselt am Saum des Waldes auf der Erde. Neben ihnen stand Hekate.

Hinter Kryos keuchte Io erschrocken auf und griff nach seiner Hand.

»Willkommen, Kryos«, sagte die Göttin mit sanfter Stimme. »Ich habe schon auf dich und deine kleine Prinzessin gewartet.«

»Damit du uns alle vier Zeus ausliefern kannst?!«

Sie schnalzte mit der Zunge, als hätte er etwas äußerst Törichtes gesagt. »Ich möchte dir einen Vorschlag unterbreiten. Ich lasse deine beiden Begleiter frei und schwöre auf das Wasser der Lethe, dass Zeus deine Menschenfreunde fortan unbehelligt leben lässt.«

»Das kann nur eine Falle sein«, flüsterte Io.

Kryos drückte ihre Hand. »Und was forderst du dafür, Hekate?«

»Dich. Du wirst Zeus gegenüber gestehen, den König von Akora zum Verrat angestiftet zu haben.«

»Ich soll die Schuld für alles auf mich nehmen!? Das

wird mir niemand glauben. Welchen Grund hätte ich dafür?«

»Weil du endlich ein Gott werden wolltest«, sagte Hekate süffisant. »Um dieses Ziel zu erreichen, hast du einen intriganten Plan geschmiedet und dich Zeus dann als Retter präsentiert.«

»Das ist verrückt und eine Lüge dazu.«

»Ja, aber das wissen nur wir.« Ein verschlagener Ausdruck erschien auf ihrem Gesicht. »Spiel deine Rolle, akzeptiere Zeus' Bestrafung und die Sterblichen hier werden vergnügt weiterleben. Ansonsten …« Hekate schnippte mit dem Finger. Zwei Krieger traten aus dem Wäldchen und richteten ihre Schwerter auf Amun und Yamin.

Die Göttin lächelte. »Ich brauche deine Entscheidung, Kryos.«

Er sah zu Io. Tränen schimmerten in ihren Augen.

»Wieso müssen wir einander sofort wieder verlieren?«, fragte sie verzweifelt.

»Du weißt, dass es keinen anderen Weg gibt.«

Sie nickte stumm.

Kryos ließ Ios Hand los und strich über ihre Wange. Dann warf er sein Schwert auf die Erde.

23

Im fahlen Licht des Tages trat Hekate zu Kryos und fesselte seine Arme hinter dem Rücken mit einem Seil, dessen Fasern wie Feuer brannten. Io lächelte ihm traurig zu. Sie blieb bei Yamin, Amun und den beiden Kriegern zurück und würde laut Hekates Zusage bald ein von Zeus unbehelligtes Leben führen.

Hekate hob beschwörend die Arme und Wind kam auf. Die Bö erfasste Kryos und die Göttin, trug sie in die Luft empor, höher und höher hinauf. Kryos kam sich vor wie auf einem schwankenden Schiff bei stürmischer See. Ein Wirbeln und Tosen, bis sie schließlich vor dem Eingang der Götterhalle auf dem Olymp standen.

Auf einen Fingerzeig Hekates schwang das Tor auf und ein Windstoß ließ Kryos in den Saal stolpern. Diesmal gab es keine schmückenden Blumen und bunten Tücher. Doch auch heute waren die Ränge vollbesetzt und Kryos erkannte Hades und Hypnos in der Menge.

Vorne auf dem Podium thronten die zwölf olympischen Götter. Bei seinem Anblick verfinsterten sich ihre Mienen. Das Urteil über ihn schien bereits vor der Verhandlung gefällt zu sein. Aber er hatte sowieso nicht vor, sich zu verteidigen.

An Hekates Seite ging er auf das Podium zu, weiterhin gefesselt und begleitet vom Tuscheln der Götter und Göttinnen ringsum. Es schienen Kryos Äonen vergangen, seit er sich gewünscht hatte, zum Olymp zu gehören und ein von Menschen angebetetes Wesen zu sein. Sein einstiges Ansinnen kam ihm jetzt vor wie die Forderung eines trotzigen Kleinkinds. Er verstand seine eigenen Beweggründe nicht mehr. Selbst wenn Zeus ihm erneut anböte, ihn in den Götterhimmel aufzunehmen, würde er ablehnen. Denn es war ein anderer Ort, dem inzwischen seine Sehnsucht galt. Doch Io, Yamin und Amun würde er nie wiedersehen. Und damit war es egal, welches Urteil man heute über ihn sprach.

Zeus stand von seinem Thronsessel auf und die Unterhaltungen im Saal verstummten. »Wir sind versammelt, weil Hekate schwere Vorwürfe gegen Kryos erhebt. Er selbst soll es gewesen sein, der den König von Akora zum Ungehorsam gegen mich angestachelt hat. – Was sagst du zu dieser schweren Anschuldigung, Kryos?«

»Sie ist wahr.«

Gemurmel entstand, das Zeus mit einer Handbewegung beendete. »Warum hast du es getan?«, fragte der Göttervater.

»Ich wollte endlich zum Gott werden, jedes Mittel war mir recht«, hörte Kryos sich selbst sagen. »Immer wieder erzählten Tote in der Unterwelt von den drei fehlenden Blitzsteinen. Das brachte mich auf die Idee. Ich fing an, unauffällig herumzufragen, ob jemand wusste, wo genau sie sich befanden. Und als ich hörte, dass die mächtigen Diamanten in Akora waren, schmiedete ich meinen Plan.«

Zeus sah ihn finster an. »Fast wäre er dir geglückt. Lass alle hier wissen, wie Hekate dein hinterlistiges Vorhaben vereitelt hat.«

»Kurz vor meiner Erhebung flüsterte Hekate mir am Wasserbecken zu, dass sie sofort nach der Zeremonie nach Akora gehen würde. Sie wollte dort Prinz Yamin befragen, welcher Gott seinen Vater fehlgeleitet hat. Um Hekate zuvorzukommen, habe ich um Bedenkzeit gebeten und den Prinzen während des Angriffs auf die Stadt entführt.« Kryos zuckte mit den Schultern. »Doch Hekate hat mich in die Falle gelockt. Yamin wusste nichts von meinem Bündnis mit seinem Vater, ebenso wenig seine Verlobte und sein aufmüpfiger Sklave.«

»Das stimmt, Zeus«, sagte Hekate, gemäß ihrer Abmachung. »Nachdem ich Kryos und die drei Sterblichen gefangen hatte, habe ich die Menschen selbst mittels Magie befragt. Alle drei sind unschuldig und keine Gefahr. Lass Prinz Yamin Akora wieder aufbauen, und er wird dir der treueste Diener sein und ein Zeichen für dein Wohlwollen mit den Menschen.«

Kryos wagte nicht zu atmen, bis Zeus nickte.

»So soll es sein. Hermes wird dem Prinzen meinen Beschluss verkünden.«

Damit war alles erreicht, was Kryos gewollt hatte. Doch das Verhör des Göttervaters war nicht beendet.

»Warum warst du in der Unterwelt, Kryos? Und weshalb hast du entgegen der Gesetze eine Lebende dorthin mitgenommen?«

Kryos zögerte. Sollte er Dorimedon erwähnen? Hekate schien nicht daran gedacht zu haben, dass man auch ihn zur Wahrheit befragen konnte. Andererseits ahnte sie inzwischen bestimmt, was er in der Unterwelt gewollt hatte.

»Ich bin ins Totenreich gegangen, um Dorimedon im Tartaros aufzusuchen. Die Prinzessin habe ich nur zu ihrem Schutz mitgenommen. Wir wurden von gegnerischen Soldaten verfolgt.«

Erneut begannen die Götter auf den Rängen aufgeregt zu tuscheln. Hekates Mund verzog sich zu einem Strich. Plötzlich wirkte sie angespannt.

»Was wolltest du von Dorimedon?«, fragte Zeus.

»Dafür sorgen, dass der alte König niemals meinen Namen preisgibt.« Kryos lachte bitter auf. »Den Weg hätte ich mir sparen können. Der alte Narr ist so von Sinnen, dass er nicht mal mehr seinen eigenen Namen weiß.«

Hekates Gesichtsausdruck entspannte sich wieder.

»Kryos!«, rief sein Vater von den Rängen.

Kryos fuhr herum. Hades hatte sich erhoben. Seine düstere Erscheinung ragte inmitten der bunt gekleideten Götter auf wie ein Mahnmal. Ob Hades sich für seinen Sohn einsetzen wollte? Dann fiel Kryos der leere Platz neben seinem Vater auf. Persephone fehlte.

Im Saal wurde es still.

»Warum hast du Euryale und Stheno auf Persephone gehetzt?« Die Stimme seines Vaters klang nicht vorwurfsvoll, sondern enttäuscht. »Sie leidet furchtbar unter den Nachwirkungen.«

Natürlich, es ging ihm nur um sie. »Persephone ist Hekates beste Freundin«, sagte Kryos. »Was erwartetest du?«

»Das alles von meinem Sohn jedenfalls nicht.« Sein Vater wandte sich von ihm ab und verließ mit wallenden Gewändern den Saal.

Damit war eindeutig, wem Hades' Sorge galt. Wem sie immer nur gegolten hatte.

Wenn Zeus über den Abgang seines Bruders verwundert war, zeigte er es nicht. »Kryos, du hast dich des Verrats an mir und des Verderbens vieler Sterblicher schuldig gemacht. Es ist an der Zeit, die Strafe für dich zu verkünden.«

»Wartet!« Hypnos sprang von seinem Platz in den Rängen auf. »Ich bin entsetzt von dem, was Kryos getan haben soll. Aber mir erscheint vieles in seinem Handeln nicht klar.«

So gut die Unterstützung seines Freundes tat, kam diese Kryos nicht gelegen. Doch ehe er den Mund aufmachen konnte, sprach Hekate.

»Du bist Kryos' Freund, Hypnos. Dein Zweifel an seiner Schuld ist verständlich.« Sie lächelte dünn.

»Aber wenn du die Sprache schon auf Ungereimtheiten bringst: Warst du es, der Kryos geholfen hat, aus dem Olymp zu fliehen?«

Zeus' Blick richtete sich drohend auf den Gott des Schlafes. »Du tust besser daran, diese Halle ebenfalls zu verlassen, Hypnos, ehe sich mein Zorn auch auf dich richtet.«

Wortlos breitete Hypnos seine Schmetterlingsflügel aus und flog über die Ränge hinweg aus dem Saal. Das wütende Funkeln seiner Augen entging Kryos nicht. Hoffentlich beging sein Freund seinetwegen keine Dummheit. Inzwischen flüsterte Hekate Zeus etwas ins Ohr. Der Göttervater nickte.

»So hört nun die Strafe für Kryos' Vergehen«, sagte Zeus. »Ihn in den Tartaros zu schicken, wäre für den Sohn des Hades ein Hohn – zumal dort viele leben, die ihm freundlich gesinnt sind.« Er sah zu der Tür, aus der Hypnos hinausgeflogen war. »Deshalb wird Kryos die Strafe in der Welt der Sterblichen verbüßen. Abschreckend und qualvoll, ohne Aussicht auf Rettung. Einzig der Tod kann ihn im hohen Alter von seinen Qualen erlösen.«

Hekates Augen leuchteten triumphierend auf und zum ersten Mal beschlich Kryos Angst – Angst vor Schmerz und nicht enden wollender Einsamkeit.

»Was wird mit mir geschehen?«, fragte er Zeus.

»Im Hain hinter dem Hadestempel gibt es einen Teich«, sagte Zeus. »Auf dessen Grund wirst du festgebunden werden. Hekate wird den Vollzug der Strafe übernehmen. Bei ihrer Rückkehr wird sie von mir den Lohn für ihren Scharfsinn und ihren Mut erhalten. Sie wird den Platz im Olymp bekommen, der für dich vorgesehen war.«

Kryos starrte die Göttin an.

Hekate stand mit sittsam gefalteten Händen vor Zeus, den Blick voll ungläubigem Erstaunen auf den Göttervater gerichtet. »Danke«, murmelte sie mit bescheidenem Lächeln. »Das hätte ich nicht erwartet.« Demütig senkte sie den Blick. Wie eine Frau, die von der Entwicklung der Dinge scheinbar völlig überrascht schien.

Und Kryos begriff.

Das war die gesamte Zeit Hekates Ziel gewesen: ein Platz im Olymp! Die Erkenntnis über ihre Durchtriebenheit ließ Wut in ihm auflodern. Er öffnete den Mund, da hob Hekate die Arme. Eine Windbö erfasste ihn, riss ihn von den Füßen und fegte ihn aus der Götterhalle hinaus.

Kryos fiel und fiel. Durch Himmel und Wolken sah die Erde auf sich zu rasen. Die glänzenden Dächer von Kalipolis am Meer. Den Hain auf einer Anhöhe. Den Hadestempel.

Hart schlug Kryos mitten in dem Wäldchen auf dem Boden auf. Er blinzelte benommen. Er lag am Ufer eines kleinen Teiches. Dessen dunkles Wasser glänzte in der Morgensonne.

Neben ihm landeten Hekate und Hermes.

»Ich verkünde den Sterblichen Zeus' Botschaft«, sagte der Götterbote. Er erhob sich mit seinen geflügelten Schuhen in die Luft und flog über den Teich zum gegenüberliegenden Ufer. Von den Kriegern bewacht, standen Io, Yamin und Amun dort an Bäume gebunden.

Kryos richtete sich mit seinen gefesselten Händen vom Boden auf. »Bist du zufrieden mit deiner Belohnung?«, fragte er Hekate verächtlich.

»Warum so abfällig, Kryos? War ein Leben im Olymp nicht auch dein Wunsch?«

»Das war es. Aber im Gegensatz zu dir bin ich kein Gott und nicht unsterblich.«

»Genau deshalb verdiene ich es, dort oben zu leben! Ich bin das Kind zweier Titanen und älter als viele andere Götter. Doch genieße ich Verehrung durch die Sterblichen? Nein!« Ihr strenges Gesicht verzog sich im Zorn. »Niemand baut mir Tempel und wenn man mir huldigt, dann verschämt und heimlich in der Dunkelheit. Weil Zeus mich in die Unterwelt geschickt und unter die Herrschaft seines Bruders gestellt hat.«

»Warum hast du Zeus nicht gesagt, dass du im Olymp leben möchtest? Das habe ich schließlich auch.«

»Glaubst du, das hätte ich nicht? Doch der Göttervater ist knausrig mit der Vergabe von Plätzen. Erst bevorzugte er Dionysos und Herakles. Und als ich endlich glaubte, meine Zeit sei gekommen, wurdest du geboren. Der Sohn des Herrschers der Unterwelt und einer Gorgone.« Hekate verzog die Mundwinkel. »Deine Mutter ist die Nachfahrin eines Geschlechts, älter als die Götter.«

Er war Hekates Konkurrent gewesen? »Aber mein Vater hat sich meinem Wunsch verweigert.«

»Weil ich ihm eingeredet habe, dass deine Erhebung zum olympischen Gott nur Unfrieden zwischen ihn und Persephone bringen würde! Doch ich habe befürchtet, dass er deinem Wunsch irgendwann nachgeben würde. Deshalb beschloss ich, dir zuvorzukommen. Ich wollte Zeus aus einer schwierigen Lage helfen und so seine Dankbarkeit erlangen.«

»Nur deshalb hast du die Sache mit Dorimedon eingefädelt?«

Sie nickte. »Ursprünglich warst du in meinem Plan nicht vorgesehen. Ich selbst wollte in Yamins Körper nach Akora gehen. Dann erkannte ich, dass dein Erscheinen mir die Möglichkeit bot, dich für immer loszuwerden und gleichzeitig mein Ziel zu erreichen. Ich legte Persephone nahe, dich für die Aufgabe in Akora vorzuschlagen.« Hekate zuckte mit den Schultern. »Leider bist du in Prinz Yamins Körper nicht gestorben, wie ich es Persephone versprochen hatte. Diese beiden Sklaven haben sich einfach zu dumm angestellt.«

»Warum hast du Dorimedon nicht verraten, dass ich den Platz seines Sohnes eingenommen hatte? Dann hätte er mich töten lassen.«

»Das habe ich. Aber der Sturkopf meinte, niemand außer seinem Sohn hätte den Vortrag über diese mysteriöse Kreiszahl halten können. Keine Ahnung, wie du das angestellt hast, Kryos.«

Die Mathematik hatte sein Leben gerettet. Oder besser, Amun.

»Aber letztlich hat das nichts geändert«, sagte Hekate. »Im Nachhinein war es auch gut, dass dieser närrische König heimlich eine Statue für mich hat bauen lassen. Sie hat dich auf eine falsche Spur gelockt. – Doch genug geplaudert.« Hekate wies zum Teich. »Dein Grab wartet.«

In dem dunkelgrünen Wasser spiegelten sich die Wolken. »Warum bist du so sicher, dass keiner hineinsteigt und mich befreit?«, fragte Kryos.

»Lass dich überraschen!« Sie lachte hämisch. »Außerdem: Wer würde jemanden wie dich retten wollen? Hypnos wird es aus Angst vor Zeus nicht wagen und deine Familie ist enttäuscht von dir, weil du sie scheinbar belogen hast. Und was dein Liebchen und deine sterblichen Freunde angeht ...«

Hekate wies zum gegenüberliegenden Ufer. Unter der Aufsicht von Hermes und den Kriegern half Amun Io, hinter Yamin auf den Falben zu steigen, ehe er selbst auf sein Reittier aufsaß und Nefeli als Handpferd nahm. Ohne sich noch einmal zum Teich umzudrehen, ritten die drei davon. Das schneeweiße Fell der lahmenden Stute blitzte zwischen den Bäumen auf, dann waren sie im Hain verschwunden.

Für Trauer blieb keine Zeit. Mit einer Geste beschwor Hekate Wind herauf und ließ ihn in den Teich fahren. Das Wasser teilte sich und der mit Wasserpflanzen übersäte Untergrund öffnete sich gleich einem tödlichen Maul.

»Ist Hekate fort?« Von ihrem Versteck hinter den Büschen sah Yamin zu Amun im Wipfel des Baumes hinauf.

Der Sklave nickte. »Es ist niemand mehr da.« Er kletterte über die Äste nach unten und landete neben ihnen auf der Erde. »Wir können zurückreiten und Kryos befreien.«

»Endlich«, sagte Io und stieg wieder hinter Yamin aufs Pferd. Die letzten Stunden der Ungewissheit waren unerträglich gewesen.

»Bevor Kryos in den Teich gestiegen ist, hat er länger mit Hekate gesprochen.« Von seinem Aussichtsposten hatte Amun besser gesehen als sie. »Ich wünschte, ich hätte die beiden verstehen können. Die Göttin wirkte wütend, Kryos ungläubig.«

»Wahrscheinlich hat Hekate ihm erneut gedroht, uns zu töten, wenn er sich jetzt widersetzt«, sagte Yamin und ritt voran. »Niemand im Olymp scheint ihr falsches Spiel zu durchschauen. Hermes war voll des Lobes für sie.« Er lenkte den Falben zwischen zwei Sträuchern hindurch zum Rand des Teiches.

Amun, der die vom Pfeilschuss verletzte Nefeli am Zügel führte, folgte ihnen.

Beim Anblick des spiegelglatten Wassers runzelte Io

die Stirn. »Wo ist Kryos? Ich habe Hermes so verstanden, dass seine Strafe sei, für alle Ewigkeit gefesselt im Teich zu stehen.«

»Liegend auf dem Grund angebunden«, sagte Amun. »In der Mitte ist der Teich über zwei Manneslängen tief.«

»Aber dann kommt jede Hilfe zu spät!«, rief sie. »Er ist längst ertrunken.«

Yamin schüttelte den Kopf. »Du hast uns erzählt, dass Kryos der Sohn der Gorgone Euryale ist. Sein Großvater mütterlicherseits ist demnach der alte Meeresgott Phorkys, seine Großmutter das Seeungeheuer Keto. Ich gehe davon aus, dass Kryos unter Wasser atmen kann.«

Vermutlich war es so. Hermes hatte gesagt, dass Kryos »bis zum Ende seines Lebens« im Teich ausharren musste. Das klang nach einer langen Zeit und nicht nach einem schnellen Tod durch Ertrinken. »Dann müssen wir also nur in den Teich tauchen und ihn losschneiden.«

»Ich habe das ungute Gefühl, dass es nicht so einfach werden wird«, sagte Yamin düster.

Sie stiegen von den Pferden ab, traten ans Ufer und schauten aufs Wasser. Libellen surrten über der Oberfläche, Fische schwammen vorbei und gelegentlich quakten Frösche.

»Eigentlich sieht hier nichts ungewöhnlich oder gar gefährlich aus«, sagte Io nach einer Weile.

Yamin hob mehrere Steine von der Erde auf und warf sie an verschiedenen Stellen ins Wasser. Nichts geschah und alsbald lag der Teich wieder spiegelglatt.

»Ich gehe hinein und tauche nach Kryos«, sagte Amun, legte sein Schwert ab und zog seine Sandalen aus. »Anders werden wir nichts herausfinden.«

Yamin nickte widerwillig. »Sei vorsichtig.«

Zur Antwort nahm Amun einen kleinen Dolch aus seinem Gürtel. Dann stieg er in den Teich. Das Wasser reichte ihm bis zum Oberschenkel. »Ich wate noch ein Stück hinein und dann tauche ich … Ah, was ist das?!« Er ging einen Schritt zur Seite und starrte ins Wasser. »Da war etwas an meinen Beinen.«

»Fische?«, fragte Io und beugte sich über den Rand des Teiches.

»Nein, es hat sich um meinen Knöchel geschlungen. Aber jetzt ist es weg und … Verdammt, es hat mich an beiden Fußgelenken gepackt!« Amun trat um sich. »Helft mir! Ich bekomme es nicht mehr los!«

Geistesgegenwärtig packten Yamin und Io seine Arme und zogen Amun zurück ans Ufer. Um die Unterschenkel des Sklaven rankten sich die Stränge einer Wasserpflanze. Yamin zog sein Schwert und kappte die Pflanzenarme. Amun sprang auf, trat einen Schritt vom Teich fort und riss sich die verbliebenen Pflanzenreste von den Beinen.

»Gut, dass du noch so nah am Ufer warst!«, sagte Io.

Yamin klopfte Amun erleichtert auf die Schulter. »Jetzt wissen wir, was Kryos dort unten festhält. Und dass wir keinesfalls zu ihm hinabtauchen können.«

Io schauderte. »Welch grausame Strafe! Jahrzehnte unter Wasser angebunden, kaum hören und sehen können, mit niemanden reden. Ob Kryos das ahnte, als er in Hekates Erpressung eingewilligt hat?«

»Ich weiß es nicht«, sagte Yamin. »Es war eine noble Tat von ihm, sich für uns zu opfern. Doch wir werden einen Weg finden, ihn aus diesem Teich zu befreien.« Er lächelte. »Und wenn wir es geschafft haben, dann wird Kryos und dich nichts mehr trennen.«

Io spürte, wie ihr das Blut in die Wangen schoss. »Du gibst mich frei!?«

Sein Lächeln vertiefte sich. »Unsere Väter haben unsere Verbindung arrangiert, nicht wir. Ich mag dich, Io, doch ich will diese Ehe ebenso wenig wie du. Ich will nicht einmal König von Akora werden. Allein der Nachmittag der Audienz hat mir vor Augen geführt, dass ich nicht zum Herrscher geschaffen bin.« Yamin seufzte. »Ich will forschen und mich nicht um die Belange meiner Stadt, meines Volkes oder meiner Familie kümmern müssen. Wenn es nach mir geht, können wir unsere Verlobung lösen.«

»Ich danke dir«, sagte Io und umarmte Yamin. »Du weißt nicht, wie glücklich mich deine Worte machen. Und jetzt lasst uns überlegen, wie wir Kryos retten!«

Die Schlingpflanzen wanden sich um seine Arme und Beine und hielten ihn unerbittlicher als jede Fessel am Boden des Teiches. Je heftiger er sich zu befreien versuchte, desto stärker schienen die Pflanzenstränge zu werden. Kryos ließ den Kopf in den sandigen Untergrund sacken. Durch das Wasser über ihm sah er das Blau des Himmels und das Grün des Waldes. Für den Rest seines Lebens würde er nichts anderes mehr sehen.

Hekate hatte leichtes Spiel mit ihm gehabt – die Folge seiner Lügen und falschen Begierden. Immer hatte er jemand anderes sein wollen. Warum hatte er sich für seine Abstammung verachtet, statt zu schätzen, wer er war? Ausgerechnet Hekate hatte erkannt, was in ihm steckte: Sohn eines Gottes und einer mächtigen Mutter. Gesegnet mit Stärke und einer Ahnenreihe, älter als die Götter!

Im trüben Wasser des Teiches sah Kryos plötzlich klarer als je zuvor. Sein wahres Selbst zu leugnen, hatte ihn schwach gemacht. Leider kam diese Einsicht zu spät. Er würde dieses Gefängnis hier nie mehr verlassen. Und er würde Io nicht wiedersehen.

Kryos wollte die Augen schließen, um in einen gnädigen Schlaf zu versinken, da wurde mehrmals etwas in den Teich geworfen. Jetzt schien gar jemand ins Wasser zu steigen und kurz darauf hörte er am Teichrand aufgeregte Stimmen. Wollte jemand ihm helfen? Dann musste er ihn vor den heimtückischen Schlingpflanzen warnen!

Kryos spannte die Muskeln an, bäumte sich auf und riss mit einer nie gekannten Kraft an den Pflanzensträngen. Die Schlingen gaben ein Stück nach, nur um sich im nächsten Augenblick noch fester um seine Arme und Beine zu wickeln. Doch Kryos gab nicht auf. Er zerrte an seinen Fesseln, schlug um sich und wandte sich in alle Richtungen. Und endlich ließen ihn die Pflanzen frei. Er stieß sich vom Grund ab, schwamm einige kräftige Züge und durchbrach mit dem Kopf die Oberfläche. Wasser verschleierte ihm die Sicht, dennoch erkannte er Io, Yamin und Amun sofort. Hastig schwamm er weiter. Wenn er es zu ihnen schaffte, konnten sie ihn aus dem Teich ziehen! Aber schon packten ihn die Pflanzen an den Beinen und rankten sich in unglaublicher Schnelligkeit an ihm empor.

»Geht keinesfalls ins Wasser!«, rief er Io, Yamin und Amun zu, während er gegen die Pflanzen ankämpfte. »Versucht nicht, mich zu retten!«

Io öffnete den Mund, aber was sie ihm zurief, verstand Kryos nicht. Die Pflanzenstränge wickelten sich um seinen Hals und seinen Kopf und zogen ihn wie dämonische Arme erbarmungslos unter Wasser. Ios entsetzter Blick war das Letzte, was er sah.

Kryos gab den Kampf gegen die Pflanzen auf und sank auf den Grund des Teiches zurück.

24

»Die Tür muss irgendwo hier sein.« Mit den Fingerkuppen fuhr Io über die Innenmauer des Hadestempels, an der Kryos am Tag zuvor die geheime Pforte aufgetan hatte.

»Vielleicht lässt sie sich nur mit Magie öffnen«, sagte Yamin.

Io schüttelte den Kopf. »Die Tür ist nicht plötzlich erschienen, sondern normal aufgeschwungen.«

Amun leuchtete mit einer Fackel dicht an der unverputzten Wand entlang. »Also suchen wir nach einem verborgenen Mechanismus.«

Aufmerksam betrachtete Io jeden Stein. Der Eingang musste hier sein … Da! Ein haarfeiner Riss lief durch die Fugen. Mit den Augen verfolgte sie den kaum sichtbaren Schlitz. Er setzte sich nach oben fort, verlief dann waagrecht und führte schließlich wieder nach unten. »Hier ist die Tür!« Aufgeregt drückte sie gegen die Steine.

Yamin kam ihr zu Hilfe, doch nichts bewegte sich.

»Probiert es an der gegenüberliegenden Seite«, schlug Amun vor.

Sie setzten ihre Hände um, drückten erneut – und knirschend gab das Wandstück nach. Langsam schwang die Tür auf.

»Der Eingang zur Unterwelt«, flüsterte Yamin.

Io starrte in die Finsternis, verängstigt von ihrem eigenen Mut.

»Wollt Ihr wirklich allein dort hinunter, Prinzessin?«, fragte Amun.

»Das haben wir doch besprochen. Ihr beide kommt nicht an Zerberus vorbei. Außerdem müsst ihr in Kalipolis alles für Kryos' Rettung zusammenstellen und zum Teich bringen.«

»Was ist, wenn die Gorgonen dir nicht helfen wollen?«, fragte Yamin.

»Das Risiko muss ich eingehen. Denn ich wüsste nicht, wer uns sonst vor Hekate schützen könnte. Wir können damit rechnen, dass sie merkt, was wir planen.«

»Ich habe trotzdem Angst, dich dort hinunter gehen zu lassen«, sagte Yamin. »Aber auch keine bessere Idee.«

»Mir ist auch nicht wohl dabei, erneut in die Tiefen der Unterwelt hinabzusteigen. Doch wir können Kryos nicht in diesem Teich lassen.« Es war Liebe, die sie diesen Weg gehen ließ.

»Pass auf dich auf, Io.« Yamin umarmte sie. »Du bist nicht mehr meine Verlobte. Dennoch will ich dich lebendig wiedersehen.«

Io kontrollierte den Sitz von Wasserschlauch und Proviantbeutel, die sie aus den Satteltaschen mitgenommen hatte, und trat über die Schwelle in die Dunkelheit.

Es war seltsam, in die Unterwelt zurückzukehren. Furchteinflößend und gleichzeitig vertraut. Das letzte Mal war Kryos ihr Führer gewesen, jetzt musste sie es allein schaffen. Doch um in Angst zu verharren, blieb keine Zeit. Io raffte ihr Gewand und eilte die Wendeltreppe hinunter zum Fluss. Hoffentlich begegneten ihr keine Harpyien, Lamien oder wie die schrecklichen Geschöpfe der Unterwelt alle hießen!

Am Fuße der Treppe zog sie den dunklen Umhang enger um sich, um den hellen Stoff ihres Kleides zu verdecken. Sie schaute sich gründlich um, dann schlug sie den Weg zu dem versteckten Kahn ein.

Am Ufer des blau schimmernden Styx lief Io entlang und warf dabei immer wieder einen Blick über die Schulter. War der Weg wirklich so weit gewesen? Was, wenn das Boot nicht mehr da war? Endlich kam die Biegung und bald darauf entdeckte sie den Kahn zwischen den Felsen.

Ebenso erleichtert wie atemlos erreichte Io das Boot. Rasch trat sie hinter den Kahn, um ihn aus den Felsen hervorzuschieben, damit sie ihn auf den Kiel drehen konnte. Doch das Boot war viel schwerer als gedacht und bis sie es geschafft hatte, lief Io der Schweiß von der Stirn. Jetzt musste sie den Kahn nur noch wenden. Sie packte die Reling des Bootes und versuchte, es hochzuhieven. Aber was bei Kryos so leicht ausgesehen hatte, gelang ihr nicht. Io hob an verschiedenen Stellen, wechselte mehrmals die Seite, aber mehr als ein paar Handbreit an Höhe brachte sie nicht zustande. Verärgert schlug Io gegen die Planken des Kahnes. Sie konnte doch nicht bei der ersten Schwierigkeit schon scheitern! Aber genau danach sah es aus.

Missmutig setzte sie sich auf einen der Felsen. Warum hatte sie nicht daran gedacht, Amun und Yamin bis hierhin mitzunehmen? Aber die beiden waren bestimmt längst nach Kalipolis unterwegs und nicht mehr einzuholen. Allerdings brachte der Gedanke an Yamin Io auf eine Idee. Sie stand auf, hob den Kahn ein wenig an und angelte mit dem Fuß das Stakholz darunter hervor. Yamin hatte behauptet, mittels eines Hebels und eines Drehpunkts könnte man schwere Gegenstände mit Leichtigkeit hochheben! Jetzt brauchte sie nur noch einen Stein als Drehpunkt, auf den sie das Stakholz legen konnte. Schnell hatte sie einen passenden gefunden. Was hatte Yamin genau gesagt? Je länger der Hebel, desto größer die Kraft? Io legte den Stein knapp vor die Längsseite des Bootes, platzierte das eine Ende des Stakholzes unter der Reling und drückte das andere langsam nach unten – und das Boot hob sich! Höher und höher hebelte sie den Kahn, bis er schließlich umkippte und auf dem Kiel lag. Heureka! Sie warf das Stakholz in das Boot und schob es zum Ufer. Jetzt, auf dem Kiel liegend, war es viel einfacher.

»Warum willst du als Lebende erneut ins Totenreich?«

Io fuhr herum. Vor ihr stand Xenokles. »Was ich in

der Unterwelt will, geht niemanden etwas an«, keuchte sie. »Wieso bist du wieder auf dieser Seite des Styx?«

»Charon hat mich im Totengericht entdeckt und prompt zurückgerudert.«

»Aber vorher hast du Kryos und mich an ihn verraten!«, sagte Io in Erinnerung an Persephones Worte.

Xenokles wirkte zerknirscht. »Ich dachte, dann lässt Charon mich doch vors Totengericht treten. Stattdessen war er nur so gnädig, mich nicht sofort in den Tartaros zu werfen.«

»Und jetzt willst du mit mir über den Styx und erneut dein Glück versuchen?«

Er schüttelte den Kopf. »Ich habe meine Lektion gelernt und werde auch niemandem verraten, dass du wieder da bist. Wie willst du eigentlich ohne Kryos an Zerberus vorbeikommen?«

»Kryos hat mich ihm vorgestellt und ich durfte passieren. Ich hoffe, er weiß es noch.«

Offenbar besaß Xenokles nicht ihr Vertrauen in das Erinnerungsvermögen des dreiköpfigen Hundes. »Und wenn nicht? Hast du einen Ersatzplan? Gesang und besänftigendes Lyraspiel wie Orpheus oder saftigen Honigkuchen wie Psyche?«

Darüber hatte sie gar nicht nachgedacht. »Käse, Oliven und getrockneten Schinken? Etwas anderes habe ich nicht dabei.«

»Vielleicht mag er auch das. Es war auf jeden Fall nett, dich kennengelernt zu haben.« Xenokles deutete eine Verbeugung an und watschelte davon.

Hoffentlich hielt er wirklich den Mund!

Io schob den Kahn in den Styx, sprang hinein und ließ das Stakholz ins Wasser gleiten. Die Strömung war stärker als gedacht. Statt aufs andere Ufer zuzusteuern, folgte das Boot der Fließrichtung. Verzweifelt stemmte sie sich gegen die Kraft des Wassers und der Bug drehte sich in die richtige Richtung.

Endlich erreichte sie das gegenüberliegende Ufer. Das Boot setzte auf und Io sprang an Land. Sie packte die Reling, um den Kahn gänzlich aus dem Wasser zu ziehen, da erfasste ihn die Strömung und riss ihn ihr aus den Fingern. Oh nein! Fassungslos sah Io zu, wie der Kahn auf dem Styx forttrieb. Wie sollte sie später zurück ans andere Ufer gelangen? Allerdings war das nur das letzte einer Reihe von Problemen.

Io lief zur Biegung und lugte um die Felsen zum Eingangsportal. Charon hatte die letzte Fuhre Verstorbener über den Styx gebracht und ging nun mit ihnen durch das Portal. Io wartete eine Weile, dann ging auch sie los.

Wie beim letzten Mal lag der dreiköpfige Hund dösend vor dem Portal. Bloß keine Angst zeigen! Langsam ging Io auf den Hund zu. Schon hob Zerberus die Köpfe erneut, witterte und knurrte vernehmlich.

Ruhig bleiben, Io! Stell dir einfach vor, Kryos ist bei dir.

Sie machte einen weiteren Schritt und der riesige Hund sprang bellend auf.

»Ich bin es, Io«, rief sie gegen den Lärm an und blieb stehen. »Eine Freundin von Kryos.«

Worte schienen Zerberus nicht zu interessieren. Seine drei Köpfe fuhren auf sie herab. Es kostete Io all ihre Selbstbeherrschung, regungslos stehenzubleiben. Schon roch sie den stinkigen Atem aus den drei Mäulern, sah die säbelscharfen Zähne blitzen. Sechs gelbe Augen glommen auf, zähnefletschend senkten sich die Köpfe zu ihr – und verharrten. Zerberus schnüffelte, dann bewegte sich der mittlere Kopf weiter auf sie zu und roch an ihren Haaren, ihrem Hals und der Augenbinde an ihrem Gürtel, die Kryos für sie aus seinem Schurz herausgeschnitten hatte. Ein nochmaliges Zögern, bei dem Io kaum zu atmen wagte. Im nächsten Moment fuhr eine raue Zunge durch ihr Gesicht. Die drei Köpfe zogen sich ein Stück zurück und sahen sie erwartungsvoll an. Behutsam hob Io den Arm und kraulte den mittleren Kopf an der Wange, wie sie es bei Kryos gesehen hatte. Sofort schossen die äußeren Köpfe heran und streckten sich ihr entgegen.

»Guter Hund«, murmelte Io schweißgebadet und kraulte den linken und rechten Kopf. »Braves Tier.«

Endlich schien Zerberus von den Streicheleinheiten genug zu haben, legte sich wieder hin und schloss die Augen. Io nahm dies als Zeichen, dass er ihr den Durchgang erlaubte.

Gemäßigten Schrittes ging sie zu dem Portal und zog den Eingang zum Reich der Toten auf. Als Nächstes musste sie Euryale und Stheno finden und diese von ihrem Vorhaben überzeugen.

Sie folgte dem Hauptweg vorbei am Totengericht,

dann bog sie in die Felsengänge. Zweimal hatte sie den Weg zurückgelegt, es allerdings nicht für nötig gehalten, ihn sich einzuprägen. So blieben ihr nur ihre bruchstückhafte Erinnerung und ihr Bauchgefühl. Mehrmals hielt sie inne, machte kehrt und bog in einen anderen Gang. Wie erleichtert war sie, als sie die Nische wiedererkannte, in der sie sich verborgen hatte. Den Blick stur nach unten gerichtet, lief sie weiter. Vor der Tür legte sie die Augenbinde an, atmete tief durch und klopfte.

»Wer ist dort?«, erklang Euryales hohe Stimme aus dem Inneren.

»Io.«

Im nächsten Moment riss die Gorgone die Tür auf. »Was tust du hier, Liebes? Bist du tot?«

Io schüttelte den Kopf. »Darf ich mit Euch reden?«

»Aber natürlich. Warte, ich führe dich herein. – Stheno, schau, wir haben Besuch von Io!«

»Wisst ihr, was mit Kryos geschehen ist?«, fragte Io, nachdem die Gorgone die Wohnungstür hinter ihr geschlossen hatte.

»Ja, Hades hat es uns erzählt.«

»Kryos ist unschuldig, Hekate hat ihn zu diesem Schuldgeständnis erpresst. Prinz Yamin, sein Sklave Amun und ich wollen Kryos aus dem Teichgefängnis befreien. Ich bin hier, um Euch und Eure Schwester um euren Beistand gegen Hekate zu bitten.«

Auf ihre Worte folgte Schweigen. »Sei ehrlich mit uns«, sagte Euryale schließlich. »Warum willst du ihm helfen?«

»Ich habe Euren Vorwurf an Kryos gehört, er habe mich in sein Bett gezwungen. Das stimmt nicht. Ich habe es mir nicht minder gewünscht als er.« Io lächelte. »Meinem Verlobten, Prinz Yamin, habe ich nur freundschaftliche Gefühle entgegengebracht. Doch als Kryos seinen Körper übernahm, änderte sich das. Ich wusste nichts von diesem Körpertausch. Aber plötzlich war der Mann bei mir, den ich mir immer gewünscht hatte. Ich habe mich in Kryos verliebt, ohne zu wissen, wer er ist. Dann kehrte er in seiner wahren Gestalt zurück. Anfangs habe ich ihn gefürchtet, doch dann waren meine Gefühle für ihn stärker als zuvor. Ich liebe ihn – und er liebt mich. Und daran ändert auch sein Fluch nichts.«

Die Hand der Gorgone legte sich auf ihre. »Deine Worte berühren und beschämen mich. Aus meiner schlechten Erfahrung heraus habe ich meinen Sohn verurteilt, wo ich unvoreingenommen hätte sein müssen. Wie jede Mutter wünsche ich mir nichts mehr für meinen Sohn, als dass er eine Frau findet, die ihn liebt. Aber was ist mit deiner Verlobung mit dem Prinzen?«

Rasch erklärte Io die veränderten Umstände. Euryale und Stheno atmeten erleichtert auf.

»So helft ihr beide uns?«, fragte Io.

»Ja«, sagte Euryale. »Wie steht es mit dir, Schwester?«

»Können wir unsere Hilfe verweigern, wenn Io so mutig zu uns gekommen ist? Mir die Betrügerin Hekate vorzunehmen, wird mir viel Freude bereiten. Lasst uns sofort aufbrechen, bevor wieder eine Göttin hier hereinplatzt und Io mit unserer Hilfe töten will.«

»Danke«, sagte Io erleichtert. »Aber wie kommen wir über den Styx? Das Boot, das Kryos und ich bisher benutzt haben, hat die Strömung fortgerissen. Könnten wir uns Charons Kahn ausleihen?«

»Leider nicht«, sagte Stheno. »Er ist mit einem magischen Knoten an einen Pflock gebunden. Nur er kann ihn lösen.«

»Aber wie schaffen wir es ohne Boot ans andere Ufer?«

»Indem wir fliegen«, sagte Euryale amüsiert. »Hypnos wird uns einzeln über den Strom tragen.«

»Nein!«, rief Io. »Ich vertraue dem Gott des Schlafes nicht. Er hat mir meinen Bruder genommen.«

»Es gibt keinen anderen Weg.« Sanft legte sich Euryales Hand auf ihre Schulter. »Hypnos ist Kryos' Freund, er wird uns nicht enttäuschen. Allerdings sitzt er um diese Zeit gewöhnlich bei Hades zum Abendessen.«

Stheno murmelte eine Verwünschung. »Ich werde in die Vorhalle des Palasts gehen und einen der Diener bitten, Hypnos zu mir heraus zu schicken. Ihr kommt mit und versteckt euch solange im Pferdestall.«

Sie verließen die Wohnung und machten sich auf den Weg zu Hades' Palast. Am liebsten hätte Io die Augenbinde ein Stückchen hochgezogen und wäre gerannt. Die Aussicht, bald bei Kryos zu sein, beflügelte sie. Doch die beiden Gorgonen schienen vom Rennen nichts zu halten und Io musste ihre Ungeduld bezähmen. Hoffentlich hatten Amun und Yamin ebenso viel Erfolg wie sie!

Endlich erreichten sie den Palast. Stheno verabschiedete sich von ihnen und Euryale leitete Io in den Stall. Sofort stieg ihr der Geruch nach Stroh und Pferd in die Nase und wie zur Begrüßung schnaubten mehrere Tiere. »Wie schade, dass ich euch nicht sehen kann«, murmelte Io.

»Schau dich ruhig um, ich bleibe hier an der Tür stehen und binde mir meinen Schal um die Augen«, sagte Euryale.

Io zog die Augenbinde herunter und ging im Schein der Stalllaternen auf vier Rappen in ihren Boxen zu. Die Augen der Rösser glühten rot, die wallenden Mähnen reichten fast bis zum Boden und ihr nachtschwarzes Fell schimmerte wie Seide.

»Diese vier Hengste ziehen Hades' Quadriga«, sagte Euryale. »Die Quadriga steht vorne in der Ecke.«

Der schwarze Streitwagen des Herrschers der Unterwelt war der prunkvollste, den Io je gesehen hatte. Goldfarbene Muster und Rubine schmückten den Wagen. An der Wand hing das goldene Geschirr der Pferde. »Kennt Ihr ihre Namen?«

»Orphnaios, Alastor, Nykteuys und Aethon«, antwortete Euryale in säuerlichem Tonfall. »Hades kümmert sich um die Gäule mehr als um seinen Sohn.«

Io wollte noch mehr fragen, da näherten sich Schritte dem Stall und sie verbarg sich hinter einem Strohballen.

»Das ist Stheno, hoffentlich in Begleitung von Hypnos«, sagte Euryale. »Kommt herein«, rief sie. »Hypnos, sei unbesorgt, ich trage eine Augenbinde.«

»Das beruhigt mich doch sehr«, erklang die Stimme eines jungen Mannes von draußen, die wohl dem Gott des Schlafes gehören musste. Die Tür öffnete sich und Schritte kamen herein.

»Wo ist Io?«, fragte Stheno.

»Hier!« Rasch zog Io die Augenbinde auf und trat hinter dem Strohballen hervor.

»Ich habe Hypnos bereits in unser Vorhaben eingeweiht«, sagte Stheno. »Allerdings meint er, dass …« Sie brach ab und keuchte erschrocken auf. »Persephone!«

Alarmiert spähte Io unter ihrer Augenbinde hindurch.

Über die Schwelle zum Stall trat die Herrscherin der Unterwelt. »Sieh an, wen ich hier versammelt finde!«, rief Persephone, stemmte die Hände in die Hüften und richtete den Blick auf den Boden. »Das wird Zeus sicher interessieren. Und wenn ihr Gorgonenpack es wieder wagt, mich mit eurem Blick aufzuhalten, dann …« Sie verstummte und sank mitten im Satz einfach zu Boden.

»Sie hat ja nur euch verboten, sie aufzuhalten«, sagte Hypnos und grinste. »Persephone wird erstmal eine Weile schlafen.«

»Hypnos, hab' Dank!«, keuchte Stheno und band ebenso wie Euryale ihren Schal um die Augen, sodass Io den ihren herabziehen konnte.

Hypnos schloss über Persephone hinweg die Stalltür. Zarte Schmetterlingsflügel ragten aus dem Rücken des hübschen Gottes, der dem Jünglingsalter nicht entwachsen schien. Doch sein schöner Schein täuschte, wie Io wusste.

»Stheno sagt, Ihr wollt uns helfen?«, fragte sie ihn.

Bei ihrem Anblick lächelte Hypnos. »Du musst Prinzessin Io sein.«

Sie verneigte sich knapp vor ihm. »Das bin ich. Werdet Ihr uns über den Styx tragen?«

Hypnos schüttelte den Kopf. »Ich müsste euch einzeln hinüberbringen und das würde zu lange dauern. Hades wird mich bald vermissen und seine Gemahlin mittendrin erwachen.«

»Ich wusste, dass auf den Gott des Schlafes kein Verlass ist«, sagte Io. »Er enttäuscht alle, die auf ihn vertrauen.«

»Dass ich euch nicht über den Styx tragen will, heißt nicht, dass ich euch nicht helfen möchte.« Hypnos ging zur Stallwand und nahm das goldene Pferdegeschirr vom Haken. »Könnt Ihr eine Quadriga lenken, Prinzessin? Der Wagen bietet Raum für euch drei.«

»Ich … ja, das kann ich.«

Hypnos bewegte kreisförmig die rechte Hand und den Hengsten fielen die Augen zu. Willenlos wie Keramikfiguren ließen sie sich von ihm das Zaumzeug anlegen und an die Deichsel spannen.

Nur wenig später stand Io in der Quadriga, die goldenen Zügel in ihren Händen. Die Gorgonen hielten sich am Rand des Streitwagens fest, die Augen weiterhin verbunden.

»In diesem Fall ist es für mich besser, wenn ich nichts sehe«, murmelte Euryale.

Hypnos öffnete das Stalltor. »Steigt am anderen Ufer einfach aus, die Pferde finden allein zurück. Um Persephone kümmere ich mich. Sie wird beim Erwachen alles für einen Traum halten.«

»Danke«, sagte Io. »Ich habe mich in Euch getäuscht.«

Ein wissendes Lächeln umspielte seinen Mund und auf einmal war sein Blick nicht mehr der eines Jünglings, sondern der eines weisen Mannes. »Ich bringe den Schlaf, Io. Ob er heilt oder tötet, liegt nicht in meiner Entscheidung.«

Er schnippte mit den Fingern und die vier Hengste öffneten die Augen. Sie preschten aus der Scheune hinaus, ihre Hufe verließen den Grund und die Quadriga stieg in die Lüfte empor. Mit wilden Sprüngen stoben die Rösser vorwärts und ihre langen Mähnen wehten im Wind.

Io griff die Zügel nach und lenkte die Rappen zum Styx. Jetzt musste es ihnen nur noch gelingen, Kryos zu befreien!

25

Da war ein Geräusch. Leise, aber beharrlich drang es durch das Wasser an Kryos' Ohr und riss ihn aus seinem umdämmerten Zustand. Was war das? Kryos öffnete die Augen, doch die Schwärze der Nacht machte das Wasser für Blicke undurchdringlich. Das Geräusch hielt an, ein seltsames, unermüdliches Schnarren. Kryos wandte den Kopf, versuchte zu ermitteln, aus welcher Richtung es kam. Gleich darauf stutzte er. Die seltsamen Laute kamen jetzt von zwei Seiten. Was bei den Feuern des Tartaros war das? Nun spürte er Bewegung im Wasser. Ein leichter Wellengang versetzte seine pflanzlichen Fesseln in Schwingungen. Wieso sah er nichts? Verbissen lauschte er ins Dunkel.

Nach einer Weile glaubte er, Stimmen zu hören. Männliche Entsetzensschreie, gefolgt von beschwichtigenden Worten einer Frau. Oder bildete er sich das ein? Kurz darauf verstärkte sich das Schnarren. Kryos verharrte still und versuchte eine Erklärung zu finden. Erfolglos. Das merkwürdige Geräusch hielt an, unermüdlich setzte es sich fort, wobei es immer mal wieder von einer anderen Stelle zu kommen schien.

Langsam wich die Schwärze der Nacht dem Grau des Morgens, und da bemerkte Kryos es. Das Wasser – es sank! Es stand nur noch mehrere Handbreit über seinem Gesicht. Wie war das möglich? Nichts als göttliche Magie konnte das bewirken. Aber kein Gott würde so töricht sein, Zeus herauszufordern, indem er sich am Teich zu schaffen machte.

Kryos zerrte an den Fesseln. Er wollte sehen, wer ihm zu helfen versuchte. Durch seine Bewegungen schnürten die Ranken sich noch enger um seine Gliedmaßen, aber er gab nicht auf. Kryos bäumte sich auf, die Stränge um seinen Hals lockerten sich und er streckte den Kopf aus dem Wasser.

»Kryos!«

»Io?«

Aber schon schlangen sich neue Ranken um seinen Hals und zwangen ihn zurück unter Wasser.

Bei Sonnenaufgang ragte endlich sein Kopf aus dem Wasser und er konnte sehen, was am Ufer vor sich ging. Io war nicht allein. Yamin und Amun knieten am Rand des Teiches, vor sich je eine der Schneckenschrauben. Das schnarrende Geräusch! Und seine Mutter und seine Tante waren auch da. Die Augen mit Seidenschals verbunden, knieten sie ebenfalls vor einer Schneckenschraube. Kryos rang mit den Worten. »Danke!«, rief er ihnen zu. »Ich … kann es kaum glauben, dass ihr alle gekommen seid.«

»Wir fördern weiter Wasser aus dem Teich, bis dein Körper weitgehend zu sehen ist« rief Yamin und zeigte auf einen grob gezimmerten Bretterkanal, in den das Ende der Schneckenschraube mündete. »Dann legen wir Planken zu dir. So kommen wir nicht mit den Schlingpflanzen in Berührung.«

Io lächelte. »Es wird nicht mehr lange dauern. Dann kannst du deinem Gefängnis entkommen.«

Abwechselnd arbeiteten Amun, Yamin, Io, Euryale und Stheno an den drei Schneckenschrauben. Als die Sonne hoch am Himmel stand, gab ihn das Wasser weitgehend frei. Amun und Yamin liefen zu einem hochbeladenen Ochsenwagen, den sie aus Kalipolis heraufgeholt hatten. Auf dem Wagen lagerten Yamins Brennspiegel und viele weitere Geräte und Forschungsgegenstände des Prinzen.

»Gut, dass ich deine Warnung damals wenigstens teilweise beherzigt und meine Forschungsergebnisse aus Akora habe herausschaffen lassen«, sagte Yamin zu Kryos. »Die Schneckenpumpen kamen uns sehr gelegen.«

Kryos lachte. »Allerdings. Ich werde nie wieder ein böses Wort über Archimedes verlieren.«

Amun und Yamin zogen eine Planke aus dem Wagen hervor, legten ein Ende ans Ufer und ließen das andere im Teich einsinken. Mit Baumstammstücken und weiteren Planken bauten sie eine Brücke zu Kryos, während Io seiner Mutter und Tante schilderte, was gerade geschah.

»Schaffst du es allein, dich von deinen Pflanzenfesseln loszureißen, Halbgott, oder brauchst du die Hilfe meines Schwertes?«, fragte Amun und grinste von einer Planke zu ihm herab.

»Das bekomme ich selbst hin, bevor du mir noch von dieser wackeligen Planke ins Wasser fällst.«

»Keine Sorge, das ist statisch alles sicher.«

Warum hatte er gefragt? Kryos wartete, bis Amun am Ufer war, dann riss er an den Ranken. Wie immer zogen sich die Pflanzen dadurch enger um ihn, aber er kämpfte weiter gegen die Kraft des heimtückischen Gewächses an. Als Erstes gaben die Stränge an seinen Beinen nach. Kryos stemmte die Füße in den Untergrund und zerrte weiter an den Pflanzensträngen. Schon schlossen sich die ersten Pflanzenarme erneut um seine Fußgelenke. Kryos strampelte sich frei und endlich fielen auch die restlichen Stränge von ihm ab.

Bevor die Pflanzen ihn wieder packen konnten, sprang er auf die Planken. Unter ihm waberten die Schlingpflanzen einer dunklen Masse gleich in dem verbliebenen Wasser des Teiches. Keuchend lief Kryos ans Ufer. Yamin und Amun fielen einander jubelnd in die Arme, seine Mutter und seine Tante strahlten unter ihren Augenbinden. Doch Kryos' Interesse galt einzig Io. Wie sehnte er sich danach, sie in seine Arme zu schließen! Dennoch durfte ihn seine Liebe nicht blind machen für die weiterhin währende Gefahr.

»Ich danke euch allen nochmals für eure Hilfe«, sagte

er. »Leider wird Hekate meine Befreiung nicht verborgen bleiben.«

»Deswegen habe ich deine Mutter und deine Tante geholt«, sagte Io. »Sie werden die Göttin lähmen, bis Zeus kommt und dir zuhört.«

»Du warst meinetwegen in der Unterwelt?«

Sie lächelte. »Ich will dich nicht gleich wieder verlieren.«

Das Verlangen, ihre Nähe zu spüren, wurde übermächtig. Mochte Hekate kommen, er konnte keinen Augenblick länger warten. Kryos schlang seine Arme um Io und zog sie an sich. Amun und Yamin entfernten sich mit Euryale und Stheno am Arm taktvoll.

Io schmiegte ihren Kopf an seine Brust. »Yamin gibt mich frei«, flüsterte sie. »Wir können gehen, wohin wir wollen.«

Eine wundervolle Wärme breitete sich in seinem Inneren aus, zusammen mit einer tiefen Dankbarkeit Yamin gegenüber. »Darüber denken wir nach, sobald mein Ruf wieder reingewaschen ist.«

»Hekate wird bald hier sein. Sie darf deine Mutter und deine Tante nicht zu früh sehen, sonst ist das Überraschungsmoment dahin und sie entkommt uns.«

»Keine Sorge.« Kryos blickte zu dem voll beladenen Ochsenkarren. »Ich habe eine Idee. Doch bevor ich dich jetzt loslasse, muss ich dir noch etwas sagen.«

»Ein weiteres Geheimnis?«

Wenn es nur so wäre! »Du bist die erste Frau, mit der ich je das Bett geteilt habe«, sagte er und spürte, dass ihm das Blut in den Kopf schoss. »In der Götterwelt weiß das leider jeder, aber du sollst es von mir hören.«

Io lachte. »Wenn es nichts Schlimmeres ist. Ich freue mich schon, diese Nacht zu wiederholen. Zwar ohne Küsse, dafür mit dem Mann im richtigen Körper.«

Kryos erstarrte, so schrecklich war der Gedanke, der ihm bei dieser anregenden Vorstellung durch den Kopf schoss. »Was ist, wenn nicht nur mein Kuss todbringend ist, sondern auch mein Samen? Wenn ich dir niemals ein richtiger Mann sein kann?«

»Dann würde ich dich nicht weniger lieben als jetzt«, sagte sie und hauchte einen Kuss auf seine Wange.

Amun verschränkte die Arme vor der Brust und schaute sich anerkennend in dem von Wandfackeln erhellten Hadestempel um. »Wie ich sehe, hast du mehr von Archimedes gelernt, als ich dachte.«

»Nur, dass ich diesmal mit den Spiegeln kein Feuer entfachen will, sondern eine Göttin in die Irre leiten.« Alle von Yamins Brennspiegeln standen auf Kryos' Geheiß an verschiedenen Stellen verteilt. Sie ließen den kleinen Innenraum wie ein unübersichtliches Labyrinth wirken und boten ihnen ausreichend Verstecke. Probeweise trat Kryos vor einen Spiegel und sein Bild erschien an mehreren Ecken des Tempels.

»Eine wahrhaft schlaue Idee«, sagte Yamin. »Jetzt fehlt nur Hekate. Ich hätte längst mit ihrem Erscheinen gerechnet.«

»Vielleicht weiß sie es noch nicht.« Io trat ebenfalls vor einen Spiegel. Sogleich schien sie mehrfach im Raum zu stehen, was sie sichtlich amüsierte.

»Oh doch!«, erklang Hekates Stimme von der Tür des Tempels her. »Ich weiß es schon.«

»Alle zurück hinter die Spiegel!«, schrie Stheno und riss sich ihre Augenbinde vom Kopf. »Ich halte sie auf.«

Kryos lief hinter den Spiegel, wo sich seine Mutter für einen zweiten Angriff auf Hekate bereithielt. Im nächsten Moment hörte er Stheno aufkeuchen, dann stieß seine Tante einen spitzen Schrei aus. Besorgt sah seine Mutter ihn an. Kryos spähte hinter dem Spiegel hervor. Stheno lag bewusstlos auf dem Boden und über sie hinweg kam Hekate in den Raum. Ein weiter Umhang bedeckte ihre Schultern und ihre Augen blitzten wütend.

»Glaubst du, dass du dich meinem Zugriff entziehen kannst, indem du mir eine Gorgone in den Weg stellst, Kryos?«, rief sie. »Oder dass diese lächerlichen Spiegel mich verwirren?«

Sie hob eine Hand und zwei der Brennspiegel liefen schwarz an.

Kryos trat hinter seinem Spiegel hervor. »Ja, das glaube ich. Ich werde Zeus von deinem Ränkespiel erzählen und er wird dich statt meiner bestrafen.«

»Du Narr!« Flammen schossen aus den Wandfackeln empor, während Hekate näherkam. »Zeus wird nicht einmal etwas von deiner Flucht bemerken, denn ich banne dich zurück in den Teich.«

Kryos huschte zurück hinter den Spiegel, nur um auf der anderen Seite wieder hervorzutreten und dann hinter einer längeren Spiegelfront zu verschwinden. Verärgert blieb Hekate stehen, als sie merkte, dass sie seinem Spiegelbild aufgesessen war.

»Wo bist du?«, schrie sie. »Oder muss ich erst wieder dein Liebchen fangen, um dich hervorzulocken?«

Sie warf die Hand empor und zwei der Spiegel fielen scheppernd zu Boden.

»Hier bin ich!«, rief Kryos und machte einen Schritt nach vorne.

Hekate fuhr herum. »Du wirst es noch bedauern, dich befreit zu haben.«

Das war der Moment! Kryos nickte seiner Mutter zu. Euryale trat hinter ihrem Spiegel hervor und stellte sich neben ihn.

»Guten Abend, meine Teuerste«, sagte sie und fixierte die Göttin.

Doch statt stöhnend in die Knie zu gehen, zog Hekate einen kleinen, runden Schild unter ihrem Umhang hervor und richtete ihn gegen seine Mutter.

»Mir verursachst du keine Kopfschmerzen, Gorgone! Soll dich das gleiche Schicksal treffen wie deine abscheuliche Schwester.«

Euryale fiel um, die Schlangen auf ihrem Kopf zischten auf und verstummten.

Entsetzt starrte Kryos auf den Schild in Hekates Händen. Es war der Schild Athenes, an den die Göttin der Weisheit das von Perseus abgeschlagene Haupt Medusas eingearbeitet hatte. Gegen das Antlitz ihrer toten Schwester konnte der Fluch seiner Mutter nicht wirken.

Hekate lachte auf. »Athene hat mir den Schild bereitwillig geliehen. Und jetzt zurück in den Teich mit dir!« Sie senkte den Medusenschild und warf eine Hand in die Luft. Die restlichen Spiegel fielen lärmend um. Wind kam auf, fuhr heulend in die Ecken und Io, Amun und Yamin schrien auf. »Hierher mit euch, verräterisches Menschenpack!« Wie unsichtbare Krieger trugen die Windböen Amun, Yamin und Io heran und warfen sie zu Hekates Füßen. »Diesmal wird Zeus kein Erbarmen mit euch haben«, zischte die Göttin und hob den Schild mit dem Medusenhaupt.

»Augen zu!«, schrie Kryos. Er wusste nicht, ob seine Warnung zu spät kam. Die drei erschlafften und lagen ebenso regungslos wie seine Mutter und Tante auf dem Steinboden.

Triumphierend sah Hekate ihn an. »Was ist das für ein Gefühl, wenn alle Freunde fallen, Kryos? Aber keine Sorge, du wirst viel Zeit haben, sie zu betrauern.« Sie riss die Hand nach oben und beschwor erneut den Wind. »Du wirst mir nicht meinen Platz im Olymp nehmen. Ein Bastard kann niemals einer Göttin überlegen sein.«

Der Wind riss an Kryos' Haaren, seinen Armen und Beinen. Im gleichen Maße, wie sich die Luft entfesselte, wuchs seine Wut. Sie entfaltete sich in einer nie gekannten Stärke und beschwor eine Macht, die er nie zuvor gefühlt hatte. Statt sich den zerrenden Windböen zu ergeben, warf er sich dagegen.

»Ja, ich bin ein Bastard«, rief er. »Aber der eines Gottes und einer Gorgone! Und dank dir habe ich endlich begriffen, was das bedeutet!« Er hob einen der umgefallenen Spiegel vom Boden auf und hielt ihn wie einen Schutzschild gegen den Wind.

Der Wind hörte auf.

Sofort riss Hekate wieder eine Hand hoch. Kryos schleuderte seinen Schild auf sie und machte die Geste zunichte. Zum ersten Mal sah er Angst auf dem Gesicht der Göttin.

»Du kannst mich nicht besiegen«, schrie sie. »Gegen meine Magie kommst du nicht an.«

»Und warum weichst du dann zurück? Ich lasse mich nicht länger einschüchtern!« Er sprang auf sie zu, schlug ihr den Medusenschild aus der Hand und packte sie an den Armen.

»Willst du mich töten?«, spottete sie. »Ich bin unsterblich. Im Gegensatz zu deinem Liebchen und deinen Freunden.« Die Wandfackeln lösten sich aus ihrer Halterung und flogen auf Io, Amun und Yamin zu. »Lass mich frei oder sie werden brennen.«

»Schon vergessen, dass ich der Sohn einer Gorgone bin?« Er hielt Hekates Kopf fest und presste seine Lippen auf ihren Mund.

Die Göttin erschlaffte in seinen Händen und die lodernden Fackeln fielen knapp vor Amun, Io und Yamin herunter. Kryos legte die bewusstlose Hekate auf den Boden.

»Kryos?« Wie aus dem Schlaf erwachend, hob Io den

Kopf. Ihr Blick fiel auf die ohnmächtige Göttin. »Was hast du getan?«

»Ich habe Hekate geküsst, in der Hoffnung, dass mein Fluch auch auf sie wirkt. – Jetzt siehst du, was mein Kuss anrichtet. Dich würde er sofort versteinern.«

Io schüttelte den Kopf. »Du wirst mir niemals etwas antun, Kryos. Das weiß ich.«

Ihre Worte ließen den letzten Zweifel erlöschen. Ios Liebe zu ihm war stärker als alles, was sie trennte. »Dann bringen wir es jetzt zu Ende.«

Io kümmerte sich um Amun, Yamin, seine Mutter und seine Tante, die ebenfalls wieder zu sich kamen. Kryos fesselte Hekate an eine Säule und richtete zur Sicherheit den Medusenschild auf sie.

Auch die Göttin erwachte aus ihrer Bewusstlosigkeit. Beim Anblick des Schildes stöhnte sie laut. »Du wirst nicht den Sieg davontragen, Kryos«, keuchte sie und wandte den Blick von dem Medusenhaupt ab. »Wem wird Zeus mehr glauben: seiner treuen Beraterin oder einem bedeutungslosen Bastard, zwei Gorgonenweibern und ein paar Sterblichen?«

Hekate hatte kaum ausgesprochen, da erfüllte ein goldenes Leuchten den Tempel. Die Statue des Hades strahlte von innen und aus ihr heraus traten Zeus und Hades.

»Ich werde mir selbst ein Bild machen, statt mich auf Aussagen anderer zu verlassen«, sagte der Göttervater. »Hypnos hat mir gesagt, wo ich dich und Kryos finde.«

Kryos schickte einen stillen Dank an seinen Freund.

Dann lief er zu den anderen. Seine Mutter und seine Tante hatten sich wieder ihre Schals vor die Augen gebunden. Neben ihnen waren Io, Amun und Yamin vor Zeus auf die Knie gefallen.

»Hekate steckt hinter allem«, rief Kryos und stellte sich schützend vor sie. »Ich habe nur gestanden, weil ich das Leben dieser Menschen hier retten wollte.«

»Lüge!«, schrie Hekate.

Zeus brachte sie mit einer Handbewegung zum Schweigen. »Kannst du deine Anschuldigung beweisen, Kryos?«

»In deinem Tempel in Akora findet man Überreste einer unfertigen, weiblichen Statue, sofern Hekate sie nicht zerstört hat. Ansonsten befrage König Dorimedon.«

»Du hast selbst gesagt, dass er dem Wahnsinn anheimgefallen ist«, rief Hekate.

Kryos bemerkte Yamins bestürzten Blick und legte ihm beruhigend die Hand auf die Schulter. »Das war gelogen. Ich wollte verhindern, dass du dem alten König schlimmeres Unheil antust.« Er wandte sich wieder an Zeus. »Frage Ker, sie hat mich begleitet.«

Der Göttervater gab Hades ein Zeichen.

Sein Vater hob die Hand, Nebel stieg vom Boden empor und er verschwand.

»Und wie erklärt sich der Angriff deiner Tante und deiner Mutter auf Persephone?«, fragte Zeus ihn.

»Das war ein bedauerliches Missverständnis.«

»Nein, das war es nicht.« Euryale trat an ihm vorbei

nach vorne. »Persephone hat von mir verlangt, Io zu töten. Einzig aus dem Grund, dass sie meinen Sohn seit seiner Geburt hasst, und ihm sein Glück mit Io missgönnt.«

»Mutter!« Kryos zog sie zurück, doch es war zu spät.

Zeus' Blick verfinsterte sich. »Meinst du etwa die Io, die Yamin zur Frau versprochen ist? Antworte, Euryale!«

Euryale nickte.

Zorn flammte in Zeus' Augen auf. »Du hast es erneut gewagt, meine Pläne zu durchkreuzen, Kryos?«

»Es war nicht nur Kryos' Entscheidung«, sagte Io und sprang auf die Füße. »Yamin und ich sind uns einig, unsere Verlobung zu lösen.«

»Und ich sehe auch, warum!«, donnerte Zeus und wies auf Amun und den Prinzen. Die Hände der beiden Männer waren ineinander verschlungen. »Aber es wird so sein, wie ich es befohlen habe und Hermes es euch verkündet hat. Yamin wird nach Akora auf den Herrscherthron zurückkehren und du, Prinzessin, wirst als seine Königin seine Kinder gebären. Selbst wenn Kryos unschuldig ist, hat er sich meinen Anordnungen nicht zu widersetzen.«

Ios Augen funkelten bei dieser Erklärung nicht minder zornig als die des Göttervaters. Yamin zog sie sanft an der Hand nach unten. Doch Io machte sich von ihm los.

»Ich lasse mir nicht mehr vorschreiben, wen ich zu heiraten habe«, rief sie. »Ich liebe Kryos und niemand anderen.« Sie fuhr zu Kryos herum und schlang ihre

Arme um seinen Hals. »Gib mir keine Münze mit, dann können wir hundert Jahre zusammen sein und niemand kann uns trennen.«

Dann presste sie ihren Mund auf den seinen.

Bis Kryos ihr Vorhaben begriff, war es zu spät. Binnen eines Wimpernschlags hatten ihre Lippen einander berührt. Unter den entsetzten Aufschreien der anderen riss er sie von sich los. Tränen füllten seine Augen, während er darauf wartete, dass Ios Leib in seinen Armen zu Stein wurde.

Doch Io atmete weiter und blieb lebendig. Nicht minder überrascht als er und alle anderen stand sie vor ihm und fuhr sich mit den Fingern über die Lippen.

»Warum bin ich nicht tot?«

»Ich weiß es nicht.« Kryos zog sie zu sich und vergrub sein Gesicht in ihrer Halsbeuge. »Ich liebe dich, Io. Aber du sollst dich niemals wieder für mich opfern.«

»Es war kein Opfer. Wir wären frei gewesen.«

Er hätte sie für den Rest der Zeit so halten können.

»Wieso wirkt der Fluch nicht?«, wollte Zeus wissen.

»Das frage ich mich auch«, sagte Euryale. »Der Fluch kann nicht einfach aufhören. Er ist mein Vermächtnis an Kryos.«

»Und wenn es überhaupt kein angeborener Fluch ist?«, sagte Stheno langsam.

»Dann hat jemand Kryos verhext«, nahm Zeus den Gedanken auf. »Allerdings kenne ich nur sehr wenige Personen, die einen solchen Zauber wirken könnten.« Er sah zu Hekate. »Hast du uns etwas zu sagen? Du hast den Fluch bei Kryos festgestellt und dabei mit keinem Wort angedeutet, dass dieser nicht angeboren sein könnte.«

»Willst du etwa behaupten, dass ich Kryos verzaubert habe? Wie du schon sagtest, ich bin nicht die Einzige, die derart mächtige Magie vollbringen kann.«

»Aber die Einzige, die in mir eine Konkurrenz auf den nächsten Platz im Olymp sieht!«, rief Kryos. »Denn dafür hast du all das getan. Du wolltest endlich Zeus' Anerkennung, wie du mir selbst verraten hast.«

»Aber du hattest von Anbeginn an meine Anerkennung, Hekate«, sagte Zeus. »Das habe ich auch gezeigt. Du warst eine Göttin der Unterwelt und meine Beraterin.«

»Und wenn ich damit nicht zufrieden bin?«, rief sie. »Hättest du mir die Herrschaft der Unterwelt gegeben, wäre ich es vielleicht. Ich stamme ebenso wie du von den Titanen ab, bin genauso mächtig und alt. Doch anstatt, dass ich verherrlicht im Luxus des Olymps lebe, habe ich den Befehlen deines Bruders zu gehorchen und denen seiner nervtötenden Frau.«

»Also streitest du es nicht ab!?«, fragte Zeus.

Bevor Hekate antworten konnte, stieg Nebel vom Boden auf und Hades kam aus den Schwaden hervor. »Ker hat Kryos' Worte bestätigt und Dorimedon auf mein Nachfragen hin ebenfalls. Hekate trägt Schuld an allem, nicht Kryos.«

»Jetzt ist Leugnen zwecklos, oder?« Hekate lachte freudlos auf. »Nachdem ich Persephone über Jahre hinweg mit einem Unfruchtbarkeitszauber belegt hatte, geht Hades fremd und zeugt einen Sohn mit einer Gorgone. Noch jemand, der in der Hierarchie der Unterwelt über mir steht. Noch jemand, den Zeus bei der nächsten Aufnahme in den Olymp mir vorziehen könnte. Der Kuss des kleinen Kryos sollte Göttern ebensolche Kopfschmerzen bescheren wie der Blick seiner Mutter, damit man ihn als Monster sieht und nicht als Sohn eines Gottes.«

»Deshalb haben mir Kryos' Küsse nicht geschadet«, murmelte seine Mutter. »Es durfte nicht auffallen, dass dieser Fluch nicht von mir kommt. Doch da Kryos sonst niemanden geküsst hat, haben wir bis vor Kurzem überhaupt nicht gemerkt, dass die Berührung seiner Lippen gefährlich ist.«

»Gut mitgedacht, Euryale«, spottete Hekate. »Durch die unangenehmen Folgen von Kryos' Kuss wollte ich verhindern, dass Hades Liebe für sein Kind empfindet. Doch dafür hat Persephone auch ohne mein Zutun gesorgt. Mein Handeln erschien daher anfangs unnötig, trotzdem löste ich den Zauber nicht. Vielleicht, so dachte ich mir, würde er später für etwas gut sein.«

»Also hast du die Sache mit Dorimedon eingefädelt, um mich zu stürzen?«, fragte Zeus.

»So dumm bin ich dann auch nicht. Ich will nur die Verehrung, die mir zusteht. Mit jedem Sieg wäre Dorimedon mächtiger geworden und mit jedem Zeustempel, den er geschlossen hätte, wäre deine Macht gesunken. Dann wäre ich als Retterin gekommen und du hättest mir jeden meiner Wünsche erfüllt. Doch dann sind diese Purpurfässer in den Styx gestürzt und unser naiver Kryos kam auf die Idee, für seine Erhebung zum Gott zu kämpfen. Leider habe ich es nicht geschafft, ihn im Körper des Prinzen zu beseitigen. Ich musste mir eine neue Strategie einfallen lassen, damit du, ach so großer und weiser Zeus, mich in den Olymp aufnimmst.«

Der Göttervater schnaubte. »Mit der Weisheit kann es nicht weit her sein, wenn ich nicht gemerkt habe, dass meine Beraterin mich betrügt. Du wirst niemals mehr einen Fuß in den Olymp setzen, Hekate. Und du wirst den Zauber von Persephone nehmen.«

Ihr Mund verzog sich zu einem Strich. »Irgendwann wirst du mich wieder um meine Hilfe anflehen.«

»Aber bis dahin will ich dich nicht sehen. Hades, bring sie fort!«

»Warte!«, rief Io. »Was ist jetzt mit Kryos' Kuss?«

Doch es war zu spät. Nebel wallte auf und Hades und Hekate verschwanden.

»Ich kann es dir erklären«, sagte Euryale. »Ein Zauber kann niemals gegen sich selbst oder seinen Ursprung wirken. Durch den Kuss hat Kryos ihn an die Verursacherin zurückgegeben und dadurch ist der Zauber gebrochen.«

»Das bedeutet, Kryos und ich können einander nun gefahrlos küssen?«

»Nein.« Zeus' harsche Stimme ließ Io zusammenzucken. »Io wird Yamin heiraten. Mein Beschluss in der Sache ist unabänderlich.«

»Aber ich werde mich ihm nicht beugen!«, rief Kryos. »Ich liebe Io und wenn du es mir verbieten willst, werde ich …«

Eine Hand legte sich auf seinen Arm und neben ihm erhob sich Yamin.

»O großer Zeus!«, hob der Prinz an. »Wart wirklich Ihr es, der diesen Beschluss gefasst hat? Oder war es Hekate, die es Euch einflüsterte? Denn innerhalb weniger Tage habt Ihr Euer Urteil mehrfach geändert. Im Tempel habt Ihr mich an meines Vaters statt zum Herrscher Akoras ernannt, dann habt Ihr meine Stadt zerstören und mir nach dem Leben trachten lassen, nur um mich jetzt wieder als König zu bestätigen. Wir alle hier kennen Euch als gerechten Herrscher des Olymps und sind sicher, dass Ihr die veränderte Situation überdenkt und eine Entscheidung zum Wohle Eurer Geschöpfe trefft.«

»Richtig«, rief Kryos, erfreut über Yamins unerwarteten Beistand. »Denn sonst erscheinst du wie ein Gott des Wankelmuts und der Engstirnigkeit, Zeus.«

Auf ihre Worte folgte eisige Stille. Ios Hand klammerte sich um seine, während Zeus' Blick undurchdringlich auf ihm ruhte. Waren sie zu weit gegangen? Kryos sah aus den Augenwinkeln zu der halb offenstehenden Tür zur Unterwelt – bereit zur Flucht in den Tartaros mit allen.

»Nur wenige Sterbliche wagen es, mich auf Fehler

hinzuweisen«, knurrte Zeus. »Du hast ebenso kluge wie mutige Freunde gefunden, Kryos.«

Kryos konnte es kaum glauben. »So wirst du dein Urteil ändern?«

»Da ich laut Prinz Yamins Aussage zu keiner eigenen Meinung fähig bin, erwarte ich von dir einen Vorschlag, wie der Wiederaufbau Akoras gelingen, die Zukunft des Herrscherhauses gesichert und meine Vergebung gegenüber Yamin sichtbar werden kann. Jetzt.«

Wie sollte er auf die Schnelle eine Lösung für ein solch schwieriges Problem finden?

»Ich hätte eine Idee«, sagte Io.

Zeus nickte. »Ich höre.«

26

Endlich ist Schluss mit diesem grässlichen Fellschurz.« Amun stand in Kryos' Gemächern im Palast von Akora und starrte angewidert auf das Kleidungsstück aus schwarzem Schafsfell. »Darauf habe ich lange gewartet. Her damit und dann rein mit dir in den Badezuber, Halbgott.«

»Du bist schlimmer als meine Mutter und meine Tante zusammen«, murrte Kryos, band sich aber gehorsam den Schurz ab.

Amun musterte unverhohlen Kryos' Lendengegend und stieß einen anerkennenden Pfiff aus. »Jetzt weiß ich, warum Io und du oft tagelang kaum aus euren Gemächern kommt.«

»Das sagt der Richtige«, erwiderte Kryos und stieg ins warme Wasser. »Dich und Yamin sieht man ja auch nicht mehr so oft. Sein Schreiber bist du jetzt, sagst du? Ich glaube ja nicht, dass es ein Schreibrohr ist, das du da den ganzen Tag in der Hand hältst …«

Amun grinste. »Wir nehmen unsere Forschungen eben ernst. Außerdem werden du und Prinzessin Io ab heute Abend offiziell auf Akoras Thron Platz nehmen und Yamin und ich in den Hintergrund treten.«

Die Aussicht, König von Akora zu werden, hätte Kryos mit Schrecken erfüllt, wäre Io nicht an seiner Seite. Vor der Krönung würde ihre Trauung stattfinden – ein Ereignis, auf das er sich weit mehr freute als auf die Ernennung zum Herrscher. Im Stillen beneidete er Amun und den Prinzen um ihr Leben in der zweiten Reihe. Aber das war ein Teil von Ios Vorschlag an Zeus gewesen. Viele der Städte, die Dorimedon in seinem Machtstreben angegriffen hatte, grollten Akora. Dass Yamin als Thronfolger zurücktrat, besänftigte die Rachegelüste dieser Städte.

Io als Königin brachte Akora die Unterstützung ihrer Heimatstadt Fardona ein. Heute Nachmittag erwartete man die Ankunft ihrer Eltern im Palast. Es würde Kryos' erste Begegnung mit ihnen sein. Als er Io seine Nervosität deswegen gestanden hatte, hatte sie nur gelacht.

»Was soll ich da sagen? Meine Mutter kann dich immerhin nicht mit einem Blick töten. Obwohl, wenn du schlechte Essmanieren zeigst, dann vielleicht schon. Aber zum Glück bist du ja unverwundbar.«

Seufzend begann Kryos sich mit einem bereitliegenden Schwamm zu säubern, ehe Amun auf die Idee kam, es zu tun. Amun wollte Kryos für »seinen großen Tag«, wie er es nannte, unbedingt persönlich herausputzen.

»Akora soll einen strahlenden Herrscher bekommen und keinen Barbaren.« Nach eigenen Angaben mischte Amun seit Tagen an einer Tinktur, die Kryos' Haare in Zaum halten würden.

Kryos graute es vor dem, was ihm nach dem Bad bevorstand. Pinzette, Schere, Rasiermesser, Handspiegel und ein Dutzend Tiegel und Döschen lagen schon auf einem Tisch bereit.

»Wie geht es mit euren Forschungen und den Planungen voran?«, fragte er Amun, um sich von dem kommenden Martyrium abzulenken.

»Gut. Sobald das Gebäude am Marktplatz fertiggestellt ist, werden wir unsere Lehranstalt eröffnen. Mit der Zahl der angemeldeten Schüler sind wir bisher zufrieden. Werke für die Bibliothek erreichen uns ebenfalls täglich. Archimedes persönlich hat unser Vorhaben unter den führenden Gelehrten publik gemacht und sogar seinen Besuch samt Lehrvortrag versprochen. Das hat sehr geholfen.«

Das war der zweite Teil von Ios Plan gewesen. Akora sollte über die Grenzen des Landes hinaus als Ort der Bildung bekannt werden. So konnte die Stadt auf Einnahmen durch Schüler und Gäste hoffen. Archimedes' Brief hatte Yamin tagelang vor Aufregung nicht schlafen lassen.

Kryos hoffte sehr, dass die Schule zu einem Erfolg wurde. Aber die Sterne standen gut. Hypnos hatte ihm bei seinem letzten Besuch erzählt, dass Athene schützend ihre Hand über die Lehranstalt halten würde. Wie sich herausgestellt hatte, hatte die Göttin der Weisheit Hekate den Medusenschild nicht freundlich überlassen, sondern Hekate hatte ihn Athene mittels Magie entwendet.

»Setz dich, es wird länger dauern«, sagte Amun, nachdem Kryos aus dem Zuber gestiegen war, und wies auf den Schemel vor dem Tisch mit den Tiegeln. »Stell dich nicht so an«, fügte er hinzu, als er Kryos' entsetztes Gesicht sah. »Schlimmer als der Aufenthalt in Hekates Teichgefängnis kann es nicht werden.«

»Da bin ich mir nicht sicher«, murmelte Kryos und ließ sich schicksalsergeben auf dem dreibeinigen Hocker nieder.

Wie gut sich alles entwickelt hatte, seit Amun ihm das erste Mal mit seiner Schönheitspflege zu Leibe gerückt war! Ebenso wie sein eigenes Glück freute Kryos die Verbindung zwischen Amun und Yamin. In der Aufregung der Flucht hatte er nicht mitbekommen, wie die beiden Männer zueinandergefunden hatten.

Allerdings gab es noch eine Sache, die er mit Amun klären musste. Bislang hatte er dafür nicht den richtigen Zeitpunkt gefunden. »Vor einer Weile hast du mir deine Freundschaft angeboten. Und ich war ein Dummkopf, sie abzulehnen.«

»Das ist schon vergessen.«

»Aber das sollte es nicht. Deine Freundschaft war auch ein Grund, warum es mir so leichtfiel, mich aus dem Olymp zu verabschieden.« Er streckte Amun die Hand entgegen. »Es wäre mir eine Ehre, dein Freund zu sein.«

Amun schlug sofort ein. »Ich hoffe, du sagst das auch noch, wenn du den Chiton gesehen hast, den ich für dich habe schneidern lassen.«

An Yamins Arm schritt Io am Abend zum Thronsaal des Palasts, wo außer Kryos und zahlreichen Einwohnern Akoras auch ihre Eltern sie erwarteten. Wie schön, Mutter und Vater endlich wiederzusehen!

»Bist du aufgeregt, gleich Ehefrau und Königin zu werden?«, fragte Yamin.

Io schüttelte den Kopf – vorsichtig, damit die komplizierte Hochsteckfrisur keinen Schaden nahm. Die Sklavin hatte sie Ewigkeiten frisiert und war am Ende gekränkt gewesen, als Io darauf bestanden hatte, die große silberne Haarnadel hineinzustecken. »Ich freue mich auf diesen Abend«, beantwortete Io Yamins Frage. »Es gehen so viele Wünsche für mich in Erfüllung. Nicht zuletzt mit diesem wundervollen Chiton.« Amun hatte ihn für sie anfertigen lassen. Der seidig weiße Stoff war am Saum mit einem schwarzen Mäandermuster bestickt und an den Schultern von zwei goldenen Fibeln gehalten. Eine goldene Kordel als Gürtel und eine dunkelgrüne Schleppe vervollständigten ihre Garderobe.

»Wie steht es mit dir?«, fragte sie Yamin. »Statt mich zu heiraten und auf den Thron zu steigen, wirst du zusehen, wie es ein anderer Mann tut.«

»Und nichts wäre mir lieber. Heute wird eine große

Last von meinen Schultern genommen. Aber das habe ich dir ja bereits erklärt. Ob mein Vater meine Entscheidung billigen würde, weiß ich nicht. Doch er hat einst seinen Weg gewählt, und ich meinen.«

Sie bogen in den Gang zum Thronsaal ein. Hinter der geschlossenen Tür war deutlich das Reden der Gäste zu hören.

»Schau, dort kommen Amun und Kryos«, sagte Yamin und grinste. »Dein Bräutigam wirkt reichlich nervös. Aber das liegt vermutlich nur an der ungewohnten Kleidung.«

Staunend trat Io auf ihren zukünftigen Gemahl zu. »Du siehst unglaublich aus.«

»Sollte ich das nicht zu dir sagen?«, fragte Kryos gequält.

Statt einer Antwort fuhr sie an seinem makellos rasierten Kinn entlang. »Amun ist ein Zauberer«, murmelte sie und betrachtete Kryos bewundernd. Sein muskulöser Körper steckte in einem nachtschwarzen Chiton, dessen Saum ein weißes Mäandermuster zierte. Das Gegenstück zu ihrer eigenen Kleidung! Und wie bei ihr teilte ein goldener Gürtel den Stoff und prunkvolle goldene Fibeln prangten auf seinen Schultern. Die größte Überraschung war jedoch sein Haar. Jede Locke lag akkurat gekämmt an ihrem Platz und um seinen Kopf schlang sich eine grüne Kordel. »Du trägst ein Stirnband?!«

»Amun hat mir versprochen, dass ich es nach den beiden Zeremonien abnehmen darf.«

Io lachte. »Bis dahin darfst du dir aber nicht durchs Haar fahren.«

»Ich werde mich bemühen.«

Begleitet von Trommelwirbel öffneten Yamin und Amun die Thronsaaltüren und der Beifall der dort wartenden Gäste brandete auf. Staunend sah Io sich um. Tücher in Schwarz, Weiß und Gold schmückten den Raum und Olivenzweige markierten den Korridor zu den zwei Thronsesseln.

Unter den Jubelrufen der Gäste schritten sie zum Thronpodest. »Ich freue mich«, raunte Kryos ihr zu. »Durch unsere Heirat werden wir nun lebenslang miteinander verbunden sein.«

»Ich hatte nicht vor, nach dem Tod von dir abzulassen«, sagte sie lächelnd. »Da ich weiß, wie es in der Unterwelt zugeht, werden wir ein tugendhaftes Dasein führen und nach unserem Dahinscheiden im Elysion weiter beisammen sein. Unsere Liebe wird andauern – jetzt und für immer.«

Kryos' dunkle Augen strahlten vor Glück. Er legte seine Hände an ihre Wangen, hob ihren Kopf sanft an und seine Lippen berührten die ihren.

Sein Kuss war wie stets berauschend.

Dann stiegen sie gemeinsam hinauf zum Thron.

27

Im Zimmer brannte nur eine Öllampe. Kryos stand an der Wiege und betrachtete in dem schwachen Lichtschein das kleine dunkelhaarige Mädchen, das dort in Tüchern gewickelt lag.

»Ihr Name ist Makaria«, sagte Persephone. »Ich habe sie empfangen, kaum dass du Hekates Intrigen aufgedeckt hattest.«

»Ich gratuliere dir zur Geburt deiner Tochter. Auch in Ios Namen.«

»Wie geht es deiner Frau?«

»Den Umständen entsprechend.« Auch wenn Io nicht schwanger wäre, hätte er sie nicht mit in die Unterwelt gebracht. Es war für Menschen nicht gut, zu oft im Reich der Toten zu sein – von den unwägbaren Gefahren ganz zu schweigen. Io hatte bei ihren beiden Besuchen mehr Glück gehabt, als sie ahnte.

»Ich … ich wollte dir etwas sagen.« Persephone räusperte sich. »Es ist nicht leicht, wenn dir ständig vor

Augen geführt wird, dass dein geliebter Mann dich mit einer anderen betrogen hat.«

Jetzt, da er selbst verheiratet war, verstand er Persephones Schmerz besser. Und dennoch … »Es ist auch nicht leicht, wenn man für etwas bestraft wird, an dem man keine Schuld trägt.« Kryos sah in die Wiege. »Vor allem, wenn man ein wehrloses Kind ist.«

»Ich verstehe.«

Es war keine Entschuldigung. Aber vielleicht der erste Schritt einer Annäherung.

»Zeus hat Hades und mir versichert, Makaria später als Göttin in den Olymp aufzunehmen«, sagte Persephone.

»Was sagt Hekate dazu?«

»Ich weiß es nicht, kann es mir aber denken. Ich habe keinen Kontakt mehr mit ihr. Dafür treffe ich mich gelegentlich mit Euryale.«

»Davon habe ich gehört.« Seit Persephone Mutter sei, sei sie etwas besser zu ertragen, hatte Euryale ihm berichtet.

Persephone strich Makaria eine dunkle Strähne aus der Stirn. »Hat Hades mit dir gesprochen?«

Kryos nickte. Es war das längste Gespräch mit seinem Vater gewesen, das er je geführt hatte. Viel war zur Sprache gekommen: Schuldgefühle, Sehnsüchte und Versäumnisse, aber auch Stolz, falsche Erwartungen und der Wert von Familie. »Hades wartet draußen schon auf mich.«

Persephone neigte den Kopf. »Auf Wiedersehen, Kryos. Grüße Io von mir.«

Vor dem Palast stand sein Vater in der schwarzen Quadriga, die goldenen Zügel der Rappen locker in den Händen. »Wohin soll ich dich fahren, mein Sohn?«

Kryos' Blick schweifte durch die riesige Felsenhöhle zum offenstehenden Portal und dem dahinter blau schimmernden Wasser des Styx.

»Bring mich nach Hause«, sagte er mit einem Lächeln.

ENDE

HISTORISCHE ANMERKUNGEN

Der Mathematiker, Physiker und Erfinder *Archimedes* wurde um das Jahr 287 vor Christus geboren und lebte vermutlich in der Stadt Syrakus auf der Insel Sizilien. In diesem Roman habe ich auf einige seiner Errungenschaften zurückgegriffen sowie auf Zitate, die ihm zugeschrieben werden. Die in der Geschichte erwähnte Kreiszahl kennen wir heute als Pi (π). Zur Zeit Archimedes' war sich die Gelehrtenwelt noch nicht sicher, ob Pi nicht doch endlich (also eine rationale Zahl) sein könnte.

Die von Archimedes entwickelte Schneckenschraube (heute auch als Archimedische Schraube bezeichnet), wurde in der Antike auch ›Cochlias‹ genannt, weil die Spirale im Inneren gedrehten Seemuscheln dieses Namens ähnelt.

Ein *Obolus* ist eine Silbermünze, mit der man im antiken Griechenland bezahlte. Den damaligen Glaubensvorstellungen gemäß legte man Verstorbenen einen Obolus in den Mund, damit der Tote den Fährmann Charon für die Passage über den Fluss Styx bezahlen und so ins Totenreich gelangen konnte. Noch heute begegnet man dem Wort Obolus in der Redewendung »seinen Obolus leisten« – also einen (meist finanziellen) Beitrag in einer Angelegenheit beisteuern.

Die Ursprünge des Brettspiels *Pentalpha* liegen im Dunklen, es soll aber schon vor über 3000 Jahren auf der Insel Kreta gespielt worden sein. Das Spielfeld besteht aus einem fünfzackigen Stern, bei dem sich aus den Spitzen und überkreuzenden Linien insgesamt zehn Setzpunkte ergeben. Der Spieler muss versuchen, neun dieser zehn Punkte mit seinen Spielsteinen zu besetzen, wobei bestimmte Regeln für die Züge zu beachten sind.

Als *Gymnasion* bezeichnete man im antiken Griechenland ursprünglich eine Sportübungsstätte. Der Begriff leitet sich von dem griechischen Wort ›gymnos‹ (nackt) ab, da die Athleten damals unbekleidet trainierten. In späterer Zeit entwickelte sich das Gymnasion zu einer Bildungsstätte, woraus sich unser heutiger Begriff des Gymnasiums ableitete.

GÖTTER UND GESCHÖPFE DER UNTERWELT

Es gibt eine Vielzahl von Göttern und Kreaturen in der griechischen Mythologie – und noch mehr (oft widersprüchliche) Sagen über sie. In meinem Roman begegnet man vor allem den in der Unterwelt beheimateten Wesen. Wem nicht alle Namen geläufig sind, findet hier einen Überblick.

Hades: Der Gott der Unterwelt ist der Bruder von Zeus und Poseidon und herrscht über das Totenreich.
Persephone: Einen Teil des Jahres lebt die Göttin bei ihrem Gemahl Hades in der Unterwelt, die andere Zeit verbringt sie bei ihrer Mutter, der Göttin Demeter, im Olymp.
Hekate: Sie ist die Göttin der Magie und der Wegkreuzungen.
Hypnos: Der Gott des Schlafes erscheint wahlweise in der Gestalt eines Jünglings mit Schmetterlingsflügeln oder der eines Greises.

Thanatos: Der Gott des sanften Todes ist Hypnos' Bruder und lebt im Tartaros.
Ker: Die Göttin des gewaltsamen Todes ist die Schwester von Hypnos und Thanatos.
Charon: Der alte Fährmann bringt die Verstorbenen auf seinem Kahn über den Fluss Styx – aber nur, wenn man ihn vorher mit einem Obolus (Silbermünze) bezahlt.
Euryale und Stheno: Sie sind Gorgonen – unsterbliche Frauen mit Schlangenhaaren, deren Blick jeden Menschen versteinern lässt.
Medusa: Die Schwester von Euryale und Stheno. Sie war ebenfalls eine Gorgone, jedoch nicht unsterblich. Der Halbgott Perseus hat ihr mit Unterstützung der Göttin Athene den Kopf abgeschlagen.
Zerberus: Der dreiköpfige Höllenhund bewacht den Eingang zum Reich der Toten.
Harpyien: Ein Wesen mit einem Vogelkörper und einem Frauenkopf.
Hydra: Ein Ungeheuer mit mehreren Köpfen. Schlägt man einen davon ab, wachsen sofort zwei neue nach.
Moiren: Als Moiren werden die drei Schicksalsgöttinnen bezeichnet. Die erste spinnt den menschlichen Lebensfaden, die zweite wickelt ihn ab und die dritte schneidet ihn durch.
Lamien: Unsterbliche Wesen, die gerne menschliches Blut trinken.
Chimäre: Ein Mischwesen aus Ziege, Schlange und Löwe.

In der Vorstellung der griechischen Antike ist die Unterwelt (später nach ihrem Herrscher auch als ›Hades‹ bezeichnet) dreigeteilt. Das Totengericht entscheidet anhand der Taten der Verstorbenen, welchem Bereich sie zugeteilt werden. Der Tartaros ist der Strafort des Jenseits und großen Sündern, Frevlern und Monstern vorbehalten. Er liegt in den Tiefen der Unterwelt. Sein Gegenstück ist das paradiesische Elysion, auch ›Insel der Seligen‹ genannt. Ein frühlingshafter Garten ewigen Glückes, in den meist Helden und herausragende Persönlichkeiten gelangen. Der dritte Bereich ist der Asphodeliengrund, benannt nach dort wachsenden Blumen. Die Toten leben hier als Schatten fort, ohne Schmerzen, aber auch ohne Freude.

DANKSAGUNG

Die Sagen der griechischen Antike faszinieren mich seit meiner Kindheit. Mein großer Dank gilt allen, die an der Entstehung dieses Romans – trotz teilweise sehr erschwerter Umstände durch die Corona-Pandemie – beteiligt waren.

Susanne: Für die tolle Zusammenarbeit, das akribische Lektorat und die hilfreichen Telefonate – auch Magie braucht klare Regeln!

Meine Mutter: Inzwischen sollte ich es ja wissen. »Das ist überflüssig, das kannst du streichen. Und den nächsten Absatz auch.«

Diana: Egal ob Rappe, Falbe oder Schimmel – Hauptsache, kein Hengst!

Susanne: Kann Blitzsteine in Diamanten verwandeln und wirre Sätze in klare Aussagen.

Rebecca: Niemand ist fitter in griechischer Mythologie – Percy Jackson sei Dank!

Katja: Seit langer Zeit wieder im Testleser-Team dabei! Jetzt kommt Stheno zu ihrem Einsatz und Licht in mysteriöse Verhaltensweisen des Helden.

Holger: Zynisch, ironisch, innerlich – den Lieblingswörtern der Autorin auf der Spur. »Aber so oft kommen sie doch gar nicht vor«, sagt die Autorin und seufzt innerlich.

Angela: Deren wachsamen Augen selbst im Urlaub kein Tippfehlerchen entgeht – oder fehlende Buchstaben.

Sarah & Nadine: Die auch dieser Geschichte wieder den letzten Schliff gegeben haben.

Meiner Familie: Ihr haltet mir während des Schreibens den Rücken frei, seid aber sofort zur Stelle, wenn ich euren Rat, eure Hilfe oder einfach nur eine Tasse Earl Grey Tee und eine Tafel Schokolade brauche. Danke!

Über die Autorin

Dana Graham, Jahrgang 1975, studierte Pädagogik und unterrichtet an Grund- und Förderschulen. Seit ihrer Kindheit denkt sie sich gerne spannende Geschichten aus, zum Schreiben ist sie jedoch erst gekommen, seit sie selbst Kinder hat. Die Autorin veröffentlichte bereits mehrere Romane und lebt mit ihrer Familie in der Nähe von Frankfurt am Main.

Sie möchten keine Neuerscheinung von Dana Graham verpassen? Dann tragen Sie sich auf der Homepage www.danagraham.de für den Newsletter der Autorin ein, um per E-Mail über neue Romane informiert zu werden.

BÜCHER VON DANA GRAHAM

Der Kuss des Zentauren
Romantic Fantasy

Darf Sirjas Herz für einen Zentauren schlagen, wenn das Volk der Pferdemenschen ihren geliebten Bruder getötet hat?

Zentauren haben kein Herz. Sirja, die Tochter des Herrn der Südfeste, weiß das mehr als jeder andere Mensch in Tarnem, denn das Volk der Pferdemenschen hat ihren geliebten Bruder heimtückisch getötet. Als der gefangene Zentaurenkrieger Rheos sie als Geisel nimmt und mit ihr flieht, entscheidet sich Sirja für ein gewagtes Spiel: Zum Schein ergibt sie sich in ihre Entführung, um unter den Pferdemenschen den Mörder ihres Bruders zu finden.

Doch je länger ihr Zusammensein mit Rheos währt, desto stärker fasziniert Sirja der mächtige Zentaur. Rheos ergeht es nicht anders – und das nicht nur wegen der mysteriösen Gedankenverbindung, die bei jeder Berührung zwischen ihnen aufflammt. Als die beiden in den Wirren eines heraufziehenden Krieges zwischen ihren Völkern einer unfassbaren Intrige auf die Spur kommen, weiß Sirja bald nicht mehr, auf welcher Seite sie stehen soll – und ob ihr Herz für einen Zentauren schlagen darf …

Tochter des Flusses
Romantic Fantasy

Eine unglaubliche Gabe.
Eine gefährliche Liebe.
Eine Wahrheit, größer als die Legende.

Durch einen Piratenüberfall zur Waise geworden, kommt Leana in die Obhut des Landgrafen, der sie wie eine eigene Tochter großzieht. Als er sie Jahre später jedoch gegen ihren Willen in ein Kloster schicken will, flieht Leana vom Hof. In den Ruinen einer legendenumwitterten Wasserburg trifft sie auf einen Fremden, der sie vom ersten Moment an fasziniert: Jargo, ein Mann aus dem mysteriösen Flussvolk. Doch die Begegnung ist kein Zufall. Alte Geheimnisse führen Jargo in die Wasserburg – Geheimnisse, die untrennbar mit Leanas Schicksal verwoben sind.

An Jargos Seite kommt Leana ihrer wahren Herkunft auf die Spur und beginnt zu kämpfen: Nicht nur gegen finstere Mächte und ein Geflecht aus Lügen und Hass, sondern auch für ihre Liebe zu Jargo …

Verliebt in einen Ritter
Romantischer
Zeitreiseroman

Die Frage ist nicht, an welchem Tag du der Liebe deines Lebens begegnest.
Die Frage lautet: In welchem Jahrhundert?

Vom Freund betrogen und zurück als Kellnerin im Dorfcafé ihrer Eltern - schlimmer kann ihre Lage nicht werden, denkt Julia. Ihre Meinung ändert sich schlagartig, als sie durch einen Zeittunnel ins Jahr 1515 gerät und dort als Hexe angeklagt wird. Einzig dem Ritter Severian verdankt sie, dass sie dem Scheiterhaufen entkommt. Für seine Hilfe zahlt Severian allerdings einen hohen Preis: Er muss zusammen mit Julia ins Jahr 2015 fliehen.

Der Alltag mit dem von Standesdünkeln behafteten, eigensinnigen Adligen stellt Julias Geduld vor eine harte Probe. Wie geht man am besten mit einem Kerl um, für den Autos Teufelswerk sind und Emanzipation ein Fremdwort? Doch je besser sie Severian kennenlernt, desto weniger will Julia ihm in die Vergangenheit zurückverhelfen. Denn im Jahr 1515 wartet nicht nur seine Verlobte auf den gut aussehenden Ritter, sondern auch ein furchtbares Schicksal.